New Avignon

Science-Fiction

© 2015 Heinz Andernach
Herstellung und Verlag: BoD-Books on Demand, Norderstedt
ISBN 978-3-7386-4607-8

New Avignon, 11. 06. 1075

Es war Frühsommer, schon Urlaubszeit. Bestimmte Traditionen schienen nie gebrochen zu werden. Ich war Experte für Traditionen, Experte und Lehrer für Vorgeschichte; Lehrer, aber mundtot gemacht. Ich brauchte in den nächsten Monaten einen Job, sonst sah die Kasse lau aus. Kaum vorstellbar war, dass ein Bistum mich als Lehrer einstellen würde, aber es geschahen hier auch Wunder. Die Temperaturen waren angenehm an diesem Tag, und ich trieb mich an der Südküste rum, nahe der Stadt Athens. Es war ganz beschaulich hier, aber für die Touristikbranche war unsere Küste eine Katastrophe; es gab keine Strände. Genauer gesagt gab es kaum Strände und Strände waren schon ein wenig en vogue, auch wenn das Meer als unheimlich galt. Bestimmte französische Floskeln waren über die Zeiten bestehen geblieben. Ich hatte versucht, diese Sprache zu lernen, aber kaum eine Idee, wie sie gesprochen wurde. Dabei war Avignon eine französische Stadt gewesen, nicht ganz unbedeutend und exemplarisch, um geistige Würdenträger zu entlarven. Ich kannte mich da aus. Avignon war das Symbol für den Zerfall des Papsttums, Symbol dafür, dass Religionsführer danach trachteten, weltliche Macht zu haben, Symbol dafür, dass sich jeder zum Papst ausrufen konnte, wenn er die Macht dafür besaß. Ich hatte nie verstanden, warum es zu der Namensgebung New Avignon gekommen war, aber nun verstand ich. Ein Kuriosum war, das man hier einen Wein namens Chateneuf de Pape trinken konnte, ein Wein, der ursprünglich in der Gegend um Avignon produziert wurde, der hier - traditionsbewusst - in der

Umgebung von Athens angebaut wurde, aber Avignon war überall auf dieser Insel. Inwieweit dieser Wein außer seinem Namen und dem Alkohol noch etwas Gemeinsames mit dem Original hatte, wusste ich nicht.

Diese Insel war unsere Welt. Ich saß an ihrer Südspitze und berauschte mich mit besagtem Wein. Diese Welt war der Irrsinn, ein Irrsinn, der an Dynamik zunahm. Ein Blick auf den Ozean vergewisserte mir, dass die Welt größer war als New Avignon. Die Macht der Bischöfe hörte praktisch an der Küste auf. Warum? Es gab viele Gründe! Einer war, dass das Meeresgetier ungenießbar war. Eine Konsequenz davon war, dass es keine hoch entwickelte Seefahrt gab. Wohin hätte man auch segeln sollen? Eine Zeit lang hatte man den Müll ins Meer gekippt, aber Müll schwamm mitunter. Es war nicht auszuschließen, dass es so etwas wie Fortschritt gab. Jedenfalls wurde nun der an den Küsten der Kontinente entsorgt. Keine Frage, es gab Fortschritt, die Überwachung wurde immer perfider. Der Mensch war ein soziales Wesen und soziale Wesen hatten das Bedürfnis, übereinander informiert zu sein. Die Mächtigen benötigten mehr Informationen als die Machtlosen. Irgendeiner in dieser unendlichen Klerushierarchie wusste, wo ich mich aufhielt. Vielleicht las jemand meine Gedanken. „Es lebe der technische Fortschritt", dachte ich. Ich wusste, es wurde fieberhaft danach geforscht, Gedanken zu lesen. Etwas, für das unsere Vorfahren kein Verständnis gehabt hätten, aber dass man in die Telepathieforschung investierte, glaubten in New Avignon viele und die Forschung war geheim. Es hatte nichts damit zu tun, dass die Seele unabhängig von der Materie war, es war vielmehr der Griff nach der absoluten Macht, absolute Kontrolle über die Menschen und Kontrolle über diese Welt. Ich war fest davon überzeugt, dass letztlich nur die Erfindung des Mikrochips Kontrolle über diese Welt bieten würde. Aber soweit war es noch nicht gekommen. Die halbe Flasche hatte ich schon getrunken. Ich nahm an, dass mein Trinken schon jede Menge über mich verriet, unabhängig davon, ob ein Vikar an einer bischöflichen Forschungsstelle meine Gedanken lesen konnte oder nicht. Vielleicht konnte es ein Aborigine. Ich hatte nichts gegen diese Kleinen, diese Bringer des Wahnsinns, die unsere Welt auf das beschränkten, was sie war: New Avignon, eine Insel mit sieben Bistümern, Hort des wahren Glaubens, Welt der Neokatholiken, Hort des wahren Monotheismus, Hort einer Vielzahl von Priestern, die wussten, was für uns gut war. Sie interpretierten Gottes Anforderungen an die Menschen. Sie vermittelten Gottes Willen. Aber es gab da ein Problem: Gott existierte nicht. Aber das war ihnen egal. In seinem Namen wurde regiert, administriert, kaltgestellt, mitunter gefoltert und getötet. Die Folter war ein Erbe der Menschheit. Ich war dankbar, dass ob dieser Gedanken keine göttliche Instanz mir einen elektrischen Schlag versetzte. Wieweit die Telepathieforschung gekommen war, war ein Staatsgeheimnis und so konnte jeder, der ein bisschen bei Verstand war, mit einiger Berechtigung paranoid werden. Ich war zeit meines Lebens paranoid. Da half auch nicht, dass ich ein paar Jahre Theologie studierte, versuchte, sehr fromm zu wirken, mit der diffusen Vorstellung, eine Heimat in der klerikalen Hierarchie zu bekommen. Priester waren die Einzigen, die mehrere Frauen haben durften. Früher gab es das Zölibat, scheinbar verkennend, dass die Kirche nur eine Weltmacht war, in deren Namen Päpste, Bischöfe und Soldaten hurten. In New Avignon wurde dieses Wissen konsequent umgesetzt. Das Studium der Vorgeschichte vermittelte einem das Wissen, das es andere Götter gab als den einen neokatholischen Gott. Es gab

Allah, Zeus, Athene und Venus, Shiva, Ra und ein paar Tausend andere Ungenannte. Allah war mir ein bisschen suspekt, es mochte der gleiche sein, den unsere Pfaffen anbeteten. Ich hatte mich nie in die Welt des Hinduismus, Shintoismus oder Taoismus eingearbeitet. Vielgötterei in Hochkulturen war ein interessantes Thema, das nun, wen würde das überraschen, als subversiv galt. Die Götter des Hinduismus konnten mir auf dieser Welt nicht helfen. Manchmal fragte ich mich, was an mir so verboten war. Was wollte ich denn? Ein bisschen Spaß, die Chance auf Liebe und hin und wieder einen Bissen von der Frucht der Erkenntnis. Ein Job wäre natürlich auch wichtig, denn ohne das nötige Taschengeld ließe sich das Leben hier nicht finanzieren. Ich war eine Persona non grata – wer sollte sich da in mich verlieben? Ein bisschen Spaß erlaubte ich mir dann schon, was auf Kosten meines angesammelten Taschengeldes ging, dachte an Paola und lebte in einer Zeit, in der man von einem Tag in den anderen lebte. Was sollte man auch anderes machen? Ich fragte mich, ob das Stigma der Aussätzigen an mir haftete. Vermutlich konnten die Klerikalen riechen, dass ich Ketzer war. Ich trug ein Kruzifix offen auf der Brust, aber diese Tarngebarden halfen nicht. Man konnte den Ketzer in mir riechen und telepathische Spezialeinheiten konnten mich jederzeit aufgreifen. Hätte man Begriffe für Brahma oder Shiva gehabt, wäre ich vielleicht der Vielgötterei verdächtigt worden, verkennend, dass ich ein einfacher Atheist war.

Nachdem ich die Flasche Chateneuf de Pape geleert hatte, mein Gedankenfluss hatte sich etwas beruhigt, bewegte ich mich an der schmutzigen Hafenanlage entlang in

Richtung Innenstadt. Der Hafen hatte die triste Aufgabe, unerwünschten, womöglich giftigen Müll zu verladen. Man vermisste in diesem Viertel jegliche Seemannsromantik, die man von den Geschichten von früher kannte. Aber wer kannte diese Geschichten schon? Ich war ein Experte für solche Geschichten, durfte sie aber nicht mehr an den Mann bringen. Hier gab es keine Hafenkneipen mit Seemännern, die sich aus irgendwelchen Gründen besoffen, nicht die Mädchen, die ihr Leben erträglicher machten.

Athens hatte zwei kleine Häfen. Der an der Ostseite der Stadt wickelte den Fährverkehr und spärlichen Handel mit New Havanna ab. Ich wurde zeit meines Lebens verdächtigt, ein Sympathisant des dortigen Regimes zu sein, aber das war an den Haaren herbeigezogen. Das einzig gemeinsame zwischen mir und deren Machthabern war, dass wir Atheisten waren. New Havanna hatte nur zwei Vorzüge gegenüber unserer Insel. Die Frauen und das Klima. Die Frauen, und insbesondere die, die an der Küste lebten, waren schöner, freizügiger als die unseren und trugen kein Kopftuch. Mit dem nötigen Kleingeld konnte man dort einen erstklassigen Urlaub verbringen. Die Sandstrände und Buchten dort waren phantastisch, das Wetter wärmer und gewöhnlich besser als hier und wie gesagt: Die Mädchen dort konnten mir den Verstand rauben. Es war nicht nur Propaganda unserer Bischöfe, dass das Leben dort noch lausiger war als hier. Lausiger, ärmlicher und ähnlich paranoid wie hier. Gab es hier einen Untergrund, so machte man sich vermutlich etwas vor, was die Freiheiten in New Havanna anbelangte, aber die sexuellen Freizügigkeiten beschränkten sich auf die Touristen, die dafür bezahlten. New Havanna stand für mich offensichtlich in der Tradition der Insel Kuba, dessen Hauptstadt Havanna hieß. Genauso wie es damals für einen kleineren Zeitraum war, verdiente die Insel ihre Devisen mit Fremdenverkehr, Prostitution und einem vergleichsweise gut ausgebauten Gesundheitssystem und das alles nun nach mehr als 30000 Jahren, aber jedes Kind wusste, das Zeit eine relative Angelegenheit war. Das war uns Menschen seit Einstein bekannt.

Später Nachmittag. Ich hatte noch Gelegenheit in eine der Messen zu gehen, die für uns Christenmenschen Pflicht waren. Das war natürlich reine Zeitverschwendung, eine Stunde praktizierte Scheinheiligkeit, die die Theokratie brauchte, zu überleben. Gebete zu Gott und seinem Sohn Jesus, der für uns am Kreuz gestorben war, von Gott wiederbelebt wurde und in die göttliche Ewigkeit einfuhr, von nun an der Seite Gottes. In Gottes Haus durften Kirchgängerinnen zwar ihr Kopftuch nicht ablegen, schon aber die Messdienerinnen. Es war besonders reizvoll, die Messdienerinnen bei ihrer Ausführung der Liturgie zu verfolgen. Messdienerinnen waren ausgesucht schöne junge Frauen, an denen sich Gott, sein Pfarrer oder sein Bischof und auch wir uns erfreuen konnten. Bei einem solchen Anblick hatte ich früher öfters eine Erektion bekommen und ich war froh, dass ich im Dunkel der Kirche praktisch nie aufgeflogen bin; im Übrigen kniete man die meiste Zeit. Der Priester und seine Messdienerinnen standen im Glanz einer ausgeklügelten Lichtanlage.

Mein Weg führte über mehrere öffentliche Plätze. Die Dichte der Überwachungskameras nahm deutlich zu. Was mit der Flut der Bilder geschah, wusste keiner von uns genau. Jedenfalls war es möglich – und alles ohne Chips – die Wege seiner Bürger nachzuvollziehen. Jeder von uns trug einen Sender, der unentwegt Namen und ID ausstrahlte. Zu jeder Überwachungskamera gehörte auch ein Empfänger, der die Namen oder Nummern auflösen konnte. Bei Massenkundgebungen versagte das System, aber die Wissenschaftler an den Instituten für theoretische und praktische Informatik arbeiteten an dem Problem. Athens war sehr übersichtlich aufgebaut, die Straßen waren durchnummeriert, nur die Straßen, an denen eine Kirche oder ein Kloster steht, trugen einen zusätzlichen Namen. Ich kreuzte die 21ste und wusste Sankt Magdalena befand sich an der 25. Hier waren die Straßen dicht befahren, dem Ottomotor sei Dank. Autos hatten selbstverständlich auch eingebauten Sender, die man irgendwann in naher Zukunft mit Navigationssystemen koppeln konnte. Obwohl die Jungs von der Weltraumbehörde und die von den Informatikinstituten fieberhaft daran arbeiteten, war uns so etwas wie ein GPS noch nicht gelungen. Mit einer wenn auch ausgeklügelten Röhrenelektronik war das auch vergleichsweise schwierig. Unsere Vorfahren hatten ein paar Erfindungen gemacht, die wir nicht nachvollziehen konnten. Es gab darüber kaum historische Dokumente, die Technik musste etwas mit Quantenphysik zu tun haben. Es gab ein paar Gerüchte über die frühere Technik; eines war, dass die früheren Menschen mit der Zunahme der Automation die Technik selbst nicht mehr beherrschten, dass es automatische Fertigungsstätten gab, die die Maschinen für die Chipherstellung produzierten, die ihrerseits Chips für beispielsweise Wundercomputer hoch automatisiert herstellen konnten.

New Avignon konnte fast lichtschnelle Raumschiffe auf den Weg schicken. Ich erreichte die 25. und hatte noch achthundert Meter zu gehen. Ich zeigte mich bewusst den Kameras, mit einem Ausdruck, der sagen sollte: Hier bin ich Leute, ein treuer Bürger, ein braver Neokatholik, ein gläubiger Christ. Ich erreichte Sankt Magdalena zur sechs Uhr Messe. Es waren neben mir vielleicht hundert andere Gläubige in der Kirche. Eine junge Frau fingerte an ihrem Kopftuch und entpuppte sich kurz als Rothaarige. Rothaarige Menschen sind äußerst selten, ich hatte nur ganz wenige in meinem Leben gesehen. Während die Messdienerinnen immer weiß trugen – sie erinnerten mit ihrer Tracht an frühere Tennisspielerinnen oder Eiskunstläuferinnen, trugen die Priester alle möglichen Farben, die von keiner Liturgie vorgegeben wurden. Jeder Priester wählte seine Farbe individuell aus. Dieser hier trug heute Abend ein türkises Gewand. Athens gehört zu den fünf Bistümern, in denen die Messen auf Englisch gehalten wurden, mit nur wenigen Sätzen Latein, die in die Messe hinein gestreut wurden. Nur das Bistum Valencia und das Bistum York praktizierten eine Liturgie in Latein. Keiner konnte dann die Schweinereien verstehen, die Priester und Messdienerinnen untereinander austauschten. Sollte jemand meine Gedanken lesen: Das war ein Witz. Ich schaute andächtig in Richtung Altar, vermeinte sechs Göttinnen wahrzunehmen, verfolgte jeden ihrer Schritte und delektierte mich an ihren Busen und Beinen. Der Priester faltete seine Hände und die sechs dunkelhaarigen Grazien knieten sich vor ihm nieder und küssten sein goldenes Kreuz, das er ihnen darbot. Sie öffneten ihre Münder, zeigten ihre Zungen und empfingen die Hostien. Damit war das Sakrament der Kommunion eröffnet. Es gab drei Anlaufstellen, für Männer, Frauen und Kinder, an denen die Hostien verteilt wurden. Selbst für einen Atheisten war es eine aufregende Sache, sich niederzuknien und einer schönen Messdienerin die Zunge entgegen zu strecken. Dabei schaute man der Ministrantin in die Augen. Ich für meinen Teil hatte immer versucht, ein Zeichen der Zuneigung für mich zu entdecken, aber vergeblich. Diese hier hatte einen großen Busen, einen religiös freizügigen Ausschnitt und ich hätte mir ein Ritual gewünscht, die Milch einer Göttin symbolisch zu kosten, nicht das Blut Christi. Ich schaute also in ihren Ausschnitt, um dann ihre geschminkten Augen zu suchen. Sie wirkten ausdruckslos und kalt. Ihre roten Lippen bewegten sich: „Nimm den Leib und das Blut Christi!" Mehr sagte sie nicht zu mir und ich streckte ihr die Zunge entgegen. Womöglich empfindet ein Verheirateter bei solch Ritual nicht viel mehr als bei einer Arzthelferin. Ich war ein Atheist, der hin und wieder ganz gerne in die Kirche ging. Aber ich hatte sowieso keine Wahl, ein Schwänzen der Messen und Andachten war strafbar und nur durch Krankheit und andere Sonderumstände entschuldbar.

Ich kannte niemand in der Kirche. In meinen Gebeten dachte ich an den prächtigen Ausschnitt und die offenen Haare, an das, was ich noch zu sehen bekäme. Scheinheilig sein war alles in unserer Gesellschaft. Nach der Messe verspürte ich einen gewissen Hunger und zugleich ein Bedürfnis nach Gesellschaft, nach Wein, Weib und Gesang, etwas, das in Athens auch nur spärlich zu finden war. Jeder, der irgendwann Urlaub in New Havanna gemacht hatte, hatte Sehnsucht nach einer wenn auch vielleicht kostspieligen Freizügigkeit, die in dieser Prüderie nicht sein durfte. Freizügigkeit war hier gefährlich, aber sie gab es, wenn auch selten. Ich wünschte mir eine scheinheilige Doppelmoral, die ein Auge zudrückte, wenn man sich vergnügen wollte. Das andere mochte das überwachende Staatsauge sein, in die Zukunft gerichtet, das Auge, das Gesetze, Moralgebote, Vorschriften las, während das erste Auge übersah oder sogar an der Lust partizipierte. Mit Moral und Scheinheiligkeit alleine hätte ich überhaupt kein Problem gehabt. Ich wäre für immer ein treuer Staatsbürger gewesen.

Die Kneipe, in die ich wollte, war nicht weit von der Kirche entfernt und somit konnte ich mir Geld für Bus und Taxi sparen. Ich erreichte die „Gemütliche Ecke" nach zehn Minuten und befand mich nicht im vornehmsten Teil von Athens, aber in unmittelbarer Bahnhofsnähe. Es trieb sich hier ein Völkchen rum, das trotz aller Überwachungsstrategie der Klerikalen, sich einen gewissen Freisinn erlaubte, mitunter auch Freizügigkeit, die meist kostete; manchmal auch nicht. Gesangdarbietung und auch Tanz konnte man beiwohnen. Die Kneipe war, als ich eintrat, schon gut gefüllt. Es gab zwei Überwachungskameras und die Elektronik hatte gut zu tun, um zu registrieren, wer denn alles sich in dieser Spelunke aufhielt. Aber wenn ich es richtig verstanden hatte, galt es nur als ein bisschen subversiv, sich in solchen Lokalitäten aufzuhalten. Nur die unteren Schergen der Klerikalen mochten sich die Kneipenszenerie auf den Überwachungsmonitoren anschauen, hin und wieder gab es ja einen freien Bauchnabel zu sehen, zwar keine Ausschnitte, keine nackten Beine, aber ganz selten eine Knutscherei, die sich angetrunken nicht immer vermeiden ließ, nicht reizlos, aber an der Grenze der Subversion und an sich verboten. Hin und wieder ein Grund für eine Razzia. Die oberen Klerikalen delektierten sich bestimmt an ihren Frauen und Messdienerinnen; sie schauten uns nicht zu. Es gab viel zu beobachten in New Avignon, die Röhrenindustrie boomte. Ich orientierte mich, fand einen Platz, und als ich Gelegenheit hatte, eine Bestellung aufzugeben, orderte ich ein Bier und ein Schnitzel mit Champignonsoße. Auch die Champignons hatten ihren Ursprung auf der Erde, genauso wie das Schwein, das sein Leben hingeben musste, um als Fleisch auf den Tellern von fast subversiven Kneipen zu landen. Die Sauce war dunkel, die Kartoffeln frittiert und dazu gab es einen kleinen Salat in Joghurtdressing. Mein Bier war obergärig, ich mochte es so lieber. Ein paar Gesichter kannte ich aber nur flüchtig neben Margarete, der Kellnerin. Mein Appetit verdrängte ein Bedürfnis nach Gesellschaft, solange das Schwein auf meinem Teller lag, gab es nichts zu besprechen. Für Schweineschnitzel und Bier reichte mein Taschengeld noch, für Paola in New Havanna nicht. Ich war mir sicher, sie hatte sich auch in mich verliebt, beteuert hatte sie das allemal. Ich schaute Margarete bei ihrer Arbeit zu. Sie hatte vermutlich dunkles, langes Haar und es erschien mir so, dass ihre Hose zu eng war, vermutlich nicht ohne Absicht. Noch bevor das Schwein sich völlig mit mir verbunden hatte, bestellte ich bei Margarete ein weiteres Bier. Ich lächelte sie an, was sie professionell ignorierte. Wenn ich einige Dollars hier gelassen hatte, würde sie etwas zugänglicher werden, manchmal lächeln. Zur frühen Stunde wagte es niemand, ihr einen Klaps auf ihren Hintern zu geben, aber nach Mitternacht konnte es passieren, wobei sich nicht jeder das erlauben durfte, dies alles in guter Hoffnung, dass niemand an den Monitoren zuschauen würde. Nach dem Schwein musterte ich erneut die Kneipe, die fast ausschließlich von Männern bevölkert war. Der Frauenanteil mochte bei zehn Prozent liegen und man konnte davon ausgehen, dass sie beobachtet wurden. Es war selten, dass sich verheiratete Pärchen in solche Kneipen verirrten. Die Frauen, die hier alleine hingingen, waren per se verdächtigt und sie wussten sich vorsichtig zu verhalten. Ich konnte nie genau sagen, wie sehr meine paranoide Stimmung, die mich auch in dieser Kneipe begleitete, typisch für die anderen Gäste war. In einer paranoiden Gesellschaft versteckte sich jeder so gut, wie er konnte. Hier war mit Sicherheit jeder paranoid. Auf dieser Welt war jeder paranoid. Paola war paranoid und somit das gesamte New Havanna und jenseits von New Havanna und New Avignon lebte der komplette Wahnsinn. Während 95 Prozent der kompletten Landfläche dieses Planeten von einem völlig unvorstellbaren Wahnsinn besiedelt waren, herrschte auf unseren beiden Inseln ein beinahe moderater Wahnsinn, die Paranoia. Die Unterdrückung und die Paranoia funktionierten offensichtlich schon immer. Jetzt wurden Überwachungskameras und Sender eingesetzt, um ihr Feuer anzufachen. Ich grinste, so war das hier, aber an und für sich hätte ich meinen Job als Lehrer für Vorgeschichte gerne wieder gehabt. Wenn ich mich nur genug verfolgt fühlen würde, wenn ich mehr beten würde, am besten öffentlich, würde ich meinen Job mit Gottes Gnade zurückbekommen. Und das Taschengeld für Paola

Wie es sich gehörte, betete ich nach dem Essen, um mich für Gottes Gaben zu bedanken. Glücklicherweise brauchte ich nicht laut dabei sprechen, denn dem Ritual genügte, die Lippen zu bewegen. Es war unwahrscheinlich, dass man meine Gedanken lesen konnte, aber ich vermutete, es wurde daran geforscht. Glücklicherweise musste man nicht nach jedem getrunkenem Bier eins dieser Gebete vortäuschen, nur bei größeren Sachen wie einem Schweineschnitzel, nach getaner Tagesarbeit oder einem abgeschlossenen Geschäft. Für mich war es typisch, bei solchen Gebeten an Messdienerinnen zu denken. Als Atheist betete ich überdurchschnittlich lange. Ich wurde bei meiner Gotteslästerung von Paul gestört, der die Kneipe betreten hatte und ohne groß zu fragen, sich zu mir setzte. „Hi!" - „Hi, Paul!" - „War ein bisschen schwül heute" - „Ich war am Meer, schwimmen" Paul musterte mich, of-

14

fensichtlich ein Wasserscheuer, dessen Ganzkörperkontakt mit Wasser sich auf ein gelegentliches Bad beschränkte. „Aber das ist doch gefährlich hier" - „Mit Gottes Hilfe war es kein Problem. Ich bin ein geübter Schwimmer." Er lächelte mich an. „Bis nach New Havanna hast Du es aber nicht geschafft!" Das wäre etwas weit, aber seltsam, die Idee kam mir immer, wenn ich ins Wasser stieg. Aber zweihundert Kilometer waren dann doch ein bisschen viel. Paul war vermutlich noch „jungfräulich" und bewunderte mich wegen meiner Abenteuer drüben, obgleich ich in meinen Erzählungen nie konkret geworden war. Von seiner Namenscousine wusste er nichts. Er war ein Stück jünger als ich und mochte Anfang zwanzig sein. Die Aufnahmeprüfung für das Studium der Hohen Theologie hatte er nicht geschafft, er hatte Physik studiert, ein Fach, das leichter zugänglich war, Beziehungen waren dafür kaum von Nöten; es zählte mehr Talent fürs Fach als Schauspielkunst. „Das Schwein ist essbar hier und die Pilzsauce eine der besten, die mir untergekommen ist. Willst du auch essen?" - „Nein, ich brauche ein paar Bier, Zerstreuung und etwas Unterhaltung." Er bestellte bei Margarete ein Bier. Man bemerkte, dass er sie anbetete. Er war an meinen Geschichten interessiert, Geschichten von früher, Geschichten für die ich Experte war. „Diese Schweine wurden auch eingeführt?", fragte er. Das wusste eigentlich jedes Kind. „Unsere Vorfahren nahmen jede Menge Saatgut und eine Vielzahl von eingefrorenen Embryonen mit. Die Voyager war eine Arche, wie du sie von Noah kennst. Aber auf das übliche Ungeziefer hatte man verzichtet. Deswegen gibt es bei uns keine Ratten." - „Was sind Ratten?" - „Ratten waren sehr verbreitet auf der Erde. Ratten sind größere Mäuse, mitunter aggressiv, recht intelligent und Überträger diverser ansteckender Krankheiten gewesen. Auf der Erde gab es überall Ratten, weil sie in der Besiedlungsgeschichte der Menschheit stets unfreiwillig mitgenommen wurden. Man hat bei der Voyager peinlich darauf geachtet, keine Ratten mitzunehmen. Aber auf Mäuse hat man nicht verzichtet. Es gibt ja inzwischen Arten, die ein Stück größer sind als ihre Vorfahren. Was dann damals auf New Avignon und New Havanna geschah, war eine Art Terraforming. Man versuchte die endemische Flora und Fauna mit den eingeführten Arten zu verdrängen, was nun ja teilweise gelungen ist." Paul fragte wie ein Kind. „Waren es ausschließlich ethische, religiöse Gründe, die die Besatzung der Voyager hatten?" - „Religiöse Gründe trifft weniger zu. Die Besatzungsmitglieder der Voyager gehörten allen möglichen Religionen an. Neben dem Katholizismus gab es ja noch andere monotheistische Religionen, es gab aber auch Vielgötterei, gottlose Religionen und natürlich Atheisten. Auf der Erde gab es religiöse Vielfalt und immer wieder Spannungen zwischen den Religionen, aber auch friedliche Koexistenz. Das, was die Passagiere der Voyager bei all ihren Unterschieden verband, war die Ablehnung der Gentechnik, die auf der Erde wohl sehr verbreitet war. Man zögerte nicht mehr, die menschliche DNA zu manipulieren. Vermutlich gibt es auf der Erde keine Menschen mehr." - „Ja es sind mehr als dreißigtausend Jahre vergangen, denn die Erde ist etwa dreißigtausend Lichtjahre entfernt." Ich war überzeugt davon, dass Paul die Relativitätstheorie verstanden hatte. Wir waren wissenschaftlich und technologisch fast so weit wie sie damals. Paul blieb bei dem Thema. „Ich frage mich oft, warum sie ausgerechnet hier gelandet sind." Ja, die Lage unseres Planeten war schon ein bisschen mysteriös. Seine Sonne befand sich in der Nähe der Rotationsachse der Galaxis und an ihrem äußeren Rand. Die Rotationsachse der Umlaufbahn von New Earth stand nahe zu senkrecht zu der der Galaxis, zu der die Achse von New Earth mit 17 Grad geneigt war. Das hatte den Effekt, dass im Winter der nördlichen Halbkugel praktisch gar keine Sterne zu sehen waren, während im Sommer nachts die majestätische Milchstraße zu sehen war. Das geübte Auge konnte dann bei besten Sichtverhältnissen knapp hundert Sterne ausmachen. „Warum ausgerechnet hier, eine Welt am Rande der Milchstraße, die kaum bewohnbar ist?" - „Bewohnbar ist sie schon, da müsste man nur die Aborigines fragen können. Der Menschheit stehen hier gut 600000 Quadratkilometer zur Verfügung, wie viel war es auf der Erde?" - „Ich glaube, es waren mehr als 100 Millionen Quadratkilometer, wobei Teile aus Wüsten, Eiswüsten und unwirtlichen Gegenden bestanden" - "Man müsste die Aborigines vernichten!" Ich schwieg zu dieser Bemerkung. Ich wusste, es gab bei den Klerikalen Tendenzen, solche Dinge zu diskutieren. Es war nicht einfach, die Aborigines zu vernichten, ohne sich selbst zu vernichten. Die Aborigines wohnten nicht in Städten, sondern kleinen Dörfern, von denen es sehr, sehr viele gab. Sollte man wahllos alles bombardieren oder einen Virus züchten, der sie tötete, unter dem Vorbehalt, dass Genmanipulation strengstens verboten war? Piloten mussten die Kontinente in mehr als dreißig Kilometer überfliegen, um nicht wahnsinnig zu werden. „Paul, die Vorfahren, die unsere Sprache sprachen stammten von England, genauer gesagt aus Großbritannien, in dessen Blütezeit mehr als fünfzig Millionen Menschen lebten. New Avignon hat eine größere Landfläche als Großbritannien, ein angenehmeres Klima und nur 20 Millionen Einwohner. Wir brauchen die Kontinente nicht als Lebensraum. Wir müssen die Aborigines nicht ausrotten" -"Denke an die Rohstoffe, die uns entgehen. Unsere Wirtschaft hätte ganz andere Möglichkeiten. Schon in der Forschung fehlen uns die seltenen Elemente." Da hatte er recht. Unsere Festkörperphysik musste weit hinter dem zurückliegen, was unsere Vorfahren vermochten. Irgendetwas fehlte uns im Verständnis der Quantenphysik. „Über die wichtigsten Rohstoffe verfügen wir. Wir können sogar Sternenschiffe bauen, verfügen über die Technik mit Schiffen Lichtgeschwindigkeit zu erreichen." „Annähernd Lichtgeschwindigkeit", verbesserte er mich. Als Physiker musste er das besser wissen. Ich wusste, er sah die Sache mit den Aborigines anders, „Die Aborigines waren vor uns da, ihnen gehörte diese Welt und sie haben eine Seele" - „Darüber gibt es theologischen Disput" - „Die Aborigines sind auch Gottes Geschöpfe. Er hat ihnen Verstand, Intelligenz und auch eine Seele gegeben." Ich führte in solchen Diskussionen schnell solche Hammerargumente. „Sie sind primitiv, verfügen kaum über Technik. Macht euch die Erde untertan, heißt es" - „Das galt für die Erde". Ich musste lächeln. Wenn alles gut gegangen war auf der Erde, lebte dort eine friedliche Superintelligenz, die kaum noch etwas mit Menschen zu tun hatte. Mit etwas Glück konnte man Menschen vielleicht in Zoos antreffen, in Reservaten. Menschen, die Menschen bleiben wollten, dumm, verletzlich und sterblich. Kein Mensch konnte ernsthaft Mensch bleiben wollen. Dieser Gedanke war meine Häresie, rüttelte an den Grundfesten des Neokatholizismus und an der Staatsideologie, die im sozialistischen New Havanna gepflegt wurde. Die Ablehnung der Gentechnik war der Grund, warum wir hier waren. Wir zündeten beide unsere Zigaretten an. Ich konnte mir eigentlich nicht vorstellen, dass es auf der Erde noch Menschen gab, es sei denn eine Sekte wie die Passagiere der Voyager hätte unter solchen Verhältnissen dreißig Tausend Jahre überlebt. „Ich würde gerne zur Erde fliegen", sagte Paul und ich konnte mich dem Reiz dieser

Vorstellung nicht ganz entziehen. All mein Halbwissen über die Vorfahren hätte ich zu Wissen umwandeln können. „Die Aborigines sind Heiden, keine Katholiken" - „Na und, darf man sie deswegen umbringen. Kein Mensch weiß, woran sie glauben." Er trank an seinem Bier, und ich hoffte, er würde das Thema wechseln. Die Musik in der Kneipe wurde etwas lauter und eine Tänzerin bewegte sich auf die Tanzfläche und begann mit ihrem schicklichen Tanz. Paul und ich waren abgelenkt, folgten gebannt ihrer Bewegung. Die Tänzerin war unter dem Namen Francesca vorgestellt worden. Praktisch alle Blicke der Gäste waren auf die Tanzfläche gerichtet, Gespräche waren verstummt. Francesca brachte die Dialektik der sittlichen und unsittlichen Bewegungen. Jeder wünschte sich, dass sie ihr Kopftuch löste, was sie natürlich nicht tat.

Francesca bekam größeren Applaus. Paul klatschte begeistert. Während sie sich verbeugte, stellte er sich vor, dass sie ihr Haar nach vorne fallen ließ. „So jemanden möchtest Du sicherlich heiraten", scherzte ich „Ja sicher. Sie ist fantastisch" - „Von Physik wird sie weniger verstehen" - „Das ist doch völlig egal!" Gegenseitiges Verständnis, auf einer personellen Ebene war wichtig, dachte ich. Wenn ich meinen Job als Lehrer wiederbekommen würde, hätte ich eine Chance zu heiraten. Nicht die erst Beste versteht sich. Paola und ich hatten uns verstanden. Sie konnte mir jeden Wunsch von den Lippen ablesen. Vielleicht war sie Telepath, ein sehr schöner Telepath, bei der ich nicht das Gefühl gehabt hatte, ausspioniert zu werden, wen auch nicht auszuschließen war, dass sie für die Staatssicherheit arbeitete. Sie diente ihrer Gesellschaft genug damit, dass sie ihre Beine breitmachte, mit ihrem Charme und ihrer Lebenslust, die mir nicht vorgespielt vorkam. „Francesca wird wohl heute Abend nochmals auftreten", meinte ich zu Paul, der ihr nachstarrte, als sie durch eine Hintertüre verschwand. Die begehrten, heiratsfähigen Frauen standen nicht auf Studenten oder mittellose Absolventen eines Studiums, da ihnen genügend Männer zur Verfügung standen, die Bares in der Tasche hatten. Niemand schien die romantische Liebe zu kennen – ich schon, als Experte hatte ich darüber gelesen. Es musste sie gegeben haben, auf der Erde, und vermutlich gab es sie auch hier, vereinzelt, ohne als Idee oder Begriff in den Köpfen der Leute zu existieren. Allerdings war die romantische Liebe nur ein romantisches Gespinst, ein Ideal bestimmter Kulturen auf der Erde, geeignet für Dramen und Komödien, weniger geeignet fürs wirkliche Leben mit seinen existenziellen Widerwärtigkeiten. Eine Leitlinie für Pubertierende, die auch damals nur schlecht verstanden wurde, so schätzte ich. Paola hatte ich „romantisch" geliebt, in den zwei Wochen, aber es gelang mir nicht, sie zu einer Flucht zu überreden. In unseren Gesellschaften musste man fliehen, um „romantisch" lieben zu können. Aber wohin? Es gab in den Ozeanen ein paar, kleinere unbewohnte Inseln, für die sich niemand interessierte. Historisch bedingt war es wohl dadurch, dass man sich vom Meer nicht ernähren konnte. Alles, was dort schwamm, war ungenießbar, unsere Fische hatten keine Chance gehabt zu überleben.

Da wäre noch unser Nachbarplanet, dessen Biologie praktisch eine völlig andere ist, mit einer anderen DNS, wenn ich es mal salopp sagen darf. Ein Ort, der in Verdacht steht, von einer Superintelligenz bevölkert zu sein, die womöglich mit unseren Aborigines verwandt ist. Sämtliche Rückkehrer der ersten Expedition wurden zuerst Patienten einer geschlossenen Anstalt, so die Gerüchte.

Von einem Nachbarplaneten zu sprechen, war eigentlich falsch. Die Nachbarplaneten unserer Welt waren unbewohnbar, aber unsere Sonne hatte einen kleinen Schwesterstern, nicht viel weiter entfernt als Pluto oder Neptun von der Erde und diese kleine rote Sonne umkreiste ein Planet, der Leben barg, anderes, unheimliches Leben. Man nannte diesen Planeten Aurelia, seine Oberfläche bestand aus mehr als neunzig Prozent Wasser. Der Wahnsinn, der von Aurelia ausging, unterschied sich vermutlich nicht sehr von dem, was von unseren Kontinenten ausging. Wohin, bitte schön, sollte man fliehen? Vielleicht entwickelte man gegen den Wahnsinn, der von den Aborigines ausging, eine Immunität, wenn man sich ihm lang genug aussetzte, aber von den Verschollenen war bisher niemand zurückgekehrt. Paola konnte sich kaum ein Leben mit Robinson vorstellen, ein Leben in völliger Primitivität. In einer Überwachungsgesellschaft konnte man nicht wirklich fliehen, auch wenn es in New Avignon sehr dünn besiedelte Gegenden gab, aber Paola und ich waren dort nicht überlebensfähig. Es gab nirgendwo ein Asyl für die von der romantischen Liebe betroffenen, unsere Liebe war so verboten wie die von Romeo und Julia. Es standen sich nicht zwei befeindete Familien gegenüber, sondern zwei befeindete Gesellschaften, die zwar zuließen, dass wir Liebe machten, wenn denn der Dollar floss, aber keine Liebesliaison.

„Willst du auch noch ein Bier?" Paul riss mich aus meinen Gedanken raus. „Ja, ich denke, ich brauche noch einige. Ich zündete mir eine Zigarette an. Von all den Genussmitteln, die die Erde kannte, gab es im wesentlichen nur zwei nicht. Es gab keinen Kaffee und keinen Kakao. Kaffee musste eine ähnlich belebende Wirkung wie Tee haben, aber völlig anders schmecken. Die Kaffeepflanzen hatten auf New Avignon und New Havanna keine Chance, ebenso wenig Coca. Von den verbotenen Dingen gediehen Cannabis und auch Schlafmohn auf New Havanna prächtig. Es war nicht nur Tee, der von der südlichen Insel kam, deren Südspitze knapp 2500km vom Äquator entfernt war. New Earth war etwas größer als die Erde, weniger dicht, aber alles in allem schlug die Schwerkraft etwas härter zu als bei unserem Ursprungsplaneten, etwa 5 Prozent härter. Bier kam und wir versuchten, Margarete anzulächeln, die aber unsere Kontaktaufnahme ignorierte. Noch! Paul zündete sich ebenfalls eine Zigarette an. Tabak gedieh hier prächtig. Unser Gespräch war verebbt. Paul war in Gedanken vielleicht bei den Frauen in dieser Kneipe, die er nicht kriegen würde, vielleicht auch bei seiner Physik. „Womit willst du den im Sommer Geld verdienen?", fragte ich ihn. „Als Versuchskaninchen. Es gibt da ein Forschungsprogramm, das Antipsychotika entwickelt. Die sollen in Gegenwart der Aborigines getestet werden." Zuerst begriff ich nicht. Man wollte Testpersonen den Aborigines aussetzen, Testpersonen, die etwas gegen Wahnsinn geschluckt hatten, damit sie dem Wahnsinn, der von den Aborigines ausging, standhielten. Unsere Psychiatrie behandelte mit Schocks und Psychopharmaka Psychosen und Depressionen, die es auch auf dieser Welt gab. Wenn nicht hier, wo sonst? Vermutlich war ein Verrückter auf die Idee gekommen, die neuesten Produkte, die in den Irrenanstalten eingesetzt wurden, in Kontakt mit den Aborigines auszuprobieren. „Aber das ist doch gefährlich", äußerte ich mich. „So gefährlich nun auch wieder nicht, man bezahlt ganz gut, inklusive eines zweiwöchigen Urlaubs in New Havanna." Ich schluckte. „Möglicherweise bleibst du wahnsinnig. Für immer wahnsinnig" - „Eher unwahrscheinlich. Zudem schützen ja die Psychopharmaka" - "Vielleicht kriegst du ja auch einen Schaden von dem Zeugs, dass du einschmeißt."

Er schaute mich verständnislos an, zog an seiner Zigarette, trank an seinem Bier, als ob er mir sagen wollte: „Mein Freund, all das, was wir hier zu uns nehmen, schädigt uns auch!" Die Diskussion wurde nicht weiter fortgeführt, weil sich Peter zu uns setzte und das übliche Begrüßungsritual begann. „Ich brauche Bier und Weiber", sagte der dann. Peter war einfacher Industriearbeiter, las aber ganz gerne und ich versorgte ihn mit „verbotener" Literatur. „Das du hier Bier kriegst ist ziemlich wahrscheinlich. Aber Weiber?", entgegnete ich ihm lächelnd, während Paul mich aufmerksam musterte.

„Meine kleinen Freunde. Für wen arbeitet ihr? Peter und Paul vom klerikalen Geheimdienst, geschickt, um mich auszuspionieren, mich zu verraten, mich auszuliefern, an die Messer der Geistlichkeit. Wer von ihnen will mich der Verbrechen überführen, denen ich mich schuldig gemacht habe." Die üblichen Gedanken. Mein größtes Verbrechen: Ich glaubte nicht an Gott und somit nicht an seine Verwalter auf New Earth. Ich war verdächtigt worden, aber nicht überführt. Wer von euch würde mich überführen? In einem betrunkenen Moment hatte Peter mir gestanden, dass er kaum an Gott, wie er uns gepredigt wurde, glaube. Im Übrigen war ich schon in seiner Hand, ich versorgte ihn mit verbotener Literatur. Studenten und Lehrende der Vorgeschichte durften ihre Lehrmaterialien nicht öffentlich machen; was wir lehrten, war zwar öffentlich, aber zensiert. Vorausschauend mussten wir selbst zensieren. Insofern gehörten wir einer wissenden Kaste an, die es besonders zu beobachten galt. Waren Peter und Paul Beobachter? Auch Peter wollte offensichtlich nichts essen. Er und Paul unterhielten sich über Weiber im Allgemeinen und Weiber in dieser Kneipe, ohne eigentlich die geringste Ahnung zu haben, was Weiber waren. Gut, Peter hatte wohl eine gewisse Ahnung, aber auch er war unverheiratet. Ich hatte eine gewisse Ahnung über Weiber und es war völlig egal, dass Paola die perfekteste Schauspielerin der Welt war, auch sie hatte meinen Erfahrungsschatz bereichert, sodass ich zwar mit Ahnung ausgestattet war, aber ich war entfernt davon zu sagen: „Ich verstehe die Frauen!" Während Bier und Wein mein intellektuelles Vermögen in die Knie zu drängen versuchten, waren andere Sphären meines Geistes bemüht, festzulegen, was ich hier eigentlich wollte. Trinken, ja sicher! In Berührung mit einer Frau kommen, die quasi instantan meine Gefühle in Wallung bringen würden, Berührungen, berühren, was ich immer berühren wollte, berührt werden, an der einen oder anderen Stelle. Meine Tendenz mich daneben zu benehmen war größer als meine Disziplin, die als Parole Anpassung ausgab, die äußerste Konformität von mir verlangte, was den Hedonisten in mir aber nicht kümmerte. Dieser Hedonist lebte im Hier und Jetzt und selbst die Versprechungen, dass bei genügend Disziplin und Konformität die Ehefrau sicher wäre, zogen nicht. Ich war mir sicher, dass Paola mir nie langweilig würde, aber gewöhnlichen Ehefrauen wurde auf Dauer eine Langeweile erzeugende Frigidität unterstellt, und es musste ein irgend gearteter Untergrund sein, der solche Vorurteile über Ehefrauen verbreitete. Gab es einen Untergrund? Wer waren Peter und Paul? Wer war ich? Peter war auch einige Jährchen jünger als ich und stand also noch voll im Saft. Alles in allem wollte ich die Erotik an diesem Abend für mich nicht ausblenden.

Der Abend nahm seinen feucht-fröhlichen Verlauf und ich war bemüht, nichts Falsches zu sagen. Der Alkohol erschwerte die Kontrolle und mein Bedürfnis über unsere Gesellschaft herzuziehen, wuchs. Ich erlaubte mir dosierte Frechheiten, immer bemüht, weniger ketzerisch und aufrührerisch als meine Freunde zu bleiben. Peter und Paul suchten sexuelle Freizügigkeit, politisch war Peter der Rebellischere, und wenn ich ihm auch eine gewisse Vorsicht unterstellte, so war er eigentlich ein Fall für die klerikale Staatssicherheit. Aber vielleicht war er nur ein Agent provokateur, der Abtrünnige wie mich zu überführen suchte. Hier konnte man keinen Freunden trauen, die man mehr als zehn Jahre kannte. Peter und Paul kannte ich seit etwa sechs Monaten, seitdem ich mich in der Gegend von Athens aufhielt. Sie wussten, dass ich Lehrer für Vorgeschichte war, fragten aber nie danach, warum ich meinen Job verloren hatte. Zu welcher Seite gehörten sie? Oder waren sie einfach Jungs, die ein bisschen Spaß suchten und zu viel Fragen stellten, die nicht der gewünschten Norm der Fragen entsprach, dessen Antworten das Fundament unserer Gesellschaft bildeten. In meiner Vorstellung baute sich oft das Bild mehrerer subversiver Ebenen auf. Es gab die hedonistische Ebene, die in bestimmten Rahmen von den Staatswächtern geduldet wurde. Ich meinte damit Dinge wie Alkohol, Sex und streng genommen auch Dinge wie Cannabis, alles subversiv, aber gleichsam ein Ventil, um zu betäuben, um abzulenken. Wenn ich meine kriminellen Energien dafür einsetzen musste, um Spaß zu finden, blieb für andersgearteten Widerstand kein Raum. Die ketzerische Ebene: der ketzerische Gedanke war an sich harmlos, die abschreckenden Mechanismen der theokratischen Gesellschaft bewirkten, das er nie geäußert wurde. Die Gesellschaft konnte gut auf Scheinheiligkeit basieren.

Mir kam es sogar so vor, dass sie eine notwendige Voraussetzung für ihr Bestehen war. Zugegeben, eine Spur scheinheiliger hätte unser Land schon sein können. Ketzer, die sich ketzerisch äußerten, lebten gefährlich, wenn ihr Tun sich auch etwas relativierte, wenn sie sich berauscht äußerten. Und dann gab es die Ebene des Untergrunds, aber niemand von uns wusste, ob es den Untergrund gab. Anschläge passierten in New Avignon vielleicht alle zehn Jahre einmal und niemand erfuhr jemals etwas über die wahren Hintergründe. Und alles in allem waren zehn Jahre eine lange Zeit, in der sich ein Untergrund beliebig oft gründen und auflösen konnte. Die Attentate konnten die verschiedensten Hintergründe haben, politische Rivalitäten, womöglich New Havanna oder ein irgendwie geistig gestörter Hintergrund. Ich war ein Ketzer, der hin und wieder gerne seine Gedanken äußerte, bemühte mich aber immer, vorsichtig zu bleiben. Jeder hatte wohl ein Bedürfnis, einen Teil seiner Gedanken zu äußern. Ich würde mich nie und niemals einem irgendwie gearteten Untergrund anschließen. Dafür war ich viel zu feige, und ich sah auch nirgends eine Chance auf Erfolg. Obgleich es auch für mich äußerst reizvoll gewesen wäre, unter ähnlich Gesinnten meine Gedanken zu äußern, war der Preis dafür viel zu hoch. Hier mit Freund Alkohol hin und wieder die ketzerische Ader herauszulassen war weit weniger gefährlich. Und eins war mir klar, eine attraktive Frau, mit der ich mich freizügig ausleben konnte, die ich malen und fotografieren konnte, die alle ihre Verführungstricks für mich reservierte, eine Priesterin des Sexes, würde mich alle umstürzlerischen Gedanken vergessen lassen. Als Paola mich ritt, ich abwechselnd in ihr lächelndes Gesicht und auf die sich bewegenden großen Brüste schaute, hätte ich heraus gestöhnt, dass ich an die Allmacht Gottes glaube, an alle Engel und Wunder, aber

Paola war Mitglied einer atheistischen Gesellschaft, sodass ein ausgestoßenes Glaubensbekenntnis beim Orgasmus unnötig war. Für geilen Sex hätte ich meine Seele verkauft, wenn ich denn eine gehabt hätte.

Wir vertrieben uns die Zeit mit Spielchen, Paul spielte gern und gut ein 9x9 Go. Eine kurzweilige Abwechslung, bei der wir ohne Vorgaben gegen ihn keine Chance hatten. Kartenspiele, Würfelspiele, Brettspiele; so musste das früher auch auf der Erde gewesen sein. Seltsamerweise waren Glücksspiele nicht verboten. Und so spielten wir um Runden und es schien so, dass von Runde zu Runde das Gesicht von Margarete freundlicher wurde. Ich bedauerte, dass sie keinen Ausschnitt trug, niemand außer Messdienerinnen durfte einen Ausschnitt tragen. Diese Logik hatte ich nie verstanden. Mir reichten selten drei Vorgaben, um gegen Paul auf dem kleinen Brett gewinnen zu können, Peter benötigte vier. Ich hingegen war der bessere Schachspieler, aber nur selten spielten wir Schach bei unseren Treffen..Während an anderen Tischen gewürfelt wurde oder Karten gedrescht wurden spielten wir das anspruchsvollere Go. Es gab verschiedene Spielfelder aus Leder, verschiedene Größen, die bedingten, dass die Spieldauer unterschiedlich lange war. Wir bevorzugten das kurzweilige 9x9 Feld, ein Spiel dauerte dann kaum länger als fünf Minuten. Wenn Paul spielte, schaute Margarete hin und wieder kurz zu, eine willkommene Abwechslung. Der Spielfreie hatte Gelegenheit zu schauen, Gelegenheit zu flirten. Ich war mir sicher, dass sie für Geld zu haben war, wie auch die anderen Frauen, die sich in der Spelunke befanden. Obgleich die neokatholische Kirche etwas gegen die Beschneidung der Frau hatte, gestand sie einer Frau keine Freude beim Geschlechtsverkehr zu. Ich fürchtete, die Kirche hielt die Beschneidung für unnötig, weil man Frauen eh keine Lust beim Sex unterstellte. Ausnahmen bestätigten die Regel. Sollten sich in der Kneipe nur Ausnahmen befinden? Während ich mit Paul ein Spielchen machte, stand sie an unserem Tisch. Einer meiner Geistesblitze wurde nicht unerheblich gestört, als ich glaubte, aus Peters Mund etwas Unerhörtes zu vernehmen. „Ich mag Deinen geilen Arsch!" Konnte es sein, dass sie ihn anlächelte? Sie sagte etwas, was ich nicht verstand. Ich verlor die Partie und konzentrierte mich auf Margarete, die nun im hinteren Teil der Kneipe bediente. „Tolle Frau", sagte ich in die Runde. Keiner meiner Freunde hatte sich je geoutet, sie gehabt zu haben. Woher kam nun der Mut von Peter? Einmal war immer das erste Mal. „Ich will sie haben", sagte Peter. Ein Indiz dafür, dass ich nicht völlig unter paranoiden Wahnvorstellungen litt. „Sie wird nicht ganz billig sein", entgegnete ich und begab mich vorsichtig auf die subversiven Pfade, die ich liebte. „Das ist mir egal", sagte er und begann von den Vorzügen Margaretes zu schwärmen. Paul, der ebenfalls auf sie stand, musste aber erst Versuchskaninchen bei den Aborigines spielen, um auch annähernd so viel Taschengeld zu besitzen, um sich Frauen wie Margarete leisten zu können. Mein Urteil basierte auf Vorurteilen, denn zuverlässige Informationen und einen transparenten Markt gab es nicht. Es war klar, was Paola gekostet hatte. Die Preise für die Prostituierten New Havannas waren festgelegt, auch wenn man dann freiwillig noch draufzahlte. Einen Wochenlohn eines Lehrers für Vorgeschichte für einen Tag mit Paola. Gespannt wartete ich darauf, wie sich die Avancen von Peter sich in dieser Nacht steigern würden.

- 2 -

28

Die majestätische Milchstraße hing über unseren Köpfen, wir gingen Richtung Hafenviertel; ich, Paul und Peter, mit Katharina im Arm. Die Spiralgalaxie bedeckte den kompletten Himmel. Dort irgendwo oben lag unsere Herkunft, die gleichsam die Zukunft der Menschheit war. Vor mehr als dreißigtausend Jahren hatte dort die Menschheit begonnen, den Weltraum zu erobern, begonnen sich selbst zu verändern, sodass der Begriff Menschheit für das, was sich dort oben befinden musste, im Prinzip unpassend war. Man stieg zwar nie in denselben Fluss, so heißt ein alter Spruch, aber mir war klar: Ein Bach war kein Strom. „Wie weit ist es noch?", drängelte Katharina. Es sind noch circa 30000 Lichtjahre bis zur Erde", versuchte ich zu scherzen. Ich scherzte gerne, wenn ich torkelte. „Ich meinte nicht die Erde, du Penner!" Frauen konnten sich alles herausnehmen, solange sie mit Unverheirateten zusammen waren. „Katharina, Engel, es dürfte sich um drei Minuten handeln, vierhundert Meter. Wie viel ist das in Lichtjahre ausgedrückt, Paul?" Paul berechnete offenbar anderes. Er guckte mich an und torkelte weiter. „Hat den jemand Achtung vor dem, was sich über uns befindet? Dort wohnt Gott!" Ich wollte eigentlich sagen: Dort wohnen die Götter, aber das wäre Blasphemie gewesen. Gottähnlich mussten dort oben die Nachkommen der Menschen sein. Ich konnte mir nicht ausmalen, was sie vermochten. Göttlichkeit war in dieser Galaxie vermutlich kein Einzelfall, dennoch, Raum und Zeit bildeten einen Puffer zwischen den Göttern und uns Menschen in New Avignon, die eine allmächtige Idee anbeteten. Unsere Randlage schützte uns vor eindringender Göttlichkeit. Welten wie die unsere fand man zuletzt. Dort lag also die Zukunft und hier gab es keine Zukunft, aber das stimmte so nicht. Der Fortschritt hatte unsere Welt infiziert, sodass die Alten sich in unserer Welt nicht zurechtfanden, sie verstanden sie nicht mehr. Das, was ich von der Welt verstand, war ein ungenaues Bild von Vergangenem. „Fortschritt ist, wenn die Alten die Welt nicht mehr verstehen", posaunte ich aus, erheitert wegen der gelungenen Definition. Katharina wollte Obszönitäten von sich geben, schien aber dann die Aussage zu begreifen, war froh, nicht alt zu sein und dachte an Momente in ihrem kurzen Leben, die sich eine Ewigkeit ausgedehnt hatten. In ihrer Hosentasche knetete sie das Zeug, das Zeitdilitationen ermöglichte, ohne dabei interstellare Raumfahrt zu bemühen. Wir alle hatten im Hinterkopf, dass sie so etwas in der Tasche hatte, so etwas wie der Stich einer Avignonwespe, der einem den Boden unter den Füßen wegnimmt, der die Welt in eine Halluzination überführt, um den ganzen Spuk dann mit einem heftigen Fieber anzutreiben. Das Zeug musste irgendwo schon milder sein und zu guter Letzt verursachte es kein Fieber. Auch Paul wollte von dem süßen Wahnsinn kosten, was mir zu denken gab. Sollte dies für ihn ein Vorgeschmack von dem werden, was ihn bei den Aborigines erwartete? Für mich war die Sache mit den Aborigines nicht weniger verführerisch, da neben dem Lohn und den Pluspunkten in der eigenen Akte Urlaub in New Havanna winkte. „Sind wohl mehr fünf Minuten als drei", meinte ich zu Katharina, die sich gefallen ließ, dass Peters linke Hand auf ihrem Hintern verweilte. Neidisch schaute ich auf das Bild. Schließlich schloss ich die Tür auf, danach war eine Minute Treppen steigen angesagt, bis wir zu meiner Mansarde gelangten. Fast schon eine Wohnung, mit abgetrenntem Bad, alles in allem über zwanzig Quadratmeter groß. Üppige Raumverhältnisse sozusagen. Ohne mich zu fragen, ließen sich Peter und Katharina auf meinem Bett nieder. Ich organisierte Weißwein, aus dem Schrank vier Gläser und dachte damit meine Schuldigkeit getan zu ha-

30

ben. Katharina kramte aus ihrer Hosentasche ein braunes Etwas, das entfernt nach einem Brühwürfel aussah. „Was ist das, Katharina?" - „Haschisch" Das Wort hatte in unserem Neu-Englisch überlebt. „Und nun Geld auf den Tisch!" Bei dem Begriff Geld wurde Paul etwas ängstlich. „Wie viel Geld, liebe Katharina?", fragte er nervös. „Na sagen wir mal jeder fünf Dollar." Fünf Dollar war für Paul ein kleines Vermögen. Für fünf Dollar bekam man ein Schweineschnitzel mit Pilzsauce samt Beilage nebst einem Bier. „Die habe ich nicht!" zeterte Paul, die Hoffnung der Physik auf unserem Planeten. Peter und ich guckten uns an. Warum mussten Frauen auch so raffgierig sein? Ich versuchte mich an meine Mutter zu erinnern, die mir anders vorgekommen war. Raffgierig war sie nicht, sie hatte mir die Kunst der Scheinheiligkeit gelehrt. Ich tat einen Fünfdollarschein und zusätzlich eine Dollarmünze dazu, eine, die auf der Rückseite ein Schwein zeigte, als Symbol für Wohlstand. Wir schauten Paul auffordernd an, der sich schließlich durchrang, einen Zweidollarschein rauszurücken. Katharina schaute auf das Geld und schien zufrieden. „Für zwei Dollar bekomme ich fünf Bier." Ich hatte von den Schwarzmarktpreisen für Cannabis, um das musste es sich handeln, keine Ahnung. Ich goss Paul zur Besänftigung ein Glas Wein ein, nachdem ich eine Weile mit dem Drehverschluss der Flasche gekämpft hatte. „Werden wir die Welt besser verstehen, nachdem wir von Deinem Kraut geraucht haben, Katharina?" - „Was heißt Welt verstehen?" Sie lächelte mich bei der Frage an. Wenn Frauen Geld im Sack haben, lächeln sie besonders gerne, dabei ist das Lächeln von ihnen angeboren. „Jungs, mir ist heiß hier", sagte sie mit einem gewissen Grad an Selbsterkenntnis und zog ihren Pullover über den Kopf. Sie trug, vorschriftsmäßig, einen weißen BH. Wir waren perplex. Die braune Substanz schien eine befreiende Wirkung zu entfalten, ohne bisher mit unseren Gehirnen in Kontakt getreten zu sein. Aber vielleicht war es auch nur das Geld, das zu solch faszinierender Freizügigkeit führte. „Paul würde sich das weibliche Wesen aufgrund der objektiven Temperaturen in dieser Mansarde wohler fühlen, sozusagen befreiter, würde sie sich ihres BH entledigen?" -"Objektiv gesehen müsste es ihr bei diesen Temperaturen besser gehen, aber ich fürchte, sie will dafür Dollars sehen." Ich schaute in die Augen von Katharina, in deren Pupillen Dollarzeichen zu sehen waren. „Ja Jungs, ihr habt sehr, sehr recht. Es ist sehr warm hier!" Es sei sehr warm hier, war quasi ein revolutionärer Spruch, der zur Befreiung führte. Denn sie entledigte sich ohne große Show, sozusagen zielorientiert, ihres BHs, ohne auch irgendeinen weiteren Dollar zu verlangen. Es war nicht groß, es war nicht klein, was die Schwänze anschwellen ließ. Irgendwo anders musste das Blut fehlen. Man geht jahrelang in Messe und Andacht, um einen Blick auf die Ausschnitte der Messdienerinnen zu erhaschen, um in einem besonders besoffenen Moment des Lebens Bewusstseinserweiterung dargeboten zu bekommen, verdammt für den nicht auszuschließenden Filmriss.

Katharina baute eine sehr große Zigarette, erwärmte mit einer Flamme die braune Substanz und krümelte von dem Zeugs in den Tabak. Wir auch, aber insbesondere sie machte sich strafbar. Anstiftung zu einer subversiven Handlung, Handel mit illegalen Substanzen, Prostitution, wobei ich nicht unerwähnt lassen sollte, dass dem Freier eine ähnliche Strafe drohte wie der Hure. War sich Paul um die möglichen Folgen seines Tuns bewusst? Ich wurde aus dem Jungen nicht schlau. Geschickt drehte sie die Megazigarette, zündete sie an und nahm einen tiefen Zug. Wir starrten sie an, das Bild, das sie bot, hatte etwas Überforderndes für unsere durch Alkohol strapazierten Gehirne. Peter war sich sicher, eine klasse Braut erwischt zu haben und egalitäre Tendenzen in ihm schienen den Gedanken zuzulassen, dass wir die Frau mit ihm teilten. Vielleicht war es die neueste Masche junger Dealerinnen, bei ihren Geschäften ihre Titten zu zeigen. Nachdem ich an der Monsterzigarette gezogen hatte, bekam ich zuerst einen kurzen, aber heftigen Hustenanfall. Ich probierte nochmals, vorsichtiger. Irgendwie schien mein Kreislauf Probleme zu bekommen und verängstigt reichte ich die Haschzigarette an Paul weiter, dessen Mut ich in dieser Situation nicht einschätzen konnte. Gute Wissenschaftler sollten neugierig sein. Es reichte nicht, die verfügbaren Methoden auswendig zu lernen. Glauben war der Wissenschaft nicht zuträglich, Einsicht schon eher, insbesondere die, dass man so gut wie nichts verstand. War Paul auf das, was die Zigarette bei ihm bewirkte, neugierig? Er zog mehrfach, aber vorsichtig und wurde von einer ähnlichen Hustenattacke verschont. Mir ging es nicht gut. Da half es auch nicht, meinen Blick auf die Brustwarzen von Katharina zu fixieren, die offensichtlich in den letzten Minuten größer geworden waren. An solchen Nippel wollte man saugen. Die nackten Titten waren ein Trick, um die Bereitschaft, an den Monsterzigaretten zu saugen, zu steigern. Was für ein Unterschied! Ihre Titten verband ich mit Honig und Milch, obgleich ich nicht genau wusste, was Honig war. Es musste etwas sehr Süßes gewesen sein. Nippel waren natürlich nur in ideeller Weise süß, während die Monsterzigarette einen Geschmack hinterließ, der aus einer Vorhölle stammen musste. Erstaunt stellte ich fest, wie das Gift in mir stärker wurde und mich zu spalten begann. Etwas in mir war höchst amüsiert, versuchte dies zu artikulieren, während ein anderer Teil von mir mit Argwohn, Misstrauen alles und jedes aufnahm, was meine Kameraden als Lebenszeichen von sich gaben. Während Peter irgendwie versteinert da saß, begannen Katharina und Paul zu lachen. Es schien unmotiviert zu sein, aber dennoch war es gegen mich gerichtet. Mich amüsierte der Gedanke, dass man sich gegen mich verschworen hatte, ein Eindruck, der schnell einer tiefen kreatürlichen Angst Platz machen konnte. Beides konnte auch gleichzeitig sein, während ich feststellte, dass die Droge immer stärker zu wirken begann. Irgendwie musste ich auch versteinert dasitzen, sagte manchmal irgendetwas, um etwas zu sagen, um den Eindruck zu hinterlassen, ich hätte alles im Griff. Vielleicht ging es jedem so, vielleicht lachte Paul aus Angst. Diese Überlegungen halfen nicht, den Eindruck des Komplotts gegen mich aufzuheben. Ich war in den Fängen des Bösen, Katharina wollte mich vernichten und Peter und Paul waren ihre hörigen Sklaven. Ob dieses Gedankens nahm ich einen kräftigen Schluck Weißwein, dessen Alkohol aber frühestens in fünf bis zehn Minuten in meinem Blut zur Wirkung kam. Eine Zigarette half nicht. Statt mir Angst zu nehmen, schien sie die Droge zu verstärken. Paul begann, gegen sich selbst 9x9 Go zu spielen, während Peter ein bisschen an seiner Herrin fummelte, mit der ich mich zu verbünden suchte. Wenn ich etwas konnte, dann war es, Scheinheiligkeit zu wahren. Gute Miene zum bösen Spiel zu machen. Ich erlaubte mir ein paar Frechheiten, lobte ihre Titten, versuchte sie anzubeten, hegte die Hoffnung, es wäre ihr so heiß, dass sie sich auch ihrer Hose entledigen würde. „Eine Göttin kennt keine Scham", sagte ich. „Ich kann auch genau die Stellen einer Göttin benennen, die ihr Macht geben." - „Was sind das für Stellen?", fragte Paul mich, abgelenkt von seinem Spiel. Sollte ihm die Göttin selbst erklären. Ich versuchte zu lächeln. Die gefühlte Temperatur dieses Lächeln musste sich unterhalb des Gefrierpunktes befinden. Katharina lächelte zurück und dabei wurde mir sehr, sehr kalt. Niemand argumentierte gegen meine Gotteslästerei. Katharina, Göttin des Bösen drehte eine weitere Monsterzigarette und mir schien es so, als ob sie noch mehr von dem braunen Zeugs in der Zigarette verarbeitete. Ich musste gute Miene zum bösen Spiel machen und lächelte. Fertig war das Teufelsding. Sie rauchte an und gab das Monster zu mir. Ich übertraf mich an Mut, zog kräftig, ohne erneut husten zu müssen. Ein mildes Lächeln setzte sich in meinem Gesicht fest, gefühlte Temperatur um die 37 Grad Celsius, optimal. Ich beobachtete das leichte Auf und Ab ihrer Brüste, Zeugnis ihrer ruhigen Atmung. Mich überkam ein Bedürfnis mit ihr zu schmusen, denn vielleicht war die Göttin nur eine unglückliche Fee, die sich nach meiner Wärme zehrte. Ich musste mich von meinen Widersachern befreien. Paul hatte Wichtigeres zu tun. Er hatte sein erstes Spiel beendet und prüfte das Ergebnis. „Wer hat gewonnen?", fragte ich interessiert tuend. „Weiß ganz knapp bei sechseinhalb Komi" Katharina fragte mich, ob ich Musik hätte. Ich bejahte und legte Bachs Toccata auf, Musik, die über dreißigtausend Jahre alt war, selbstverständlich eine Neuinterpretation eines Organisten hier aus Athens. Mit dem Auftakt der Musik wurde ich mir klar, in welch prekärer Lage ich mich befand. Ich war umringt von Feinden. Man wollte mich vernichten, wenn nicht heute, dann in nächster Zeit. Der vermeintliche private Untergrund war ein Wespennest von klerikalen Agenten, die mich ans Messer der geistlichen Justiz liefern wollten und Katharina war die Hure des hiesigen Bischofs. Weitere Züge an der Monsterzigarette überzeugten mich davon, dass die Droge

Erkenntnis brachte, die Wahrheit aufdeckte. Ohne das Haschisch hätte ich meinen Freunden weiter vertraut, zwar eingeschränkt, aber mit jedem Bier fielen die Schranken. Cannabis brachte Wahrheit, die eine Wahrheit, dass ich im Grunde mein ganzes Leben verfolgt worden war. Wie sollte es auch anders in einem Überwachungsstaat sein? Man brauchte sich nur die Fratzen meiner sogenannten Freunde anschauen und die Fakten lagen klar vor einem. Cannabis brachte dies ans Licht und es schien so, das das Zeugs noch eine andere Eigenschaft hatte, denn bestimmte Passagen von Bachs Musik waren himmlisch, ein Eindruck, die mit einer neuen Qualität des Hören Hand in Hand ging. Mein Dauerständer deutete an, dass etwas anderes eine ebenso veränderte Qualität haben musste. Die Hure des Bischofs kannte sich bestens aus. Die Leichtigkeit der Musik machte mich lächeln und ich sagte der Agentenhure, dass sie schön sei. Mir kam es wirklich so vor, dass sie sich artig bedankte und einen Moment hatte ich Zweifel an meinen Verschwörungstheorien. Dann schien mir, ich sei von Freunden umgeben, die ein bisschen Spaß wollten und ihrer Neugierde nachgingen. Paul spielte intensiv Go und Peter wirkte nicht ganz so versteinert, versuchte eine Unterhaltung zuwege zu bringen. Er wollte uns klar machen, dass die Welt vermutlich für immer rätselhaft bleiben würde. „Deswegen glauben wir ja an Gott", heuchelte ich. „Ich fühle mich Gott näher", sagte er. Auch ihm hatte der Stoff neue Wahrheiten gebracht, aber das Echo meiner Überlegung führte zu der Gewissheit, dass er log. Ein Zweifel war nur kurz: Er war nicht näher an Gott, sondern saß näher an einer Göttin, die es hin und wieder zuließ, dass er sie befummelte. Und diese Göttin war die Hure des Bischofs, deren Verehrung sich in kraftvollen Stößen in ihren Schrein beschränkte aber auch manifestierte. Ich

schaute in die ausdruckslose Fratze der Göttin und wusste, dass ich Gott nie so nahe gestanden hatte wie in diesem Augenblick. Gott würde mich vernichten. Die Tempelhure war nur sein Werkzeug, Peter und Paul himmlische Agenten oder Teufel. Ich versuchte, ein Weinen zu
unterdrücken. Warum wirkten die Freunde mit ihren Be-
merkungen so verletzend? War es nur Paranoia, die mich
umtrieb? Die mäßige Paranoiavariante: Es waren Freunde, die mich nur verletzen wollten, den das schwang bei
den Zweideutigkeiten, die ihre Worte hinterließen, mit.
Cannabis brachte die zweideutige Wahrheit, denn die
Wahrheit, über Universum und Leben ist immer zweideu-
tig. Wenn man mehr rauchte, wurde aus Zweideutigkeit
die Gewissheit, ans Messer geliefert zu werden. Ich bat
Katharina, eine weitere Monsterzigarette zu drehen.

- 3 -

Das vierdimensionale Raumzeitkontinuum unterliegt dem
Gesetz der Trägheit. Willkommen im gekrümmten Raum
der eindimensionalen Trajektorien! Man verlange nicht
zu viel vom Ensemble der Schwerpunkte. Willkommen in
der Geradlinigkeit des gekrümmten Raumes, willkommen
in der Welt ohne ein zurück!

„Paul, wir können nicht zurück, wir können nur voran.
Steckt da ein tiefer Sinn hinter?“
„Das Multiversum haben wir bisher nicht entdeckt. Wir
wissen nur von unserem Universum und in diesem Universum gibt es einen Zeitpfeil. Die Gesetze der Thermo-
dynamik lassen keine Zeitreisen zu, Robert“
„Es gibt also nichts trennenderes als Weltraumreisen.“

„Aber natürlich. Du bewegst dich von einem Punkt zu einem anderen und diese Punkte sind natürlich getrennt, egal ob zeitlich oder räumlich."

Sie sind in der Finder, ein Objekt, dass sich mit fast Lichtgeschwindigkeit von ihrer Heimatwelt wegbewegt. Sie werden New Avignon nie wiedersehen. Sollten sie versuchen, nach ihrer Mission zurückzukehren, wird es kein New Avignon mehr geben, denn es werden mehr als sechzigtausend Jahre vergangen sein. Sie können, wenn sie wollen, jeden Punkt im Universum erreichen, nur zurückkehren können sie nicht. Die Raumzeit hat etwas Trennendes, das verbietet, dass Reiche entstehen, die sich über die ganze Galaxie ausbreiten, denn es kann keine Kommunikation geben, es sei denn, es gäbe Leben, für das tausend Jahre ein kurzer Moment wären. Aber welche Physik lässt die Evolution solcher Organismen zu?

„Vielleicht ist die Raumzeit nur eine Täuschung?"

„Wie meinst Du das, Robert?"

„Das weiß ich selbst nicht so genau. Vielleicht will Gott uns nur narren. Er benutzt selber vermutlich eine Abkürzung."

„Du glaubst doch gar nicht an Gott, Robert."

„Deswegen bin ich vermutlich hier. Aber Du, Du glaubst doch an Gott. Ich habe nie verstanden, dass besonders intelligente Menschen an Gott glauben. Ich konnte aber auch nicht glauben, dass sie alle lügen. Du musst etwas verstehen, Paul, was ich nicht verstehe."

Paul schweigt dazu.

„Gott hat so einen Schalter und kann instantan von einem Ort zu einem anderen reisen. Egal ob in die Zukunft oder in die Vergangenheit."

„Gott ist nicht lokal", widerspricht Paul.

„Aber er kann lokal in Erscheinung treten, mit Wunder und Ähnlichem."

38

Paul schweigt. Er lässt sich nicht gern auf pseudo-theologische Diskussionen ein, nur dann, wenn er besoffen ist. Robert hat es nie verstanden, warum Paul mit von der Partie ist. Er hatte für New Avignon die besten Voraussetzungen.

Er glaubt an Gott und glaubte an die Fundamente seiner Gesellschaft. Offenbar hatte die Gesellschaft nicht an ihn geglaubt.

Sie befinden sich nun circa 100 Lichtjahre von New Avignon entfernt. Mit einiger Wahrscheinlichkeit gibt es den Staat New Avignon noch. Wollten sie nun umkehren, bräuchten sie ca. 300 weitere Jahre. Bei ihrem Abflug war New Avignon einem rapiden Wandel unterworfen, dem Fortschritt. Welten mit Fortschritt haben ein besonders kurzes Verfallsdatum.

Man steigt nie in denselben Fluss. Verfallsdaten sind relativ. War der Planet Erde, den es vor einer Milliarde Jahre gab, der gleiche, wie jener, der nun mit Erde benannt wurde. Wie verschieden durften Objekte sein, um trotzdem den gleichen Namen zu teilen? Der Planet vor einer Milliarde Jahre hatte völlig andere Kontinente, völlig andere Klimazonen, die Atmosphäre war eine völlig andere, keines der Gebirge von heute existierte damals und möglicherweise war die Entfernung zu seinem Zentralgestirn eine andere. Baby Robert war jemand anderes als Greis Robert. Robert ist Mitte dreißig, weder ein Baby noch ein Greis. Der Fluss war nicht derselbe, aber er hatte eine Zeit lang den gleichen Namen. Ein Bach ist kein Strom, aber aus einem Bach kann ein Strom werden.

Weder das Baby noch der Greis verstehen viel von der Welt. Robert steht mitten im Leben und sollte etwas von der Welt verstehen, seiner Einschätzung nach versteht er aber nicht viel. Seine Welt ist nicht groß, in der größten Ausdehnung vielleicht hundert Meter und rast durchs

Universum. Wie das alles funktioniert, versteht er nur in groben Zügen. Er versteht auch Einstein nur in groben Zügen. Einstein macht es möglich, dass er einen dreißigtausend Lichtjahre entfernten Planeten besuchen kann, ohne je schneller als Lichtgeschwindigkeit zu fliegen, ohne darüber sehr alt zu werden. Einstein verhindert, dass er die Frauen wiedersehen kann, die er geliebt hat. Nicht die eine, niemanden. Einstein, nach dessen Theorie Raum und Zeit verbogen sind, verbiegt das Denken. Da ist doch irgendwo ein Trick verborgen! Einstein ist nicht in aller Munde, sondern Matthew; es sind im wesentlichen die gleichen Theorien. Ein Namensvetter: Robert Matthew, ein Physiker, der im letzten Jahrhundert gelebt hatte, aber wann war das? Robert Matthew war natürlich streng neokatholisch gewesen, so heißt es. Er brauchte nur die Ideen von Einstein verstehen. Robert hat sie nie verstanden, denn es gibt soviel zu verstehen. Den Betrieb und die Energiequelle des Raumschiffs versteht er auch nicht. Er geht auf Li Silly Watanabe zurück, einer japanisch-chinesisch abstämmigen Physikerin des späten 21. Jahrhunderts. Sie verstand es aus Nichts Energie zu ziehen, bewegte man sich schnell genug relativ zum Äther. Stichwort Vakuumsenergie. Jim Watson, der vor dreißig Jahren verstorben war, hatte das Prinzip neu entdeckt, beziehungsweise wieder verstanden. Die Finder basiert auf diesen Theorien und natürlich noch auf einigen anderen. Ihre Welt besteht aus jeder Menge Technik, die von ihm unverstandene physikalische Gesetze ausnutzt und einer Crew von neunundzwanzig Menschen und einem Schimpansen. Robert wundert sich darüber, dass Schimpansen auf ihrem Planeten überlebten. Robert weiß nichts darüber, ob Schimpansen resistent gegen die Aborigines waren, jedenfalls New Avignon und New Havanna boten kein tropisches Klima. Das Klima von New Avignon war ozeanisch und stellenweise rau, das von New Havanna subtropisch, die Inseln erstreckten sich über 2500 Kilometer von Nord nach Süd. Die Schimpansen hatten überlebt, ohne viel Unfug angestellt zu haben. Einer von ihnen ist hier an Bord. Robert hat es bisher versäumt, sich mit ihm anzufreunden. Aber das ist völlig normal, wenn man nur Weiber im Kopf hat.

Der Weltraum hat per se nichts Romantisches. Die Poesie versagt bei Betrachtung der simplen Trägheitsgesetze in einer durchaus nicht einfachen Raumzeitgeometrie, die in nicht seltenen Sonderfällen die menschliche Vorstellungskraft völlig überfordert. Selbst die spezielle Theorie von Matthew ist für den Laien nicht vorstellbar. Robert kann nicht verstehen, dass die Zeit unverständlich schnell fließt und das die Ursache in einer relativen Raumzeit-Geometrie liegt. Die Weiber hier kann er sich gut vorstellen; es sind ausgesprochen hübsche hier an Bord, die Geometrie ihrer Kurven ist zwar atemberaubend, aber vorstellbar. Ihr Haar ist im wesentlichen kein Geheimnis mehr, sichtbar, denn niemand von ihnen trägt ein Kopftuch. Der Chef dieser Expedition ist offensichtlich ein Abtrünniger der neokatholischen Kirche, der wohl in New Avignon seinen Unglauben gut verbergen konnte, der es trotz seiner inneren Ketzerei zu dem riesigen Vermögen brachte, die dieses Schiff, diese Expedition ermöglichte. Hugo Scheffener war zu einem Machtfaktor in New Avignon geworden. Es gab ein paar Milliardäre in New Avignon, die nicht zum Klerus gehörten. Sie wurden von den Bischöfen geduldet. Hugo Scheffener war einer von ihnen gewesen. Der größte Teil seines Vermögens ging dabei drauf, die Finder zu bauen. Hugo Scheffener hat hier das Sagen und einen Harem von vier Frauen. Die Chefs hier auf dem Schiff haben mehrere Frauen. Bei den Privilegierten hier an Bord herrsch gewissermaßen eine freizügige modische Vielfalt, mitunter Klamotten, die in New Havanna getragen wurden. New Havanna ist nur noch Geschichte, mit jedem Tag hier an Bord entfernt man sich Jahre von New Havanna. Man hat nicht viel zu tun auf dem Raumschiff, also jede Menge Zeit zum vögeln. Franziska, Sandra und Vanessa sind die drei von den vierzehn Frauen, die im Prinzip zu haben wären, vier kümmern sich um Scheffener. Seine zwei Chefingenieure und der Chefastronom, Freunde von Scheffener haben jeweils zwei Augenweiden abgekriegt. Dies ist die Sprache der Neidischen. Neidische, die um Franziska, Sandra und Vanessa buhlen und wer weiß, denkt sich Robert, treibt der eine oder andere es mit den Dreien. Prostituieren können sie sich nur schlecht, denn es gibt auf der Finder kein Geld. Der Dollar zählt hier nichts. Ein paar Privilegien: größere und kleinere Kabinen, raffiniertes oder weniger raffiniertes Essen, ein gewisser Besitz von Scheffener und seiner Führungscrew, der sich aber nicht mehrt: Der Deal ist gemacht, gekuppelt wurde schon in New Avignon. Die Damen, die Hugo Scheffener für sich mit an Bord gebracht hat, haben zwar offiziell irgendwelche andere Funktionen, ihre Daseinsberechtigung hier an Bord ist es, mit Scheffener zu vögeln. Franziska, Sandra und Vanessa sehen nicht übel aus, aber ansonsten scheinen sie rechte Zicken zu sein.

Es herrscht Religionsfreiheit auf der Finder, so wie damals auf der Voyager. Hugo Scheffener hat eine Truppe Wahnsinniger an Bord geholt, die alles zurücklassen. Es gibt kein zurück und eine nur schwer vorstellbare Zukunft. Sie wissen nicht, was sie vorfinden werden. Mit Sicherheit werden sie nicht die Keimzelle einer neuen

Menschheit sein. Dafür sind sie zu wenige. Aber wer weiß, Adam und Eva waren nur zu zweit, eine Geschichte, die Robert aber nicht glaubt. Scheffener hat etwas zurückgelassen: den absoluten Luxus. Das bisschen Luxus hier an Bord nimmt sich dagegen bescheiden aus. Er bewohnt eine fünfzig-Quadratmeter-Suite, bescheiden gegenüber dem Palast, den er in New Avignon hinterlassen hat. Robert nennt zehn Quadratmeter sein Eigen, nicht viel weniger als die Wohnverhältnisse, mit denen er in New Avignon auskommen musste, Scheffener wollte die Zukunft kennenlernen, nicht die von New Avignon, sondern die von der Erde. Würde es nach sechzig oder siebzigtausend Jahren noch eine Menschheit geben? Eine Frage, die ihn zeit seines Lebens umtrieben hat. Es heißt, er habe seinen ganzen Wohlstand zusammen gescheffelt, um diese Frage beantworten zu können. Was würde man auf der Erde vorfinden, mehr als sechzig Tausend Jahren, nachdem die Menschheit begonnen hatte, sich selbst zu designen. Vielleicht ist das Ziel Hugo Scheffeners ein ganz banales. Vielleicht will er seine biologische Unsterblichkeit. Während in New Avignon ein striktes Gentechnikverbot herrschte, in Tradition mit den Vorfahren, ist nicht auszuschließen, dass Hugo Scheffener, eh im Innern nicht verfassungskonform, mit dem Gedanken spielt, Erbsubstanzen zu manipulieren, seine Erbsubstanz. Die biotechnischen Möglichkeiten, die auf der Erde vorherrschen können, sind jenseits allem Vorstellbaren. Sie haben den Segen der Bischöfe und den Auftrag, die Botschaft Gottes zu verbreiten, ein scheinheiliger Deal zwischen Scheffener und den Klerikalen. Wenn sich Robert auch nicht völlig im Klaren darüber ist, warum er hier auf der Finder ist, ist der Hauptgewinn der Unsterblichkeit sein letzter Gedanke gewesen. Noch ist es sowieso nur Spekulation, Sciencefiction, aber bald wird es, wenn die

Finder denn erfolgreich ist, eine Gewissheit geben. Der Erfolg der Mission ist völlig ungewiss. Die mathematischen Modelle sagen eine gute Chance voraus, das Sonnensystem mit der Erde zu finden. Aber was, wenn sie keine Chance haben, ins Sonnensystem einzudringen, wenn man sie, die Eindringlinge als feindlich oder gefährlich einstuft, wenn das Immunsystem der Erde auf den Bazillus Finder reagiert und mit seinen Antikörpern vernichtet. Diese Fragezeichen schweißen die Besatzung der Finder zusammen, denn im Grunde sind sie alle neugierig, selbst die vier Gespielinnen von Scheffener. Die Finder ist praktisch nicht bewaffnet, jedenfalls nicht für einen Weltraumkrieg gerüstet, denn diese Technologie existiert nicht. Es gibt eine Vorrichtung für Schiff-Boden Raketen und ein paar Dutzend Handfeuerwaffen, die dafür vorgesehen sind, dass, wenn man nicht auf eine Zivilisation trifft, sich, wo auch immer, auf der Erde oder New Earth, möglicherweise ganz woanders, mit Fleisch versorgen kann. Die Schiffsapotheke beansprucht einen nicht unerheblichen Teil des Raumschiffs, Medikamente für die Besatzung für einen Zeitraum von mehr als fünfzig Jahren. Es gibt drei Ärzte an Bord. Sollten sie Pech haben und fern ab einer Zivilisation stranden, wird es vielleicht Kinder geben, diese und ihre Nachkommen werden vermutlich auf das industrielle Niveau von Steinzeitmenschen zurückfallen, wenn überhaupt, und vermutlich aussterben. Diese Expedition ins Ungewisse mochte Antworten auf interessante Fragen liefern, man wird die Fragen aber niemanden beantworten, außer sich selbst, und wenn die Frage für sich selbst beantwortet ist, gibt es kein zurück in ein Leben, in dem die Frage gestellt wurde. Wollte man nun zurück, bräuchte man 300 New Earth Jahre. Es bestünde Hoffnung, dass der technische Fortschritt die Herrschaftsstrukturen von New Avignon und

New Havanna weggefegt hätte. Womöglich wäre es aber nur schlimmer. Möglicherweise wäre dann der ganze Planet, statt zwei größerer Inseln von den Menschen besiedelt und die Aborigines ausgerottet. Man kann sich mehr oder weniger schlimme Varianten vorstellen, vielleicht sogar die einer friedlichen Koexistenz zwischen Menschen und Aborigines, ermöglicht durch eine noch nicht erfundene Droge, aber das hört sich alles wie ein Märchen an. Es spricht viel dafür, das die Aborigines, vielleicht aber auch die Menschen ausgerottet werden. Bei soviel Kulturpessimismus, der im Raum schwebt, besinnt sich Robert wieder auf das Hier und Jetzt. Statt sich mit seinen Kollegen zu besaufen oder die Zeit mit Spielen, Filmen und Büchern zu vertun, würde er es vorziehen seine Freizeit mit einer der Zicken zu verbringen. Zwei Stunden Sex am Tag - ein Tag ist ein Wach-Schlaf-Zyklus - wäre nicht schlecht, es bliebe sogar Zeit mit den Freunden zu spielen oder zu lesen. Im Grunde ist er hier eh arbeitslos und Zeit gibt es genug. Im Grunde wäre er auch bereit sich eine von den Dreien mit Paul zum Beispiel zu teilen. Er hat schon mit Paul gemeinsam Frauen besessen, besessen in wenigen berauschten Nächten. Es ist schon ein Weilchen her. Das ist aber mit den Zicken nicht zu machen. So etwas ist ziemlich verpönt bei Zicken, die so erzogen worden sind, dass sie nass werden, wenn sie einen Priester sehen und ansonsten ihre eigene Sexualität immer unterdrücken mussten. Die Theorie, dass Frauen nur geil auf Priester sind, kann nicht stimmen; im Übrigen gibt es an Bord keinen Priester, eine Kröte, die die Bischöfe geschluckt hatten für die Kleinigkeit von ein paar Hundert Millionen. Die Zicken sind wählerisch und arrogant, denkt sich Robert. Aber man war hier noch nicht so furchtbar lange zusammen. Es müssten sich Mittel und Wege finden lassen, um an diesem exotischen Platz im

Universum zu seinem Spaß zu kommen. „Siehst du doch auch so, Paul, nicht wahr?"

Fünf Jahre sind sie nun im Raumschiff, mehr als viereinhalb Jahre davon haben sie verschlafen, in einem Zustand, den sie Hibernation nennen. Wüssten sie genau, wo sich die Erde befände, bräuchten sie für ihre Reise zwanzig Jahre. Zehn Jahre beschleunigen, zehn Jahre abbremsen, aber im Grunde wissen sie nicht genau, wo die Erde steht. Man denke nicht, dass der Himmel für sie ein romantisches Spektakel bietet. Ihr Hundert Lichtjahre entferntes Heimatgestirn ist zu einer langwelligen Radiostrahlung mutiert, die Sterne der Milchstraße zu Gammastrahlern. Möglicherweise brauchen die verklemmten Mädels an Bord einen gewöhnlichen, romantischen Sternenhimmel, um auf Touren zu kommen, denkt sich Robert. Selbst New Avignon leidet an Sternenarmut, im Winter praktisch gar keine und im Sommer gibt es nur wenige einzelne zu sehen. „Das wird es sein, warum das mit dem Sex und der Romantik nicht so normal läuft" Theo antwortet nicht, kann er ja auch schlecht als Schimpanse. „Wenigstens mit den Händen Klatschen könntest Du, Theo." Theo hat es an Bord arg getroffen; an Bord gibt es keine Äffin, mit der es treiben könnte. In der Not frisst aber der Teufel bekanntlich Fliegen. Vielleicht verliebt er sich ja in eine der vierzehn Damen, die für seinen Geschmack zu wenig behaart sein dürften und etwas zu groß. Der Leiter der Expedition hat nicht an alles gedacht. „Eine Havanna-Nutte für jeden und für dich eine Havanna-Äffin, Theo." Theo zieht Grimassen, guckt etwas traurig und ist sich sicherlich bewusst, dass mit den menschlichen Geräuschen er gemeint ist, aber er versteht nur seinen Namen und hat keine Möglichkeit zu antworten. „Diese Havanna-Äffinnen sind mit Sicherheit auch heißer als die von New Avignon, macht schon das Klima" - „Du übertreibst ganz schön", kommentiert Paul, der sich von seinem Go-Problem löst. „Paul, auch du solltest Keimdrüsen haben" - „Ja sicherlich habe ich Keimdrüsen" - „Ich habe noch genau drei Tage, um von den Schönen erhört zu werden" -"Na und, dann schläfst du ein Jahr und kannst danach wieder auf Weiberjagd gehen" - „Wenn diese Amnesie nicht wäre" - „Das betrifft doch nur die letzten Tage" - „Sollte sich nun eine Lady für mich erwärmen, hat sie das nach einem Jahr vergessen. Wegen des Kälteschlafs!" - „Robert, ich bin auch geil, ich zelebriere das aber nicht so wie du. Und mit was, in aller Welt sollten wir die Havanna-Nutten bezahlen. Weswegen hätten sich die Havanna-Nutten an Bord begeben sollen?" - „Scheffener hat doch auch seine vier Nutten" - „Das sind seine Frauen, Robert" - "Mir graut von den Alpträumen während der Hibernation. Ich bin fest davon überzeugt, geträumt zu haben und diese Träume dauerten und quälten eine Ewigkeit" - „Ich kann mich an nichts erinnern", sagt Paul. „Du hast den Horror einfach verdrängt. Wenn du im Sarg steckst, träumst du auch" - „Bei acht Grad Celsius?" -"Früher, in New Avignon hatte ich manchmal Alpträume. Während dieser Raumreise sind meine Träume bunter und gefährlicher geworden" - „Wer schläft, der sündigt nicht!" - „Manchmal doch!". „Vielleicht erlaubt dir ja Scheffener, wach zu bleiben. Ich sage dir aber, es wird sehr sehr langweilig und sollten wir irgendwann ankommen, wirst du ein sehr alter Mann sein" - „Und in New Avignon sind mehr als dreißigtausend Jahre vergangen" - „Das verstehst du nicht" - „Nicht wirklich" - „Robert Matthew beziehungsweise Albert Einstein!" - „Ich liege im Hibernation-Sarg und träume ein ganzes Jahr davon, zu ersticken. Oder anderes brutales Zeugs" - „Tust Du das wirklich?" -

„Ich erinnere mich schwach" - „Vielleicht eine Täuschung" - „Das ganze Leben ist eine Täuschung, wenn man mit annähernd Lichtgeschwindigkeit durchs Universum rast. Wie sicher sind wir eigentlich, Strahlung und Kollisionen und so?" - „Vermutlich sind wir schon alle mutiert. Ich weiß nicht, unser Schirm steht und der reicht für die Kleinigkeiten. Wenn wir auf einen Knubbel Materie von einem Gramm aufprallen, haben beziehungsweise hatten wir ein Problem. Aber das ist ziemlich unwahrscheinlich. Unsere Vorfahren kamen auch heil nach New Avignon." - „Sehr beruhigend. Siehst du doch auch so Theo? Theo und ich haben überhaupt keine Angst vor Dunkler Materie. Wer fürchtet sich schon vor der schwarzen Materie, du nicht, Theo nicht, Hugo Scheffener und seine Gespielinnen nicht." Pauls Augen scheinen weißblau zu leuchten mit einem Anteil Röntgenstrahlung, wie das nun üblich geworden ist für ihr kleines Universum. „Du wusstest doch auf was du dich eingelassen hast. Du hattest deine Gründe, dich an dieser Expedition zu beteiligen" - „Hatte ich noch andere Möglichkeiten? Erinnerst du dich an unsere Zeit in New Havanna?" - "Eine geile Zeit, Robert!" - „Ich will das hier auch haben" - „Sehr unwahrscheinlich, Robert, du hast zu viel getrunken" - „Du doch auch Paul, was soll man auch hier anders tun. Ich verstehe nicht, wie Du die - Tod und Leben - Probleme in Deinem Zustand lösen kannst. Erinnere Dich an New Havanna. Erzähle Franziska, Vanessa oder Sandra von New Havanna!"

Sie befinden sich im Aufenthaltsraum C, der mit einem Monitor, einigen Gesellschaftsspielen, ein paar Sesseln, ein paar Tische, Stühle und einem Sofa ausgestattet ist.

Alles recht bunt, die Erdölchemie machte es möglich. Es gibt sogar eine kleine Bar inklusive Kühlschrank mit kalten Getränken. In gewisser Weise hat Hugo Scheffener für alles gesorgt. Er selbst lässt sich nur selten sehen, hat Besseres zu tun. Robert fragt sich, ob sie überwacht werden. Es gibt ein paar Kameras, aber Hugo Scheffener gilt als Gegner der Klerikalen, als Gegner der Überwachungsgesellschaft. Vielleicht mag er nur selbst nicht überwacht werden und liebt die Spielzeuge der Macht. Worauf baut sich seine Macht auf? Damals in New Avignon auf sein Geld. Er ist der Visionär, der sie irgendwo hinführt. Möglicherweise ist das Schiff auch in der Hand von Scheffener, Martin Townsend, Peter Zoller und Henry Newton. Sie kennen vielleicht geheime Schalter, um die Finder zu deaktivieren oder zu aktivieren. „Ich habe nie wirklich verstanden, warum du hier bist, Paul" - „Ich stand genauso wie du auf der schwarzen Liste, Robert" - „Du bist aber nie Gegner der Gesellschaftsform von New Avignon gewesen. Du bist religiös und vermutlich hast du es geliebt, überwacht zu werden" - „Wie meinst Du das?" - „Na ja, die Mehrheit unserer Gesellschaft scheint eine Vorliebe dafür gehabt zu haben, überwacht zu werden. Du wolltest vermutlich mit Deinen Leistungen glänzen und wie kann man besser mit seinen Leistungen überzeugen, als wenn man überwacht wird" Paul zeigt sich amüsiert. „Ich glaube, ich habe das System einfach akzeptiert und nie drüber nachgedacht" - „Du hast mehr über Matthew und Tod und Leben nachgedacht!" - „Genau und über bemannte Raumfahrt. Wie man die Kontinente besiedeln kann. Wie man Aurelia besiedeln kann." - „Du scheinst einen Hang zum Wahnsinn zu haben" - „Du doch auch, Robert" - „Eher unfreiwillig" - „In meiner Jugend habe ich darüber nachgedacht, wie man New Havanna erobern kann" - „Das ist doch alles sehr martialisch, Paul" -

„In meiner Jugend habe ich New Havanna gehasst, weil dort die Ausübung unserer Religion verboten wird" - „Die Weiber dort sind schon Klasse" - „Ja, Robert, aber findest du nicht auch, dass du nur an das eine denkst" -. „Woran denkt er nur?" Sie haben nicht bemerkt, dass Sandra den Raum betreten hat. „Wir unterhalten uns über die Vorzüge von New Havanna", antwortet Robert. „Als Staatsbürger oder Tourist?" - „Natürlich als Tourist" - „Dachte ich mir es doch" - „Diese Frauen sind gar nicht so dumm und haben jede Menge Einfühlungsvermögen, Paul" - „Die Frauen von New Havanna?" - „Ich meine Frauen im Allgemeinen und insbesondere diese hier" - „Soll ich wieder gehen?" - „Sandra, du bist eine hinreißende Blondine, eine begabte Köchin und zudem eine begabte Archäologin." - „Für die beiden letzten Komplimente möchte ich mich bedanken. Beim Ersten gehst du etwas weit, mein lieber Robert" - „Sie hat lieber Robert gesagt, Paul" - „Wir haben uns über die Überwachungsgesellschaft unterhalten. Ist doch ein interessantes Thema. Glaubst du, du wirst hier an Bord überwacht? Bist du deswegen so zurückhaltend?" Sandra wird rot, sie holt tief Luft und der Busen scheint anzuschwellen. „Wir treten nun in ein Schattenreich ein. Möglicherweise werden wir uns an diese Unterhaltung nicht mehr erinnern" - „Das gibt dir nicht das Recht mich zu beleidigen. Ich könnte jede Beleidigung protokollieren" - „Sozusagen ein Tagebuch der letzten Tage" - „Ja, so etwas und danach hast du ausgeschissen" - „Da wärst du aber sehr nachtragend, wir legen uns immerhin ein Jahr schlafen. Wer weiß, was da alles so passiert. Wenn ich neben dir legen würde, würde ich vermutlich besser träumen" - „Sandra, nimm ihn nicht so ernst, er ist besoffen und dann ist er immer ein bisschen verzweifelt", meint Paul beschwichtigend. „Und hat vermutlich schon morgen alles vergessen" - „Ich behaupte, die Zurückhaltung der Frauen ist und war auf die Überwachungsgesellschaft zurückzuführen" - „Paul, wie kann dieser Mensch eine so ernste Sache wie die Unterdrückung der Gesellschaft mit seinem banalen Trieb in Verbindung bringen" - „Das verstehe ich auch nicht, Sandra. Er ist nur so, wenn er besoffen ist." - „Aber er ist doch permanent besoffen. Ich verstehe nicht, wie Hugo so einen in seine Crew aufnehmen konnte." - „Das schreibe ich in mein Tagebuch" - „Entschuldige, Robert, ich finde dich manchmal so provozierend" - „Ich habe doch gar nichts gesagt. Wir könnten schöne Sachen tun und hinterher bräuchten wir nichts bereuen, weil wir es vergessen haben" - „Es sei denn, du schreibst es in dein Tagebuch, um später anzugeben. Überhaupt, was meinst du mit schönen Sachen. Niemand hat was gegen schöne Sachen" - „Ich kann doch in mein Tagebuch reinschreiben was ich will und später angeben." - „Ja, du hast recht, ich würde es dir später nicht glauben" - „Wir müssten davon schon eine Videoaufzeichnung machen" - „Paul, der Typ ist so dreist" - „Ja, er kann manchmal ziemlich unverschämt sein" - „So fällt man einem Freund in den Rücken." Paul versucht sich weiterhin zurückzuhalten, um so bei Sandra zu punkten. Seitdem Robert an Bord ist, hat dieser sich verändert. Er ist weniger diplomatisch. „Manchmal habe ich den Eindruck, dass Männer und Frauen sich nicht wirklich verstehen. Frauen scheinen einer anderen Spezies anzugehören. Warum tun wir nicht das, wozu Gott uns geschaffen hat? Kein Mensch weiß, ob wir jemals wieder aufwachen werden. Wie groß ist die Wahrscheinlichkeit dafür, Paul?" - „Die Wahrscheinlichkeit einer tödlichen Kollision liegt unter ein Promille für ein Jahr. Wahrscheinlich ist die Chance, die Hibernation nicht zu überleben größer, die Wahrscheinlichkeit einer Kollision ist vermutlich kleiner als in unserem Alter innerhalb eines

Jahres einen natürlichen Tod zu sterben, bei vollem Stoffwechsel" - „Der Himmel könnte uns also auf den Kopf fallen bei all der Dunklen Materie, gegen die wir stoßen könnten." - „Robert, es gibt praktisch keine Wechselwirkung von Dunkler Materie mit normaler Materie" - „Aber unser Antrieb ..., der Watanabe-Antrieb." Paul schweigt, denn das weiß niemand so genau. „Ein Raumschiff, das mit Hilfe von dunkler Energie beschleunigt, könnte gut und gerne mit Dunkler Materie wechselwirken." - „Bist du jetzt der Physiker, Robert?" - „Ich denke, er malt den Teufel an die Wand, um ein Date mit dir zu bekommen" - „Das habe ich auch verstanden" - „Paul, alter Kamerad, du bist so etwas von scheinheilig. Du willst doch auch ein Date mit ihr. Sandra frag ihn, ob er ein Date mit dir will." - „Warum sollte ich das tun?" - „Frag Sandra, der Wahrheit zu Liebe" Sandra ist ein wenig amüsiert und Paul peinlich berührt. „Paul, willst du ein Date mit mir?" - „Nein, ich will kein Date mit dir" - „Er lügt, selbst wenn er besoffen ist!" - „Hmm, ich könnte mir vorstellen, mit dir mal Go zu spielen" - „Das Spiel wollte ich immer schon lernen" - „Die Regeln sind ganz einfach. Sie entwickeln sich praktisch ganz natürlich." - „Er will kein Date, dir aber seine Briefmarkensammlung zeigen." - „Ich dachte, Du solltest mir auch deine Briefmarkensammlung zeigen." Robert ist verblüfft und schaut Theo fragend an, der begonnen hat mit Gosteinen zu spielen. Wer in Gottes Namen soll hier wieder aufräumen. „Meinst du, der Affe könnte das Spiel lernen" - „Schwierige Frage, man müsste ihn genug motivieren" - „Sieh an, das komplizierteste und älteste Spiel der Menschheit könnte von Affen beherrscht werden. Wenn Sandra meine Golehrerin wäre, wäre ich vermutlich sehr motiviert." - „Der Typ ist nicht zum Aushalten. Als ob es keine anderen Themen gibt." - „Sandra, ich habe nur noch drei Tage. Ich habe Endzeitpanik. Danach falle ich in ein Reich endloser, dunkler und wirrer Träume. Ich wunder mich auch, dass mein Hirn bei acht Grad Celsius arbeitet. Man sollte mein Hirnblut unter Alkohol halten, vielleicht wärs dann erträglicher." - „Kannst du dich an deine Träume während der Hibernation erinnern?" - „Nein, ich habe nur das starke Gefühl, geträumt zu haben und dass es unangenehm war" - „Vielleicht wird es diesmal angenehmer", meint Sandra. „Ein schönes Ereignis kurz vor dem Schlaf könnte vielleicht helfen" - „Er gibt nicht auf" - „Robert ist etwas begriffstutzig, wenn er getrunken hat" - „Etwas?" - „Soll ich denn nur an alles Schlechte in der Welt denken. Warum bin ich hier? Ich bin von meiner Welt weg, aber hier ist es keinen Deut besser" - „Steig doch aus, schwimm doch zurück!" - „Paul, wieso können Frauen so grausam sein?" - „Du meinst aus evolutionsbiologischer Hinsicht? Die erste Priorität hat ihr Nachwuchs" - „Hier gibt's keinen Nachwuchs." Man schweigt ein Weilchen. Robert mustert die Kurven von Sandra. Die Welt könnte gut sein. „Vielleicht erleiden wir eine komplette Amnesie, beim fünften Mal" - „Dafür gibt es doch gar keine Anhaltspunkte, Robert." Dass Paul ihm auch immer alles erklären muss. „Ich interessiere mich halt für das wäre wenn. Das ist wohl einer der Hauptgründe, warum ich hier mit von der Partie bin, obgleich ich Zeitreisen mit gezielten Eingriffen spannender fände. Aber Zeitreisen sind nicht möglich, nicht wahr Paul?" - „Im Grunde ist es doch eine Zeitreise in die Zukunft, die wir unternehmen. In eine hoffentlich bessere Zukunft" - "Was meint Sandra mit besserer Zukunft?" „Die Frage ist, ob es stabile Gesellschaftsformen ohne Unterdrückung geben kann. Auf der Erde muss es kurze Phasen davon gegeben haben" - „Männer, jetzt wo es langsam interessant wird, muss ich leider weg. Träum was Schönes, Robert". Sie zwinkert ihm zu.

4

Psi war in der alten, zivilisierten Welt eine Unbekannte, umstrittenes Phänomen in einer Welt, die zwar großen Teils an Wunder glaubte, doch der klassische, wissenschaftliche Betrieb schloss das Phänomen praktisch aus. In den wissenschaftlichen Theorien des 21. Jahrhunderts spielte Psi keine Rolle. Hier in unserer Welt waren die Ansichten andere; es bestanden überhaupt keine Zweifel, das Psi existierte, es gab allerdings keinerlei plausible Theorien, wie der ganze Spuk funktionierte. Beweis waren die Aborigines, die kein Mensch aushalten konnte, weil der Mensch den Verstand verlor, wenn er sich in der Nähe eines Ureinwohners aufhielt. Es wurde vermutet, dass die Aborigines auch telepathisch kommunizierten, wofür es aber keine Beweise gab. Auf Aurelia war die Situation noch bedrohlicher. Aurelia war einer der Planeten, die Helena, die rote Zwergsonne umkreiste, die wiederum mit unserer Sonne ein Doppelsystem bildete und alle 200 Jahre im winterlichen Nachthimmel der einzige mit bloßem Auge sichtbare Fixstern war, aber gleißend hell. Aurelia befand sich in der Lebenszone, seine gebundene Rotation um seine Sonne machte die eine Hälfte der Planetenoberfläche zu einer arktischen Hölle, währen die dauerhaft beschienene Seite angenehme Flecken zum Überleben bieten mussten. Die Kameras, die Bilder von Aurelia geschossen hatten, waren nicht wahnsinnig geworden, dafür aber die Mannschaft der ersten Expedition und dass mit möglicherweise dauerhaften Schäden. Man vermutete einen Zusammenhang zwischen dem Wahnsinn, der von Aurelia ausging und dem, der von den Aborigines herrührte. Verbarg sich hinter Aurelia eine Super-zivilisation, die mit den Aborigines auf unserer Welt ver-wandt war, oder vielleicht nur strahlende Mikroben, Mi-neralien? Eine unbemannte Expedition kehrte nicht zu-rück, genügend Grund für weitergehende Spekulation. Es schien so, dass die Welt jenseits von New Avignon und New Havanna mit Wahnsinn aufwartete. Da half auch kein Beten. Es waren mit Sicherheit keine von den Abori-gines ausgesonderten Aerosole, die in den psychedeli-schen Wahn führten. Elektromagnetische Strahlung war ausgeschlossen, da kein Faradayscher Käfig gegen den Wahn half. Dahin gegen war Haschisch harmlos, dachte ich, obgleich der gestrige Abend mit meinen Freunden und Katharina, der Dealerin zu einiger Verbiegung in meiner Seele geführt hatte. Mit Haschisch kam man Psi einen Schritt näher, ich wenigstens. Ein halbes Gramm von diesem Teufelszeug lag noch auf meinem Tisch, be-zahlt, auch dafür gedacht, mich in eine süße Vorhölle des Wahns zu treiben. Dieser Pflanzenkrümel vergrößerte meine Paranoia ins Unermessliche, der Überwachungs-staat hatte eine neue Qualität angenommen, aus den er-dachten Verfolgungsängsten wurde gefühlte Verfolgungs-ängste. Zeitweise schien ich zum Telepathen geworden zu sein. Ich konnte nicht nur die Gedanken meiner Freunde lesen, die gegen mich waren, sondern auch die der Passanten tief unter uns, deren Ansinnen es war, meinen Wahnsinn zu festigen. Als klerikale Polizei in der Wohn-gegend auftauchte, lösten wir unsere konspirative Sit-zung, in der jeder gegen jeden war und alle gegen mich, auf, sodass ich mit meinem Wahn allein gelassen war. Dem Bröckchen auf meinem Tisch zollte ich Respekt und packte es nicht mehr an. Ich verzog mich ins Bett. Es er-gaben sich ungeahnte neue Möglichkeiten der Masturbati-on, in denen Teufelin Katharina eine nicht unerhebliche

Rolle spielte. Ich wollte die Welt der Teufel, der Götter und omnipotenten Bischöfe hinter mir lassen und einschlafen, was ich dann auch tat.

An diesem Tag hatte der Überwachungsstaat eine neue Qualität bekommen, eine gefühlte Qualität. Von den Menschen ging eine seltsame Stimmung aus, so als ob wir Menschen auch eine Quelle von Psi darstellten. Mein Ich war offen gelegt, jedermann wusste Bescheid über mich. Die Logik der Überwachungskameras war offensichtlich überflüssig, um mich zu beherrschen. Ich musterte in den Straßen die Menschen und die Menschen musterten mich wissend und dennoch argwöhnisch. Es war nur eine Droge, versuchte ich mir zu sagen, aber Zweifel kamen auf, ob die Welt, die ich kannte, die wirkliche war. Möglicherweise war es diese, auch leicht heimelige Welt die, die in Anspruch nehmen konnte, die wirkliche zu sein. Wie war die Welt? Sie hatte offensichtlich ein Janusgesicht, ihr wahres Sein verbarg sie hinter Bilder wie Welle und Teilchen. Die neue Perspektive war eine von vielen. Ich hatte ein mulmiges Gefühl dabei, wenn ich mir vorstellte, in eine Messe zu gehen. Ich träumte von weißen Brüsten, die nur für mich da waren, von Messdienerinnen, die sich mir hingaben, von Blicken auf freizügige Ausschnitte, die nur ich werfen durfte. Ich aber – leider - gehörte nicht zur Priesterkaste. Ich schlenderte durch die durchnummerierten Straßen von Athens ohne ein bestimmtes Ziel. Irgendwann müsste ich einen Imbiss zu mir nehmen, irgendwann eine Messe aufsuchen, um letztendlich in einer der Kneipen im Bahnhofsviertel zu enden. Ich hoffte darauf, dass sich das Gift langsam in meinem Körper zersetzen mochte. Es mochte sich auch in meinen Fettzellen ablagern, jedenfalls musste der Stoff raus aus meinem Hirn, denn dieses transformierte die Wirklichkeit in eine Phase ohne festen Boden. Bildete ich mir jedenfalls ein. Der

Wahnsinn erzeugte Neugierde auf mehr Wahnsinn, auf anderen Wahnsinn. Wahnsinn einer völlig anderen Qualität. Ich sah mich schon als freiwilliges Mitglied einer weiteren Expedition nach Aurelia. Ich wollte die Kontinente erforschen, die Aborigines kennenlernen. Meine Vorstellung von ihnen war naiv. Sie waren einfache, gutartige Wilde mit einem starken sozialen Zusammenhalt. So weit das Vorurteil. Niemand kannte die sozialen Strukturen der Aborigines, niemand wusste, ob sie auf einem telepathischen Fundament oder auf Lautbildung wie bei uns Menschen aufbauten. Wie mochte die Superzivilisation auf Aurelia, wenn es sie denn gab, mit den Aborigines unserer Welt zusammenhängen? Die Geisteskrankheit machte vermutlich abhängig, wie alles was faszinierend ist, aber dennoch, ich würde den Haschkrümel ein Weilchen nicht anrühren. Ich schwor bei Gott, Jesus und dem Heiligen Geist, Verkörperungen einer Wahnsinnsidee, von der ich mich gewöhnlich geschickt distanzieren konnte, ohne dabei im System unangenehm aufzufallen. Dennoch, ich war ein gestürzter Engel, der irgendwann unangenehm aufgefallen war. Ich hätte eine Ehefrau haben können, ich hatte genug Geld verdient, um mir einen Urlaub in New Havanna leisten zu können, und ich hatte eine Kleinigkeit nicht beachtet, aber ich mochte jetzt nicht darüber nachdenken. Die Vergangenheit war nicht veränderbar, wenn gleich die Klerikalen eine Umdeutung der Geschichte vorgenommen hatten. War der Wahnsinn, den man in der Nähe der Aborigines erlebte, ein Verfolgungswahnsinn? Ich konnte es mir nicht recht vorstellen.

Siebzig Millionen Quadratkilometer dieses Planeten waren für uns Menschen nicht besiedelbar, auf Grund der Aborigines, die den Planeten selbst in kälteren und sehr trockenen Gegenden besiedelt hatten. Bewohnbar waren ein paar kleinere Inseln in den Ozeanen – an sich uninteressant - da von einem nicht nutzbaren Ozean umgeben und die größeren Inseln New Avignon und New Havanna, die zusammen mehr als 600000 Quadratkilometer hatten, also etwas weniger als ein Prozent der kompletten Landfläche. Die Aborigines kannten diese Inseln nicht, weil sie keine entwickelte Seefahrt hatten und diese beiden Inseln isoliert im Ozean lagen, an sich eine geologische Absonderlichkeit. Es erschien mir wie ein Rätsel, dass unsere Vorfahren diese Inseln gefunden hatten, so wie es ebenso rätselhaft erschien, dass sie sich nicht entschlossen hatten, einen anderen Planeten zu suchen. Was hatte sie an den Rand der Milchstraße verschlagen? Hatten sie Kontakt mit Aurelia? War dies der Grund, warum sie nicht weiter ziehen konnten? Ich hatte mich mal mit Paul, der etwas von den Relativitätstheorien verstand, über die Möglichkeiten der interstellaren Raumfahrt unterhalten. Er träumte davon, das Universum zu entdecken, bis ans Ende des Universums zu fliegen, betonte aber dabei, dass es kein zurückgäbe. Er nannte mir eine angenäherte Formel, die sich aus der ursprünglichen Einsteinschen Theorie herleiten ließ. Beschleunigte das Raumschiff mit der Fallbeschleunigung, die auf New Earth und der Erde praktisch dieselbe war, so bräuchte man für eine Strecke in Lichtjahre ausgedrückt den natürlichen Logarithmus des Doppelten in Jahren, die Flugdauer. Während man für eine Strecke von hundert Lichtjahren fünf Jahre benötigte, wäre man nach dreißig Jahren schon jenseits der Grenze des jetzt bekannten Universums, also Milliarden Lichtjahre geflogen. Wollte man zurückkehren, wäre die eigene Sonne längst erloschen, nur Helena, die Sonne von Aurelia würde noch scheinen. Er führte dabei allerdings auch aus, dass man null Chance hätte, Aurelia wiederzufinden und die Wahrscheinlichkeit, dass ein Raumschiff bei einer solchen Reise zerstört würde, läge nahe eins. Ich konnte das alles nicht nachvollziehen, bewunderte ihn für sein Wissen und sein Verständnis und hatte auch nicht mehr die hypothetische Masse im Kopf, die das Raumschiff erreichen würde. Es war eine astronomische Zahl. Paul hatte von dem Forschungsprojekt erzählt, dass nun Freiwillige suchte, um Psychopharmaka zu testen, die resistent machen sollten, gegen den Wahn, der von den Aborigines ausging. New Avignon hatte eine gut entwickelte Psychiatrie, die im Dienste des Klerus stand. Nicht nur ich war paranoid und fühlte mich von den Kameras unseres Staates verfolgt. In jeder Gesellschaft auf der Erde musste es Geisteskrankheiten gegeben haben, der Anteil der Kranken hier in New Avignon war aber mit Sicherheit höher. Neben der Paranoia, die unsere Gesellschaftsordnung erzeugte, gab es die Avignon-Wespe, von deren Stich jeder einmal betroffen war, ein Stich, der einen für eine Woche in eine besondere Dimension des Wahnsinns katapultierte, von dem sich manche nie erholten. Ich war als kleines Kind einmal gestochen worden. Der Stich war verbunden mit Schmerzen und einem nicht lebensbedrohlichen Fieber und einer Wahrnehmung, die einem LSD-Rausch entsprechen musste, der sich über eine Woche erstreckte. Ich konnte mich an den Stich nicht wirklich erinnern, aber es musste furchtbar gewesen sein. Ich wurde wohl traumatisiert und brauchte mich über meine ausgeprägte Paranoia und meine Empfindlichkeit gegenüber dem Kraut von gestern Abend nicht zu wundern. Jenseits der Forschung wurde der Stich tabuisiert, als Strafe Gottes interpretiert, aber auch als Versuch des

Teufels, mit den Menschen in Kontakt zu treten. Man war bislang nicht in der Lage gewesen die Wespe auszurotten, aber vielleicht wollte man das auch nicht, weil der Stich der Wespe nahtlos in das Weltbild des religiösen Wahns passte. Unsere sozialistischen Brüder und Schwester in New Havanna wurden auch gestochen, obgleich diese Gesellschaft größere Anstrengungen anstellte, die Wespe auszurotten. Sicherlich aber gab es dort Gefängniszellen mit einem kleineren Schlupfloch für die Wespe, um einen dort typischen Folterprozess einzuleiten. Dies konnte ich allerdings für New Avignon auch nicht ausschließen. Eine Methode, den Untergrund, wenn er denn existierte, in Schach zu halten. So weit mir bekannt war, schaffte man es mit den vorhandenen Medikamenten, die Schmerzen zu lindern, das Fieber etwas zu senken, ohne im wesentlichen die halluzinogene Kraft des Stichs nehmen zu können. Wie wollte man dann mit Psychopharmaka den Aborigines entgegentreten? Dieses Doppelsonnensystem war eine Welt des Wahnsinns, Wahnsinn am Rande der Galaxie, die man in ihrer diffusen, milchigen Pracht in klaren Sommernächten beobachten konnte. Vielleicht war Wahnsinn die vorherrschende Randbedingung für intelligente Lebensformen im Universum. Obwohl unsere Vorfahren dies sicherlich bestritten hätten, war die Erde vielleicht eine kleine Nische gewesen, die frei war von ansonsten im Überfluss vorherrschenden universellen Wahnsinn. Die Zivilisationsgeschichte der Erde war eine wesentlich komplexere als die unsere, die Menschheit musste sich davon emanzipieren, Affe gewesen zu sein, teilweise über brutale Umwege, die die Welt unserer Vorfahren bis an den Rand der Selbstvernichtung gebracht hatten, eine kultivierte Form von Geisteskrankheit, die etwas damit zu tun haben musste, was unsere Cheftheoretiker mit Erbsünde bezeichneten.

Die Versuche konnten nur richtungsweisend sein, die Medikamentation würde vielleicht den Einfluss der Aborigines mildern, sodass man herausfinden konnte, in welcher Richtung man weiter forschen könnte. Uns war nicht bekannt, wie viel Versuche eingeplant waren, wie viele Stoffe die Versuchspersonen in der Gegenwart von Aborigines einnehmen mussten. Neben einer guten Entlohnung, einem vielleicht positiven Eintrag in der Lebensakte, lockte ein Urlaub in New Havanna. Machte man schon Versuche mit Gefangenen? Wurde die Bereitschaft, an den Tests teilzunehmen als Indiz gewertet, eine Neigung für psychotrope Drogen zu besitzen? Die Wege des Herrn und unserer Bischöfe waren unergründlich. Ich musste mich mit Paul über die Versuche näher unterhalten. Ich war mir sicher, dass ich heute noch eine magische Anziehungskraft auf ihn ausüben würde, wegen dieses Krümmels auf meinem Tisch. Es hatte den Anschein, dass er unter der Wirkung der braunen Substanz einen gewissen Goautismus entwickelte, der wohl für ihn äußert reizvoll war. Hin und her überlegend machte ich mir Gedanken darüber, einen Abend wie den gestrigen zu wiederholen, mit der Dealerin, die äußerst reizvoll war, wenn sie ihre Brüste entblößte. Vielleicht war sie ja auch etwas nuttig, was auf die Jungs mächtig Eindruck machte oder irgendwie - und das wäre ein Wunder - naturgeil. Gerade dem süßen Horror entkommen, regten sich Gedanken in mir, ihn zu wiederholen. Es musste sich dabei um eine absonderliche Form von Masochismus handeln, bei dem man sich zusätzlich Scherereien mit der Polizei holen konnte. Als Polizei in unserer Straße aufgetaucht war, hatte ich in Panik unseres nächtliches Treffen aufgelöst. Man wurde ja nicht nur durch Kameras beobachtet, sondern auch durch Nachbarn. Der Reiz dieses Wahns war so groß, dass man zum Wiederholungstäter werden konnte, ein

Umstand, der für mich vor einer Stunde noch unklar gewesen war. Vielleicht züchtete sich die Geheimpolizei eine Szene, die verrückt und bereitwillig genug war, sich auf Experimente mit Wespenstichen und Aborigines einzulassen. War Katharina eine Agentin? Wie ich mich erinnerte, hatte ich mir in der berauschten Nacht die gleiche Frage gestellt. Aber was sollte diese Anmache, wenn wir eh freiwillig bereit waren, an Versuchen mit Drogen und Aborigines teilzunehmen. Die Aussicht Paola wiederzusehen, war zu verlockend, obgleich ich nicht wusste, ob man, wenn man sich einen Urlaub in New Havanna verdient hatte, einen Einfluss auf die Wahl des Urlaubsorts hatte. Paola war die große Liebe meines Lebens. Etwas verbittert sagte ich mir immer, dass das alle Urlauber, die mit Paola ihre Zeit verbracht hatten, so empfinden mussten. Ich aß meine Bratwurst mit Ketchup im Stehen, beobachte Passanten und befand, dass dies eine Zeit im Aufbruch war. Was für Gedanken mochten sich in den hübschen Köpfchen befinden, deren Haar unter meist schwarzen Kopftüchern steckte. Eine von diesen Passantinnen kannte ich, mein Herz fing deutlicher zu schlagen, weil diese Frau zielstrebig auf mich zu kam. Sie trug, den Vorschriften entsprechend züchtige Kleidung. Es fehlte mir die Vorstellungskraft hinter dieser Frau die Teufelin zu vermuten, die mir gestern so sehr zugesetzt hatte. Die Hexe des Bischofs bestellte sich frittierte Kartoffeln und begrüßte mich freundlich.

Es war äußerst ungewöhnlich, dass Frauen und Männer auf der Straße in der Öffentlichkeit miteinander redeten, wenn sie nicht miteinander verwandt waren oder ein Paar bildeten. Es war nicht verboten, eher verpönt. Leicht konnte man in den Verdacht geraten, Unzüchtiges zu wollen. Wir alle standen voll unter dem Schutz der Kirche. Womöglich beobachteten ihre Schergen uns geheim. Eine Kamera in der Nähe hatte ich schon entdeckt. Ich konnte mir gut vorstellen, dass auch Katharina systematisch überwacht wurde, um sie der Prostitution zu überführen. Wessen Werkzeug war sie? Auch wenn sie ein doppeltes Spiel spielte, wurde sie überwacht. Nachdem sie gefragt hatte, ob wir uns heute Abend wieder treffen würden, hatte ich ausweichend geantwortet, aber zu gern hätte ich Aspekte des gestrigen Abends wiederholt! Ich fürchtete mich vor dem Wahn, der wieder in meine Wohnung einziehen würde. Ich konnte mir nicht vorstellen, dass ich der einzige Verrückte gewesen war, ausgenommen natürlich die coole Dealerin. Womöglich war sie aber auch betroffen, pflegte einen kultivierten Wahn, der ihr einen Kick gab, mehr als ein festes Glied zwischen ihren Schenkeln. Sie aß da völlig harmlos ihre Fritten, aber diese Frau konnte einem aus der Umlaufbahn werfen. Wollte ich mich den Aborigines aussetzen, wäre es vielleicht sogar vernünftig, vorher vom Wahnsinn zu kosten, mich gezielt meinem Wahn auszusetzen, um die zukünftigen Risiken abschätzen zu können. Aber hätte ich dann nicht auch freiwillig Bekanntschaft mit einer Avignon-Wespe schließen können. „Doch könnte gut sein, dass ich heute Abend wieder in der „Gemütlichen Ecke" bin. Wir könnten dann auch wieder zu mir." Sie lächelte, offensichtlich zufrieden. Ihr Geschäft ging auf. Unsere Wege trennten sich so schnell, wie es dauert, eine Portion Fast Food zu essen und zu bezahlen. Die Frau war mir ein Rätsel. Sie sah passabel aus. Warum war sie nicht verheiratet? Hatte sie irgendeine Arbeit? Ja klar, sie war Agentin des Bischofs und ihr Auftrag war es, verlorene Seelen in den Abgrund zu stoßen. Wenn denn dies meine Bestimmung war, wollte ich nochmals ihre Brüste sehen, die Halluzination eines Paradieses, in dem ich ungestraft von ihnen kosten durfte. Ich musste mich mit dem Wahnsinn näher bekannt machen, wenn ich den Aborigines-Job wollte, meine Chance Paola wiederzusehen. Katharina war ein Mittel Paola wiederzusehen. Mein Gedankenfluss war völlig korrupt. Ich musste in eine Kirche, in eine Messe, junge Messdienerinnen anbeten, die Freizügigkeit einer Messe genießen. Vielleicht war Katharina Messdienerin. Nein, dafür war sie wahrscheinlich zu alt. Ich fürchtete, ich war reif für die neokatholische Psychiatrie inklusive ihrer ausgearbeiteten Teufelsaustreibung. War es wirklich klug, das Chaos des gestrigen Abends wiederholen zu wollen? Mein Nervensystem war dermaßen zerrüttet, sodass ich mir gar nicht sicher war, die nackten Brüste von Katharina gesehen zu haben, neben dem Teufelszeug hatte ich nicht unerhebliche Mengen Alkohol zu mir genommen, eine Angewohnheit, die sich in den letzten Monaten bei mir breitgemacht hatte. Ich konnte Peter und Paul fragen, ob die Titten individuelle Halluzination oder kollektive Erfahrung gewesen war. Ich war mir sicher, ich konnte gegen die Droge Haschisch nicht gewinnen. Sie würde mich immer wieder im Griff haben. Sie war mir überlegen, anders als der Alkohol, den ich brauchte. Alkohol war ein Verdränger, nicht ungefährlich, aber, wie mir schien, eher ungeeignet eine Kaskade des Wahns zu starten, womöglich kleine größenwahnsinnige Ausbrüche, ein bisschen Übermut vielleicht, aber nicht mehr. Er konnte manchmal das Gefühl geben, die Puppen tanzen zu lassen, aber hielt einen nicht in einem Netz von Paranoia gefangen. Ich verstand, warum man auf der Erde Haschisch verboten hatte. Was hatte sich der gedacht, der diese Pflanze auf diesen Planeten mitgenommen hatte? Tiere einzuführen war schwieriger gewesen, aber pflanzlicher Samen konnte leicht mitgenommen werden. Womöglich wurden die Cannabissamen an Bord geschmuggelt. Kaum jemand wusste so viel über die Vergangenheit der Erde wie ich. Es musste in New Avignon eine Handvoll dieser Experten geben. Ich hatte einige von ihnen kennengelernt. Wir waren Experten der Geschichte der Erde. Diese Geschichte umfasste im wesentlichen einen Zeitraum von viertausend Jahren. Inzwischen waren weitere dreißigtausend Jahre vergangen. Die mir bekannten letzten zweihundert Jahre der Geschichte der Erde waren eine Phase des exponentiellen technischen Fortschritts gewesen. Undenkbar das, wenn sich diese Entwicklung dreißigtausend Jahre fortgesetzt hätte. Die Entwicklung, ungebremst, führte zu Gott. Wurde die Erde inzwischen von einem gottähnlichen Kollektivwesen bewohnt? Wie viele Jahre brauchte es zu den Göttern? Die Macht dieser Götter war sicher in unserem Universum beschränkt. Dafür sorgten schon die Theorien von Matthew. Die Grenze der Lichtgeschwindigkeit beschränkte den Wirkungskreis von Göttern, aber lokal mochten sie ihre eigenen Universen geschaffen haben, etwas was mit unserer Röhrentechnologie nicht ging. Es war kompliziert, die Konzepte von Virtualität zu verstehen, aber sie waren nachlesbar, aber die Technik, um dies zu realisieren war verloren gegangen.. Wichtige Inhalte der Festkörperphysik, Inhalte der Quantenphysik waren verloren gegangen. Ich war kein Physiker, aber hatte Ahnung von den Grundkonzepten. Meine Ausbildung verlangte es, von allem Ahnung zu haben. Unsere Kultur basierte im wesentlichen auf der der Erde, besser gesagt auf eine bestimmte Kultur. Unsere Religion hatte ihre Wurzeln im Christentum der Erde, unsere Essensgewohnheiten, die Bratwurst und das Schnitzel, rührten von der Erde her. Wir konnten den kulturellen Stand nicht halten, auch weil wir zu wenige waren, fielen zurück in die Barbarei, in ein Mittelalter, aber einige der Quellen hatten Bestand. Diese Quellen gaben Auskunft über Technologie und die Geschichte der Erde. Aber die Quellen konnten unmöglich vollständig sein. Es hat ein paar Jahrhunderte gedauert, bis man das, was übrig geblieben war, verstand. Die Geschichte der Erde zu kennen, bedeutete auch die Geschichte der Freiheit zu kennen, einen Begriff von Freiheit zu haben. Sich bewusst darüber zu sein, dass die verschiedenen Kulturen in Koexistenz miteinander gelebt hatten. Es war geheim, aber das Kopftuch hatte in einer anderen Religion als dem Katholizismus Bedeutung gehabt, einer durchaus verwandte monotheistische Religion, die vor der industriellen Revolution, vor der abendländischen Seefahrt die Dominierende auf diesem Planeten Erde gewesen war. Die Erdbevölkerung, es müssen zur Zeit der Abreise der Voyager um die zwölf Milliarden Menschen gewesen sein, war uns in einigem voraus, biotechnologisch, und in Computertechnologie, in einer uns unbekannte Nanotechnologie, in Festkörperphysik allgemein. Als die Menschheit begann, gezielt ihr Genom zu designen, beschlossen unsere Vorfahren, ihren Planeten zu verlassen. Dies zu erzählen war mein Job.

Ich lag mit mir im Argen, Dinge zu wiederholen, die man nicht wiederholen musste, allerdings waren die Pfade des Labyrinths meines speziellen Wahns noch längst nicht alle begangen. Ich wollte es mir nicht eingestehen, aber vermutlich war ich ein Stück paranoider als der Durchschnittsparanoide in unserer Gesellschaft. Mir war klar, dass diese Gesellschaft und ihre Religion nur paranoide

Mitglieder hervorbringen konnte. Gott und seine Engel sahen alles, mochten wir uns auch auf einer Insel eines unbedeutenden Planeten am Rande der Galaxis befinden. Dass ich nicht an diese Psychose glaubte, machte es für mich nicht einfacher, und in tiefen Schichten meiner Seele mochten Reste dieser kollektiven Geisteskrankheit verblieben sein. Ich wurde von äußeren und inneren Kräften verfolgt und jede Kamera war letztlich der Beweis dafür, dass man mich auf dem Monitor hatte, obgleich meine Beobachter nicht engelsgleich waren. Es gab aber sicherlich Bestrebungen, dem nahe zu kommen. Ich war mir sicher, man arbeitete an Psi, das Phänomen, dass die Engel für ihre Allmacht einsetzten. Jede Messdienerin, die sich ihrem Priester hingab, gab sich Gott und seinen Engeln hin, die wie ein Schwamm, die orgiastischen Gefühle aufsaugten, zum Wohl der Welt, auch Jungbrunnen für ihre unendliche Existenz und schließlich zu ihrem Vergnügen. Dies war eine Religion des universellen Spannertums. Die Beherrschung von Psi war der Schlüssel, denn jeder Gedanke, jedes Gefühl war schließlich mit einem Psiphänomen verbunden. Was war es schon, Bewegungen und Unterhaltungen verfolgen zu können, wenn man Gedanken und Gefühle aufsaugen konnte. Der Eindruck, dass die eigenen Gedanken gelesen werden konnten und selbst Gedanken zu lesen, war untrennbar mit paranoidem Wahn verbunden, mit Geisteskrankheit an sich. Die Menschen hatten angeborene Filter gegen Psi, die in der Gegenwart der Aborigines nicht mehr funktionierten; sie brachten unsere Schutzwälle zum Einsturz, dem ein totaler Wahn folgte. Den Schlüssel zu Psi erlangte man über die Geisteskrankheit, der Täuschung und Vergiftung des Geistes; der Kranke konnte nicht zwischen Täuschungen und Realität unterscheiden. Die staatliche Telepathiebehörde, wenn es sie denn gab, musste sich hüten, in die Psychose zu verfallen. Die Beherrschung von Psi würde zuerst das Reich des Chaos freilegen, hinter dem eine Ordnung lag, die es galt, herauszukristallisieren. Gott konnte unmöglich schizophren sein, aber wer wusste das so genau. Jedem der Bonzen, den Bischöfen hier auf New Avignon würde ich diese bescheinigen, ein Geisteszustand, der sich gut aushalten ließ bei Luxus und Konkubinen. Das mochte man alles als Hirngespinst eines Gestrandeten, Gestrauchelten und was auch immer man für eine Bezeichnung für mich finden konnte, halten. Sicher war, dass Psi existierte und verstärkten, reversiblen, wie irreversiblen Wahnsinn auslösen konnte. Die Folge des Kontakts mit den Aborigines mochte reversibel sein, Aurelia umgab ein Geheimnis mit möglicherweise irreversiblen Folgen, die Teilnehmer der ersten Expedition waren vielleicht noch allesamt Psychiatriepatienten. Mir war nicht klar, wie sie es geschafft hatten, heimzukehren. Groundcontrol war Zeuge gewesen, wie der kollektive Wahn ausbrach. Die Dokumente waren natürlich geheim. Vielleicht gab es die klaren Momente und im Übrigen konnten Geisteskranke durchaus Dinge leisten wie Autofahren, Go spielen oder an einem Fernseher basteln. Trotz meiner Paranoia konnte ich Vorlesungen halten. Es war konsequent für die Klerikalen, sich mit dem Wahnsinn und Psi auseinanderzusetzen, denn dort lag ein zukünftiger Schlüssel ihrer Macht. Ich brauchte eine Abkühlung, eine kalte Dusche oder so etwas, um zu nüchternen Gedanken zu kommen. Was reizte mich so am Wahn, dass ich verlangte, Wiederholungstäter zu werden? Machten Wahn und Paranoia in irgendeiner Weise süchtig? Mir war schon klar, dass die subtile Wirkung von Geschlechtshormonen mich zum Wiederholungstäter machen wollte. Ein Besuch der Messe von Sankt Magdalena würde mir den Rest geben. Ich würde auf die weißen Röckchen der Messdienerinnen starren, auf die Ausschnitte, auf ihre roten Lippen und freien Haaren, auf ihre, Gott und dem Priester gewidmeten, devoten Bewegungen. Ich hätte nicht genug Kraft, mich in ein Gebet zu vertiefen, in ein wahres Gebet, denn meine Gebete hatten eine andere Zielrichtung, würde bei den Huren landen und ihrem süßen Cannabis. Das benebelnde Rauschgift war nicht trennbar mit den nackten, provozierenden Brüsten der Dealerin verbunden. Die Messdienerinnen von Sankt Magdalena und ihr Weihrauch waren das Vorspiel für Cannabisduft, Brüsten und allen anderen Mysterien des weiblichen Körpers. Der Gedanke, an den Experimenten mit den Aborigines teilzunehmen, war nur ein weiteres Manöver, Vorwand, um den gestrigen Abend zu wiederholen und zu vertiefen, weiterzuentwickeln in all seiner Konsequenz. Ich würde Katharina hörig werden. Ich zündete mir eine Zigarette an, formte eine Antithese: der Wunsch nach einem kühlen Bier. Ich fand einen Laden mit gekühltem Vorrat, setzte die kleine Flasche an den Hals und trank gierig, als ob es um mein Leben ging. Mit dem Anwenden der Gentechnik mochten die Menschen aufgegeben haben, Menschen zu sein. Würden die Menschen nun beginnen, Psi zu beherrschen, wären sie auch keine Menschen mehr, vielleicht dann nicht so radikal verändert wie die Wesen, die die Kräfte der Gentechnik freigesetzt hatten. Ich veränderte meine Richtung hin zu meiner Wohnung, die gut einen Kilometer von meinem jetzigen Standpunkt entfernt war. So wie ich meine Umwelt aufnahm, in einer zwar ruhigen, aber gesteigerten paranoiden Art, sagte mir, dass die Droge noch in meinem Blut kreiste. Die Blicke der Menschen besagten, dass man um mich wusste, aber das konnte eigentlich nicht sein, denn sie waren gemein nicht psibegabt, wie ich wusste. Vielleicht wurden sie es unbewusst gewahr, wenn man verbotene Drogen genommen hatte. Sie schauten besorgt und wissend, aber es war kein Psi, sondern nur mein leichter Wahn, der mir die Realität so erscheinen ließ. Zu Hause angekommen gönnte ich mir ein zweites Bier, welches ich auch hastig trank. Danach gab ich mir die Dusche, mit der Absicht, klarere Gedanken zu entwickeln. Stattdessen formte sich bei mir der Wunsch zu masturbieren, Katharina und andere verbotene Früchte vor Augen. Ich drehte die Kaltwasserzufuhr weiter auf und konnte so diesem sinnlosen Spiel entkommen. Das kühle Wasser bewegte meine Gedanken tatsächlich in eine andere Richtung, zuerst in eine entspannende Gedankenlosigkeit. Ganz kalt stellen wollte ich das Wasser aber nicht, vermutlich auch, weil ich nicht das subjektive Gefühl bekommen wollte, gänzlich aufzuwachen. Nach der Dusche fühlte ich mich gut, ohne Pläne für die nähere Zukunft zu haben. Etwas argwöhnisch betrachtete ich das Döschen mit dem Krümel , meine gestörte Realität schien sich wieder einstellen zu wollen. Ich dachte an mein grundsätzliches Problem. In der letzten Zeit vermochte ich nicht mehr als ziellos durch die Gegend zu streifen, mich mehr oder weniger zu betrinken, alleine und mit Freunden. Mein Leben war mir auch ohne Cannabis völlig entglitten. Gelegenheitsjobs und Erspartes hielten mich so gerade über Wasser. Ich hatte keinerlei Perspektive, wie ich meinen alten Beruf wieder aufnehmen konnte. War ich wirklich ein Staatsfeind? Wurde ich auf schwarzen Listen geführt und war ich mit einem endgültigen Berufsverbot versehen? Kannten die Klerikalen keine Gnade? Ich hatte mich nie bemüht, verstärkt Reue zu zeigen, öffentlich beim gütigen Vater um Verzeihung zu bitten. Mein Wissen wurde gebraucht redete ich mir ein, oder versuchte man nun unsere Geschichte völlig zu verdrängen? Ich tat nicht viel, um aus meiner Misere zu entkommen. Ich hätte an die entsprechenden Stellen schreiben können, um den Staat, die Gesellschaft zu überzeugen, dass ich ein fähiges, treues, wenn auch offensichtlich scheinheiliges Mitglied der Gesellschaft war. Wer war denn nicht scheinheilig? Man schätzte mich als begabt genug ein, um mir eine Umschulung zukommen zu lassen, wenn mein alter Beruf nicht mehr gebraucht wurde. Statt dieser Bemühungen trieb ich mich in einer Halbwelt herum, hatte Kontakt zu fragwürdigen Subjekten und Kriminellen. Der Gedanke, für die Gesellschaft Versuchskaninchen zu spielen, war ein äußerst halbherziger Versuch, meine Lebensverhältnisse zu bessern. Er entsprach meiner Einschätzung, welche Jobs ich noch bekommen konnte und welche nicht. Für Versuche, die eine Art Geisteskrankheit hervorriefen, wären eigentlich Strafgefangene die geeignete Klientel gewesen, vielleicht verbunden mit dem Versprechen einer frühzeitigen Freiheit. Mehr traute ich mir offensichtlich nicht zu, allerdings mochte auch ein tieferer Grund dahinter liegen, etwas, was ganz eng mit meiner Persönlichkeit verbunden war, aber das wusste nur Gott.

Die schweren Glocken von Sankt Magdalena läuteten zur achtzehn Uhr Messe. Ich hatte nur noch wenige Schritte zur neogotischen Kathedrale. Ich bewunderte diese Kirchen, die ihren Vorgängerinnen auf der Erde in nichts nach standen. Das Hauptschiff bot Platz für mehr als tausend Gläubige. Mir fehlten die Begriffe, um die Kunstfertigkeit der Architektur zu beschreiben. Fenster, Altar, Skulpturen, Gemälde. Säulen, Bögen in einem Innenraum, der mindestens dreißig Meter hoch sein mochte, beeindruckten mich immer. Hier fand die Idee Gottes und seines Reiches Ausdruck. Überall Kameras, die schon die gläubigen Menschen registrierten, die in die Kathedrale hineinströmten. Auch der Innenraum besaß Kameras in

Überfluss. Als Sünder, der Buße zeigen wollte, suchte ich mir einen Platz ganz vorne auf den Männerbänken. Es war mir natürlich wie angeboren auch einen vorderen Platz zu besetzen, um einen günstigen Blick auf die Messdienerinnen zu haben. Da war ich wohl nicht der Einzige. Diese Gesellschaft mit ihren Beschränkungen verdiente keine anderen Mitglieder. Die Tabuisierung des Geschlechtslebens brachte seelische Krüppel, wie ich einer war, hervor. Vielleicht wurden meine Gebete erhört, ich fand wieder eine entsprechende Anstellung und damit die Chance zu heiraten. Ich wollte natürlich nicht wegen der Liebe, eines gemeinsamen Lebens und dem Aufziehen von Kindern heiraten, sondern wegen des Sexes, der mir dann zur Verfügung stand. So war ich halt und ich war wohl nicht der Einzige in dieser Gesellschaft. Ich schaffte es in die dritte Reihe zu gelangen, neben und vor mir völlig unbekannte Männer, die wie ich knieten und die Ankunft des Bischofs mit seinen acht Messdienerinnen zu erwarten. Die Orgel begann ein Intro von sich zu geben, das Licht im Schiff verdunkelte sich, während in Altarnähe das Licht heller wurde. Es kamen die Messdienerinnen mit ihren freien, offenen Haaren, in ihren weißen Röckchen, ihren weißen Blusen, für Gott freizügig ausgeschnitten und ihren weißen Schuhen. Die Farbe signalisierte Unschuld. Sie bauten sich alle acht vor dem Altar auf und machten einen Knicks, verbeugten sich nach vorne, um dann ein stummes Gebet zu beten. Die Musik der Orgel wurde eindringlicher und in seinem Glanz erschien der Bischof, der sich zwischen die Acht stellte. Was für eine Show. Ich stellte mir vor, wie die Acht an seinem Schwanz hingen. Der Bischof von Athens würde höchstpersönlich die Messe lesen. Die acht Engelsgestalten erinnerten mich daran, dass ich später auf eine Teufelin treffen konnte, wenn ich denn wollte und genügend Mut aufbringen würde. Die Teufelin war nur wenig älter als die handverlesenen Messdienerinnen. Der Bischof erlaubte uns zu setzen und sprach einleitende Worte. Das Thema seiner Predigt würde New Havanna sein. Dort war buchstäblich das Böse angesiedelt. Wir sangen ein Lied, um Gott und sein himmlisches Reich zu preisen. Dieses musste sehr weit weg liegen, jenseits der Galaxie, jenseits der Singularität, jenseits aller Dimensionen, die die Stringtheorie für uns aufgetan hatte. Irgendwo in einem noch zu definierenden Platz. Ich konnte diese Lieder alle auswendig, weil es mir immer vergleichsweise einfach gefallen war, dumme Dinge auswendig zu lernen. Wir standen, als wir sangen; von jedem wurde erwartet, dass er die Lieder kannte, die der Bischof von uns abverlangte. Manchmal wünschte ich mir, dass die Messdienerinnen zur Musik eine Art Tanz oder Ballett aufführten. Offensichtlich spielte sich die Perversion nur in meinem Kopf ab. Nach dem Lied mussten wir uns knien und beten, dass Gott unsere Sünden vergab. Der Bischof sollte mir meine Sünden verzeihen und mich als ausgewiesenen Experten für die Erde einstellen, das reichte. Wir mussten erfahren, was wir längst wussten: New Havanna war die Ausgeburt des Lasters und der Unfreiheit. Es würde geklont, um Elemente zu erzeugen, die dem irregeleiteten Touristen von New Avignon das Geld aus der Tasche zu ziehen und dem Teufel zuzuführen. Ich war so ein irregeleiteter Tourist gewesen. War Paola ein Klon, ein Element, das mich ausgenommen hatte? Sie war nicht ganz billig gewesen. Er sprach von der Unfreiheit in New Havanna, von der Verfolgung. Stimmte wohl! Die Gesellschaft dort war noch ärmer dran, vor allem, sie war ärmer. In New Avignon hatte man die Freiheit Geschäfte zu machen, die den Segen der Klerikalen hatten. In New Havanna wurde die Armut geplant; man kam mit einem Plan auf die Welt, manche, besonders hübsche Exemplare waren Klone, die für den Strich bestimmt waren, für zahlungskräftige Kunden aus New Avignon, die den Kick jenseits des Meeres suchten, weil sie ihn offensichtlich diesseits nicht finden konnten. Mochte sein, dass Paola ein Klon war; ich hatte sie geliebt und würde mich in sie verlieben, wenn ich sie wiedersehen würde. Es war Blasphemie vom Bischof unsere Gesellschaft als frei zu bezeichnen. Scheinheilig zogen die Messdienerinnen ihre Show ab. Ich wusste nicht, was ihre Köpfchen dachten. So war das in Kirchen und in Kathedralen. Während mir das Leben in New Avignon als Vorhölle vorkam, musste das Leben in New Havanna die Hölle sein. War es unsere Propaganda, die da gefruchtet hatte? Ich hatte mich von den ärmlichen Verhältnissen in New Havanna überzeugt, die Unterdrückung konnte ich mehr als erahnen. Hier und dort Kameras, die waren nicht zu übersehen. Und so Hübsche wie Paola waren für den Strich bestimmt. Hier und dort waren die Gedanken kaum frei, hier und dort arbeitete man daran, die Gedanken unter Kontrolle zu bringen. Hier und dort war die Unterdrückung perfekt, aber wir hier hatten den Vorzug, von Gott und seinen Dienern unterdrückt zu werden. Die drüben hatten Gott als Staatsfeind erklärt, der gleichzeitig nicht existent war. Ein an und für sich sympathischer Gedanke. Trotzdem, ich mochte drüben nicht leben, zumal es mir verwehrt bleiben würde, bei Paola zu sein. Paola hatte ihre Bestimmung. Mich kotzte das alles an, es gab nichts Drittes, wohin ich mich hätte zurückziehen können. Das Getue des Bischofs nervte: Er sollte mich wieder einstellen, und ich würde weniger kritische Gedanken denken. Gott und sein Hofstaat hier in New Avignon waren mir zu wider. Ich betete zu Gott, dass er meine Gedanken nicht las, betete zu ihm, die Hexe, die Teufelin möge ein Interesse haben, mich und meine Freunde aufzusuchen, obgleich die Teufelin in meinem Kalkül ebenso Gespielin und Agentin vom Bischof war, wie die acht in Weiß gekleideten jungen Damen hier. Es wurde Zeit, dass die heilige Kommunion verteilt wurde. Ich wartete ungeduldig auf die Speisung.

Nach der Messe, die gut eine Stunde gedauert hatte, setzte ich mich auf eine der Holzbänke, von denen es auf dem großen Platz, der der Kathedrale vorgelagert war, einige gab. In der Nähe einer Kamera gelegen unter einem Laubbaum, dessen Vorfahren auch auf der Erde gestanden und gelebt hatten, zündete ich mir eine Zigarette an. Es war nicht verboten, auf öffentlichen Plätzen und im Freien zu rauchen. Der Stress der Messe war vorbei, womöglich wurden meine widersprüchlichen Gebete erhört. Ich wunderte mich immer darüber, wie ähnlich unsere Welt, New Avignon zur früheren Erde sein musste. Unsere Sprache musste dem Englisch des 21. Jahrhunderts sehr ähnlich sein, an sich schon ein kleines Wunder, dass man auch mit Sprachhygiene nicht vollständig erklären konnte. Unsere Vorfahren hatten eine Heidenangst sich von ihren Wurzeln zu entfernen. Es gab die Literatur der Erde, unzerstörte Schallplatten, wenn es uns auch nicht gelungen war, die modernen Medien, über die unsere Vorfahren verfügt hatten, zu lesen oder gar abzuspielen. Man hatte mit resistenten Materialien gearbeitet, die das Jahrtausend überlebt hatten, Druckmedien, Schallplatten, Fotos und einige ganz wenige Filme waren erhalten. Die Materialien mussten extra für den interstellaren Exodus geschaffen worden sein, wohl ahnend, dass man den zivilisatorischen und technischen Stand nicht halten konnte. So viele Begriffe des Alltagslebens gab es schon damals, die Kirchen schauten aus wie die auf der Erde. Es gab einen merkwürdigen Unterschied: Auf der Erde mussten Hunderte bis Tausende verschiedene Glaubensrichtungen existiert haben. Belustigt fragte ich mich immer wieder, welche die Wahre gewesen sein mochte. Wer wollte dies verifizieren. Hier in New Avignon gab es nur eine, totalitäre Kirche, keine Abspaltungen, keine Sekten, auch wenn die Liturgie nicht einheitlich war. Dies war trotz aller Verfolgung seitens der Theokratie erstaunlich. Es gab doch immer irgendwelche Besserwisser und anderweitig Erleuchtete mit neuen, nicht verifizierbaren Erkenntnissen. Womöglich war der Stich einer Avignonwespe nicht sonderlich erleuchtend. Die verschiedenen Rassen, die es auf der Erde gegeben haben musste, hatten sich hier völlig vermischt, hier und da gab es einen dunkleren und helleren Typ, mit kaum asiatischen Einschlag, da der Exodus in der sogenannten Neuen Welt, in Amerika organisiert worden war. Mindestens zwanzig Laubbaumarten hier in New Avignon stammten von der Erde. Dennoch, dies war nicht die Erde. Wenn sich jemand darüber in vollem Ausmaß bewusst sein konnte, so war ich das. Die Erde vor dreißigtausend Jahre, der Zeitpunkt als der Exodus begann, wäre für uns ein exotischer, sehr vielfältiger Platz gewesen, unermesslich vielfältig. Diese Welt mochte auch sehr vielfältig sein, aber sie war – noch nicht – für uns nicht bewohnbar, weil für uns jenseits der beiden Inseln der Wahnsinn wartete, in Form von vermutlich friedliebenden Aborigines, die eine zukünftige Theokratie oder ein zukünftiger Sozialismus ausrotten würden. Ich mochte nicht Zeuge davon werden. Diese Welt bot endlose Geheimnisse: es schien so, dass wir in New Avignon sicher waren, womöglich aber überall sonst der Untergang lauerte. Was ging auf Aurelia vor? In Gedanken versunken, zündete ich mir eine zweite Zigarette an, selbst drei Passantinnen, züchtig gekleidet mit schwarzen Kopftüchern, rissen mich nicht aus meiner Stimmung. Es war seltsam, wie ähnlich unsere beide Welten waren und doch so verschieden. Die von den Klerikalen verordnete Monokultur stand schon im Gegensatz zur kulturellen Vielfalt auf der Erde. Technologie und ein globaler Kapitalismus mussten allerdings damals auch als eine Bedrohung für die Artenvielfalt im Allgemeinen angesehen worden sein. Ein Teil der Vielfalt war durch eine praktische Isolation entstanden, die durch Technologie und weltweites Wirtschaften aufgehoben wurde. Ein aufkommender Hunger besann mich darauf, den Ort meiner Bestimmung für diesen Abend, aufzusuchen. Schnitzel mit Bratkartoffeln konnte ich fast jeden Tag essen. „Die Gemütliche Ecke" war einen guten Kilometer von der Kathedrale Sankt Magdalena entfernt. Selbst das Essen war so ähnlich wie das, das es auf der Erde gegeben haben musste mit ähnlichen Namen. Nicht zuletzt hatte ich Durst auf kühles Bier, Lust auf Weib und Gesang. Mit jedem Schritt, den ich mich von Sankt Magdalena entfernte, wurde die Gegend ärmlicher. Als ich in der „Gemütlichen Ecke" eintraf, waren Peter und Paul schon anwesend, in ein Gespräch vertieft. Die Dealerin konnte ich nirgends entdecken, aber vielleicht trieb sie ihr Geschäft in einem der hinteren Zimmer. Ich setzte mich zu den beiden, wurde freundschaftlich begrüßt, zündete mir eine Zigarette an und wartete auf einer Gelegenheit bei Margarete meine Bestellung abzugeben. Ich wollte Gulasch, feurig scharf und natürlich ein Bier. Ich hörte nicht hin, worüber Peter und Paul sich unterhielten, war selbst in Gedanken und zum ersten Mal seit der Messe stärker abgelenkt durch Frauen. Vergessen die Show der acht weiß gekleideten jungen Damen, vergessen der Moment, in dem ich von einer die Hostie bekommen hatte, den Leib Gottes. Margarete hatte mich erblickt, guckte mich irgendwie freundlich wissend an und merkte sich meine Wünsche. Ein feurig scharfer Gulasch musste es sein. Paul erzählte, dass er sich für das Programm beworben hätte. Es gäbe kaum Einstellungsvoraussetzungen, meinte er zu mir. Wollte er in Gegenwart der Aborigines gegen sich selbst Go spielen oder womöglich, im Wahn, es den kleinen Kerlen beibringen? „Eine durchaus interessante Erfahrung und die Bezahlung ist gut!" Ich fragte mich, wie er erlebten Wahn als durchaus interessante Erfahrung bezeichnen konnte. Es war eine Furcht einflößende Erfahrung, die das Ich auflöste, die womöglich einen Teil des Ichs erhalten ließ, damit dieser hilfloser Zeuge der Deformation werden konnte, verängstigt und machtlos. „Ich habe Katharina zufällig getroffen. Sie wollte hier vorbei kommen. Sie will vermutlich dort fortsetzen, wo wir gestern aufgehört haben." Ich konnte sehen, wie Begeisterung in die Gesichter von Peter und Paul zog. Ich hatte unsere Veranstaltung recht plötzlich beendet, als erkennbar Polizei in meiner Straße aufkreuzte. Wer wusste, welches Spiel meine Nachbarn spielten? Jeder überwachte doch jeden. Sonderlich laut waren wir aber nicht gewesen, selbst Bach war in gedämpfter Lautstärke gelaufen. Ich unterschied mich offensichtlich von meinen Freunden, da sie für eine Sache Begeisterung zeigten, die mich zwar reizte, aber auch in Angst und Schrecken versetzte. War für sie das Haschisch das notwendige Übel, um mit einer aufreizenden Katharina zusammmen sein zu können oder fanden sie gar den Rausch geil, lustig und spaßig. Ich musste zugeben, die Gelegenheit, berauscht einen nackten Busen zu betrachten, bot sich selten. Das war etwas, wofür auch ich Opfer bringen würde. Ich konnte das Thema hier mit den Jungs nicht offen diskutieren, aber die eine Frage stellte ich.

„War die Brust eine Halluzination?" Sie schüttelten beide gleichzeitig mit dem Kopf. Ich war erleichtert und dennoch schockiert zu gleich. Der Wahn war nicht so fortgeschritten, dass er derartige Bilder geschaffen hätte. So war es denn Realität und die war nicht weniger schockierend. „Ihr seid sicher?" Sie nickten „Sie wird kommen, und ich werde mich entscheiden müssen" Sie guckten mich fragend an, als ob es nichts zu entscheiden gäbe. Ich wurde in der überwachten Umgebung etwas mutiger. „Die Frau könnte unser Verderben sein!" Es war zu sehen, dass die beiden das nicht verstanden. Wir wollten und konnten dies auch nicht hier weiter ausdiskutieren. Ich war mir sicher, dass ich schon eine Entscheidung getroffen hatte. Wir unterhielten uns stattdessen über das Experiment. „Hat man dir denn gesagt, welche Medikamente getestet werden sollen?" - „Es sollen drei Stoffe getestet werden. Die Namen sagten mir nichts. Aber wenn ich richtig verstanden habe, sind es Neuentwicklungen" - „Und du machst das?" - „Ich habe praktisch schon unterschrieben." Peter fand die ganze Sache an sich auch interessant, hatte aber seinen Job, somit fehlten die Notwendigkeit und die Gelegenheit für den Wahnsinn. „Gibt es ausschließende Kriterien?" - „Du darfst in keiner Weise geisteskrank sein. Menschen mit größeren psychischen Problemen sind ausgeschlossen" - „Wird man darauf getestet?" - „Nein!" Dass ich definitiv geisteskrank war, musste ich mit Sicherheit feststellen, als ich Katharina bemerkte, die ein paar Leute begrüßte, aber dann zielstrebig auf ihre neuen Opfer zu kam. Sie fragte erst gar nicht, ob sie sich zu uns setzen dürfe. Ich sah mich schwierigen Zeiten entgegen treten. War das Programm auch für Frauen offen? Ich starrte auf ihr Kopftuch, erinnerte mich sehr konkret an gestern, hatte mich entschieden.

5

Ich war mit mir im Reinem, die chaotischen Ereignisse der letzten Tage wirkten wie weit weg. Es war ein schöner Tag, ein schöner Abend und saß, ausgerüstet mit einer Flasche Wein und Zigaretten auf einem Felsen der Steilküste, starrte auf dieses faszinierende, fremde Meer, dessen Farbe schon ein tiefblau angenommen hatte. Diese Insel war schön, faszinierend in ihrer Mixtur aus originären und terranischen Lebensformen. Das originäre Leben war recht ähnlich zudem, was wir von der Erde hier eingeführt hatten, es basierte auf DNA, basierte auf Chlorophyll und Eiweiße, es gab Pflanzen und Tiere, aber hier hörten die Gemeinsamkeiten schon auf. So gut wie alles, was in diesem Meer unter mir schwamm, war giftig oder ungenießbar, die Eiweiße hier waren andere als die von der Erde, die neuronalen Stoffe, sprich die Drogen, die in den Nervensystemen der einheimischen Fauna zirkulierten, waren andere, erfüllten wohl aber ähnliche Funktionen. Es war fraglich, ob ein kurz gezogener Tee bei den Aborigines belebende Wirkung hätte. Universell war nur das digitale Prinzip. Allerdings nicht alles war giftig, was von diesem Planeten stammte. Es gab baumartige Pflanzen. Wälder, in denen auch Bäume von der Erde zu finden waren. Ich würde vermutlich bei dem Experiment mitmachen, mich ein bisschen dem Wahn aussetzen, da ich ohnehin einen gewissen Hang dazu hatte, den ich mir aber nicht eingestehen wollte. Diese Welt war schön, ein Umstand, von dem Menschen und vielleicht auch Aborigines ablenken wollten. Mir genügte es im Prinzip auf diesen beiden Inseln sein zu können, von denen New Havanna die Schönere war. Paradoxerweise war der Sozialismus unmenschlicher als unsere kapitalistische, klerikale Gesellschaft, die mir hin und wieder die Hölle auf Erden, so die Redewendung, brachte. Heute war die Hölle sehr weit entfernt, ich wusste aber nicht warum. Es konnte nicht an der Flasche Wein liegen, die schon zur Hälfte geleert war, denn Wein und Bier trank ich fast jeden Tag. Ich hatte auch keinen Geschlechtsverkehr gehabt. In meinen Phantasien spukte etwas Katharina, und wäre es nicht Katharina wäre es vermutlich jemand anderes gewesen. Mir musste es nur noch gelingen, mich mit dieser Gesellschaft zu arrangieren, dieser Planet war immer der meine. Die Welt namens Terra Nova, New Earth. Viele sagten einfach nur Erde, wie sie zu unserem Zentralgestirn Sonne sagten. Unsere Sonne hatte einen kleineren Begleiter, der in einer Entfernung von zehn Milliarden km sein eigenes kleines Planetensystem hatte. Einer dieser Planeten war Aurelia. Aurelia kreiste um Helena, die zurzeit unseren Winternachthimmel hell erleuchtete, sodass man sich jede Straßenbeleuchtung sparen konnte. Helena war praktisch das einzige Gestirn, welches man am winterlichen Nachthimmel sehen konnte, sah man von unseren Monden und zwei Planeten ab. Ich war in diese Welt voller Geheimnisse hineingeboren und ein wenig reizte es mich, diese Geheimnisse zu lüften, wollte ich mich allerdings mit meiner Gesellschaft arrangieren, sollte ich dies besser bleiben lassen. Dieses Meer unter mir war unergründlich. Glücklicherweise war es nicht vergiftend, in ihm zu schwimmen, was ich hin und wieder tat. Bis nach New Havanna konnte ich nicht schwimmen, das waren über zweihundert Kilometer! Ich wollte noch viele Frauen besitzen, schöne Frauen, junge Frauen, kluge Frauen, Frauen mit Herz. Die Stimmung des Abends unterband jede Selbstkritik, aber manchmal ist es schön, keinen Verstand zu haben. Der Verstand hätte gesagt: Hol dir deinen alten Job zurück, dann hast du Chancen auf ein Weib, vor dem du nicht laufen gehen brauchst. Der Verstand hätte sich mit jeder Art von Kompromiss zufriedengegeben. Der Verstand basierte auf Mittelmäßigkeit, Gefühle verzichteten auf einschränkende Randbedingungen, waren ehrlich und nicht berechnend, so wie dieses Insekt, das sich auf meinen Unterarm setzte. Meine meditative, ruhige Stimmung ließ keine Angst aufkommen, obwohl dieses Insekt groß war. Als es zustach, erkannte ich es, wachte auf aus meinem Traum, aber es war schon zu spät. Ein alles überwältigender Schmerz überfiel meinen Körper, wellenförmig. Der Schmerz schien zu wandern, zu oszillieren, ließ nach, um in Vehemenz wieder zu kommen, so als ob den ganzen Körper eine Migräne erfasst hätte. Mein Herz pochte laut vor Angst. Ich müsste nach Hause, vielleicht in ein Krankenhaus. Mit dem Stich einer Avignonwespe war nicht zu spaßen. Der Schmerz würde zwar bald etwas nachlassen, aber Wahn und Fieber Platz machen. Vorerst konnte ich mich vor Schmerz kaum bewegen, feindselig starrte ich das Meer an. Wellen von krampfartigen Schmerzen durchzogen meinen Körper. Ich wartete auf den Augenblick, dass ich mich bewegen konnte. Der Fußweg nach Hause, in meine kleine Wohnung würde mehr als eine Stunde brauchen. Seltsamerweise schien mir nicht in den Sinn zu kommen, die Hilfe eines Krankenhauses zu suchen.

Ich versuchte meine aufkommende Panik zu unterdrücken, während meine Umgebung begann, sich auffällig zu verändern. Es war nicht meine Umgebung, die sich veränderte, so sagte meine Vernunft, sondern ich, aber das war in der Konsequenz zu Ende gedacht, nicht weniger beunruhigend. Der an sich wichtigste Gedanke war, dass ich unter Einfluss einer Droge stand, die mir durch einen Stich zugefügt worden war - das Rettungsseil meiner Ideenwelt - und irgendwann wäre die Droge aus meinem Körper verschwunden. Meine Wahrnehmung sagte mir definitiv etwas anderes, sie war eine andere und drohte mich zu verschlucken. Ein zusätzliches Korrektiv gegen meinen Realitätsverlust war der oszillierende Schmerz. Dieser Schmerz, aufgrund der Droge, des Wespengifts war real oder sollte ich ihn ebenso als Sinnestäuschung abtun. Meine Lichtempfindlichkeit war extrem gesteigert, die Objekte strahlten etwas in einer durchaus nicht beruhigenderweise, Wolken, die kurz die Sonne verdunkelten, Schatten, beängstigten mich, aber vor allem der sich wellenförmig bewegende Boden schockierte in seiner Instabilität. Objekte wollten verschwinden, Vögel schauten mich klug an und ich hatte den Eindruck, sie würden mich beobachten. Nur ein Gift, das man überlebte. Die Zeit schien stehen geblieben, aber ich bewegte mich, so musste es sein, denn ich erreichte die Stadt. Meine Gestalt nahm die eines Riesen an, die eines von Schmerz und Angst gedemütigten Riesen. Ich hatte Angst vor dem Kontakt mit den Menschen, denn sie erschienen mir dämonenhaft. Ich legte ihnen mein Innerstes offen, sie lasen in meiner Angst und entdeckten die kleinen Stellen in mir, die an Gott glaubten. Die Überwachungskameras schienen zu leben, die Häuserwände atmeten, während der Schmerz mich immer wieder in die Realität zurückholen wollte. Mein lauter Herzschlag, dessen Frequenz extrem verlangsamt erschien, jagte mir Panik ein, etwas, was mir vermitteln wollte, es sei nicht von mir, während die feindselige Umgebung suggerierte, sie wäre untrennbar mit mir verbunden. Es half nicht viel, den Blick von den Leuten abzuwenden, sie wussten eh alles, aber wie konnten sie neben mir in diesem Kontinuum sein. Ich war davon überzeugt, dass sie nicht wie ich waren. Während die Umgebung schwankte, schien etwas problemlos mich in die Lage zu versetzen, zu gehen, mein Gleichgewichtssinn schien nicht von dieser zerfließenden Welt betroffen zu sein, war aber in keiner Weise spürbar. Mich leiteten unsichtbare Fäden. Die Welt drohte zu zerfließen und so ich mit ihr, aber sie zerfloss nicht. Stabilität. Die Fratzen der Menschen sahen monströs aus, aber die Menschen taten mir nichts, sie beobachten mich nur. Sie lachten mich auch nicht aus. Schließlich bemerkte ich, dass es mir periodisch kalt und heiß wurde. So als ob ich einen unendlich hohen Turm zu besteigen hatte, war es dann, die Treppen zu nehmen. Es waren die unheimlichsten Schritte, die ich machte. Die Tür brachte mich nicht in Sicherheit, denn auch die Wände meiner Wohnung atmeten und zerflossen. Ich fand das, was mein Bett sein musste, suchte dort eine Sicherheit, die es nicht gab. Das einzige Reale in meiner Welt war der Schmerz, der mir vertrauter wurde, der etwas von seiner Brutalität verlor, den ich immer wieder verwünschte; er sollte verschwinden, der einzige Anker zur Realität. Auch im Bett erfasste mich ein Schwindel, die Welt schien um mich kreisen zu wollen. Ich schloss meine Augen, um einen Riesenwirbel, einen viel größeren Malstrom zu sehen, das schwarze Loch im Zentrum der Galaxie, um das sich alles drehte, jedenfalls etwas sehr hungriges. Als der Schmerz wieder begann, hörten die Wände auf zu atmen, kurz. Dies war alles die Ouvertüre von dem, was mir bevorstand. Fieber, Schüttelfrost und Wahnsinn, spielte die Wahrnehmung da noch eine Rolle? Die Welt verängstigte mich, aber meine Gedanken schienen noch klar zu sein. Obgleich ich wusste, dass Panik die Vernunft beeinträchtigte, schienen noch Reste von ihr übrig. Ich wusste, das würde nicht so bleiben. Bald würde ich zwei und zwei nicht mehr zusammenzählen können. Während die Welt Seegang hatte und sich bemühte zu zerfließen, versuchte ich mich an das zu erinnern, was ich über den Stich einer Avignonwespe wusste. Schmerzen, Halluzinationen, schließlich Fieber, Wahn und Schwachsinn. Ich würde schwachsinnig werden, würde überleben, denn seltsamerweise war der Stich bei seiner verheerende Wirkung nicht tödlich. Während man in die Idiotie verfiel, war es offensichtlich möglich, sich mit dem Nötigsten zu versorgen, Wasser. Man verdurstete nicht. Der Schmerz ließ nach oder fiel nicht mehr weiter auf. Ich hielt die Augen weiter geschlossen. Irgendwann würde ich mich auch an die Halluzinationen gewöhnen, und wenn man völlig idiotisch war, fielen sie einem selbst nicht mehr auf. Die Übergänge waren im übertragenen Sinn schmerzhaft. Es sprach einiges für und gegen einen Krankenhausaufenthalt, man würde dort den dumpfen Schmerz des Fiebers lindern, das Fieber drücken, andererseits hatte ich kein Vertrauen in die fremde Umgebung und in die Menschheit. In meinem Zustand sprach das nicht gerade fürs Hospital, obgleich wenn ich an die Kopftuchträgerinnen dachte ... Konnte ich meine überbordende Phantasie, meine Halluzinationen nicht auf eine schöne, ansonsten unerreichbare Sache lenken? War im begrenzten Umfang, für eine begrenzte Zeit die Wirkung des Stichs mit einer Genussdroge, Haschisch etwa, vergleichbar? Ich versuchte bei geschlossenen Augen im Zentrum des Zyklons, im schwarzen Loch Kopftuchträgerinnen zu entdecken, nackte Kopftuchträgerinnen, aber alles, was ich sah, war Gott. Er schaute mit einem Auge aus dem Malstrom. Sah er mich? Bemerkte er, dass ich zum ersten Mal in meinem Leben bereit war, mich ihm zu unterwerfen? Ich wertete diesen Gedanken nicht als erstes Zeichen von Schwachsinn. Würde er mir aus Dank schöne hellhäutige Messdienerinnen mit wunderschönen, großen Titten entgegen schicken oder würde er mich, nachdem er meinen Kniefall bemerkt hatte, mich für mein früheres Leben bestrafen? Gott guckte mich an, der Blick war nur schwer interpretierbar, weil sein Gesicht im Wirbel nicht erkennbar war, aber er schien mich offensichtlich zu ignorieren. Der langsam pulsierende Schmerz war so gut wie verschwunden, mit ihm jeder Realitätsbezug. Es gab schöne Momente, wenn unerklärlicherweise die Angst sich verflüchtigt hatte, wenn ein unglaublicher Friede als Gefühlszustand vorherrschte, der Gottesantlitz zu einem Motiv einer Art Hintergrundtapete wandelte. Ich wartete, wartete auf Messdienerinnen, aber das Zentrum des Universums schien keine ausspucken zu wollen. Da ich nicht die Wirklichkeit betrachtete, sondern Bilder, die originär von mir stammten, hatte ich gehofft, Einfluss darauf nehmen zu können, aber das schien nicht zu gelingen. Ich hoffte, besonders Schönes zu sehen, schöne Augen, schönes Haar, schöne Kopftücher zumindest, schöne Lippen, schöne Brüste, hoffte auf Aufreizendes. Gott löste sich langsam auf, zerfloss in seiner surrealistischen Weise, wie er es von der Welt gelernt hatte, verschwand tatsächlich und es entstand Geometrie. Meine Augen wurden durch exakt symmetrische Strukturen bombardiert.

Der schwarze Hintergrund entwarf Strahlen, die seinen Raum durchschnitten. Ich konnte regelmäßige Körper sehen, Augen schlichen sich ein, und ich fragte mich, ob Gott die Welt wieder gefunden hatte, ob die unzähligen Augen in Dreiecken, Pyramiden zu demselben Gott führten, ob es Inkarnationen ein und desselben Auges waren. Die Augen begannen Tränen abzusondern, die in einen spiegelglatten See fielen und Tröpfchenkronen bildeten. Ich versuchte die Tröpfchen zu zählen, musste aber feststellen, dass meine Zahlenbegriffe dafür nicht reichten.

Die Tröpfchen wurden zu Wolken. Auch diese versuchte ich zu zählen, aber ich schlief nicht ein, sondern träumte weiter. Die Wolken bildeten ein Gesicht, was gutmütig wirkte, obgleich aus seinem Auge schleimige Schlangen krochen. Ich beschloss, die Augen zu öffnen. Die Wände atmeten gleichmäßig und schwitzten nur wenig Blut. Ich schwitzte Blutstropfen, die bei näherem Betrachten ihre Farbe verloren. Ich begann wieder zu zittern. Mein Schüttelfrost durchdrang mein kleines Universum, in dem es keine Geborgenheit geben konnte. Ich versuchte mich zu erinnern, wer ich war - ein kleines Licht, das begonnen hatte zu flackern. Es würde mit den Flammen gehen, die die Welt zu verzehren suchten. Wenn die Angst zurückkam, wusste ich nicht, was ich dagegen tun konnte. Ich versuchte mich daran zu erinnern, dass ich sicher war, auch wenn ich mehrere Tode sterben würde. Wenn ich Angst hatte, hatte ich keine Hoffnung, hatte ich keine Hoffnung, etwas Schönes zu sehen, aber das es Schönes gab, hatte ich dann vergessen.

Schmerz bot mir die Verbindung zur Realität. Der Schmerz nahm eine andere Qualität an. Die Wellen von unerträglichem Schmerz wichen einem aushaltbaren Dauerschmerz, den ich versuchte, mit Schmerzmitteln zu bekämpfen, was ich damit verband, Wasser zu trinken. Meine Wohnung wirkte dauerhaft befremdlich, ohne aber die Angst zu vermitteln, dass der Himmel mir auf den Kopf fallen würde. Ich versuchte mich an die fremde Wohnung zu gewöhnen, deren Wände Säfte aussonderten, die mich verdauen wollten. Der Boden schwankte unentwegt, so als befände ich mich auf hoher See. Die Visionen hatten an Intensität nachgelassen, doch hatten sie das Potenzial weiter zu schrecken. Hier war ich sicher, wo sonst. Das Gemurmel um mich herum gewann immer mehr an Bedeutung. Ich verstand nicht. Über mir, unter mir, von den Wänden links und rechts Gemurmel. Die Stimmen wurden manchmal lauter, realer, bedrohlicher. Ich versuchte zu verstehen, was hinter den atmenden Wänden lag. Manchmal hörte ich Frauenstimmen, die mich zwar auslachten, mich aber aufgeilten und ich schloss öfters die Augen, um sie besser zu sehen. Ich war Gegenstand einer Untersuchung, meine Nachbarn waren Agenten der Klerikalen, Agenten Gottes, Agenten des Teufels, denen es Spaß machte, mich zu beobachten, mich zu verwirren, mich zu testen. Man las das, was von meinen Gedanken übrig geblieben war. Wer war ich? Ein Ungläubiger in der Glaubenszelle? Bevor ich starb, würde ich glauben. Ich würde glauben, wenn mein letzter Verstand von dem halluzinogenen Schwamm um mich herum aufgesogen wäre. Maden der Dummheit nisteten sich bei mir ein, vermehrten sich rasant, was ich mit einem schmerzverzerrten Lächeln kommentierte. Wenn ich die Augen schloss, kam manchmal ein Drache, der mir Angst einjagen wollte, der mich versengte. Der Schmerz konnte nicht realer sein, weckte mich aus meinem Traum und ich befand mich in einer Wohnung, dessen Wände schwitzten und atmeten. Ich konnte mich an Reales – wenn man von den Schmerzen absah – nicht erinnern. Katharinas Joint schien wie ein Kinderprogramm, was die Realität liebkoste, aber danach kam ein Insekt, dass die Offenbarung Johannes einläutete, meine individuelle Offenbarung, denn es musste für jeden von uns eine geben. Die Stimmen würden mich verurteilen, und um so dümmer ich würde, um so mehr würde ich ihnen glauben. Mein Gedächtnis hatte eine Halbwertszeit von wenigen Sekunden. Ich erinnerte mich noch, wie ich hieß. Die Stimmen fanden nicht gut, was ich dachte. Es ist nur ein Stich. Es ist nur ein Stich dachte ich und überlegte, was dies bedeuten könnte. Der Schmerz erinnerte mich an die Endlichkeit. Engel Gottes drangen in meine Wohnung ein und diskutierten, wie sie mich quälen konnten. Ich verkroch mich unter meiner Decke, die völlig durchnässt war, denn ich sonderte roten Schweiß aus, um meine Körpertemperatur realistisch zu halten. Ich wusste, sie lag bei 39 Grad, typisch für das Avignon-Wespen-Fieber. Immer wieder jagte mir eine Stimme Angst ein, aber sie konnte nur drohen, nichts weiter. An die Realität glaubte ich schon lange nicht mehr. Wieso sollte ich an die Realität von Drohungen glauben? Ich tat es trotzdem; bei alledem hatte ich keinen Hunger und kein Schlafbedürfnis. Im Gegenteil, ich hatte Angst, dort könne Schlimmes auf mich warten. Im Schlaf kennt man keine Schmerzen, aber Dämonen. Es gelang mir nicht Vertrauen in meine Wohnung zu gewinnen, aber anscheinend waren ihre Säfte wirkungslos, sie vermochten mich nicht aufzulösen. Ich konnte mich nicht mit Schönem ablenken, weil ich vergessen hatte, was schön war. Katharina? Paola? Ich konnte mich nicht erinnern, wer oder was Paola war. Keinen der Engel sah ich nackt. Manchmal bekam ich Panik, weil die Luft in meinem Zimmer stank und giftig wurde. Ich hatte das Gefühl, dass sich alles wiederholte, aber ich war mir nicht sicher. Irgendwann schlief ich ein. Es war ein tiefer, fester, traumloser Schlaf, von dem ich nicht wusste, wie lange er dauerte. Als ich aufwachte, hatte ich Schmerzen und befand mich in einem Organismus, der mich an meine Wohnung erinnerte. Stimmen versuchten erneut mich zu quälen. Dahinter stand nur eine Idee, nichts Materielles, das Schmerzen hätte auslösen können. Das musste die Hölle sein, manchmal bot sie einem Schlaf, der aber irgendwann enden musste. Das Wachsein katapultierte einen zu seinem

Ausgangspunkt zurück. Ich war nicht depressiv, die depressive Hölle ist eine andere, aber sie mochte noch auf mich warten. Ich war dumm und empfänglich für Verwirrendes, nur der Fieberschmerz erinnerte mich daran, dass ich von einem Insekt gestochen worden war. Der Stachel Gottes, der zerstört und bestraft und dem nur die Gerechten entgehen. Was würde aus mir werden? Ich war im Prinzip zu dumm, die Frage wirklich zu stellen. Ich wusste nicht, wer ich war und was das war, was man Welt nannte. Ich hatte keinen Begriff davon, was man Universum nannte. Für mein Zimmer, das mich zu verdauen versuchte, hatte ich keinen Namen. Ich wusste nicht, wer sich hinter den Stimmen verbarg, die sich möglicherweise gar nicht über mich unterhielten. Manchmal war alles so undeutlich und ich konnte mir so gut wie alles einbilden, nur nicht meine Schmerzfreiheit. Alles was ich erlebte würde circa eine Woche andauern. Ein Wissen, das mich nicht mehr trösten konnte, weil ich über das Wissen nicht mehr verfügte. Ich war in einer Jetztzeit gefangen, die Zeit des Stiches und nur Gott konnte mich retten. Wer war Gott? Manchmal zeigte er sich, während die Stimmen verstummten. Sie hatten Ehrfurcht vor Gott. Manchmal dachte ich die Stimmen seien Gott. Gott war jeder Blutstropfen, den meine Wände absonderten, aber wenn der Glanz mich überfiel und bei Schmerz erkannte ich das wahre Antlitz Gottes. Gott liebte mich und war gekommen, um mich zu zerstören. Licht flutete durch meine Höhle; er würde mich erlösen. Manchmal wünschte ich mir, dass er eine Sie wäre, mit einem Platz für mich. Sie hatte Brüste, die die Welt bedrohten. Ein Blick zwischen ihren Schenkeln verriet mir, wo die wirklichen Pforten der Hölle lauerten. Ich war schuldig, wenn ich so dachte. Ich konnte sie riechen, diese Schuld, auf die sich die Stimmen bezogen.

Manchmal meinte ich, das Telefon würde klingeln, ich war mir nicht sicher und ein vernünftiger Gedanke sagte mir, dass es keinen Sinn mache, ran zu gehen. Brauchte ich Hilfe? Vermutlich waren die Schrecken in einem Hospital noch größer. Ich hatte kein Vertrauen. Die beste Behandlungsmethode wäre wohl gewesen, mich in ein künstliches Koma zu bringen, solange, bis der Körper das Gift der Wespe ausgeschieden hätte, aber auch da war ich mir nicht sicher. Hin und wieder gelang mir ein Gedanke, aber dies fiel sehr schwer. Hin und wieder schleppte ich mich zur Toilette, ein Seekranker auf unsicherem Grund, der von allen Seiten ausgelacht wurde. Ein göttlicher Chor des Gelächters und manchmal lachte Gott auch selbst. Man verhandelte darüber, ob ich von diese Art Fegefeuer endgültig in die Hölle verstoßen werden sollte. Ich war nicht in der Lage, mich zu verteidigen. Ich wartete auf die Entscheidung. „Es ist nur der Stich", versuchte ich mir zu sagen. Die Wirkung des Stichs war endlich, aber Zeit schien in extremer Weise endlich zu sein! Endliche Zeit konnte sich scheinbar unendlich ausdehnen. Ängstlich betrachtete ich die Konsequenzen, sie flossen mir über die Stirn und ich fror. Jenseits der Zeit würde es mir besser gehen. Jenseits der Zeit, jenseits der Hölle. Mein Gehirn war zermartert, obwohl ich wenig dachte. Ich wusste meinen Namen nicht mehr, den man mir manchmal durch die Wände sagte, aber ich vergaß ihn wieder schnell. Manchmal verlor ich neben meinem Schweiß Tränen. Irgendwann schwitzten die Wände nicht mehr, während Schüttelfrost mich überfiel. Es wurde um mich ruhiger. Man hatte sich wohl zurückgezogen, um das Urteil zu fällen. Der Boden beruhigte sich und gaukelte mir eine bekannte Wirklichkeit vor, die dennoch befremdend war. Ich fürchtete, ich könnte verhungern und verspürte den ersten Hunger. Ich wartete auf das Urteil, aber das kam nicht. Meine Versuche zwei und zwei zusammenzuzählen, scheiterten noch. Das Brot, das ich zu mir nahm, schmeckte widerlich. Ich begriff, dass ich krank war, und versuchte meine Körpertemperatur zu messen. Das Ergebnis war eindeutig Fieber. Angenehmere Gedanken schlichen sich ein, wie der, Katharina würde mich besuchen. Sie würde sich meiner annehmen. Ein dumpfer Schmerz machte sich bemerkbar, den ich fast vergessen hatte. Irgendwann normalisierte sich die Zeit, und wenn ich schlief, träumte ich nichts. Aufwachend befand ich mich nicht mehr in der Hölle, sondern in einem Krankenbett. Mein Schweiß war inzwischen klar. Ich schaltete den Fernseher ein; die Propagandamaschinerie kam mir bekannt und freundlich vor. Mir gelang die zeitliche Einordnung. Es war fast eine Woche vergangen, seitdem ich gestochen worden war. Es hätte auch nur ein Tag sein können. Ich würde bald gesund sein. Mein körperlicher Zustand verbesserte sich zunehmend, allerdings fühlte ich mich doch recht schlapp. Wenige Stunden später war ich schmerzlos und fieberfrei. Meine Wohnung sah etwas chaotisch aus, und ich begann aufzuräumen. Draußen regnete es, aber es waren vergleichsweise viele Autos auf der Straße. Die Uhr zeigte, dass es nach achtzehn Uhr war. Ich bekam Lust zu essen, Lust auf Alkohol, verlangte nach einer Zigarette. Sie wirkte außergewöhnlich stark, aber das war ja immer so, wenn man längere Zeit nicht geraucht hatte. Es schien mir so, dass mein Verstand zurückgekehrt war. Es war absolut notwendig, ein Bad zu nehmen, was ich dann auch tat. Entspannt spielte ich an mir und stellte mir Schönes vor. Das Brot schmeckte inzwischen richtig gut, an die Zigaretten gewöhnte ich mich wieder. Ein erstes kaltes Bier, das im Kühlschrank auf mich wartete. Ich würde heute mein normales Leben wieder aufnehmen, meine Freunde sehen. Die Gesellschaft von New Avignon erwartete mich. Ich dachte an meine Pflichten, die Messe, verschob dies aber auf den nächsten Tag. Meine Abwesenheit war mit Sicherheit bemerkt worden, aber ich hatte eine Entschuldigung. Obgleich es die Vorschrift gab, nach einem Stich sich in ärztliche Behandlung zu begeben, konnte man mir nicht vorwerfen, dass ich dies - nach dem Stich - nicht geschafft hatte. Das nannte man Narrenfreiheit. Würde der Stich Folgen haben? Eins war mir klar geworden. War man dumm und wahnsinnig, stand man Gott näher. Es schien, als ob jenseits Dummheit und Wahn der Glaube lag. Vermutlich war jeder unserer Bischöfe schon gestochen worden.

Die Straßen waren nass und die Temperaturen angenehm. Es dämmerte, hatte aufgehört zu regnen.
Der Weg zu meiner Stammkneipe war nicht weit. Die wichtigsten Querstraßen waren durchnummeriert, und zwischen der ersten und der, wo die Kneipe sich befand, war keine große Differenz. Ich hoffte auf Peter und Paul zu treffen, auf ein paar Mädchen mit Kopftuch und ich musste mir selbst zugeben, Katharina wäre mir sehr lieb gewesen. Ich würde ihr und meinen Freunden von der Wespe erzählen. Es hieß, dass viele nach dem Stich traumatisiert waren, ich aber fühlte mich noch frei. Dies war mein zweiter Stich. Ich war als Kind gestochen worden, aber ich erinnerte mich an nichts mehr. Ich bezweifelte die Wahrheiten, die sich mir während des Trips aufdrängten. Ich bezweifelte, dass ich als Kind Gott gesehen hatte. Ein Schaden für mein Leben war nicht auszuschließen. Ich war mir aber darüber uneins, ob für die geistige Gesundheit das Gift der Wespe auf Dauer schädlicher war als diese auf Paranoia, Furcht und Frust aufgebaute Ge-

sellschaft. Der Wahn, der von dem Gift ausging, dauerte sechs bis sieben Tage, diese Gesellschaft erhob den Anspruch, bis zu den letzten Tagen zu bestehen. Man brauchte sich nur die Überwachungskameras anschauen – nicht zu unfreundlich – und es wurde klar, was hier gespielt wurde. Ich begann innerlich zu lachen, verdrängte den Ernst der Lage, war mir sicher, dass ich mit mehr Humor hier ein besseres Leben führen könnte. Ich neigte nicht sonderlich zu Humor. Alle meine sogenannten Freunde waren humorlos. Obgleich ich in meiner Wohnung gegessen hatte, beschloss ich, eines der leckeren Schnitzel mit Pilzsauce zu essen und wenn meine Freunde Hunger hätten, würde ich ein Essen ausgeben. Heute Nacht würde der Himmel sternenlos bleiben, die zwei Monde St. Peter und St. Paul unsichtbar. Ich hätte Katharina gerne vom Mond der Erde erzählt, der viel größer sein musste als unsere beiden, zumindest absolut. Die Gezeiten unserer Ozeane waren nicht unerheblich. Ich war vergleichsweise euphorisch, als ich die Kneipe betrat und vermutlich unglaublich naiv. Schnell entdeckte ich Peter und Paul, die statt Go Schach spielten. Hier wurde es sehr wahrscheinlich nach den gleichen Regeln gespielt, wie es unsere Vorfahren gespielt hatten, als sie die Erde verließen. Ich wusste, dass in der jahrhundertealten Geschichte des Spiels auf der Erde, die Regeln immer wieder verändert wurden. Vor solchen Änderungen hatten die Siedler auf New Avignon und New Havanna unglaubliche Angst. Nur so war zu erklären, dass Spielregeln wie Schach oder die Grammatik und Vokabular unserer Sprache nicht angetastet wurden. Hier wurde noch Englisch gesprochen, während diese Sprache auf der Erde längst in Vergessenheit geraten war. Die Zeiten waren nicht ganz vergleichbar. Während für uns ein Jahrtausend vergangen war, waren es für die Erde mehr als dreißigtausend Jahre. Um meine Hypothese zu überprüfen, würden weitere dreißigtausend Jahre auf der Erde vergehen, vorausgesetzt jemand stellte mir ein schnelles Raumschiff zur Verfügung. Wir beherrschten diese Technik. Meine Freunde schienen kaum gealtert und schauten mich ungläubig an. Ich hatte es versäumt, mich zu rasieren. „Wo hast Du gesteckt?", wollte Peter von mir wissen. „Ich bin gestochen worden. Ich bin von einer Avignonwespe gestochen worden." Es war ihnen klar, was dies bedeutete. Ich zündete mir eine Zigarette an und schaute nach Margarete und übte meinen ersten fast verbotenen Blick auf ihren Rock. Sie sah mein Zeichen, kam zu mir und ich bestellte mein Schnitzel und mein Bier, vergaß dabei meine Freunde zu fragen, ob sie ebenso hungrig wären. Ich wartete ungeduldig auf mein Bier, meine Freunde offensichtlich auf eine Geschichte, denn soviel ich wusste, waren sie noch nie gestochen worden. Als mein Bier kam, musterte ich ihre Beine und ihre Brüste. „Nur soviel meine Freunde, es war schrecklich."

- 6 -

Robert träumt. Er schläft seinen künstlichen Winterschlaf, der ihm die lange Reise zur Erde nur verkürzt. Sie schlafen zurzeit noch alle. Die nächste Wachperiode beginnt in wenigen Stunden, denn zu lange schlafen ist schädlich. Er träumt von Kirchen und ihrem Personal. Der Turm der Kathedrale ist schrecklich hoch, das Schiff ist mit Musik von Bach gefüllt. Weibliche Engel bewachen die Gläubigen, deren Aufgabe es ist, etwas anzubeten. Was ist ungewiss. Dieser Traum hat keine Logik und wenn versteckt sie sich hinter der geheimen Liturgie. Ist es Gott, der angebetet wird, sind es die Messdienerinnen, ist es der Priester links neben dem Bischof? Die Messdienerinnen sind alle hellblond, ihre blasse, fast weiße Haut signalisiert Unschuld und erzeugt bei Robert Wollust, denn bis auf ein weißes Höschen sind die Messdienerinnen nackt. Sie sind die Jungfrauen, die jedem versprochen sind, wenn man ins Paradies einzieht. Im Traum dienen sie dem Bischof, der es sich erlaubt an den hellen Eutern zu lecken, um Gott zu preisen. Der Traum hat keine Geschichte. Man kann annehmen, dass die Dienerinnen zwischen ihren Schenkeln rasiert sind. Sie sind rein. Wespenschwärme durchdringen die Kathedrale, aber nur eine Frau wird gestochen und beginnt einen Veitstanz. Der Bischof leckt die Dienerinnen und spricht von Gott und seiner Gnade. Er züchtigt ihre Ärsche. Robert, hier stimmt etwas nicht! Der hibernisierte Robert möchte ausbrechen, er kann keinen Schweißausbruch bekommen. Er sieht wie eine Wespe, nicht klein, seinen Unterarm empor klettert. Sie kommt von Gott und trägt das Gift der Heiligen. Hugo. Franziska, Vanessa und Theo winken ihm zu, signalisieren ihm, dass er in Sicherheit ist, im Weltraum. Das Schiff rast durch den Weltraum, der Erde entgegen. Es hat die Form einer Kathedrale. Große, blaue Augen sehen ihn an. Es sind die Augen von.Paola. Gott ist unter den Gläubigen und schaut den Penetrationen zu. Der Bischof weiß, wovon er spricht, sein Lallen wird manchmal durch seine kleinen Lustschreie unterbrochen. Die Dienerin unter ihm ist still. Dann schwillt wieder der tiefe Bass der Orgel an. Die Gläubigen wissen: Es ist Zeit für eine weitere Bachkantate. Gott hat das Bedürfnis, sich den Gläubigen zu zeigen, zu Bach zu tanzen, was nicht einfach ist! So etwas träumt man auf einem Raumschiff, was von einer gottesfürchtigen Gesellschaft hin unterwegs ist zur Zukunft, vielleicht zu Gott selbst hin. Stammt Gott vom Affen ab? Theo runzelt die Stirn und Charles Darwin, der alte Herr dort vorne auf der Bank, fühlt sich geehrt. Hat sich der Greis in eine der Messdienerinnen verknallt? Die Eichel des Bischofs ist knallrot, aber Robert ist sich gewiss, nur Halluzinationen zu haben. Ein Traum ist eine Halluzination. Eine der Dienerinnen greift seine Hand, nimmt ihn mit ans Meer und küsst ihn. Er erlaubt sich, ihre großen Brüste zu liebkosen. Eine Wespe sticht in eine Titte und der Traum platzt. Gott wagt es nicht, den Bischof zu korrigieren und Jesus ist verliebt. Jesus ist ein Prophet. Jesus ist ein Gott. Robert folgert: Manche Götter sind Propheten und umgekehrt. Eine Wespe sagt ihm, dass er sich mit seinen Folgerungen irrt. Die Kameras schwenken auf Gott. Der muss zugeben, dass sein System gut funktioniert. Er versucht sich mit einer Laienpredigt: „Liebe Gemeinde, lieber Bischof, liebe Dienerinnen!" - „Stopft dem Schwachsinnigen das Maul!" Die Kameras dokumentieren eine Verhaftung. Aber aus dem Spaß wird nichts, denn der Verhaftete verwandelt sich zu einem blökenden Schwein. Die Kameras dokumentieren das Wunder. Im Schiff ist es kalt. Es ist mehr als ein Gefrierhaus, wo sie alle hängen. Der Bischof ist auch ein Schwein, aber Robert, der sich eine Romanze wünscht, hätte das nicht bezweifelt. Theo beginnt sich zu lausen und auch Robert glaubt, er hat Läuse. Lügen durchkreuzen das Schiff. Sie entstammen den Hirnen der hier Anwesenden. Eine Lügenblase entweicht dem Mund des Bischofs. Psychiater rätseln über Roberts Traum. Solche Träume gibt es nicht, aber halt: Roberts Schlaf ist kein natürlicher, es ist eine Hibernation und kein Mensch wusste bisher, was unter solchen Umständen geträumt wird. Die Hibernation ist auf Dauer schädlich. Deshalb muss man sie frühzeitig abbrechen. Erektionen sind bei Hibernationen nicht möglich. An solche Träume erinnert man sich nicht, auch wenn man sich gerne an Jungfrauen und das Paradies erinnert. Die Hibernation verbreitet bei manchem surrealistischeWollust, die vergessen sein wird, wird der Wachzustand erreicht. Der Wachzustand mit seinen Realität spendenden Randbedingungen. Mancher Traum ist dumpfer, monotoner, brutaler, aber Gott ist meistens dabei. Auf Dauer ist die Hibernation schädlich.

Der Hibernationssarkophag von Robert öffnet sich. Robert fühlt sich tatsächlich noch etwas schläfrig. Die Technik erlaubt selbstständiges Aussteigen aus dem Sarkophag. Externe Überwachung und medizinische Unterstützung sind nicht nötig. Drei schlafen noch, wieder ist Robert einer der Letzten, die durch die Automatik geweckt werden. Hugo Scheffener ist immer der Zweite, nach Florence, einer seiner vier Frauen, die gleichzeitig seine Ärztin ist, aber auch Ärztin für die gesamte Crew. Physiker Paul ist schon auf den Beinen, wenn er nicht ein normales Nickerchen hält. Die Erweckung erstreckt sich gewöhnlich über vierundzwanzig Stunden. Das entspricht keiner inneren Notwendigkeit. Die ersten Schritte sind nicht einfach, obwohl die Muskeln noch nicht degeneriert sind. Die Probleme liegen im Kopf, dieser braucht für die Umstellung, die schon im Hibernationssarg beginnt, vergleichsweise lange. Echos dumpfer Träume geistern noch durch sein Hirn, Beweis dafür, dass es während der langen Zeit aktiv war, was die bekannten Gesetze der Biologie und der Neurologie auf den Kopf stellt. Er ist für dieses Schattenleben besonders sensibel, andere bemerken im nach hinein nicht, dass sie geträumt haben. Vielleicht haben sie nicht geträumt. Hirnaktivitäten wurden bei allen gemessen. Eine weitere Hibernationsphase ist vergangen. Wie viele Lichtjahre mögen sie zurückgelegt haben? Robert hat es vergessen. Es waren an die hundert Lichtjahre gewesen, die sie vorher von der Heimat entfernt waren. Nun wird es deutlich mehr sein. Der „relative" oder wenn man so will „subjektive" Geschwindigkeitsverlauf verläuft exponentiell, objektiv bewegt sich das Raumschiff nahe der Lichtgeschwindigkeit, seine Beschleunigung ist konstant oder auch nicht konstant, je nach Bezugspunkt. Für die Crew beschleunigt das Raumschiff gleichmäßig, obgleich der Raum um sie herum exponentiell schrumpft. Sie haben festen Boden unter den Füßen, es sind 1g, die sie gegen den Boden drücken, eine Konstante, die auch ihre Reisezeit bestimmt. Robert versucht sich an sich zu erinnern, an die anderen der Crew, er erinnert den Grund, warum er hier ist. Aber wo ist hier, wenn es sich in Sekunden um Millionen Kilometer bewegt. Hier wird Zenons Paradoxon vom fliegenden Pfeil auf die Spitze getrieben. Von der Form gleicht das Raumschiff eher einem wohlproportionierten Zylinder, aber auch das ist relativ. Im Inertialsystem des Raumschiffs ist die Höhe des Zylinders sechsmal größer als sein Durchmesser, in einigen Systemen ist das Schiff eine Scheibe, wiederum in anderen eher pfeilförmig. Zenon hätte an diesem Raumschiff seine Freude gehabt. Es ist verhältnismäßig sicher, das es irgendwo ankommt. Seine Bahn verläuft in der Regel gradlinig, sieht man von den noch wenigen Kurskorrekturen ab und einer kaum bemerkbaren Schwerkraft, die dem Vehikel eine Hyperbelbahn aufdrücken will. Robert betritt seine kleine Kabine, die funktionell eingerichtet ist. An einer Wand hängt ein größeres Foto einer schönen Frau. Sie zeigt ihr Haar, ein bisschen Ausschnitt, ein bisschen Bein, ein kürzerer Rock, der aber noch die Knie bedeckt. Hier an Bord ist das erlaubt. Er legt sich auf sein Bett mit Blick auf die Frau, fingert nach seinem Geschlechtsteil. Als ob er nicht lange genug gelegen hätte.

Er versucht sich an die letzten Vorfälle hier in diesem Raumschiff zu erinnern, aber es gelingt ihm noch nicht. Dies sind Folgen der Hibernation, möglicherweise, weil der Winterschlaf so lang ist. Dies ist auch der Grund, warum er sich zuerst in seine Kabine zurückzieht. Unter den anderen Mitgliedern der Crew würde er sich noch unsicher fühlen, insbesondere in der Gegenwart von Frauen. Hatte er etwas mit einer vor seinem Winterschlaf? Er ist sich sicher, dass da nichts war. Sein Glied kann wieder wachsen; es genügt schon fast, das Foto anzuschauen. Auf der Erde muss es freizügigere Fotos gegeben haben, die an Wänden hingen; zu einer Zeit. Es gab diese Art von Fotos auch in New Avignon, teuer und strengstens verboten. Einmal hatte er so ein Bild gesehen. Er nennt die auf dem Foto Paola, so als ob er sie kennen würde. Der sexuelle Reiz des Bildes verbraucht sich schnell, schon in den nächsten Tagen wird es ihn nicht mehr erregen, obwohl, die Schönheit der Frau erscheint unvergänglich. Masturbation ist auf diesem Raumschiff nicht verboten wie auf der Welt, von der er stammt. Wenn er in seinen eigenen Wänden alleine war, hat er sich um das Verbot nie geschert. Die Masturbation gibt ihm einen Teil seiner Identität wieder. Mit steigender Erregung formen sich Wünsche des Habenwollens, des Besitzenwollens. Gemeinhin nannte man dies geliebt werden. Die meisten Frauen hier an Bord stehen ihren Partnern zur Verfügung, in gewisser Hinsicht jedenfalls und die drei freien Frauen sind irgendwie merkwürdig. Doch, sie sind recht attraktiv, aber anscheinend frigide oder zumindest sehr wählerisch. Aber bei ihrer Sozialisation ist dies auch kein Wunder. Robert beschließt Paul anzurufen, um seinem Gedächtnis auf die Sprünge zu helfen.

100

Paul und Robert treffen sich im Aufenthaltsraum C. Robert hat Lust auf den ersten Alkohol nach einem Jahr. Er geht zum Kühlschrank, entnimmt ihm ein Formwürstchen und ein Bier. Was man so Bier nennt. Es schmeckt entfernt nach Bier. Sie haben weder eine Brauerei an Bord, noch die Mittel „echtes" Bier jahrelang zu lagern. Das Getränk erfüllt gewissermaßen seinen Zweck: Es löscht Durst, erfrischt im immer gleichen Klima des Raumschiffs und hat zumindest die Prozente, die man von einem gewöhnlichen Bier erwartet. An Bord werden sogenannte harte Getränke gesoffen, es gibt rationierte Mengen von echtem Whisky, ein paar hundert Liter werden es schon sein und weitaus weniger liebevolle Mixturen. Es gibt an Bord einen geschlossenen Wasserkreislauf, allerdings keinen geschlossenen Alkoholkreislauf. Es gibt das Gerücht, Scheffener habe in seinen Privatgemächern eine Destille stehen. Statistiken besagen, dass an Bord pro Tag über ein Kilo reinen Alkohol verbraucht wird. Es sind einige Tonnen harter Spirituosen, mit bis zu 45 Umdrehungen, gelagert, aber dies ist eine langwierige Expedition. Die Finder ist mehrere Jahrzehnte unterwegs. Möglicherweise sind sie bis zu ihrem Lebensende hier an Bord, da sind ein paar Tonnen nicht gerade viel, wenn man berücksichtigt, dass Gestalten wie Robert davon zweihundert Gramm am Tag verdrücken können. Es gibt Hoffnung, da an Bord Organismen gezüchtet werden können, die Zucker liefern. Der Bau einer Schnapsdestille sollte im Rahmen des Möglichen sein! Der Durchsatz von Scheffeners Destille, wenn sie denn existiert, ist ungewiss.

„Auf ein paar Wochen hier an Bord!" Robert prostet Paul zu, der sich mit einer Fruchtbrause und eine Art Wodka ein Zwischending aus Longdrink und Cocktail zusammen mixt. Robert traut sich an die härteren Sachen noch nicht

101

ran. Die Bordpsychologin namens Julia hat eine Freude an ihnen, aber es gibt noch keine Selbsthilfegruppe hier an Bord. Hugo Scheffener hat gegen das Treiben nichts einzuwenden, solange die Sicherheit des Raumschiffs nicht gefährdet ist. Im Übrigen trinkt er selbst gerne einen. Robert prostet Paul erneut zu. „Wie weit sind wir von New Earth entfernt?" - „Es werden ca. 400 Lichtjahre sein" - „Das heißt, in New Avignon sind seit unserer Abreise 400 Jahre vergangen" - „So könnte man das ausdrücken" - „Alle, die wir geliebt haben sind definitiv tot, vermodert und verrottet" - „Das waren sie schon vor einem Jahr." Robert gruselt es immer wieder bei dem Gedanken. Dieser Gedanke ist aber Basis für die Expedition der Finder. Die Heimatwelt von Robert ist in ihrer früheren Form nicht mehr existent, vielleicht sind die Klerikalen und die Sozialisten gestürzt. Es wäre, so denkt Robert, fast genauso interessant umzukehren, um die Zukunft zu erleben. Das, was sie erreichen wollen, entzieht sich dieser Kategorie, obgleich es auch eine Art von Zukunft darstellt, die entfernte Zukunft ihrer Ahnen. Robert hat, was den Alkoholgenuss anbelangt, Narrenfreiheit. Seine Trunkenheit oder Nüchternheit ist für die Sicherheit der Finder nicht von belang. Er wird auf der Erde gebraucht. „War da was?" - „Du meinst mit Sandra?" „Ich glaube, die war es" - „Ich erinnere mich nur an den vorletzten Tag und früher. Sandra hatte definitiv keinen Bock, uns zu sehen. Wahrscheinlich bist du am Tage zuvor zu weit gegangen, rein verbal natürlich" - „Was sonst? Vermutlich habe ich nur in sehr vielen Variationen gesagt, dass ich auf sie stehe" - „Ich weiß nicht mehr so genau" - „Sie wollte Go von Dir lernen. Ich kann ihr nicht viel beibringen. Im Übrigen, was ist mit Franziska und Vanessa?" - „Gerade aufgewacht und schon überrollt dich das Thema. In New Avignon warst du anders" - „Hier herrschen ja auch andere Verhältnisse vor. Du warst in New Avignon auch kein Heiliger. Ich war dabei" - „Und Du willst deine Geschichten hier wiederholen. Ohne Marihuana" - „Hier gibt es Alkohol in Hülle und Fülle, keine Grenzen. Voraussetzung ist nur die Bereitschaft der Damen mit zu trinken" - „Die Fräuleins sind etwas puritanisch" - „Weißt du, woher diese Ausdrucksweise stammt?" - „Nein, nicht wirklich" - „Von der Erde natürlich, ha ha ha, Puritaner waren wirkliche Hardlinerchristen, dahin gegen ist der Neokatholizismus in New Avignon vergleichsweise harmlos" - „Übertreibst du da nicht ein bisschen?" - „Jedenfalls konnten wir in New Avignon saufen. Aber du hast recht. Der Unterschied ist nicht sonderlich groß." Robert raucht eine Zigarette. Zigaretten sind Luxus an Bord und tragen zu einer nicht unerheblichen Luftverschmutzung bei, die aber durch clevere Filtermaßnahmen auf ein nicht messbares Minimum reduziert wird. Der Rauch von gestern stört weniger als der Rauch der direkt vor dir gequalmten Zigarette. Robert und Paul qualmen beide und fühlen sich nicht gestört. Hugo Scheffener raucht Zigarren, die nach einer Tradition fabriziert sind, die in den Wurzeln von New Havanna liegen muss. Vereinzelt soll auf dem Raumschiff sogar Haschisch geraucht werden, aber weder Robert noch Paul gehören zu den Insiderkreisen, die darüber Auskunft geben könnten. Die ersten Zigaretten wirken immer heftig. Dieser Hammer ist nicht das, warum man raucht, aber möglicherweise ein Grund, es weiter zu treiben. Mit der Hibernation haben Paul und Robert einen Entzug hinter sich; sowohl für Nikotin als auch für Alkohol. Es ist eine Art Willensfreiheit, dieses Geschenk zu missachten und mit den schlechten Gewohnheiten wieder anzufangen, die dann, so hat es den Anschein, den freien Willen wieder untergraben. Willkommen an Bord! Es darf geraucht und gesoffen werden. Im Routineflug ist die

Fitness von Paul nicht gefragt. Er ist Physiker für Sonderfälle, und wenn diese eintreten, hat er nüchtern zu sein oder zumindest Leistungen zu bringen, die man von einem nüchternen Physiker erwartet. Man weiß nie genau, warum der andere trinkt. Glaubt Paul nicht den ganzen Firlefanz um Gott und seinem Propheten Jesus? Glaubt er an die Moralvorstellungen von New Avignon, wie sie waren vor vierhundert Jahren? Eher weniger. Paul war einer, der sich in Spelunken herumgetrieben hat, der gesoffen und Verbotenes probiert hat, immer in der Hoffnung, ein bisschen herum huren zu können. Im Grunde ist der Typ tief gläubig, so wie jeder Bischof sich sein Schäfchen gewünscht hätte. Vielleicht war es der gefühlte Gegensatz zwischen diesem Glauben und seiner Lust auf Leben, die zu Exzessen führte, die ihn mit Gestalten wie Robert zusammen brachte. Jedenfalls scheint es beschlossene Sache, dass sie sich nun besaufen, vermutlich aus reiner Wiedersehensfreude.

Sie sind noch allein im Aufenthaltsraum C. Theo muss auf den Beinen sein, treibt sich aber offensichtlich woanders rum. Die vom anderen Lager sind auch nicht in Reichweite; unerreichbar sind sie eh immer. Robert kriegt das eine Thema nicht aus dem Kopf und provoziert seinen Freund. „Glaubst du, dass es Schwule und Lesben an Bord gibt?" Paul ist die Frage etwas unangenehm, gilt doch Homosexualität viel mehr als die gewöhnliche als Tabuthema. Homosexualität ist oder war – die richtige Zeitebene liegt im Auge des Betrachters – in New Avignon verboten. Ein Promille der männlichen Bevölkerung war wegen Homosexualität in New Avignon im Knast. So viel Robert von der Erde wusste, musste der natürliche

Anteil der Homosexuellen um mehr als eine Größenordnung höher gelegen haben. Wieso sollte es in New Avignon anders sein? Die große Mehrheit der Schwulen war nicht im Knast und lebte – nur - in Angst. Paul möchte auf diese ungehörige Frage keine Antwort geben. „Die Chancen stehen nicht schlecht, dass wir ein paar an Bord haben, zumal die Besatzung, wenn ich das richtig verstehe, nicht repräsentativ ist; es sind alles mehr oder weniger Leute, die einen triftigen Grund hatten, New Avignon, den Planeten zu verlassen." - „Hatte nicht fast jeder einen Grund, den Planeten zu verlassen?", kontert Paul. „Vielleicht ist Sandra ja lesbisch und steckt mit Franziska und Vanessa zusammen. An Bord wird das doch wohl nicht verboten sein." Paul verzieht das Gesicht, verzichtet aber Robert zu erklären, wie unangenehm ihm solche Diskussionen über Tabubrüche sind. Über Weibergeschichten zu erzählen ist schon ok, aber auch das kann nerven. Er hat Lust sich mit seinem Go zurückzuziehen.

Paul studiert Tod und Leben, so nennt man das beim Go, die Frage, ob eine Struktur von Steinen auf dem Brett gefangen ist, nicht eigenständig, eben tot oder zu einem eigenen Gebiet beiträgt. „Ich habe gehört, es gibt nahezu unzählige Spielmöglichkeiten in diesem Spiel." Robert hat ein Bedürfnis sich zu unterhalten, und wenn es über Go ist. „Das kommt auf die Brettgröße an." Paul unternimmt seine Übungen auf einem 9x9 Brett. „Theoretisch kann jeder Spielpunkt frei oder von einem weißen und schwarzen Stein besetzt sein, das definiert eine theoretische Obergrenze. Bei einem Standardbrett wäre demzufolge die Obergrenze 3 hoch 361, neunzehn mal neunzehn sind 361. Das ist für menschliche Verhältnisse eine sehr große Zahl. Eine Zahl mit mehr als 170 Nullen bzw. Ziffern." Robert hat keine Ahnung, wie groß so eine Zahl ist. „Gib mir mal ein Beispiel, wie groß diese Zahl ist." - „Die Anzahl möglicher Spielsituationen ist natürlich deutlich kleiner, vielleicht eine Zahl mit 150 Nullen, aber immerhin noch so groß, dass wenn es so viele Paralleluniversen wie Atome in unserem Universum gäbe, die Gesamtzahl aller Atome in allen Universen kleiner wäre als die Anzahl der Spielsituationen. Oder ein anderes Beispiel. Angenommen man hätte einen Supercomputer, der eine Milliarde realistischer Endsituationen pro Sekunde berechnen könnte, dann könnte er seit dem Anfang des Universums ca. 10 hoch 27 Stellungen berechnet haben, etwa so viele Atome befinden sich in einem Kilo Materie. Aber ich habe dir ja gesagt, wie viele Atome es tatsächlich sind." Paul scheint ob seiner Rechenkünste oder dieser Auskünfte stolz zu sein. „Man könnte also die Anzahl der möglichen Endsituationen nicht genau ausrechnen" - „Richtig, möglicherweise könnte man sie abschätzen, sodass man wenigstens die Anzahl der Ziffern wüsste. Drei hoch 361 ist mit heutigen Mitteln schon schwierig exakt zu bestimmen." - „Also viel mehr als beim Schach, wobei man beim Schach eher die Anzahl der Spielsituationen im Allgemeinen betrachtet. Wahrscheinlich gibt es mehr Atome im Universum als solche Spielsituationen. Dann ist Go ein viel komplexeres Spiel als Schach." - „In den letzten Feinheiten vielleicht, aber ich glaube nicht für Menschen. Ein guter Schachspieler kann weiter vorausdenken, als ein guter Go-Spieler. Die Kunst des Berechnens kann ein guter Go-Spieler nur auf beschränkte Regionen effektiv einsetzen." Robert versteht nur wenig von dem Spiel, um diese Gedanken Pauls nachzuvollziehen. „Du bist ja du ein guter Spieler!" - „Naja, ich hatte schließlich den 4. Dan" - „Wie viele Danspieler gibt es in New Avigon?" -

„Tausende!" Paul lächelt und denkt an die 400 Lichtjahre, die ihn von New Avignon trennen. „Das Spiel macht auf die Weiber mächtig Eindruck" - „Auf solche mit einer spirituellen Ader. Natürlich müssen sie auch eins und eins zusammenzählen können. Wer das nicht kann, interessiert sich nicht für das Spiel." - „Zugegeben, ich interessiere mich offensichtlich mehr für andere Dinge als für Go und ich weiß auch nicht, ob ich eins und eins richtig zusammenzählen kann, nach all dieser Zeit, nach all diesem Wahnsinn." Paul versteht ihn. „Du bist nicht gerade das, was man ein mathematisches Genie nennt, aber ich denke, eins und eins kriegste auch noch zusammen." Robert versucht sich die Möglichkeiten zu errechnen, die sich mit einer solchen Fähigkeit ergeben. Es scheint sich um ein mehrdimensionales topologisches Problem zu handeln, bei dem man mit Rechnen nicht weit kommt, zumal er nicht sicher sein kann, dass er eins und eins beherrscht. „Wer spielt denn noch ordentlich Go hier an Bord?" - „Ich habe schon ein paar Spiele gegen Hugo Scheffener gemacht. Er braucht sieben Steine gegen mich. Eine seiner Frauen, Florence, soll auch spielen. Ich habe schon gegen David und Richard gespielt, die ein, zwei Vorgaben mehr benötigen. Im Grunde kann die Regeln ja jeder hier an Bord. Jeder halbwegs intelligente Bürger von New Avignon hat mal Kontakt zu Schach oder Go gehabt. Und ausgesprochen dumme Menschen sind hier nicht an Bord" - „Aber die Weiber waren auffallend zurückhaltend?" - „Ich habe gegen Florence noch nicht gespielt" - „Immerhin will es ja Sandra lernen."

„Ich würde mich deinen Go-Lektionen anschließen" - „Wir können gleich anfangen" - „Naah, warten wir bis

Sandra dabei ist" Robert zündet sich wieder eine Zigarette an. Eine Zigarettenschachtel füllt den Raum von 100 Milliliter. In einem Kubikmeter kann man 10000 Schachteln lagern, wertvoller Raum und eine nicht unerhebliche Nutzlast, aber Hugo Scheffener hat das Raumschiff großzügig konzipiert, die Laster einiger Besatzungsmitglieder berücksichtigend. Die Masse Alkohol, die Robert an einem Weltraumtag konsumiert, ist größer als die einer Zigarettenschachtel. Es gibt nicht so viele Raucher an Bord, Trinken ist eindeutig beliebter, da es auch besser hilft, die unwirkliche Raumschiffsituation zu verdrängen. Das Raumschiff steht in einer unwirklichen Beziehung zu dem Universum, welches es durchrast. In Flugrichtung sind die Sterne zu Röntgenquellen verkommen, vor dem das Schild des Raumschiffs schützt. Die Richtung aus der sie kommen, erscheint als Radiowellensalat. Rechtwinklig zur Flugrichtung erscheinen die Quellen halbwegs normal. Die Beziehung der Finder zum Rest des Universums sind so bizarr, dass der Zusammenstoß mit einem Reiskorn den Megagau bedeuten würde, da sei ein Drink gestattet. Irgendwelche Tranquilizer, angstlösende Mittelchen, in der man in lockerer Runde ungehemmt lallen könnte, wären effektiver, nutzlast-ökonomisch gesehen, denn die Nutzlast eines Raumschiffs ist eine streng limitierte Größe. Das Problem ist, die Schwerkraft des Heimatplaneten zu überwinden. Auf Fahrt gekommen, im interplanetaren Raum setzt der Watanabe-Antrieb ein, Nutzlast ist dann kein Problem mehr. Die Finder wird auf keinem Planeten landen können. Sie werden die Finder in die Umlaufbahn der Erde bringen und mit zwei Shuttles, ähnlich wie Flugzeuge, Senkrechtstarter, dort landen können. Ein Fallschirmsystem wird die Geschwindigkeit der Shuttles bremsen. Die Ressourcen sollen für einen Rückflug zur Finder reichen. Vergleichsweise viel Nutzlast geht für die Treibstoffe der Shuttles drauf, aber Flüge auf Planetenoberflächen sind an einer Hand abzählbar. Theoretisch bestünde die Möglichkeit nach erfolgreicher Mission nach New Earth zurückzukehren, wenn die astronomischen Berechnungen und Beobachtungen nicht so fürchterlich schwierig wären, eine Rückkehr wäre sogar schwieriger als die Erde mit ihrer Sonne zu finden, eine fast unlösbare Aufgabe. Mit dem Watanabe-Antrieb kann das Raumschiff beliebig beschleunigen oder abbremsen, aber abbremsen zum Beispiel. kostet für die Expedition unglaublich viel Zeit, weil es Jahre bedarf, um vom nichtrelativistischen Bereich in einem relativistischen Geschwindigkeitsbereich zu gelangen, der angemessene Reisezeiten mit sich bringt. Die Erde mit ihrer Sonne wird sich in einem Umkreis von 500 Lichtjahren von dem Ort befinden, den ihre Vorfahren verlassen haben. Man kennt die ungefähre Richtung, zu der sich die Sonne hinbewegt hat, aber sie müssen womöglich Tausende Sterne untersuchen, die so ähnlich sind wie die Sonne ihrer Vorfahren. Sie werden nach Sirius, Rigil Kent, Wega und Arkturus suchen und berücksichtigen müssen, wie sich die Nachbarschaft der Sonne verändert hat.

Robert und Paul hatten schon in New Avignon genügend Gründe, sich zu betrinken; es scheint so, dass hier auf der Finder noch mehr Gründe bestehen. Noch können sie davon ausgehen, dass in New Avignon Menschen leben; aber schon bald, wenn die Distanz weiter gewachsen ist und sie wächst immer schneller, könnten sie, von ihrem Koordinatensystem ausgesehen, die letzten Menschen sein. Die Finder rast geradlinig mit unwirklicher Geschwindigkeit auf die Koordinaten, von denen die Sonne vielleicht nicht weiter als 50 Lichtjahre entfernt ist. Solche Gedanken trägt man in seinem Unbewussten, insbesondere wenn man Physiker auf der Finder ist. Paul bittet um eine Zigarette. Währenddessen betreten Sandra und Vanessa in Begleitung von Theo den Aufenthaltsraum C. Sie grüßen freundlich und unterhalten sich offensichtlich über die Hibernation. Robert kann sich nie des Eindrucks erwehren, dass die dunkelhaarige Vanessa hinreißend aussieht. Auch Vanessa äußert sich dahin gehend, dass sie den Eindruck habe, während der Hibernation geträumt zu haben, dunkle und kalte, geheimnisvolle Träume, von denen Robert gerne mehr hören würde. Ist es ein Zufall, dass die Singles der Finder sich häufig in C treffen? Vanessa ist Linguistin und unterstützt Sandra in der Küche. Man nimmt auf der Finder nicht nur Fertigmahlzeiten zu sich, zumal es effektiver ist, Reiskörner und Mehl zu lagern, Öle und Fette und irgendwelche Eiweißprodukte. Fleisch und Gemüse sind absoluter Luxus, etwas für den Sonntag, aber so wie für Alkohol und Zigaretten gesorgt ist, von denen Robert jeweils Robert jeweils in Raumeinheiten ausgedrückt, täglich mindestens hundert Milliliter konsumiert, gibt es pro Nase (oder pro Maul, was gestopft werden muss) hundert Gramm Fleisch und Gemüse. Im Gegensatz zu Alkohol und Tabak wird letztlich deren Wasseranteil in den geschlossenen Wasserkreislauf der Finder überführt. Vanessa trinkt Alkoholisches, so eine Art Synthetikcocktail, bestimmt nicht ohne Zucker, aber ohne die erkennbare Absicht, sich besaufen zu wollen. Für Robert und Paul Anlass ihr gleichzutun, obgleich sie etwas Wodkaähnliches trinken. Robert und Paul sind durch die holde Weiblichkeit in ihrer Nähe merklich eingeschüchtert, ein Grund mehr zu trinken. Es ist nicht nur das böse, entfremdete Universum um sie herum, dass sie zum Trinken verleitet. Die Mädels kichern hin und wieder, wie Mädels es öfters tun. Sandra und Vanessa sind noch keine dreißig. Und er, Robert mit Ende dreißig ein alter Sack. Robert unterdrückt den Wunsch, Vanessa zu fragen, ob ihre Träume während der Hibernation erotische Inhalte hatten. Die Frauen scheinen die Gegenwart der Männer nicht störend zu finden, plaudern unentwegt, während die Männer vorerst stumm an ihren Drinks sitzen, ein bisschen der weiblichen Geschwätzigkeit lauschen, das eine oder andere Gekicher auf sich beziehen, insbesondere Robert, der in seinem Leben von der Paranoia gekostet hat und hin und wieder verschwenden sie Gedanken darauf, wie sie ins Geschehen eingreifen können. Robert will ernsthaft Go lernen, träumt von einer Goschule zusammen mit der Schülerin Sandra und der Novizin Vanessa. Er ist strikt für angemessene Schülerkleidung, denkt sich, dass für die Schülerinnen etwas Ähnliches wie der typische Messdienerinnenlook passend wäre. Er ist auf dem Raumschiff mit dem Gefühl gefangen, dass vieles nicht besser geworden ist. In ihrem Miniuniversum hat er das Recht auf freie Meinungsäußerung, aber was nützt ihm das? Saufen konnte er in New Avignon auch, das frisch gezapfte Bier in den Kneipen schmeckte eindeutig besser als das Surrogat, der Ersatz, den es hier an Bord gibt. Wodka ist Wodka, aber er stand nicht wirklich auf das Hochprozentige, welches natürlich nicht seine Wirkung verfehlt. Er vermisst diese verruchte Kneipenatmosphäre, wo die Trinkfreudigen, die Außenseiter, die Dissidenten im Geiste aufeinandertrafen, ein Lebensraum des Abends und der Nacht, in dem die Frauen etwas freizügiger erschienen, teilweise im neokatholischen Sinne verdorben und hin und wieder für den ultimativen Spaß bereit. Und so sehr er die neokatholische Kirche in New Avignon mit ihren Strukturen und ihrer absoluten Machtfülle abgelehnt hatte, die im Grunde totalitäre Gesellschaft, die aber kleine Parallelgesellschaften wie in diesen Kneipen zuließ, weil sie sie unter Kontrolle hatte, so vermisste er auch die sexistische Liturgie in den

Kirchen und Kathedralen, die für manch feuchten Traum gesorgt hatte. Er vermisst das unheimliche Meer, die Milchstraße im Himmel über New Avignon, insbesondere Helena, den gleißenden Stern, um den Aurelia kreist. Mit der Mission der Finder identifiziert er sich eher schlecht als recht. Möglicherweise hat er das Leben auf einem Raumschiff falsch eingeschätzt, dabei hat Hugo Scheffener viel getan, dass Robert und seines gleichen sich nicht langweilen. Hätte Scheffener ein paar Nutten rekrutieren sollen, Dissidentennutten, die keinen größeren Wunsch hatten als New Avignon zu verlassen? Als männlicher Single war man ein Nichts, sowohl in New Avignon als auch hier auf der Finder. Die Verheirateten dagegen, insbesondere die mit mehreren Frauen stellen die Spitze der Gesellschaft dar, es sind die mit dem größten Status. So denken Robert und natürlich auch Paul an die Möglichkeiten, die um das antike Brettspiel entstehen können.

Vanessa und Sandra scheinen keine Anstalten zu machen, Aufenthaltsraum C zu verlassen. Der Affe schaut sich alles neugierig an und ist ruhig. Hier gibt es keine Bauklötzchen, mit denen man spielen oder werfen kann. Am Kühlschrank und seinen Drinks scheint er kein Interesse zu haben. Die Hibernation hat er ganz gut überstanden, er erinnert sich nur dunkel, das leere, kalte, aber ebenso bizarre Universum um ihn herum ist ihm kein Begriff. Vielleicht vermisst er den Zoo mit seinen Klettermöglichkeiten, mit seinen Spielgefährten, mit den Weibchen, die er hatte. Seine Affenseele ist unergründlich, wenn er nicht kreischt und auch wenn er kreischt, ist sie nur schwer verständlich. Er ist hier Maskottchen an Bord ohne die Rolle einstudiert zu haben und treibt sich mit jedem hier rum.

Gerne mit den Weibchen der Besatzung, ohne ihnen jemals äffische Avancen zu machen, ohne sie von seinen animalischen Qualitäten überzeugen zu wollen. Er ist recht kräftig und an sich nicht gewalttätig. Er spielt allerdings gerne mit Messern. Hin und wieder werden über den Affen Kontakte geschlossen, die über das rein Dienstliche hinausgehen. Könnte man jetzt versuchen. Robert hat Schnittstellen zu Sandra und Vanessa an Bord. Sie sind die wirklich Unnützen hier, obgleich die beiden Frauen sich in der Küche nützlich machen und hin und wieder nimmt Robert sporadisch eine Hilfstätigkeit an, sehr selten. Von ihrer Ausbildung sind sie unnütze, denn ihr Wissen und Können ist, wenn überhaupt, auf der Erde gefragt. Möglicherweise käme Vanessa, als theoretische Linguistin auch bei einem Kontakt mit Aliens zum Einsatz, um zu einer Verständigung zu kommen. Es ist aber nahezu ausgeschlossen, dass sie während ihrer Reise auf Aliens treffen, es sei denn, diese verfügten über eine Technologie, die für sie nicht vorstellbar ist, da bei ihrem relativistischen Geradeausflug ein Rendezvous mit einem anderen Schiff nicht möglich erscheint. Womöglich, wenn sie die Erde nicht finden, aber andere, von Aliens bewohnte Planeten, könnte ihre Fähigkeiten zum Einsatz kommen, das ist aber sehr unwahrscheinlich. Vanessa ist sprachbegabt. Sie spricht - was in New Avignon sehr selten ist – einige der alten toten Sprachen: Russisch, Han-Chinesisch, Hindi, Spanisch, ein bisschen Deutsch und Französisch. Und natürlich New Havanna - Kreol. In New Avignon spricht man Englisch und in den Kirchen ein bisschen Latein, zwei Sprachen, bei denen man bemüht ist, zu verhindern, dass sie von ihrem Ursprung abweichen. Es werden nur wenige Dialekte auf den Inseln gesprochen, man braucht dort keine Linguistin, da man ohnehin keine Chance hatte, die Sprache der Aborigines zu verstehen, wenn sie denn eine hatten, die sich akustisch artikulierte. Von ihrem Schlag gab es nicht viele in New Avignon, eine Handvoll vielleicht. Da war der Beruf von Sandra, wenn natürlich auch selten, schon verbreiteter, denn die Menschen waren schon lange in New Avignon und auf seiner Nachbarinsel. Es galt die Überbleibsel der Ahnen zu finden, die diese Welt bereist hatten. Es galt den Abfall in die Zivilisationslosigkeit zu dokumentieren, der historische Aufstieg der beiden Inselgesellschaften zu dem was sie waren, totalitäre Gesellschaften. Archäologen gab es mehr als eine Handvoll und die eine oder der andere hatte den Traum noch nicht aufgegeben, einen funktionstüchtigen Supercomputer der Ahnen zu finden, diese Art von Technologie, zu der man keinen Zugang fand. Man konnte in New Avignon Raumschiffe für interstellare Distanzen entwickeln, aber keine vernünftigen Computer. Robert kennt das Problem. Sie erwarten mehrheitlich, eine Superzivilisation auf der Erde zu finden. Auch Robert ist überzeugt, dass in den siebzigtausend Jahren sehr viel passiert sein wird, dass der Fortschrittspfeil stark nach oben gezeigt hat. Es gibt nur wenige Kulturpessimisten unter ihnen, manchmal gibt sich Hugo Scheffener so, was paradox erscheinen mag. Warum sollte sich ein Milliardär aufmachen, eine langwierige Reise zu unternehmen, wenn er am Zielort nur Ruinen und Steinzeit erwartet. Hugo Scheffener gibt sich dialektisch, und wenn die Reise auch langwierig ist, langweilig sollte sie ihm nicht sein, denn er hat vier Frauen, denkt sich Robert. Sandra würde zum Einsatz kommen, wenn sie auf eine Welt der Ruinen treffen würden. Diese beiden Mädels sind vom selben Schlag wie er, denkt er sich. Wieso hat er sich mit ihnen nie unterhalten. Der lästige Mut Sandra anzusprechen, den er vor der Hibernation hatte, fehlt. Aber es gibt durchaus Initiativen von der Gegenseite. „Du

114

bist Experte für Geschichte der Erde", bricht es bei Vanessa heraus. „Interessant! Ich bin Spezialistin für einige Sprachen, die dort gesprochen wurden." Warum wurden diese Gespräche nicht schon vor Wochen geführt, die Hibernationszeiten nicht mit gerechnet? „Sie findet meinen Beruf interessant." Er zündet sich eine weitere seiner rationierten Zigaretten an. Man rückt näher, vom größtmöglichen Abstand zu einem, von dem man sagen kann, es handele sich um vier Menschen, die zusammengehören. Paul spielt mit Gosteinen, der Affe scheint daran kein Interesse zu haben, was im anderen Fall zu einigem Chaos geführt hätte. Noch scheint er sich für die Steine nicht zu interessieren und im Übrigen sagen ihm zehn hoch hundertsiebzig nicht viel; wie fast jedem Menschen. Er hält sich von der Gruppe fern, jederzeit bereit, den Raum C zu verlassen, hin zu anderen Menschen auf diesem Schiff. Die Gruppe, die sich gebildet hat, muss sich finden. Wirklich interessiert schaut Sandra auf die Steine, in der Erwartung, jemand weihe sie in die Geheimnisse dieser Steine, die ein Spiel bilden, ein. Robert bemerkt das. „Paul will uns das Spiel zeigen, eine Goschule für uns eröffnen. Und du Vanessa bist herzlichst eingeladen, daran teilzunehmen." Vanessa zeigt sich eher an Robert interessiert als an dem Spiel. „Du könntest mir soviel von der Erde erzählen, Robert. Ich kenne einige Geschichten, aber du kennst die Zusammenhänge, Robert." Der ist nicht sicher, ob er träumt; er muss in einer Hibernation stecken. Allerdings ist ihm nicht kalt. Vanessa ist eine der heißesten Bräute hier an Bord, ein Wunder, dass sie nicht zu einem Harem gehört. Sein Status geht gegen Null. Wieso könnte er etwas Interessantes erzählen?

„Was erwartet uns, wenn wir die Erde finden, wenn wir auf der Erde landen?" Wieder ist es Vanessa, die die Initiative ergreift. Die Frage, die sie stellt, hat sich jeder von ihnen x-fach gestellt und ist in den verschiedensten Konstellationen diskutiert worden. Es gab die Vorträge von Hugo Scheffener, Sit-Ins, bei dem das ganze Kollektiv der Besatzung aufgefordert war, zu diskutieren. Die knapp dreißig Leute leben auf engstem Raum zusammen und es sind schon einige Wochen vergangen, die sie gemeinsam im Wachzustand auf der Finder verbracht haben, aber teilweise kennt man sich nur beim Namen, vom Sehen, vom flüchtigen Small Talk. Robert und Paul sind welche, die dem Small Talk aus dem Weg gehen, aber dies ist durchaus typisch für die Besatzung, ein Dissidentengrüppchen, jeder einzelner in seiner Heimatwelt in irgendeiner Weise ein Außenseiter, sozial unangepasst, selbst Hugo Scheffener, der diesen Makel mit seinem Erfolg, mit seinem Geld und auch mit seinen Frauen ausgeglichen hat. Vanessa und Robert sind noch nie über Smalltalk hinausgekommen. Die Standardfrage hier an Bord – was werden sie finden? - haben sie noch nicht miteinander besprochen oder diskutiert. Die Frage ist hier so üblich, wie man andernorts ein Gespräch über das Wetter beginnt, zu anderem findet oder das Gespräch dann sein lässt, aber Robert ist jetzt motiviert, will es bei einer kurzen Antwort nicht belassen, denn Vanessa ist reizend. „Du bist eigentlich derjenige, der die Frage am besten beantworten kann", setzt sie fort. „Das glaube ich nicht. Paul wäre da geeigneter. Ich denke, die Frage hat etwas mit der Geschwindigkeit des technischen Fortschritts zu tun und da ist ein Physiker, ein Ingenieur, ein Naturwissenschaftler die erste Adresse, weil sie sich diesen Fortschritt besser vorstellen können." Robert scheint seinen Diskussionsbeitrag an Paul abgeben zu wollen, der bleibt aber ruhig, greift das Stichwort Physiker nicht auf und Vanessa widerspricht sogleich. „Naturwissenschaftler sind oft in ihrem Denken im Status quo verhaftet, ohne Gespür für Revolutionen, obwohl der eine oder andere diese immer wieder anstößt." Auch hier ergreift Paul nicht das Wort. „Zudem fehlt ihnen das Gespür für soziale Revolutionen, die historische Dimension. Du bist Experte für die Geschichte der Menschheit." Robert versucht das Gefühl zuzulassen, geschmeichelt zu sein. Wenn er jetzt nicht eine fruchtlose, blöde Anmache, die immer auch einer Protesthaltung entspringt, startet, hat er die Chance für ein Weilchen eine angenehme Gesellschaft zu teilen, wenn ihm auch das Regelwerk des Kontakts steif und stark eingeschränkt erscheint. Er darf jetzt nichts verbocken. „Ich hoffe, man sieht uns nicht als Weltraumdreck an, als Parasiten, als Viren, die man ohne größeres Aufsehen vernichtet, ohne über uns irgendeinen Gedanken zu verschwenden. Die Menschheit der Erde hat über die Tausende von Jahren die unterschiedlichsten Gesellschaftsformen hervorgebracht, Kulturen entstanden und gingen unter, es gab zivilisatorischen Rückschritt. Dinge wurden vergessen, bis ein exponentieller wissenschaftlicher und ökonomischer Fortschritt eine Dynamik in Gang setzte, die alle Vorstellungen sprengt. Das begann etwa dreihundert Jahre, bevor unsere Vorfahren die Erde verließen. Eine ähnliche Entwicklung hat seit einiger Zeit auf unserer Welt eingesetzt, wir hatten etwas Hilfe, dank Archäologen wie Sandra - Sandra bedankt sich brav lächelnd – aber die Erde mit ihrem riesigen Bevölkerungspotenzial und Ressourcen hatte ganz andere Möglichkeiten. Es ist ein Wunder, dass wir es zur Raumfahrt geschafft haben. Vielleicht, weil wir von Raumfahrern abstammen, weil wir die richtigen Dokumente und Theorien gefunden hatten. Unsere Ahnen besaßen Supercomputer, von dessen Performanz wir uns keine Vorstellung machen können. Und sie haben das Tabu gebrochen. Sie hatten begonnen, ihr eigenes Genom zu verändern, mit unabsehbaren Konsequenzen. Unsere Bischöfe würden sagen, sie haben Gott versucht und werden sich die gerechte Strafe Gottes zugezogen haben. Ein weiterer Sündenfall, aber eine erneute Vertreibung aus dem Paradies war nicht möglich. So musste Gott sie endgültig vernichten." - „Aber du glaubst nicht an Gott", wendet Vanessa ein. Paul schaut auf. „Nein, ich glaube nicht an das, was uns die Klerikalen erzählt haben. Ein Priester mit seinen Messdienerinnen ... " Theo kreischt, Paul schaut warnend, Sandra reserviert, aber Vanessa lächelt. „Vielleicht haben sie noch die Kurve gekriegt, mit den Versuchen aufgehört, vielleicht hat es Kriege deswegen gegeben. Auf der Erde wurde auch geforscht, künstliche Intelligenz zu erzeugen, diese kombiniert mit ihren Supercomputern wäre eine weitere Herausforderung Gottes gewesen, ein weiterer Versuch, etwas Gottähnliches zu schaffen, so schlau wie Gott, aber ohne seine Macht über die Grenzen des Planetensystems hinaus etwas zu bewirken." Robert macht eine Pause, mustert die Gesichter seiner Zuhörer und glaubt dort Funken von Interesse zu finden. Er wartet kurz auf Einwände, Fragen, aber man ist allerseits still, was ihm dann doch unbehaglich ist. „Möglicherweise haben sich die Menschen zu Biomassen entwickelt, die sich in Würfeln befinden. Hochbewusste, hochintelligente Hirnmasse in Würfeln, angeschlossen an Apparate, die von Automaten gepflegt werden." Man runzelt die Stirn, es scheint Widerspruch in der Luft zu liegen, und obgleich Robert es nicht mag, Reden zu halten, fährt er fort und lenkt das Thema auf Göttinnen, antike Göttinnen. „Sicher werden sie das Ganze erst so verändert haben, dass sie gesünder, leistungsfähiger, intelligenter und schöner wurden." Er blickt dabei auf die dunkelhaarige Vanessa und die blonde Sandra. „Das Genom wurde dahingehend umprogrammiert, dass der Alterungsprozess gestoppt oder verlangsamt wurde. Gleichzeitig brachte eine weitere industrielle Revolution, geleistet durch Roboter, Wohlstand für alle. Aber, um so mehr der Mensch sich nach seinem alten Ideal schuf, überall schöne Frauen wie unsere Messdienerinnen - Vanessa ist nicht böse - so entwickelte sich eine Gleichgültigkeit gegenüber diesen alten Idealen. Möglicherweise ist ein Kubikmeter designte Hirnmasse in einer gewissen Weise, sagen wir mal leistungsfähiger als ein Hirn, dem gut ein Liter Raum zur Verfügung steht. Somit war die alte Körperform eine Erblast, die zu großen Beschränkungen führte. Das Ideal war ja keins mehr, weil es ja jeder haben konnte, den perfekten Menschen aus der Retorte und so gab der perfekte Mensch auf, Mensch zu sein und entwickelte sich zu einer glibberigen Masse, die in Würfeln aufbewahrt wurde, möglicherweise auch als unendliches Neuronengeflecht in den Ozeanen." - „Das Neuronengeflecht wäre endlich", unterbricht Paul. „Möglicherweise hat man die menschlichen Neuronen mit Pilzeigenschaften versehen, sodass sie als Myzel den gesamten Regenwald der Erde umspannten. Um damit zu schließen, entwickelten sich die intelligenten, bewussten Supercomputer, die noch intelligenter waren als die Hirne in den Würfeln oder das Myzel im Boden." - „Glaubst du das wirklich?" Sandra wirkt ungläubig. „Mir erscheint das glaubwürdiger, als alles was unsere Priester ihren Messdienerinnen erzählt haben." - „Robert kann seinen Hang zu provozieren, nicht unterdrücken." Sandra ist das schon wieder zu doof, während Vanessa sich outet, was zu einer nicht unerheblichen Beflügelung von Roberts Phantasie führen wird. „Ich war übrigens ein Jahr Messdienerin." Sandra ist peinlich berührt, ein vermeintliches Geheimnis zwischen ihr und Vanessa hat sie verloren und Vanessa steht so dar, als ob sie Tempelhure gewesen

119

wäre. Robert ist nun völlig klar, warum er auf Vanessa steht. Warum ist ihm das nicht früher aufgefallen? Er fährt fort: „Die Kunst hat meines Erachtens zwei Wurzeln, einerseits das Bedürfnis des Menschen etwas praktisch darstellen zu wollen, andererseits ein Sinn für die Schönheit der Natur, insbesondere die Schönheit des weiblichen Geschlechts, die mögliche Schönheit einer jungen Frau." Sandra will platzen. „Der Sinn für Schönheit hat etwas mit einem Sinn für Symmetrien zu tun. So steht der weibliche Akt im Zusammenhang mit der Entwicklung der Geometrie." Sandra wirkt weiterhin völlig skeptisch. „Wollen wir uns den Quatsch weiter anhören, Vanessa?", aber die antwortet nicht. „Der weibliche Akt, also die Darstellung des weiblichen nackten Körpers war eine Jahrtausende alte Tradition auf der Erde. Nur zu deiner Information, Sandra. Schöne Jünglinge wurden auch nackt abgebildet. Dieser Sinn für Schönheit und Kunst muss den Würfelmenschen verloren gehen. Für sie gibt es nur mathematische Gleichungen, und sie müssen ungemein aufpassen, dass sie nicht aussterben, weil sie nichts mehr antreibt. Kunst und Kultur entstehen aus Gegensätzen, Schönheit und Verfall, Arm und Reich, gut und böse." Mit seiner Rede hat sich Robert nun selbst übertroffen.

- 7 -

Wir trieben uns weiter in den Kneipen rum. Die Tage und der Sommer vergingen, ohne dass sich für mich eine konkrete Zukunft abzeichnete, von der ich hätte sagen können: So stelle ich mir mein Leben in diesem von Gott gelenktem New Avignon vor. Meine Ersparnisse neigten sich dem Ende entgegen, was mich nicht davon abhielt, das Geld in den Kneipen für Alkohol und für Frauen auszugeben. Es waren wenige, pikante und recht rauschhafte Erlebnisse, an denen auch Peter und Paul teilhatten. Viel zu wenige Erlebnisse dieser Art, um genau zusein drei. Wir hatten Katharina und Margarete. Letztere kostete uns ein Sümmchen, bei dem ich den Hauptanteil aufbrachte. Erlebnisse mit Cannabis wiederholten sich, bei denen ich in ähnlicher Weise wie beim ersten Mal paranoid und schizoid reagierte, Erlebnisse mit Katharina, die wieder zur Hexe, zur Agentin und Hure des Bischofs mutierte, die aber ohne weitere kommerzielles Interesse zu haben, als ihren Stoff zu verkaufen, sich unserem Trio hemmungslos hingab. Ich nahm jedwede Paranoia für diesen Rausch in Kauf. Dann war sie verschwunden und Margarete, äußerst reizvoll und neckisch war für uns eigentlich unbezahlbar, sodass unser Aufeinandertreffen einmalig blieb. Wir hatten es gewagt, etwas, was uns zusammenschweißen würde. In der Kneipe trafen wir natürlich weiterhin auf Margarete, sie war zu uns sehr freundlich und keinerlei Peinlichkeit kam auf. Unsere Beziehung hatte eine neue Qualität, ohne dass sich Orgiastisches wiederholte, was durchaus möglich gewesen wäre, wenn wir nur tief genug in die Tasche gegriffen hätten. Es war zu befürchten, dass die anderen verkappten Huren in den Kneipen ähnlich viel Kleingeld kosteten. Paul und ich brauchten unbedingt einen Job. Paul hatte eine Vorliebe für Cannabis entwickelt. Er behauptete, es beflügele sein Go. Ich beschäftigte mich mit der Relativität des Wahnsinns. Schlimmer als beim Stich der Avignonwespe konnte es eigentlich nicht kommen, dachte ich. Die Deformation meiner Persönlichkeit und auch meiner Gefühle durch Cannabis hatte durchaus auch etwas Bedrohliches und

Beängstigendes, war aber in einem anderen Zwischenreich angesiedelt, von dem auch angenehmes ausging. Ich
mochte es immer noch, alleine ausgedehnte Spaziergänge
zu machen. Meine Wege führten immer wieder zu diesem
Meer, welches vom Gros der Bevölkerung New Avignons
als bedrohlich und unheimlich empfunden wurde. Die
meisten von ihnen konnten sich auch keinen Strandurlaub
in New Havanna oder an unseren eigenen Küsten vorstellen, was dazu führte, dass die Wirtschaftsbeziehungen
zwischen den beiden so verschiedenen Inselreichen nicht
besonders üppig waren. Vielleicht hartnäckige zehn Prozent mochten das Meer, auch wenn es ihnen unheimlich
blieb. Manche trauten sich sogar ins Wasser, ein Abenteuer, von dem eigentlich abzuraten war. Ich wusste von
der Bedeutung des Meeres für die Geschichte der
Menschheit. Für Insulaner auf der Erde war es typisch,
eine innige Beziehung zum Meer zu haben. Sie ernährten
sich durch es, befuhren es und trieben Handel. Das Meer
hier, mit seinem giftigen Getier, mit seiner tiefblauen,
aber auch manchmal dunkelgrauen Farbe schien den
Wahnsinn anzudeuten, der jenseits des Meeres, auf den
Kontinenten, auf uns wartete. Paul schien es ernst zu meinen. Er wollte Versuchskaninchen sein und drängte mich
zur Teilnahme. Ein Job, der unsere nächtlichen Aus-
schweifungen ein bisschen verlängern konnte. Ich war für
den Wahnsinn prädestiniert, dachte ich mir. Sticherprobt!
Ich schien zu verdrängen, welches fieberndes Würmchen
der Stich aus mir gemacht hatte. Wollte ich wirklich
nochmals völlig eingeschüchtert, völlig klein in Gottes
höhnische Fratze schauen, die letztendlich nur eine
schwitzende, blutende Tapete war, aber auch das war widerlich, nicht nur weil sie roch. Ich hatte eine gewisse Re-
sistenz gegen die Kameras entwickelt und bildete mir ein,
dass meine Paranoia gegenüber ihnen und dem klerikalen

System, was dahinter stand, so groß war wie bei jedem anderen Gestrauchelten. Bildete ich mir ein. Ein kleiner Joint, und meine Wirklichkeit wurde zu einem Kaleidoskop vielfältiger und unheimlicher Gefahren in recht beängstigenden Unfarben. Ich war der geeignete Testkandidat für den Wahnsinn. Paul wollte, dass ich mich nächste Woche an die Kommission wandte, um in ihr Programm aufgenommen zu werden. „Meine Herren, ich bin für ihre Unternehmung besonders geeignet. Sticherprobt und auch erprobt im Umgang mit verbotenen Drogen, Drogen, die schon auf der Erde verboten waren, obgleich auf der Erde ja fast alles erlaubt war, zeitweise und regional betrachtet. Die Böen des Wahnsinns wehen mich um, wie – mir fiel kein passender Vergleich ein – wie ein Kartenhaus auf Sand gebaut. Der Wahnsinn hat mich sofort im Griff. Könnte es einen geeigneteren Kandidaten für ihr Projekt geben. Wenn ihre Medikamente mir helfen, sodass der Wahn, der von den Aborigines ausgeht, mir nichts anhaben kann, so wirken diese bei jedem in unserer Gesellschaft."

Ich vermied in diesen fiktiven Gesprächen zu erwähnen, dass ich an sich schon wahnsinnig sei. Ich liebte es solche Gespräche im Kopf zu haben, Gedanken, die sich entwickeln konnten, wenn ich allein und frei am unheimlichen Gestade entlang wanderte. Man konnte schlecht Psychiatriepatienten in das Projekt aufnehmen, da die Mittelchen, die der Forschung zur Verfügung standen, nicht in der Lage waren, den ureigenen Wahn der Patienten, ihre tägliche Dauerhalluzinationen, ihr krankes Gedankenkorsett zu entfernen. Durchschnittsbürger waren gefragt, um sich dem Abgrund der Aboriginieseelen zu stellen. Es gab Fotos von den Aborigines, von Mutigen, halb verrückt mit Tele aufgenommen. Putzige kleine Kerlchen, aufrecht gehend mit Fell, die so eine Art Steinzeitkultur über den gesamten Planeten verbreitet hatten. Gab es zwei Geschlechter? Ein Ketzerspruch sagte: Siehst du in das Antlitz eines Aborigines, siehst du in das Antlitz Gottes. Vermutlich war die Wirklichkeit komplexer und vielschichtiger. Schaute man in das Antlitz eines Aborigines, wurde man dem Wahn von Tausend Gottheiten ausgesetzt. Der christliche, neokatholische Gott war bei den Aborigines nur einer unter vielen, seiner Allmacht beraubt, in einem Reigen von Gottheiten, bunt und schrill, die unseren leicht in den Schatten stellen konnten und die nicht zögerten, mit unsereinem ein verwirrendes Spiel zu führen.

Unsere Gesellschaft war weder demokratisch noch gerecht. Es gab keine freien Wahlen, jedenfalls nicht für das Gros der Bevölkerung. Die Bischöfe wurden gewählt, von ihnen selbst. Der erste Bischof, der jeweils den Namen Petrus annimmt, hatte unglaubliche Macht, nahm sein Amt bis zum Ende seines Lebens wahr, was auch im Allgemeinen für die gewöhnlichen Bischöfe galt. Jeder Bischof war zugleich weltlicher und kirchlicher Herrscher. Die Unterscheidung war an sich sinnlos, denn die Trennung zwischen Kirche und Staat gab es noch nicht mal in der Theorie. Von der Geschichte der Menschheit auf der Erde kannte ich dieses gesellschaftliche Modell, das nicht einer kühnen Utopie entsprang, sondern einem Jahrhunderte alten Machtkampf. Wenn ich es richtig überblickte, war die politische Freiheit auf der Erde immer die Ausnahme, während das freie Wirtschaften sich insgesamt durchsetzte. Politische und wirtschaftliche Freiheiten stellen gewissermaßen einen Gegensatz dar. Auch in New Avignon gab es ein freies Wirtschaften unter den Auflagen der Pfaffen. Alles gesellschaftliche Tun war eingebettet in der neokatholischen Moral, seinem Kodex. Autoritäre Pfaffen sorgten für deren Umsetzung, mit Mitteln der

Einschüchterung, gegebenenfalls mit Gewalt. Die Pfaffenpolizei folterte in ihren Verhörstuben und Gefängnissen. Es gab keine unabhängige Gerichtsbarkeit und so etwas wie freie Rechtsanwälte, selbst Pflichtverteidiger gab es nicht. Kein Zweifel, die neokatholische Kirche war gerecht, wozu brauchte man eine Verteidigung. Es gab so was wie eine weltliche Anwaltschaft, die sich Reichere leisten konnten, denn selbstverständlich gab es Interessenkonflikte zwischen verschiedenen Reichen und diese hatten beratende Funktion, aber wenn der Staat der Kläger war, waren sie eh außen vor. Es gab nicht unerheblichen Reichtum, der sich jenseits der Pfaffen angesammelt hatte, aber der Hauptbesitz lag in den Händen der Kirche, sodass eine bürgerliche Revolution keine Chance hatte. Wozu auch, arrangierte man sich mit den Pfaffen, konnte man es zu etwas bringen. Weltliche Milliardäre wie Charles Theron und Hugo Scheffener hielten sich bedächtig zurück, um einer möglichen Enteignung zu entgehen. Eigentlich wurde von ihnen erwartet, dass sie ein geistiges Amt anstrebten. Es wäre ihnen offiziell möglich gewesen, Polygamie auszuleben. Jedem Pfaffen war es erlaubt, mehrere Frauen zu ehelichen. Dadurch erklärte sich auch eine gewisse Beliebtheit dieses Berufsstands. Nicht ehelicher Sex war verpönt und unter Strafe gestellt. Frauen wie Margarete und Katharina gingen ein nicht unerhebliches Risiko ein, wenn nicht das Auge der kirchlichen Doppelmoral systematisch zugedrückt wurde, um Jungs wie uns und Frauen wie Katharina ein Ventil zu schaffen. Die Gefahren waren schlecht abzuschätzen, Sex mit Huren konnte mit bis zu einem Jahr Knast bestraft werden, unehelicher Sex konnte leicht als Prostitution umgedeutet werden, der Willkür waren keine Grenzen gesetzt. Ich hatte ein paar entfernte Bekannte, die es erwischt hatte, die für kurze oder längere Zeit in den kirchlichen Lagern verschwanden. Huren wurden öffentlich ausgepeitscht - was für manchen einen gewissen Reiz und Unterhaltungswert hatte - bevor sie verschwanden, wohin, konnte keiner so genau verfolgen, der außerhalb dieser Organisation stand, womöglich in die Privatgemächer eines Bischofs. Womöglich waren viele Insassen bestimmter abgeschlossener Nonnenklöster ehemalige weltliche Huren, nun Huren Gottes, und es war nicht auszuschließen, dass diese Klöster gehalten wurden für große Feste, die die Bischöfe ihresgleichen und ihren Schergen gaben. Die Pfaffen wussten wohl, mit Talenten sorgsam umzugehen. Womöglich wurden diese Frauen nach einer Strafe dafür eingesetzt, Leute wie mich auszuhorchen, ohne dabei auf ihre frühere Berufung verzichten zu müssen. Wie weit waren meine Haschfantasien von der Realität entfernt? War Katharina inzwischen in einem Umerziehungslager, wurde sie zu einer Pfaffenhure gedrillt, vorbereitet für ein Leben hinter Klostermauern, um der Lust der Kirche zu dienen? Wo war Katharina? Frauen wie sie machten sich per se verdächtig, zogen vielleicht von einer Stadt zur anderen, was zusätzlich staatlicher Aufmerksamkeit auf sie zog. Der staatlichen Überwachung entging keiner. Wie sah das offizielle Leben der Katharina aus, ihre Legende? Vielleicht waren wir als harmlos eingestuft worden. Man hätte nun Beweismaterial gegen uns in der Hand, dass man bei Belieben gegen uns einsetzen konnte. Nun hatte sie andere Aufträge, trieb sich aber vielleicht noch in der Stadt rum. Aber jemand wie ich konnte nicht als harmlos eingestuft werden, dafür hatte ich den falschen Beruf. Mein Wissen hätte dazu dienen können, eine ideologische Keimzelle zu bilden, um von dort aus eine Revolution anzuzetteln. Deswegen kümmerte man sich vielleicht um mich. Ich blieb unter Beobachtung, man hatte mich im Griff, ich aber war viel zu opportunistisch und zu feige für solch ein Ansinnen. Wer sie auch immer war, ich vermisste sie, vermisste es an ihren Joints und an ihrer nackten Brust zu saugen. Ich war kein Revolutionär und man mochte mir die Huren von New Avignon und die von New Havanna schicken, um dies festzustellen, ich hätte es nicht abgelehnt, mir eher gewünscht, wenn auch die konkrete Phantasie und Paranoia in einem und der Wahnsinn öffnende Rausch unangenehm sein konnte. Ich war kein Revoluzzer, sondern jemand, der dem Wahnsinn entgegentreten wollte, für ein bisschen gesellschaftliche Anerkennung und um ein bisschen Taschengeld für seine bescheidenen Vergnügen zu verdienen. Ich war etwas verwirrt. War dieser Weg wirklich der richtige, um wieder zur gesellschaftlich geachteten Stellung zu kommen? Wollte ich wirklich wieder Dozent für Geschichte der Erde werden? Wollte ich Pfaffe werden? Als Dozent und Pfaffe hätte ich ein sinnenfreudiges, luxuriöses Leben führen können, aber es war vergebens. So einer wie ich konnte kein Pfaffe werden, ich besaß zwar hinreichend Scheinheiligkeit, aber meine Verstellungskünste waren nicht perfekt genug, um die Einstellungstests zu bestehen, um die Detektoren zu täuschen. Ich wusste nicht, wie viele Kotaus nötig waren, um mich meinem Paradies näher zu bringen. Würde mein Status als Versuchskaninchen als Kotau gewertet, als ein Zeichen, der Gesellschaft zu dienen? Mir fröstelte bei dem Gedanken, vom Meer kam ein kühler Wind auf, der mich daran erinnerte, dass die Jahreszeiten wechselten. Das unruhige Meer konnte mir keine Antwort auf meine Frage geben. Meine Gedanken vermieden es, das Thema Paola zu streifen, die dort lebte, wo es wärmer war. Ein Urlaub auf New Havanna! Alles würde ich dransetzen, um sie wiederzusehen. Ein ganz anderes Motiv, mich dem Wahnsinn auszusetzen. Gab es ein drittes Motiv, getrieben von dem Wunsch nach Selbsterkenntnis? Nach meiner ersten schlechten Erfahrung ergriff ich nicht erneut zum Joint um den schizoiden Rausch samt Selbsterkenntnis zu bekommen, sondern um meine Chancen bei Katharina zu haben. Ich war davon überzeugt, dass die Pillen oder was auch immer sie uns verabreichen würden, mich nicht vor dem Einfluss der Aborigines schützen könnte. Ich würde von einem schrecklichen mentalen Zustand befallen, der zwar temporär war, aber bis zu meinem Lebensende nachwirken konnte. Und mir schwebte Größeres vor. Ich sah mich als Mitglied einer Expedition nach Aurelia, um dieses Riesengeheimnis in unmittelbarer kosmischer Nähe zu lüften. Was verbarg sich auf Aurelia? Sicherlich Zivilisation, möglicherweise aber für uns Menschen endgültiger Wahn, denn von den Rückkehrern der ersten Expedition wusste man nicht viel. Man fand nie raus, was sie gesehen hatten. Es gab Fotos aus beträchtlichem Abstand, die auf eine fremde Kultur deuteten. Dass Aurelia belebt war, konnten auch unsere Astronomen bestätigen. Die Signatur war eindeutig. Die Rückkehrer von vor zwanzig Jahren waren womöglich noch psychisch gestört, neigten zu optischen und akustischen Halluzinationen, die ihnen alles Mögliche erzählten, nur nicht die bischöflichen Weisheiten. Sie litten vielleicht nicht dauernd darunter und ihre Teilamnesie war hartnäckig. Hatten sie Kontakt? Plante man eine weitere Expedition? Plante man die Zerstörung Aurelias? Womöglich ein fataler Fehler, der den eigenen Untergang provozieren konnte. Man wusste gar nichts. Ich aber wollte mich mit Aborigines-Wahn zu Höherem qualifizieren.

Möglicherweise brachte mich das Experiment mit den Aborigines Paola näher, wenn ich vielleicht auch nur die Chance hatte, ihr zuzusehen, wie sie anderen Touristen den Urlaub verschönerte. Womöglich traf ich auf einen Klon von ihr, der in mir alles wachrufen würde, was ich an Gefühlen für Paola entwickelt hatte und dieser Klon würde mich nicht kennen. Konnte ich mit einer Paola II nachts an den Stränden von New Havanna das wiederholen, was ich mit der ersten Paola erlebt hatte? Es war in New Avignon bekannt, dass auf der Nachbarinsel seit einigen Jahrzehnten Experimente mit dem Klonen gemacht wurden, ebenso wenig war Eugenik kein Tabu und man musste sich nicht wundern, in den Urlaubsorten auf ausgesucht schöne Prostituierte und Stricher zu treffen. Diese Schönheit hatte natürlich ihren Preis. Die Versuchung für die dort herrschenden Sozialisten war groß, Genmanipulationen zu erproben, ein Tabubruch. Dieses Tabu war die einzige ideologische Gemeinsamkeit zwischen den zwei so verschiedenen Inselgesellschaften, klammerte man aus, dass Freiheit in beiden Ideologien keinen Platz hatte. Eine kleine Chance tat sich auf, in diesem Herbst auf Paola zu treffen. Würden wir uns wieder das majestätische Band der Milchstraße, Hand in Hand, am Meer sitzend, anschauen, dem Meer zuhören, was es uns von der Welt und den Welten über uns zu erzählen hatte, St. Paul und St. Peter in Konjunktion. Paola und ich hatten andere Namen für die wenigen Sterne über uns. Unser Sonnensystem kannte fünf Planeten, neben New Earth vier nicht belebte Welten - aber sicher konnten wir uns da nicht sein - die nach den vier Evangelisten benannt waren. Saint Marcus war deutlich kleiner als New Earth, vergleichbar mit Mars, eine Steinwüste dessen sonnenbeschienene Seite höllischen Temperaturen ausgesetzt war. Saint John, Saint Matthew und Saint Lucas waren sogenannte Gasriesen, vergleichbar mit Neptun und Uranus im System unserer Vorfahren. Saint John war der hellste Planet, womöglich so hell, wie Jupiter auf der Erde erscheint. Alle fünf Jahre steht er in Opposition zur Sonne. Ein Stern der ganz besonderen Klasse ist natürlich Helena, die alles an Glanz übertrifft, um ein Vielfaches heller als die Venus der Erde, die dort auch Morgen- oder Abendstern genannt wurde. In ihrem strahlenden Glanz können wir sie erst im Herbst und Winter erleben, aber auch nun ist sie sichtbar, am Tageshimmel, obgleich nun ein unscheinbares Pünktchen und irgendwie unheimlich. Ich gehörte einer Generation an, die nicht das Glück hatte, Helena in den Frühlings- und Sommermonaten nachts zu sehen. Das Licht war fast so hell, dass man dabei lesen konnte und in klaren Nächten konnte die Straßenbeleuchtung ausgeschaltet werden. Helena, obgleich Quelle vieler romantischer Inspirationen, galt heute vielen als Hort des Teufels, weil sie einen Planeten barg, von dem Angst ausging. Aurelia war natürlich mit bloßem Auge nicht zu erkennen. Obwohl Aurelia ein Planet mit Leben war, war sie eine völlig andere Welt als New Earth. Es gab keinen Wechsel von Tag und Nacht auf Aurelia. Die Seite, die von Helena beschienen war, war immer die gleiche. Obgleich Helena eine sehr kleine Sonne ist, viel kleiner als unsere Sonne und gewissermaßen viel dunkler, stand sie wie ein riesiger Ball im Himmel von Aurelia. Sie stand immer an der gleichen Stelle im Himmel von Aurelia, da gab es nur kleine jahreszeitliche Schwankungen. Es gab Orte auf Aurelia, da stand Helena immer am Horizont, ein immerfort während der Sonnenaufgang oder, wenn man es anders sehen möchte, ein Sonnenuntergang ohne Ende. Helena würde ihren Planeten bescheinen, wenn unsere Sonne längst ausgebrannt war. Helena würde weit mehr als fünfzig Milliarden Jahre in der Form scheinen, wie sie es heute tat, während unsere Astronomen der Sonne keine fünf Milliarden Jahre mehr gaben. Ungemütlich wurde es hier schon viel früher. Dies waren aber Zeiträume, die für Menschen schlicht unvorstellbar waren und auch für Experten für Geschichte keinen Sinn machten. Geschichte betrachtete Zeiträume von bis zu einigen Tausenden Jahren. Unvorstellbar war es, dass es in Milliarden von Jahren noch Menschen gab, da konnte man sich wohl bemühen, wie man wollte. Es war nicht auszuschließen, dass in zwanzig Milliarden Jahre immer noch eine intelligente Spezies auf Aurelia lebte, vorausgesetzt die Bahn des Planeten um sein Gestirn war stabil, aber die Fortexistenz ein und derselben Kultur für so eine lange Zeit konnte ich mir nicht vorstellen. Die Ideologie eines jedweden Gesellschaftssystems schien immer auf die Ewigkeit ausgerichtet zu sein. Mit Gottes Hilfe war alles möglich. Gottes Reich war für die Ewigkeit gemacht; wir, hier unten, wurden auf die Ewigkeit vorbereitet, denn unsere menschliche Seele war unsterblich. Sie hatte einen Anfang, aber kein Ende. All dies glaubte ich nicht, aber als ich Arm in Arm mit der materialistisch erzogenen Paola der Brandung zuhörte, bekam ich die Sehnsucht den Moment in eine Ewigkeit zu wandeln. Ich konnte diese Momente nicht festhalten. Die Idee des Paradieses als ewige, geborgene Zuflucht für die Menschen war ein immerwährender Wunschgedanke, eine hartnäckige Illusion, ein unerreichbares Ziel im Reich der Kurzlebigkeit, für deren Verwirklichung ich gerne meinen Beitrag geleistet hätte, aber die ewige Glückseligkeit war eine fehlgeleitete Idee, denn das Glück und das Paradies konnte sich nur über wenige kosmische Momente erstrecken. Ich gab die Hoffnung nicht auf, dass das zeitweilige Paradies für mich mitunter erreichbar war; ich betete dafür, im Namen einer mir unbekannten Schicksalsgöttin, deren Existenz sich durch meine Sehnsucht manifestierte. Solch „religiöse" Momente trafen mich aber selten. Ich blieb meist der vom Paradies ausgesperrte Zyniker, ein Realist, der noch nicht mal eine Chance sah, eine wenn auch nur kurze Zufriedenheit in dieser Gesellschaft zu erlangen. Hin und wieder Zufriedenheit und der Rausch als schäbiger Ersatz für Glück waren Dinge, die ich in dieser Hölle auf Zeit anstreben konnte, wobei das zweite Ziel denkbar einfach zu erreichen war, aber mit Konsequenzen, die womöglich das erste Ziel weiter gefährdeten. Helena und die beiden Monde, St. Paul und St. Peter, in Wirklichkeit immens große Gesteinsbrocken ohne jegliches Leben, konnte in meiner zeitweilig existierenden Seele Töne zum Schwingen bringen, die ein Lied von ewiger Liebe und Glück bildeten, mit meinen Gedanken bei ihr.

Das Institut für Psychiatrie in Athens sah aus wie alle Gebäude dieser Art, grau, schmucklos und funktionell, mit ein paar lieblos in Stein gehauenen Heiligen, die offensichtlich den Eingang bewachten. Ich hatte es zu einem Vorstellungstermin gebracht, musste nach Zimmer 212 und begegnete in den Gängen einigen Gestalten, die mich an Mönche erinnerten, obgleich sie nicht uniformiert waren, sondern schlicht und farblos zivil gekleidet. Die eigentliche Psychiatrie, in deren Sälen Patienten behandelt und an ihnen experimentiert wurde, war ausgelagert. Ich sah offensichtlich keine Verrückten, hörte nicht ihre Schreie, irgendein existenzielles Geschrei oder Gelächter – Lachgas in der Hölle – und das hatte einen beruhigenden Einfluss auf mich. Ich klopfte an der Tür von Raum 212. Mich erwartete ein schlichtes Büro mit einem jungen

Mitarbeiter des Instituts, der die Insignien der theologischen Fakultät trug. Dieser Mensch war offensichtlich Student der Theologie und der Psychiatrie, für einen akademischen Grad erschien er mir zu jung. Ich stellte mich vor und wies darauf hin, dass ich einen Termin hätte. „Richtig, sie sind an der Teilnahme von Projekt Epsilon interessiert." Er las kurz in meinen Bewerbungsunterlagen, zeigte Zeichen des Erstaunens. „Sie sind Dozent für Geschichte der Erde, aber ihrer Lehre enthoben. Warum, wenn ich fragen darf?" - „Es war ein Versehen, ein Missgeschick. Gewisse Interpretationen ... gewisse Interpretationen sind missverstanden worden, als gesellschaftskritisch eingestuft worden, sicher ein Missverständnis, dass ich verschuldet habe. Ich hoffe, bald wieder einen Lehrauftrag zu bekommen. Mit der Teilnahme an Projekt Epsilon will ich beweisen, dass ich ein ehrenhaftes Mitglied unserer christlichen Gesellschaft bin, bereit für Fehler einzustehen, bereit, mich für New Avignon einzusetzen." - „Schön", sagte der Student und machte irgendwo ein Kreuz. „Sie haben aber auch andere Motive?" - „Ich bin zurzeit schon recht knapp mit Geld versehen und den versprochenen Urlaub in New Havanna finde ich sehr reizvoll. Ich war schon mal dort. Die Küsten der Insel sind sehr schön. Eine sehr schöne Insel, wenn ich auch das Gesellschaftssystem, was dort herrscht, zutiefst verabscheue." - „Warum verabscheuen sie es?" - „Es leugnet Gott, beschneidet den Menschen. Auch die Freiheit des Wirtschaftens. New Havanna steht im Verdacht das Tabu zu brechen, klont Menschen, die sich prostituieren müssen." Der Student machte ein Kreuz. Er fragte nicht weiter, warum ich auf diese Insel wollte. Was hätte ich antworten können? Ich war kein Missionar. Das Wetter? „Sind sie bei körperlicher Gesundheit?" Er fragte ein paar Punkte ab. Es war recht einfach, die richtigen Antworten zu geben. „Sind sie psychisch krank?" Am liebsten hätte ich ihm geantwortet, dass man in New Avignon keine andere Chance hätte, als psychisch krank zu sein. Die Paranoia war immanent in diesem System. „Nein, ich glaube nicht, dass ich ein Problem mit der Psyche habe. Ich habe eine robuste Persönlichkeit." Ich versuchte zu lächeln. Glücklicherweise war in diesem Büro kein Lügendetektor, den man mir anschließen konnte. „Sind sie schon mal gestochen worden?" - „Gestochen?" - „Sind sie schon mal von der Avignonwespe gestochen worden?" - „Zweimal!" - „Und wie war es?", - er lächelte mich an. „An das erste Mal kann ich mich praktisch nicht mehr erinnern. Das zweite Mal war erst kürzlich!" Ich lächelte zurück, ohne zu sehr rebellisch wirken zu wollen. „Wo wurden sie behandelt?" - „Ich wurde nicht behandelt. Ich war zu Hause." - „Aber sie sind verpflichtet, sich behandeln zu lassen." - „Es kam zu überraschend, ich hatte dazu keine Möglichkeit mehr." - „War es schlimm?" Ich wunderte mich über seine unwissenschaftliche Ausdrucksweise. „Es war schon heftig, auch das Fieber, aber schlimm würde ich nicht sagen, es betraf mich eher körperlich als psychisch" - „Aber warum haben sie sich nicht in ein Krankenhaus begeben?" - „Ich war gelähmt." Ich sah ihm an, dass er mir nicht glaubte. „Trinken sie Alkohol?" - „Ja!" - „Sind sie Alkoholiker?" - „Nein, ich bin bestimmt kein Alkoholiker" - „Hatten sie Gedächtnislücken nach einem Alkoholrausch?" - „Nein, nicht dass ich wüsste." Er machte wieder an irgendeiner Stelle seines Bearbeitungsformulars ein Kreuz. „Nehmen sie illegale Drogen?" - „Selbstverständlich nicht!" Er schien zufrieden zu sein. „Wie stehen sie zur Kirche, zu unserer Gesellschaft?" Bei dieser Frage schien er mich mit sehr neugierigen Augen anzugucken. Er wusste, wer ich war. „Ich glaube an Gott, Jesus und den Heiligen Geist. Ich glaube an unsere Kirche, an ihre Güte und dass sie das Geschick hat, unser Schicksal in die richtigen Bahnen zu lenken. Ich bin ein gläubiges Mitglied unserer Kirche und gehe jeden Tag in die Messe." Mehr Kotau ging nicht, aber ich bekam vermutlich ein Kreuz an die richtige Stelle. „Was halten sie von den Überwachungskameras?" Wir schauten uns einen Moment an, ohne dass ein Wort gesprochen wurde. „Durch die Kameras fühle ich mich sicher, überall, wo ich mich bewege. Die Kameras sind für mich selbstverständlich, und ohne wollte ich nicht leben." Bei dieser Antwort schien er nachzudenken. „In ihrem Fall werden wir davon absehen, einen Intelligenztest zu machen" - „Es gibt solche Tests" - „Mit welchem Ergebnis?" - „Plus 10" - „Das entspricht ihrer Dozentenstellung. Wenn sie jetzt bitte ihren Oberarm freimachen würden. Ich werde von ihnen eine Blutprobe nehmen." Davon hatte Paul mir nichts erzählt. Er hatte das ganze Prozedere vorgestern über sich ergehen lassen. Er nahm einer der Spritzen, die mir schon immer unheimlich waren und ich hoffte, er würde keine mir unbekannte Substanz in den Körper jagen. Stattdessen saugte die Spritze Blut aus meinem Körper. Ich sah dieses rote Etwas, in dem Beweise für die Gesetzesverstöße der letzten Zeit festgehalten waren. „Wann sagten sie wurden sie gestochen?" - „Vor circa vier Wochen." Sie würden mein Blut auf Rückstände von Wespengift untersuchen, obwohl sie das mit anderen Proben schon millionenfach gemacht hatten. Ich wurde von ihm verpflastert. „Habe ich Chancen?" - „Ich denke sie haben gute Chancen. Sie werden in einer Woche von uns hören." Ich verabschiedete mich höflich, in der Hoffnung, dass meine Bewerbung Erfolg haben würde und dass sie es unterlassen würden, mein Blut nach Rückständen von illegalen Drogen zu untersuchen.

Es gab mehr Fragen des Studenten, an die ich mich nicht erinnerte. Wenn Paul und ich uns in den Kneipen trafen, war Projekt Epsilon natürlich Thema Nummer eins; Katharina blieb weiterhin verschwunden. Der Staat besaß eine Dokumentation unserer Verfehlungen in Form von Blutproben, ein weiterer Einsatz der Undercoveragentin war nicht nötig; es war ja auch zu offensichtlich, dass unser Freundeskreis nicht Keimzelle eines umstürzlerischen Versuches war. Wir waren harmlos. Katharina hatte allerdings nie mit uns über eine neue Gesellschaft gesprochen. Unsere Absichten bei den Treffen waren rein hedonistischer Natur, wenn ich auch nicht umhin kann, zuzugeben, dass bei mir ein unbekannter Zug von Masochismus dazu kam. Das Spiel mit der Paranoia. Wir steigerten uns in Diskussionen hinein, bei möglichen Expeditionen nach Helena und Aurelia dabei zu sein, auf Wahnsinn geprüft, wie wir sein würden. Paul interessierte das Thema Aurelia sehr, das Geheimnis direkt in unserer kosmischen Nachbarschaft. Was verbarg sich dort? In seinen jungen Jahren war Paul etwas stürmisch in seinen Ansichten. Er diskutierte mit mir offen über seine Ideen, die Kontinente zu erobern und selbstverständlich wollte er auch Aurelia erobern, als ein Platz, wo die Menschheit Milliarden Jahre überleben konnte. Wie naiv! Unsere Rasse würde keine weiteren hunderttausend Jahre überleben, da war ich mir sicher. Die einzige Chance für die Menschheit für die Menschheit länger zu überleben, war kulturell auf Steinzeitniveau zurückzufallen und zu bleiben. Auch wir würden das Tabu brechen. Mich reizte der Gedanke auch, dass der Planet Aurelia, würde sich seine Bahn um Helena nicht wesentlich ändern, Hort von Leben sein könnte,

wenn unsere Sonne längst verloschen war. Aber irgendwann hat alles ein Ende in diesem Universum, das nach
den Gesetzen der Entropie funktionieren muss. Die Gesellschaftsform von New Avignon neigte dazu, bestimmte
Dinge unter den Teppich zu kehren. Eine Gesellschaft,
deren Geschick in Gottes Händen lag, musste nicht alles
wissen. Meines Erachtens hätte die Gesellschaft von New
Havanna expansiver sein müssen, vom Fortschrittsglau-
ben beseelt. Aber auch sie hatten Angst. Hinter allem lag
eine tiefe Angst, es könne sich in Aurelia etwas verbergen, gegen das eine aggressive Menschheit keine Chance
hatte. Über den Zusammenhang zwischen den Aborigines
und Aurelia konnte nur wild spekuliert werden; es bestand die Möglichkeit eines Zusammenhangs. Nicht immer waren die Religionen so vernünftig. Mit Gott an seiner Seite eroberte der Islam, eine der wichtigsten Religionen der Erde, mehrere Kontinente. Dieses Gottvertrauen
hatten unsere Bischöfe hier nicht und das war gut so. Ein
Paul konnte das nicht verstehen. Der Kompromiss war
eine friedliche Mission nach Aurelia, sie konnte Aufklärung bringen. Aber wie konnte man die Friedfertigkeit einer Mission beweisen. Es musste in einer universalen
Sprache, in einer universalen Logik geschehen. Im Grunde war ich ein Freund des Lebens. Ich mochte den Gedanken, dass das Universum belebt war, mit vielen Wesenheiten, die sich bewusst waren in einem Universum oder
was auch immer, zu leben. Wesenheiten, die sich letztendlich nach darwinistischen Regeln entwickelt hatten:
die letztlich Kontrolle über ihre Umwelt und den Selekti-
onsdruck hatten. Dann musste so eine Art Metadarwinis-
mus einsetzen. Ich war zwar auch eine Wesenheit, aber
gelegentliche Bauchkrämpfe, ein verkaterter Kopf, mein
sexueller Trieb, die Fürze, die ich noch in die Welt setzen
würde, erinnerten mich daran, dass ich nicht sonderlich

weit entwickelt war. Die Bischöfe verkündeten lauthals, wir, also auch ich, wären die Krone der Schöpfung. Andererseits hatten sie Angst vor Aurelia und selbst vor den Aborigines, die über keine erkennbare Industrie verfügten und in primitiven Lehmhütten lebten. Ich fragte mich, ob das Größte, was die Menschheit hervor gebracht hatte, die platonische Liebe und die reine Ästhetik, von universalem Charakter waren. Zweifellos haben auch diese Dinge etwas mit Evolution und Darwinismus zu tun. Sexuelle Liebe, Mutterliebe und Weggefährtenschaft waren der primitive Nährboden für die platonische Liebe, die mehr ist als eine Idee. Welcher körpereigene Drogencocktail war für sie verantwortlich? Es gab eine Linie vom Gefieder eines Pfaus zu einem Sinn für Schönheit, bis zur Entwicklung eines ästhetischen Empfindens. Ich konnte mir gut vorstellen, dass Mathematik und Logik universell waren, aber lohnte es sich, ihretwegen zu leben? Was war Freude? Die Freude an einem Fleischschmaus wurde zu einer Freude über einen ästhetischen Entwurf. Ästhetik beinhaltete vielleicht sogar Freude. Ethik konnte sich in vielfacher Weise im Universum entwickeln. Vielleicht war es in der Galaxis en vogue, die Anderen zu quälen und zu fressen. Ethik entwickelte sich direkt aus dem Darwinismus, gehorchte einer inneren Logik, war letztendlich eine Strategie auf seine Umwelt zu reagieren. Ich verblüffte Paul manchmal mit meinen Ansichten, wobei ich mied zu betonen, dass platonische Liebe mir von hohem Wert war, ich, der sich, all abendlich in den Kneipen besoff und dessen Blicke sich an Messdienerinnenausschnitte heftete. Hedonismus, Opportunismus, Scheinheiligkeit gehörten zu meinen ethischen Mitteln, was nicht bedeuten sollte, dass ich nicht zu Größerem fähig war. Paul, ich würde sagen, dass er intelligenter als ich war, war zu unreif für solche Gedanken, um sie sofort mit mir teilen zu können

138

oder sie sogar weiterzuentwickeln. Entschuldigung, wir wussten definitiv, dass wir nicht alleine waren im Universum, zu unwahrscheinlich wäre es, dass die Aborigines und die Menschen die einzigen intelligenten Wesen waren. Das Geheimnis Aurelia wartete, irgendetwas ging auf der Erde vor, von dem sich hier keiner eine Vorstellung machen konnte. Es schien so, dass der Horizont der Klerikalen nicht weiter reichte als bis zum Ausschnitt der Dienerinnen, mit der Chance, sich mit diesen zu vergnügen. Ich hinterließ oft den Eindruck, dass mein Horizont auch nicht weiter reiche, ohne die Chance, die Objekte dieses Horizonts jemals zu erreichen. Ich war ein Kind meiner Spezies, möglicherweise triebhafter als andere meiner Art und gerade deswegen vielleicht in der Lage, platonisches, fast ideenhaftes zu erahnen, was letztlich für das Universum von größerer Bedeutung sein musste als beispielsweise mein Gestrampel um Wein, Weib und ein deftiges Schweineschnitzel. Irgendwann, es war gut eine Woche nach meiner Vorstellung im Institut für Psychiatrie, kam die Zusage. Wir kriegten sie beide am gleichen Tag. Paul wirkte fast glücklich, als er in der „Gemütlichen Ecke" eintraf. Ich verzehrte gerade meine Lieblingsspeise, begnügte mich mit Bier, weil Margarete zu teuer war. Im Übrigen hätte ich bis Mitternacht warten müssen. „Ich bin dabei", sagte er, und ich ließ mir mit meiner Antwort Zeit, bis ich den Bissen zerkaut und verschluckt hatte. Zusätzlich nahm ich noch einen Schluck Bier. „Ich auch!" Ich konnte mir nicht vorstellen, warum er soviel Freude ausdrückte. Hatte er einen Hang in psychotische Zustände zu geraten? Das hätte seine Begeisterung für Cannabis erklärt. Paul war für mich kein offenes Buch, das ich lesen und verstehen konnte. Projekt Epsilon verlangte von uns, dass wir uns zwei Wochen den Drogen auszusetzen hatten, die uns vor dem verheerenden Einfluss der Aborigines schützen sollten. Wir sollten jeden Tag protokollieren, Unverträglichkeiten aufzuzeichnen. Glücklicherweise verlangte man von uns nicht, diesen ersten Test unter Laborbedingungen durchzuführen. Es waren drei Drogen, die zum Einsatz kommen sollten, ein angstlösender Cocktail, der zudem Halluzination und wahnhafte Gedanken unterbinden sollte. In der Psychiatrie wurde mit den Stoffen bisher nur experimentiert. Der grinsende Paul war nichts anderes als ein Versuchskaninchen, dessen Erfüllung es war, den Versuchen zu dienen. Er war höchst willkommen. Es war uns während der Zeit untersagt, Alkohol zu trinken, aber wir nahmen das nicht so ernst. Wir konnten vermutlich gut abschätzen, was wir vertrugen und was nicht. Wir würden das eine oder andere Bier trinken und wissen, was für uns gut war. Als ob wir das jemals gewusst hätten! Der Gedanke, eine Zeit lang angstfrei durch diese Stadt zu laufen, beflügelte auch mich etwas, während ich den anderen Komponenten des Cocktails etwas misstraute, insbesondere der Pille, die wahnhafte Gedanken unterbinden sollte. Konnte es sein, dass ich Paul zu viel von New Havanna erzählt hatte, von Paola? Wie anders war seine Vorfreude zu erklären?

Ich schränkte mich, was meinen Alkoholkonsum betraf, ein, zumindest tagsüber. Es waren tatsächlich drei Pillen, die ich nehmen musste und Projekt Epsilon sah vor, über die zwei Wochen, die für die Gewöhnungsphase vorgesehen waren, die Dosis zu steigern. Das Verhältnis der drei Wirkstoffe blieb konstant. Angst, Halluzinationen und Wahn sollten durch die Stoffe unterdrückt werden. Ich hatte keine Halluzinationen. Wie würde ein Stoff wirken, der etwas unterdrückte, was ich nicht hatte? Womöglich würden sich die Konturen der Realität schärfen. Offensichtlich hatte man nicht vor, uns unter den Einfluss von

140

Halluzinogenen zu setzen, es sei denn, es würde geheim geschehen. Sollte ich mich vorsehen, wenn ich irgendwo ein Bier zu mir nahm? Sie hatten nicht vor, mich einem weiteren Stich der Avignonwespe auszusetzen. Ich fürchte, dass waren alles Tests, die sie an nicht ganz Freiwilligen durchgeführt hatten. Sie wussten, was das Zeug bei einem Wespenstich bewirkte bzw. verhindern konnte. Mein erster Eintrag im Log-Buch war: keine besonderen Vorkommnisse. Angst und Paranoia sollten weitverbreitete Zustände in dieser Welt sein. Wer hier nicht paranoid war, war nicht normal. Jedenfalls stellte sich das mir so dar. Würde mich der „Wahnbeschränker" von meiner Paranoia befreien. Vielleicht verhinderte der „Wahnbeschränker" nur, dass ich eins und eins zusammenzählen konnte. Ohne Angst und dumm mit einem geschärften Sinn würde ich mich unter die Gesellschaft von Athens mischen. Ich würde Messdienerinnen sehen, wie sie wirklich waren. Das Zeugs hatte natürlich seine Nebenwirkungen. Hin und wieder zitterte ich, mein Bewegungsablauf schien gestört, Schweißausbrüche, Trockenheit im Rachen, die sich mit einer Überproduktion von Speichel abwechselten, hin und wieder Schmerzen in der Nackengegend. Trotz lebhafter Träume hatte ich einen festen Schlaf. Würde man das Zeug von seinen Nebenwirkungen befreien können, wäre es die ideale Staatsdroge, da sie die Angst und die Paranoia von den Staatsbürgern nehmen würde, die Effizienz der Überwachung und die Kontrolle über die Bürger würde weiter bestehen. Die Klerikalen würden kontrollieren bei gleichzeitigem Wohlgefühl der Untertanen. Womöglich nahm man sich bei der gebotenen Angstfreiheit auch zu viel heraus. Angstfreie Bürger ohne Paranoia, die zudem Unordnung in die Gedanken brachte, waren vermutlich gefährlicher für die Gesellschaftsordnung der Bischöfe. Allgemeines Wohlfühlen war Angstfreiheit und Paranoialosigkeit vorzuziehen, aus der Sicht der Lenkenden. Eine Volksdroge, ähnlich wie Cannabis, die schöne Gefühle ermöglichte, durchaus aber Ängste einjagen konnte und schön paranoid machte, wäre ideal für die Designer unserer Gesellschaft. Möglicherweise hatte Gott ein Kraut dieser Art auf dieser Welt geschaffen, aber wir hatten es noch nicht gefunden! Angstfrei, aber durchaus mit anderen Unannehmlichkeiten bewegte ich mich durch die Straßen. Es war allerdings nicht so, dass ich die Überwachungskameras als gute Freunde betrachtete, obwohl ich sie hin und wieder angrinste. Ich wollte mich so verhalten, wie ich mich immer verhalten hatte, aber ich war mir nicht sicher, ob mir meine selbst auferlegte Verhaltenskontrolle gelang. Nahm ich sie überhaupt ernst? Ich ertappte mich dabei, dass ich Frauen unverschämt angrinste, in einer Weise, die ich von mir nicht kannte. Mein „Wahnsinnsbeschränker" sorgte offensichtlich dafür, dass ich mir keine Chancen einbildete. Gottes Worte wurden von mir bezweifelt wie eh und je, ich konnte die Botschaft, die immerfort verkündet wurde, immer noch nicht glauben. Behandelte die Droge, die meinen Wahnsinn beschränken sollte, die Botschaft als hellen Wahn, vor dem ich geschützt werden musste? Meine Visionen waren beschränkt, eine chemisch induzierte Objektivität betrachtete die Messdienerinnen mit einer überaus starken subjektiven Reaktion. Aber ich stand nicht auf, um eine von ihnen zu küssen. Ich wollte ihre Brüste küssen. Ich war zwar angstfrei oder bildete das mir ein, aber ich war nicht wahnsinnig. Während ich betete, musste ich verstärkt Speichel herunter schlucken. Möglicherweise war meine Fantasie eingeschränkt. Ich schloss nicht die Augen, um mir einen Tanz oder ein Ballett der Dienerinnen vorzustellen. Ich fühlte mich in der Kirchengemeinde wohl. Ich war wohl doch ein Herdenwesen. Es

schien so, dass ich abgesehen von gewissen Nebenwirkungen, die ich dann doch in meinem Log aufführte, ein
freier Mensch in dieser Gesellschaft geworden war. Ich
fühlte mich nicht sonderlich verfolgt, etwas, was ich zuerst gar nicht bemerkte. Schade, dass ich nicht an die Botschaft glauben konnte. Ich war mit dem Anlauf des Expe-
riments zufrieden, wenn auch hin und wieder der Nacken
schmerzte. Ich war gespannt auf Paul.

Irgendwie kam ich mir schon verändert vor, manchmal
wie unter einer schützenden Glasglocke gesetzt, die mich
vor den Bedrohungen und Widerwärtigkeiten des Lebens
schützen mochte. Die jüngere Vergangenheit schien weiter entfernt, Bestimmtes konnte ich nicht mehr nachvollziehen. War ich emotionsloser? Ich stand unter Beobachtung, von mir selbst und ich war ein anderer Mensch, der
sich allerdings bemühte bis zum definitiven Anfang von
Projekt Epsilon sein Leben in den gleichen Bahnen laufen
zu lassen. Der Nährboden der Seele war verschoben, was
logischerweise zu anderen Entscheidungen und Handlun-
gen führen musste. Mein Appetit war nicht eingeschränkt,
im Gegenteil, er war gesteigert, aber womöglich war er
leidenschaftsloser, ich begab mich weiter zu den Quellen
von Pilzschnitzeln, Koteletts und Gulasch, aber ohne für
die mich typische Vorfreude. Die Welt der Schnitzel war
eine Selbstverständlichkeit! Die Welt der Frauen, praktisch so unerreichbar wie eh und je, bereitete mir nicht so
viel Kopfschmerzen. Es gab Selbstbefremdlichkeiten,
ausgelöst durch den Cocktail, dessen Komponenten aber
wiederum verhinderten, dass eine psychische Krise mit
Panik und irrwitzigen Gedanken ausgelöst wurde. Das
Zeug hatte wie gesagt auch seine guten Seiten. Ich konnte

mich in Situationen wohlfühlen, die früher zumindest eine ambivalente Reaktion bei mir ausgelöst hätten. Ich schien, vielleicht für Außenstehende unmotiviert erscheinend, häufiger zu lächeln. Es war vermutlich so eine Art asiatisches Lächeln, das wenig über meinen Gemütszustand aussagte. Ich begab mich an die Stellen, wo es Schnitzel mit Pilzsauce und frittierte Kartoffel gab. Als Beilage schätzte ich einen gepflegten Salat. Paul kam mir vertraut und zugleich fremd vor. Vermutlich musste man sich an das Zeug gewöhnen, dann wäre die Transformation meines Ichs abgeschlossen. Wir diskutierten das, Peter hörte interessiert zu. Obwohl Paul weniger dazu neigte, sich selbst zu beobachten, war sein Log wesentlich ausführlicher. Er hatte unter anderem vermerkt, dass seine Fähigkeit Tod und Leben, Probleme im Go, zu lösen eingeschränkt war. Er brauchte für eine Lösung deutlich mehr Zeit. „Wir sind also dümmer geworden", meinte er. „Vielleicht kannst du aber andere Sachen besser." Ich lächelte ihn an. Mir fiel übrigens nicht auf, dass er häufiger lächelte. „Du kannst vielleicht besser malen oder hast ein besseres Sprachverständnis" - „Das bezweifele ich. Ich zittere hin und wieder und die Motorik scheint gestört." Da konnte ich ihm nur recht geben. Die Nebenwirkungen des Epsilon-Cocktails waren objektivierbarer. Vermutlich hatte mein Lächeln mit einer beginnenden Gesichtslähmung zu tun. „Na gut, Peter und der Rest der Welt ist uns nun geistig überlegen." Das bezweifele ich", äußerte Peter kritisch und forderte Paul zu einem kleinen Go auf. Er wurde vernichtend geschlagen. „Die Fähigkeit Go zu spielen hat vergleichsweise wenig mit den allgemeinen Fähigkeiten unseres Intellekts zu tun. Es ist nur eine sehr spezielle Eigenschaft." Paul war da durchaus meiner Meinung. Wir hatten im Übrigen unser Speichel – Trockenheitsproblem. Mir lief das Wasser zusammen, als ich

144

Margarete sah. Ich bestellte bei ihr das Übliche und lächelte sie an. Sie antwortete in dieser nicht ganz verständlichen Weise. Und machte einen Kussmund, wohl dokumentiert von den Kameras, die im Wirtshaus installiert waren. Sie trug ein buntes Kopftuch und trotzdem die Pracht ihrer Haare verborgen war, sah dieses Köpfchen bezaubernd aus. Das Kopftuch wirkte sexy, wie ein Dessous; im Grunde hatte es die gleiche Funktion. Die Art des Kopftuchs mochte signalisieren, um welchen Typ Frau es sich handelte. Der Klerikale am Monitor konnte dem Kopftuch weniger abgewinnen, da für ihn alles schwarz-weiß rüber kam. Sein Blick heftete sich wohl an Margaretes Hinterteil. Er freute sich über jeden Tanz, verfolgte jeden Flirt, jede Hand, die Kontakt zu Margarete suchte und insofern waren wir Seelenverwandte. Vermutlich zählte der Beobachter zu den Kunden von Margarete, obwohl ich mir keine Vorstellung machte, wie er es anstellen mochte, dabei unbemerkt zu bleiben. Er konnte sich ja schlecht an seinen freien Tagen hier unter die Leute in der Kneipe zu mischen. Möglicherweise steckte er mit seinen Kollegen unter einer Decke. Wurde Margarete erpresst? Womöglich war unser Beobachter der Zuhälter von Margarete, kassierte bei ihr ab und neben bei besprang er sie. Ich hatte keine Ahnung von der Welt der Klerikalen. Unser Beobachter mochte ein armer Wichser sein wie ich, ein kleiner Spanner, erfreut über jeden Einblick oder ihr Zuhälter, der im Prinzip nur an der Verfolgung der Kundenkontakte interessiert war. Die Zigaretten schmeckten etwas merkwürdig und die ersten Biere trank ich mit einiger Neugier. Drohten irgendwelche allergischen Reaktionen oder Schüttelkrämpfe, wenn unsere veränderten Gehirne mit Alkohol in Berührung kamen? Epileptische Anfälle, Fieberanfälle und heftiges Übergeben waren nicht ausgeschlossen. Man hatte uns gewarnt.

Nichts desgleichen geschah, das Bier schmeckte nicht sonderlich anders als sonst. Im Gegenteil, es schienen sich gewünschte Wirkungen von Alkohol schneller einstellen. Nach den ersten paar Bier empfand ich Geborgenheit, hatte für Alkohol eine eher untypische Dauererektion und wusste eigentlich nicht mehr, was ich sagte. Ich lallte und war überaus kommunikativ. Weitere Biere kamen mit Margarete, deren braunen Augen mich immer unverschämter anblickten. Auch Paul taute immer mehr auf und versuchte sich für ihn völlig ungewohnt mit Anzüglichkeiten, wurde handgreiflich und mit frechem Lächeln belohnt. Peter verfolgte das Treiben mit Interesse, obwohl er nicht anders konnte, als hin und wieder zu versuchen, uns zu zügeln. Wir waren da recht verständnislos. Ich bezweifelte später, ob wir in dieser Situation irgendetwas verstanden haben, obgleich Paul mühelos Peter im kleinen Go schlug. Als eine Sängerin bei ihrer Einlage so tat als wolle sie ihr Kopftuch lösen, forderte Paul mehr und Margarete versprach uns zu jeder Zeit, dass wir mehr kriegen würden. Hin und wieder plagte uns der trockene Reizhals, was unseren Durst vergrößerte. Als Stammgäste schienen wir vorerst eine gewisse Narrenfreiheit zu besitzen. Es gab andere Frauen in ebenso aufregenden Kopftüchern, die uns musterten und ich lächelte sie an. Margarete sagte uns bei jeder Gelegenheit Sachen, die zumindest unser Kleinhirn verstand, ihre Worte gingen mächtig in die Hose. Möglicherweise beneidete uns Peter. Nach Kneipenende begleitete uns Margarete in meine Wohnung. Vermutlich war sie auch neugierig, was für eine Art von Drogen wir nahmen. Wir waren neugierig auf das, was sich unter ihrer Bluse und ihren Röcken verbarg. Delikat, geil, eine teure Sache, die uns in den nächsten zwei Wochen finanziell ruinierte.

146

8

Das Wasser strömt warm über seinen Körper, verschwindet im Ablauf, bleibt im geschlossenen Wasserkreislauf, von denen es mehrere hier auf dem Schiff gibt. Duschen gehört zu den entspannenden Tätigkeiten in seinem Leben, ist weniger schädlich als die Sauferei, mit der er ansonsten Entspannung in seinem Leben sucht; nur: Duschen kann man nicht den ganzen Tag. Das warme Wasser gibt fast ein Gefühl von Geborgenheit, führt seine Gedanken oft hin zu anderen angenehmen Tätigkeiten, die aber, wie wir wissen, in seinem Leben fehlen. Robert duscht ausgiebig lange, die Energie dafür ist im Überfluss vorhanden. Er wäscht sich gründlich, um dann nur noch das Wasser über seinen Körper rieseln zu lassen. Heftiges Klopfen an seiner Kabinentür, dass er so gerade wahrnimmt. „Robert!" Weiterhin klopfen. Robert hat das Wasser abgedreht, steigt aus der Dusche und vermeint die Stimme von Paul zu hören. „Moment, ich war unter der Dusche. Muss mich abtrocknen und was überziehen." Die Geräusche vor seiner Kabinentür verstummen. Schnell hat er Bordkleidung angezogen, die nicht sonderlich individuell ist. Dann öffnet er die Tür. Paul guckt ihn panisch an. „Peter Zoller ist ermordet worden!" - „Was?" - „Peter Zoller ist tot. Abgeschlachtet mit einem Küchenmesser. Hugo Scheffener hält eine Versammlung ab. In Raum A." Raum A ist groß genug, um die knapp dreißig Besatzungsmitglieder aufzunehmen. Irgendwer hat Klappstühle organisiert. Sie sind alle da, auch Theo der Affe, der ruhig, aber teilnahmslos wirkt. Rita und Julia, die Frauen von Peter Zoller sehen verheult aus. Peter Zoller gehörte zum Führungszirkel des Schiffs, ein enger Vertrauter von

147

Hugo Scheffener, von irgendwem hier an Bord bestialisch ermordet. Man projiziert Bilder seiner Leiche, während Hugo Scheffener zu seiner Besatzung spricht. Es sei eine Ungeheuerlichkeit ohne gleichen. Er spricht von der Schwierigkeit, die Tat aufzuklären, da dazu die professionellen Mittel fehlen. Er spricht von Konsequenzen. Jeder müsse nun jeden beobachten. In jedem Raum würden nun Kameras angebracht, deren Bilder aufgezeichnet würden. Die Alltäglichkeit von New Avignon hatte Hugo Scheffener seiner Besatzung erspart, da er dieses System selbst gehasst hatte. Es würde eine Arbeitsgruppe geben, die den Mord untersucht und zur Aufklärung bringen soll, aber die Chancen für Letzteres sind gering. „Der Erfolg der Mission hängt davon ab, dass wir alle an einem Strang ziehen. Wir aber haben einen Mörder unter uns." Er sagt, dass er das nie erwartet hätte, Bitternis schwingt in seinen Worten mit. Er wird sich wohl überlegen, wie er sein Leben und das seiner vier Frauen schützen wird. „Ich gehe nicht von einer organisierten Tat aus, sondern von einem gestörten Einzeltäter. Leiter der Arbeitsgruppe wird Julia Zoller." Er nennt noch zwei weitere Namen. Robert und Vanessa. Robert überkommt das Gefühl, das sein weiteres Leben hier an Bord ungemütlich werden könnte. Womöglich ist er von der Tat nicht schockiert, aber ihre Konsequenzen könnten ihm lästig werden. Peter Zoller war einer der Privilegierten hier an Bord, einer mit zwei Frauen. Robert wird die Gelegenheit haben, Julia Zoller kennenzulernen. Noch heult die Witwe von Peter Zoller, aber sie wird eine hartnäckige Untersuchung führen. Hugo Scheffener führt aus, dass psychologische Tests mit jedem durchgeführt werden. Von jedem solle ein Profil erstellt werden, um dem Psychopathen auf die Spur zu kommen. Auf die Rolle von Robert geht Hugo Scheffener nicht ein, aber eins ist klar: Er gehört nun zu einer Art Bordpolizei.

148

Man hat ihn nicht gefragt, aber er kann nicht ablehnen. Reizvoll ist für ihn, mit Vanessa zusammenzuarbeiten, wenn auch ihre Rollen unklar sind. Peter Zoller war der leitende Ingenieur hier an Bord. Er war einer der Konstrukteure des Raumschiffs, war beteiligt am Bau des Watanabe-Antriebs. Man sagt, dass er jedes technische Detail in diesem Raumschiff kannte, was aber nicht möglich ist. Er führte ein luxuriöses Leben hier an Bord, mit zwei Frauen. Hugo Scheffener spekuliert noch über mögliche Motive der Tat, ihm fällt aber kein plausibles ein. Robert besitzt da ein bisschen mehr Einsicht. Vielleicht war es Neid auf die zwei Frauen, vielleicht war es ein Eifersuchtsdrama. Julia und Rita Zoller sind in Roberts Augen ausgesprochen attraktive Frauen. Die beiden gehören ab sofort zum freien Markt. Wäre es nicht konsequenter gewesen, Hugo Scheffener umzubringen, da dieser vier Frauen für sich beansprucht? Die Zusammenkunft dauert gut eine Stunde. Die Motive für den Mord liegen völlig im Unklaren. Ein sehr blutiger Mord. Warum hat der Mörder mit dem Küchenmesser mehr als zwanzig Mal auf das Opfer eingestochen?

Paul und Robert haben sich im Aufenthaltsraum C zurückgezogen. Es werden Zigaretten geraucht, sie greifen zu Schnäpsen, wirken beide verstört. Es ist weniger Betroffenheit als Ratlosigkeit, die Roberts Verfassung bestimmt. Paul ist offensichtlich entsetzt. Die Leiche im Kabinenkomplex der Zollers wurde recht schnell entdeckt. Florence Scheffener hat ihre Temperatur bestimmt. Zur Zeit der Messung hatte die Leiche praktisch noch Körpertemperatur. Jemand wie Peter Zoller war selten allein. „Hast du ein Alibi?", fragt Robert Paul. Der verneint. „Damit gehörst du zu den Hauptverdächtigen!" - „Und du?" - „Ich habe auch keins" - „Und mein Motiv?" - „Neid, Peter Zoller war privilegiert. Vielleicht stehst du auf Rita und Julia" - „Aber das ist doch pervers" - „Das der Mörder in irgendeiner Weise pervers ist, konnte man an den Fotos wohl deutlich erkennen. Ich werde sie mir wohl auch öfters ansehen müssen. Es hat Spuren von einem Kampf gegeben. Aber warum hat man nichts gehört?" - „Die Kabinen sind gut isoliert. Der Mörder muss auf eine passende Gelegenheit gewartet haben. Warum, glaubst du, hat Scheffener dich ins Ermittlungsteam gewählt?" - „Einer muss es doch tun und im Übrigen habe ich nichts zu tun. Vielleicht bin ich aber auch wirklich so eine Art Hauptverdächtiger. Ich stehe unter Beobachtung, Julia wird mich testen, sie wird sehen, wie ich an die Untersuchung herangehe." - „Wieso solltest du ein Hauptverdächtiger sein. Der Mord kann auch von einer Gruppe ausgeheckt worden sein, deren Mitglieder sich gegenwärtig Alibis geben." Sie trinken weitere Schnäpse. „Ich hoffe meine Untersuchungsarbeit wird nicht dazu missbraucht, dass ich unsere Kollegen und Kolleginnen ab nun überwachen darf. Alles, damit sich ein verdächtiges Verhalten herauskristallisiert. In jeder Kabine werden Kameras installiert. Du weißt, ich bin ein großer Fan reizvoller Frauenkörper, aber das geht selbst mir zu weit." - „Es wird Regeln geben. Mit Sicherheit. Man wird dich in deiner Kabine in Ruhe lassen. Erst in einem Wiederholungsfall wird man vielleicht auf die Kabinenaufzeichnung zurückgreifen" - „Bist du dir da sicher?" Vielleicht ist der Mord nur ein Vorwand, um die Vorlieben eines perversen Voyeurs durchzusetzen." - „Glaubst du das im Ernst, Robert?" - „In meinem neuen Job muss ich Phantasie zeigen. Dieser Job schmeckt mir gar nicht. Nein, ich habe Gelegenheit, Vanessa ein bisschen näher kennenzulernen. Man sollte das wesentliche nicht aus dem Auge verlieren." Paul guckt Robert entgeistert an. „Du weißt, ich unterhalte mich lieber mit dir über Frauen als über

Morde. Ich erzähle gerne über unsere gemeinsame Vergangenheit, unsere Abenteuer, Morde interessieren mich nicht. Das ist eine Sache für die Täter und ihre Opfer." - „Aber du bist auch Opfer. Unmittelbar betroffen von den Maßnahmen, die getroffen werden müssen, um uns vor dem Täter zu schützen und ihn zu stellen. Du könntest das nächste Opfer sein." - „Ich habe keinen Bock auf den Job. Denke lieber über meine allgemeine miserable Lage nach." Vanessa und ihre Freundin Sandra stoßen dazu. Vanessa und Robert schauen sich an. „Willst du einen Schnaps?" - „Ich glaube, ich kann einen gebrauchen." Sandra verneint ein solches Ansinnen. Sie prosten sich zu. „Auf gute Zusammenarbeit!" - „Ich habe keinen Bock auf den Job. Würde mich lieber mit anderen Sachen beschäftigen." - „Mit was denn zum Beispiel?" - „Mit meiner miserablen Situation im Allgemeinen" - „Du wiederholst dich", kommentiert Paul. „Er ist etwas durch den Wind. Wir sind alle etwas durch den Wind." Robert schweigt, sichtlich schlecht gelaunt. „Ich habe keine Ahnung, warum die mich in die Arbeitsgruppe gesteckt haben" - „Du sollst als Linguistin die Sprache des Mordes aufdecken. Was sagt uns das Muster der Einstiche? Wer sind die nächsten Opfer? Folgen sie einem geheimen Code? Dafür wirst du als Linguistin gebraucht" - „Mein Freund ist offensichtlich geistesgestört" - „Und damit werde ich zum Hauptverdächtigen, da das gemeine Vorurteil lautet, dass nur ein Geistesgestörter die Tat begangen haben kann." - „Das scheint offensichtlich zu sein, dass ein Geistesgestörter am Werke war", gibt Sandra von sich. „Dann war ich es" - "Du bist vermutlich nur ein harmloser Loser", ätzt Sandra. „Alles nur Tarnung. Ich bestehe darauf, dass man mich als Mörder betrachtet. Als Mörder hat man deutlich mehr Chancen bei Frauen." Vanessa guckt ihn besorgt an. „Das ist alles nicht zum spaßen. Dies ist nicht irgendein Mord, der sich in irgendeiner Großstadt von New Avignon ereignet hat, von dem wir gelesen hätten und von dem wir nicht unmittelbar betroffen wären. Nein es hat eine kleine Gemeinschaft getroffen, die aufeinander angewiesen ist. Jeder von uns kennt den Mörder. Wir wissen nur nicht, wer er ist. Ich möchte nicht mit einem Mörder unter einem Dach leben. Dies ist nichts anderes als ein großes Haus." - „Und wir sind eine große Familie mit einem schwarzen Schaf oder gleich mehreren" - „Robert, du glaubst, dass es eine Gruppe gewesen sein kann?" - „Es ist nichts auszuschließen. Man muss von allen wissen, was sie zur Tatzeit gemacht haben. Alibis müssen gesammelt werden, damit man eine Liste der möglichen Einzeltäter und die der Gruppen aufstellen kann. Gruppenmitglieder haben natürlich ein Alibi." Robert scheint etwas gegen sein angekratztes Image tun zu wollen. „Man müsste sich mögliche Motive ausdenken, obgleich ich immer noch meine, dass es ein perverser Geisteskranker war." Es scheint so, dass es Sandra Spaß machen würde, Roberts Part einzunehmen und sich an der Untersuchung zu beteiligen. „Es gibt eine Reihe von möglichen Motiven. Klassisch natürlich die Habgier eines Erben, irgendein Streit, eine Befreiung … - man guckt ihn ratlos an - ja vielleicht wollte jemand seinen Gatten loswerden, was allerdings den Täterkreis ziemlich einschränkt. Eifersuchtsdrama jeglicher Art, Neid, Frauenmangel..... Das letzte Motiv wird von den Frauen nicht akzeptiert. „Das kann doch kein ernst gemeinter Vorschlag von dir sein", fragt Vanessa nach. „Ich verstehe das überhaupt nicht", meint Sandra. „Offenbar werden bestimmte Missstände zwischen den Geschlechtern, insbesondere bei den Singles von diesen nicht besprochen und womöglich verdrängt." - „Was hat das denn mit dem Mord zu tun?" Das Unverständnis von Sandra scheint nicht gespielt. Robert gibt sich hartnäckig. „Ich gebe zu, Neid in Zusammenhang mit Frauenmangel würde ich als letztes Motiv in Erwägung ziehen" - „Wieso Frauenmangel, an Bord befinden sich so viele Frauen wie Männer?" - „Vielleicht gibt es auch ein politisches Motiv. Vielleicht wollte der Mörder in unserer kleinen Gesellschaft totalitäre Züge implementieren, da er die Überwachungsgesellschaft von New Avignon vermisst hat. Dies ist ihm zumindest vorübergehend gelungen. Diesen Hang könnte er mit einer voyeuristischen Neigung verbinden." Robert meint das offenbar ernst und lässt die anderen damit ratlos.

Die Runde wird besoffener, sodass Sandra die Gesellschaft immer mehr als peinlich empfindet. Im Grunde genommen hat sie für Alkoholiker kein Verständnis, irgendwie Kranke, die aber vorgeben mehr vom Leben zu verstehen und Witze über Abstinenzler und Puritaner machen. In welches Lager sie Vanessa stecken soll, weiß sie nicht so recht. Grundsätzlich findet sie die Wirkung von Alkohol widerlich, eine gewisse Hemmungslosigkeit, die sich trotz aller Übelkeit einstellen könnte, findet sie bedenklich, eigentlich völlig verwerflich, verantwortungslos und primitiv. Die beiden Lager gab es schon seit Anfang der Menschheit. Vielleicht ist Vanessa eine Grenzläuferin, die ein abstinentes Leben führen kann, aber in der Lage ist, genussvoll in die Welt des Rausches einzutauchen. Sandra sucht den Absprung, entschuldigt sich, obgleich wissend, dass eine Entschuldigung bei den besoffenen Ignoranten völlig überflüssig ist. „Wir sehen uns dann morgen, Vanessa", sagt sie noch mit einem besorgten Unterton, denkt sich, dass Vanessa morgen für ihr heutiges Tun büßen wird. „Warum hat Gott so begnadete Frauenkörper geschaffen und gleichzeitig in ihnen einen puritanischen Geist implementiert, der verhindert, dass solche Körper leben, einen Geist, der dafür sorgt, dass diese Körper austrocknen?" - „Du meinst die Frage wohl eher rhetorisch, Robert?" - „Wieso rhetorisch?" - „Du glaubst doch gar nicht an Gott, Robert" - „Also müsstest du die Fragen stellen, Paul. Wie steht es mit deinem Glaubensbekenntnis, Vanessa?" - „Ich glaube nicht wirklich. Womöglich gibt es ein höheres Wesen oder auch mehrere, die vielleicht mit dem Schicksal der Menschheit verbunden sind, aber diese Möglichkeiten haben so gut wie gar nichts mit unserer Religion zu tun" - „Bestimmt das höhere Wesen deine Moral?" - „Ich glaube nicht. Meine Moral hat sich im Rahmen meiner Sozialisation entwickelt" - „Hast du eher ein unscheinbares oder auffälliges Kopftuch getragen?" Sie lächelt Robert an. „Ich hatte eine Vorliebe für leuchtende Farben!" - „Warum sind Frauen so zurückhaltend, Vanessa?" - „Ich denke, das hat was mit unserer Biologie zu tun. Mit dem Umstand, dass wir Kinder kriegen. Ihr braucht euch doch nicht um die Konsequenzen zu scheren." - „Hmmh" - „Vanessa hat da völlig recht und eigentlich weiß das auch jedes Kind" - „Nicht alle Frauen, die wir gemeinsam kennengelernt haben, haben sich um diese Konsequenzen geschert. Es gab da welche, die hatten ein Verhaltensmuster drauf, das so gar nicht diesem darwinistischen Erklärungsmuster entsprach." Vanessa ahnt, dass die beiden Männer auf eine bewegte, gemeinsame Wegstrecke zurückblicken können, gießt den Herren noch weitere Schnäpse ein ohne sich selbst dabei zu vergessen und lächelt schön. „Prost. Der Darwinismus bedingt also, dass die Moral der Frauen eine andere ist als die der Männer. Frauen wie Vanessa sind Opfer des Darwinismus." - "Ich bin ein Opfer", ruft Vanessa lallend aus. Sie lallen alle, haben aber ein Gespür dafür, dass sie es tun. „Man muss die evolutionären Blockaden überwinden", tönt Robert. Paul guckt Robert fragend an, während Vanessa intelligent fragt, was das für ihn bedeute. „Hmm, ich müsste so leben, wie die Regeln von New Avignon vorschrieben, was ich ja schon tue, während die Frauen in New Avignon sexuelle Freiheit auslebten. Man muss beides überwinden können, die Evolution und die starren Gesetze einer Theokratie" - „Damit du deinen Spaß haben kannst" - „Ich weiß nicht, Paul will auch seinen Spaß haben. Das hat er schon oft genug bewiesen. Aber warum Paul, warum hältst, du dich bei diesen Diskussionen immer raus. Warum unterstützt du mich nicht mit deinem brillantem Geist?" Als Antwort, er ist schon ziemlich angeschlagen, lächelt. Paul in die Runde und verteilt Zigaretten, gibt sogar Feuer. „Ich hasse diese puritanische Doppelmoral" - „Du hat das nie verkraftet, dass du nicht ein versorgter Pfaffe geworden bist. Du denkst nur an das eine" Soviel Verrat hätte Robert von Paul nicht erwartet. „Du denkst nur an zwei Sachen, immerhin zwei. Das eine ist Go und das andere … lass Vanessa raten, was das andere ist." - „Ich denke, er denkt zusätzlich an das Eine", antwortet Vanessa. „Jetzt fragen wir uns natürlich, woran Vanessa denkt. „Hin und wieder an das eine. Ansonsten sehne ich mich natürlich nach Liebe, Geborgenheit, nach einer Familie, dass meine Kinder geborgen und behütet aufwachsen, so will es meine darwinistische Bestimmung, aber das ist ja alles auf diesem Raumschiff nicht möglich, Quatsch, ich will das nicht wirklich" - „Aber das Eine schon" - „Man kommt hier schlecht in Stimmung" - „Wir brauchen vielleicht mehr von diesem Fusel. Dieser Space-Fusel, den wir dank Hugo Scheffeners Gnaden trinken dürfen. Prost, Vanessa.

155

Wir, er vergisst in diesem Moment nicht solidarisch zu sein, würden dir gerne nahe sein.

Ausgesprochen besoffen, durchaus aufeinander freundlich gestimmt, ohne sich aber in dieser bestimmten Weise näher gekommen zu sein, gingen sie auseinander, mit Vanessas Absichtsbekundung im Gepäck, diese Art von Freizeitbeschäftigung wiederholen zu wollen. Pläne, ihre Freundin Sandra an solchen Unternehmungen teilhaben zu lassen, wurden vorerst fallen gelassen, da trotz der Menge Fusel ein gewisser Realismus bewahrt werden konnte, der ihnen sagte, dass diese andere Vorlieben hatte. Go spielen sei mit ihr ja möglich, bemerkte Paul.

In seiner Kabine zurück, schläft Robert einen unruhigen Schlaf. Ein Gedanke klammert sich daran, dass es schön wäre, Vanessa an seiner Seite zu haben. Sie könnten sich aneinander wärmen, täte gut in der Einsamkeit dieses Weltraums, und obgleich die Finder angenehme Zimmertemperatur bietet, herrscht außerhalb ein abstrakter Winter, eine Art Nacht, tiefschwarz, mit Temperaturen im dreistelligen Minusbereich. Und man hat keine Luft zu atmen. Robert träumt von der Sonne New Havannas, von einer gebräunten Strandschönheit, die ihm sehr vertraut ist und von einer Gedankenpolizei, die ihm auf die Schliche gekommen ist. Er muss fliehen, in den Weltraum. Der Traum wird chaotischer, es fließt Blut, unbekannte Frauen kümmern sich um ihn. Der Schlaf verdrängt den Traum und die Reste an Erinnerung, die nach dem Aufwachen übrig blieben, verdrängt der Tag. Robert gönnt sich ein paar Tassen Tee, hat das sichere Gespür dafür, dass gestern viel Alkohol im Spiel war. Er hat Ansätze von Verkaterung, die bei einem Alkoholiker seines Schlages selten sind. Er hat nun den Polizisten zu spielen, aber überhaupt keine Ahnung von seinem Dienstplan. Lächerlich, das Ganze! Sie haben keine Chance der Aufklärung. Die Alibis sind schnell eingesammelt, Julia mag psychologische Gutachten aufstellen und Interviews mit allen Besatzungsmitgliedern führen, man kann im Brainstorming mögliche Motive auflisten, hat er ja alles schon gestern gemacht, sie werden keine Chance haben. Es klopft. Es ist Thomas, der Techniker. Er will ein kleines Ungetüm von Kamera in seiner Kabine aufbauen. „Wozu das?", fragt Robert. „Ich gehöre doch zur Polizei." - „Jeder kriegt so ein Ding in die Kabine." - „Ich wette, Hugo Scheffener hat darauf verzichtet." - „Bei dem laufen die Fäden zusammen. Es heißt die Bilder in den Kabinen werden nur aufgezeichnet. Sind nette Weitwinkelobjektive. Wir haben einen Irren hier an Bord." - „Vielleicht bist du der Irre. Vielleicht bin ich der Irre." Thomas guckt Robert verdutzt an. „Es ist keine Zeit für schlechte Witze" Die Kamera ist schnell arretiert und Thomas hält sich nicht unnötig auf. „In den Gemeinschaftsräumen und den Gängen hängen sie schon. Viel Erfolg beim Ermitteln und einen schönen Tag." Als ob es auf der Finder einen Tag gäbe. Es ist immer Nacht. Der Kalender folgt einem Rhythmus, der hier keinen Sinn macht, die biologische Uhr eines jeden ist gestört. Robert versucht, sich seinen Job auszumalen. Es wäre Zeit für eine erneute Hibernation, eine ganz lange Hibernation. Vielleicht sitzt er demnächst zusammen mit Vanessa in einem der Arbeitsräume von Hugo Scheffener und glotzt auf eine Monitorwand. Der an sich langweilige Job könnte Spaß machen, weil er jede Menge Gelegenheit hätte, sich mit ihr zu unterhalten. Wahrscheinlicher wäre es aber, dass sie in Schichtdienst eingeteilt würden und gar keine Gelegenheit mehr hätten, sich zu sehen. Robert versucht Ideen auszuhecken, wie er sich vor dem Job drücken kann. Hat er kein Verantwortungsgefühl? Die Sprechanlage macht sich bemerkbar. Es ist Julia Zoller, die ihn für in knapp zwei Stunden in Aufenthaltsraum B bestellt. Der Anruf ist knappgehalten, ohne besonders unfreundlich zu wirken. Wenig später lärmt das Ding wieder. Es ist Vanessa, die darüber klagt, wie schrecklich es ihr gehe. „Mit ein bisschen Übung gibt sich das", meint Robert. „Für welchen Preis?"- „Ich glaube, man wird nicht mehr so schnell betroffen" - „Das heißt, wenn du genauso besoffen gewesen wärst, wie ich, ginge es dir genau so dreckig" - „Nicht ganz, mein Körper baut den Alkohol schneller ab. Eine Sache des Trainings" - „Es spricht ein Mann mit Erfahrung. Ich kann mich gar nicht mehr an alles erinnern" - „Hmm, ich freue mich auf unsere Zusammenarbeit, obwohl ich auf den Job keinen Bock habe, aber das habe ich ja wohl schon gesagt" - „Ich habe fürchterliche Kopfschmerzen" - „Hast du ein Aspirin genommen?" - „Schon zwei, nützt aber nur wenig. Ich fasse keinen Alkohol mehr an." Robert unterdrückt einen Kommentar. „Bis nachher dann", sagt sie noch. Bisher war er an Bord überflüssig. Er hatte die Zeit alleine oder mit anderen, insbesondere mit Paul, totgeschlagen. An diese Art von Langeweile kann man sich gewöhnen. Ein bisschen Spaß mit und die Nähe zum anderen Geschlecht haben gefehlt. Robert denkt nicht in dem Begriff Liebe, dafür fehlt es ihm an Vorstellungskraft. Liebe gehört zu den Dingen, die jenseits seines Horizonts liegen. Er hält Liebe für etwas, dass in einer Märchenwelt angesiedelt ist, ein Begriff, der in seinem verkorksten Realismus nicht integrierbar ist. Es gab da einen Traum, eine Illusion an einem südlichen Strand, aber letztendlich war das eine bezahlte Märchenaufführung. Der Spaß und die Lust liegen diesseits des Horizonts, sie sind für ihn jederzeit vorstellbar, sichtbar, wenn auch praktisch unerreichbar. Und wer ist an allem schuld: die Gesellschaft. Das Unvermögen eines Kollektivs sich Regeln zu geben, die für alle eine größtmögliche Zufriedenheit bedeuten. Die, die Regeln aufstellen sind immer nur Teil des Ganzen. Mit ihren Regeln, von denen sie behaupten, dass sie von Gott stammen, bedienen sie ihre eigenen Interessen und ein bisschen die ihrer Schergen. Möglicherweise hat die Menschheit auf der Erde dieses Prinzip überwunden, weil sie sich trotz allem ein Schlaraffenland geschaffen hatten, ein Paradies, in dem Habgier absurd wurde, ein Paradies, in dem der Reiz, Macht auszuüben, fehlte. Im Schlaraffenland ist keine Macht nötig, ihr Prinzip erübrigt sich. Das Bestreben nach Macht ist eine Folge von Ressourcenknappheit. Womöglich war das Streben nach Macht, das Beherrschen wollen und sich beherrschen lassen im genetischen Code festgeschrieben, da dieser vom Überlebenskampf geprägt wurde. Aber schließlich hatten die Menschen diesen Kampf gewonnen, der für sie fast unmerklich von einem Heer von Automaten weitergeführt wurde, ohne irgendeine wahrscheinliche Gefahr, diesen Kampf jemals zu verlieren. Die Menschen begriffen, dass ihr genetischer Code, über Millionen Jahre entstanden, sinnlos geworden war. Das Streben nach Macht wurde sinnlos, Rollenspiele des Dominierens und des Unterordnens erübrigten sich, so wie dass es eigentlich sinnlos wurde, krank zu werden oder gar zu altern. Schließlich entfernte man den Tod aus dem genetischen Code. Ästhetische Vorlieben zerbrachen, zurück blieb vielleicht ein Sinn für formale Schönheit, Geometrie und Mathematik. Wie auch immer die Menschheit sich transformiert hatte, ist es für Robert völlig ausgeschlossen, dass die zukünftige Welt Mord kannte. Die Menschheit würde zum Mycel mutieren, das genau nur das können würde, was die Menschen von den Tieren unterschieden hatte: Denken. Aber macht Denken Spaß? Denken war in der Evolution der Menschheit mit Belohnungen verbunden, die nun keinen Sinn machen würden. Bestand der Sinn des Lebens darin, Mangel zu überwinden, wo war dann der Sinn, wenn es keinen Mangel mehr gab. Würde das Mycel noch Orgasmus ähnliche Zustände kennen? Konnte es Glück ohne Unglück geben? Die Vorzüge von Frieden kristallisieren sich in den Zeiten der Gewalt aus. Keine Geborgenheit ohne Schrecken und Einsamkeit. Womöglich war die Menschheit intelligenter geworden, konnte das philosophische Problem, dessen Lösung die Fähigkeiten von Robert überfordern, zu ihrer Zufriedenheit lösen. Kann sich der Mensch anmaßen, darüber nachzudenken, dass die Existenz Gottes sinnlos ist oder anders ausgedrückt, dass Gott eine sinnlose Existenz führt. Ohne Leid kein Freud, ein Prinzip für Kreaturen, die der Natur und sich selbst ausgeliefert sind. Das ewige Auf und Ab macht natürlich insgesamt auch keinen Sinn, da der Sinn, den man bei der Überwindung von Mangel im weitesten Sinne gewinnt, bei dem nächsten Rückfall in eine Krise wieder verliert. Eine Krise kann verteufelt unsinnig und unangenehm sein, denkt sich Robert. Er macht ein nachdenkliches Gesicht und schaut dabei in die Kamera. Eigentlich will er Antworten auf seine Fragen wissen, die Aufklärung des Mordes interessieren ihn weniger.

Marc Richter, Julia Zoller, Vanessa und Robert treffen sich pünktlich im Aufenthaltsraum B. Marc, ein großer dunkelhaariger Kerl ist einer der Elektroniker an Bord. Er soll die Überwachung koordinieren. Julia bringt an die Kabinentür von Aufenthaltsraum B ein „Bitte nicht stören" - Zettel an. Sie begrüßt förmlich die kleine Runde. Eine Vorstellung der Runde ist nicht nötig. „Wir werden nun die weiteren Aufgaben besprechen, führt Julia fort. „Marc, du installierst und überwachst den Aufbau der Kameras und der Kontrollzentrale. Robert und Vanessa machen die ersten Befragungen. Insbesondere will ich wissen, was jeder zur Tatzeit gemacht hat. Die Befragungen finden in den jeweiligen Kabinen der Befragten statt und werden aufgezeichnet" - „Heißt das, das neben den Kameras auch Mikrofone installiert werden?", unterbricht Robert. „Ja, diese Information bleibt aber unter uns. Wir werden uns die Interviews der Befragten immer und immer wieder anschauen" - „Wenn ich etwas sagen darf, Julia. Ich fühle mich für diesen Polizeijob völlig ungeeignet. Ich mache das hier völlig widerwillig" - „Robert, du fällst wohl gerne aus der Reihe. Dieser Job reizt keinen. Es ist deine Pflicht, an der Aufklärung des Mordes mitzuwirken" - „Es gibt bestimmt Kollegen oder Kolleginnen, die mit weniger Widerwillen bei der Sache wären." Robert glaubt, sich Widerspruch leisten zu können. Was würden sie machen, wenn er sich verweigert? Sie könnten ihn unter Arrest setzen. Aber das wäre doch absurd. Wenn die Finder die Erde erreicht, wird er vielleicht gebraucht. Aber seitdem er die Kameras gesehen hat, ist der Leitung die Vollstreckung von Arrest zuzutrauen. „Ich bin nicht auf die Finder gekommen, um mich wieder in den gleichen Überwachungsverhältnissen wie in New Avignon wiederzufinden. Insbesondere will ich nicht Teil des Überwachungsapparats sein. Das ist doch pervers" - „Ich verstehe dich Robert, dies geht im Grunde jedem hier so. Jeder hier ist doch ein Gegner der Gesellschaftsstruktur von New Avignon" - „Da bin ich mir nicht so sicher. Woher stammen diese Kameras? Dies ist doch geplant" - „Wenn du dich verweigerst, hat das Konsequenzen" - „Welcher Art?" Julia Zoller schweigt. „Im Übrigen ist es auch völlig unpassend, dich, die Ehefrau des Opfers, als Leiterin der Kommission einzusetzen." -"Warum?" - „Befangenheit. Außerdem würde ich den Mörder in die nähere Bekanntschaft des Opfers ansiedeln" - „Aha, ich zähle also deiner Meinung nach zu den Hauptverdächtigen" - „So würde ich das zwar nicht sagen. Aber wenn du so willst." Julia Zoller lächelt Robert an. „Damit hast du mit der Aufklärungsarbeit begonnen. Ein bisschen unstrukturiert zwar, aber es geht doch Robert, nicht wahr?" - „Es wäre doch wirklich sinnvoller, jemanden anderes für die Ermittlungen zu nehmen, wenn Robert nicht will" - „Hugo Scheffener hat so entschieden." Damit ist diese Diskussion vorerst beendet. „Also Robert, fangen wir mit den Alibis an. Was hast du während der Tatzeit gemacht?" -„Ich glaube, ich habe zur Tatzeit geschlafen, jedenfalls im Bett gelegen" - „Hast du dafür Zeugen?" Robert guckt Julia Zoller entgeistert und gleichsam zornig an. „Natürlich nicht!" Es gibt nun eine Karteikarte Robert, auf der steht: kein Alibi. Vanessa gibt an, im Aufenthaltsraum C mit Sandra ein Frühstück zu sich genommen zu haben. Weiterhin wären dort Peter Miller und Michael Moore anwesend gewesen. „Wie genau kann man denn die Tatzeit eingrenzen?" - „Der Mord geschah zwischen acht Uhr und acht Uhr dreißig" - „Wieso kann man jetzt die Tatzeit so genau eingrenzen?" - „Bis acht war ich mit Peter zusammen. Gegen acht Uhr dreißig wurde mein Mann gefunden. Rita und ich haben unseren Mann gemeinsam ein letztes Mal lebend gesehen" - „Und dann?" - „Ich war mit Rita zusammen" - „Und was habt ihr gemacht?" - „Julia Zoller zögert mit der Antwort, lächelt dann in Richtung Robert und sagt: „Wir haben gemeinsam geduscht." Vanessa räumt ein, es könne auch schon fünf nach acht gewesen sein, als sie sich mit Sandra getroffen habe. Marc hätte sich zur Zeit der Tat im Kontrollraum befunden, zur Schicht mit drei weiteren Kollegen. Die Namen werden auf seiner Karteikarte festgehalten. „Es könnte ja auch eine Verschwörungsgruppe gewesen

162

sein, die sich nun gegenseitig ein Alibi gibt." -"Trotz meines Alibis gehöre ich immer noch zu deinen Hauptverdächtigen. Das ist pervers, Robert. Gewöhnlich liebt man seinen Ehemann, man ermordet ihn nicht" - „Da liegt ein Denkfehler zugrunde. Dass Ehefrauen gewöhnlich ihre Ehemänner lieben, mag ja stimmen, aber die Statistik ändert sich bei ermordeten Ehemännern. Darf ich fragen, ob Du mit Rita Zoller ein intimes Verhältnis hast?" Für die Moralvorstellung von in New Avignon geprägten Menschen geht die Frage eigentlich zu weit, aber Julia Zoller antwortet, ohne zu zögern. „Ja!" - „Du liebst Rita Zoller!" Vanessa schluckt ganz kräftig bei der Frage. Was da Robert treibt, geht eindeutig zu weit, verletzt Sitte und Anstand."Ich mag Rita. Meinen Mann aber habe ich geliebt. Reicht dir das, Robert?" In Roberts Hirn echot der letzte Satz von Julia Zoller. Sie hat ihren Mann geliebt. Was mag das bedeuten? „Ein Eifersuchtsdrama oder irgendwie geartetes Liebesdrama scheint mir das wahrscheinlichste Motiv zu sein. Man stimmt Robert zu, ohne näher zu erläutern warum. „Julia, sie haben keine Ahnung, was das Ausleben von Sexualität für eine Rolle an Bord spielt. Ich weiß, dies ist ein Tabuthema, aber wenn wir einen irgendwie gearteten Sinn in diesem Mord suchen, liegt sein Schlüssel in der Sexualität. Vielleicht werden sie von jemandem an Bord so sehr begehrt Julia, so sehr, dass er seinen wichtigsten Nebenbuhler umbringt. Vanessa kann sich nicht vorstellen, dass wegen so etwas jemand ein Mord begeht. „Der Täter war ein Irrer. Er hatte kein bestimmtes Motiv. Er hat wahllos getötet" - „Wir haben zwar ein paar Sonderlinge an Bord, aber keinen offensichtlichen Psychopathen. Möglicherweise einen Geisteskranken, der seine Störungen geschickt verbergen kann, den aber einen systematischen Wahn umtreibt, für uns nicht direkt nachvollziehbar. Dieser Wahn hat ihn zu der

Tat getrieben und treibt ihn möglicherweise zu weiteren Morden. Robert, du hast doch Erfahrungen mit Wahnzuständen. Du müsstest doch meine Theorie verstehen." - „Ich wurde geheilt. Im Prinzip verstehe ich Deine Theorie, meine Theorie kommt mir aber plausibler vor." - „Okay, gibt es noch andere wahrscheinliche Motive?" Niemand antwortet. „Alles Weitere wird sich bei den ersten Interviews herauskristallisieren. Wir brauchen jetzt eine vollständige Liste, was jedes Besatzungsmitglied zur Tatzeit getrieben hat. Ein Alibi muss auf Widersprüche getestet werden. Robert, Vanessa. Ich erwarte diese Liste bis morgen Nachmittag um 16 Uhr. Wir werden uns wieder hier treffen. „Alle Gespräche werden abgehört?" - „Sie werden nur aufgezeichnet! Marc, wir müssen uns noch über Deinen Job unterhalten." Robert und Vanessa gehen von B nach C, ein mühsamer Weg, der zumeist Treppensteigen und Klettern bedeutet. Sie finden Sandra und Paul Go spielend vor. Theo schaut scheinbar interessiert zu. Möglicherweise kämpft er gegen die Versuchung an, mit einer Armbewegung die gesetzten Steine vom Spielbrett zu fegen, um die Steine nach einem chaotischen Muster zu verteilen. Womöglich fürchtet er Konsequenzen. Man kann in eine Affenseele nicht so leicht hineinschauen. Robert bietet Vanessa eine Zigarette an, die dankend annimmt. „Jetzt machen wir erst einmal eine Pause" - „Ich übernehme am besten die Frauen und du die Männer" - „Wieso am besten. Ich würde gerne die Frauen aufsuchen" Vanessa lacht. „Du bist unverbesserlich. Ich glaube, es ist besser, wir bleiben bei meinem Vorschlag" - „Wie langweilig! Kannst Du mir mal sagen, warum Sandra ein Kopftuch trägt?" - „Nach dem Mord ist es meiner Meinung wichtig, dass wir uns auf unsere alten religiösen Werte besinnen", sagt Sandra, ohne direkt gefragt worden zu sein. „Dazu gehören natürlich auch die Kameras", kommentiert Robert. „Streitet euch nicht. Es ist Sandra natürlich freigestellt, ein Kopftuch zu tragen." Vanessa zieht genüsslich an ihrer Zigarette. Robert blickt bei ihr nicht durch. Sie scheint ein Genussmensch zu sein, sucht seine Nähe und dennoch hält sie körperlich Abstand zu ihm. Sind es immer noch die Moralvorstellungen von New Avignon, die nachwirken? Oder braucht Vanessa den Körper von Sandra, nicht seinen? Die überraschende Aussage von Julia Zoller, dass sie eine intime Beziehung zu Rita Zoller hat, bestätigte seine Theorie, dass es homosexuelle Verhältnisse an Bord gibt. Unter dem Deckmäntelchen der Ehe ist alles erlaubt. Obgleich diese Vielweiberei, die es hier an Bord gibt, illegal ist nach den Gesetzen von New Avignon, denn dort ist es nur den Pfaffen und Bischöfen erlaubt, mehrere Frauen zu ehelichen. Hier gilt nicht mehr das Gesetz von New Avignon, sondern das ungeschriebene Gesetz, die Willkür von Hugo Scheffener, was nicht heißen soll, dass die geschriebenen Gesetze New Avignon nicht aus Willkür entstammen und ihre Anwendung willkürlich ist. Kann er sich auf das Wort von Julia Zoller verlassen, dass die Gespräche, auch dieses hier in Aufenthaltsraum C, nur aufgezeichnet, aber nicht abgehört werden. Im Zweifel wird sich das jemand anhören, denkt sich Robert. Mehr als dreißig Jahre Leben in einer Überwachungsgesellschaft sind genug, um sich an die neuen Verhältnisse anpassen zu können. Liebe wird nun vielfach hier im Dunkeln geschehen. Jeder von ihnen, auch der Mörder, hat gelernt, unter solchen Verhältnissen zu leben. Diese Maßnahme bringt nur etwas, wenn der Mörder tatsächlich ein Psychopath ist, jemand, der sich nicht unter Kontrolle hat, der sich um die Überwachung nicht schert. „Du willst tatsächlich nichts mehr trinken" - „Das sage ich immer, wenn ich es übertrieben habe. Es ist immer noch schlimm." Sie lächelt ihn an. „Ich würde es gerne nach unserem morgigen Arbeitstreffen, wenn wir unsere Karteikarten mit Alibis und Verdächtigen gefüllt haben, wieder gemeinsam übertreiben." Paul sieht zu ihnen auf. „Ich weiß nicht, kommt auch ein bisschen drauf an, was als weitere Arbeit auf uns zukommt." - „Hier gibt's nur Gründe zum Saufen. Wir haben einen Mörder unter uns, was ein besonders wichtiger Grund ist. Diese Kameras sind ein weiterer Grund und das ausgerechnet ich mich ihrer bedienen muss, ein weiterer" - „Sonst hast du keine Gründe?" - „Doch, es ist so furchtbar kalt draußen" - „Ja, es ist sehr kalt draußen und die Luft recht dünn" - „Also gut, ich nehme die Männer!" Mit seinem Stapel Karteikarten in der Hand verlässt Robert Aufenthaltsraum C, um sich vorerst in seine Kabine zurückzuziehen. Unterwegs trifft er auf Dorothy Newton, die er fast gar nicht erkannt hätte, weil sie ein Kopftuch trägt. Sie grüßen sich nur kurz. Robert braucht ein paar Minuten für sich und einen kleinen Drink. In seiner Kabine angekommen, schaut er sich die Karten an, auf der in säuberlicher Schrift die Namen der männlichen Besatzungsmitglieder stehen. Auf seiner Karte ist vermerkt: kein Alibi. Eine Karte von Hugo Scheffener fehlt. Robert spendiert sich den Drink und eine weitere Zigarette. Das schmeckt alles nicht sonderlich gut, aber er bildet sich ein, diese Mittel für seine Identität zu brauchen. Robert ist davon überzeugt, dass ihre Arbeit nicht erfolgreich sein wird. Womöglich bekommt Marc den Auftrag, eine Art Lügendetektor zu bauen, wäre vielleicht möglich. Sie werden zu keinem Ergebnis kommen, und wenn sie vielleicht wirklich die Erde erreichen sollten, dann mit einem Mörder unter ihnen.

166

9

Das Schiff fuhr mit unveränderter Geschwindigkeit nach Westen. Es war kurz nach Mitternacht, der Himmel über mir bewölkt, sodass ich Teile der Milchstraße und die beiden Monde St. Peter und St. Paul nicht sehen konnte. Die See musste ruhig sein, da das Schiff keinen großen Schwankungen ausgesetzt war. Das Forschungsschiff, die Sankt Bonifazius, war nicht besonders groß. Sie bot gerade mal Platz für die kleine Besatzung, für die sieben Versuchskaninchen und eine Handvoll Psychologen, die uns betreuten. Wir nahmen brav unseren Drogencocktail. Es gab hier aber weit und breit keine „Gemütliche Ecke", mit anderen Worten, wir waren vom Alkohol abgeschnitten, für Paul und mich eine dicke, fette Kröte, die geschluckt werden musste. Die drei Pillen am Tag plus hinreichend viel Alkohol hatten zu einer spontanen, gedankenlosen Freigiebigkeit geführt, sodass Paul und ich finanziell ruiniert waren, allerdings auch an einigen Erfahrungen reicher. Das Erlebte würde uns für immer zusammenschweißen. Die lange Schiffsreise von knapp zweitausend Kilometern, die sieben Tage dauern würde, erinnerte mich an meine erste große Schiffsreise nach New Havanna, das irgendwo im Südosten liegen musste. Dies war meine zweite Schiffsreise. Da fand ich es ganz natürlich, dass meine Gedanken öfters in einer von mir verklärten Vergangenheit schweiften. Die Stunden, die ich nachts alleine auf Deck verbringen konnten, eigneten sich besonders dafür. Der Alkoholentzug war weniger heftig als befürchtet und wurde vielleicht durch den Pillencocktail gemildert. An den ersten zwei Tagen drohten noch kleine Schweißausbrüche, insbesondere in Stresssituationen, die hier an Bord aber selten waren. Wir holten uns täglich unsere Instruktionen, wie wir uns in der Gegenwart der Aborigines zu verhalten hatten. Es wurde Wert darauf gelegt, die Art des Kontakts und seine Auswirkung aufzuzeichnen. Währenddessen wurde täglich die Dosis des Pillencocktails gesteigert, aber ich hatte mich anscheinend an das Zeug gut gewöhnt, Gefühle von Entfremdung und Befremdung wurden seltener, und ich konnte auch nicht mit Sicherheit ihre Ursache benennen, denn der fehlende Alkohol musste auch eine Rolle spielen. Ich rauchte auffallend viel; der Wind auf Deck machte es aber einem verteufelt schwer, dort einen Glimmstängel anzubekommen. Paul hatte Beweise dafür, dass wir durch den Pillencocktail dümmer wurden, denn er brauchte deutlich länger, um bestimmte Standardaufgaben im Go zu lösen. Das galt zumindest für Goprobleme. Mit den fünf anderen Versuchskaninchen hatte ich wenig Kontakt. Auf den ersten Eindruck hin erschienen sie mir irgendwie uninteressant. Die Frauen waren auf eine besondere Weise unattraktiv, sodass ich einen schweren Alkoholrausch benötigt hätte, um mich mit der einen oder anderen einzulassen. Woran das lag, konnte ich nicht genau sagen. Marie und Magda mussten etwas älter sein als ich. Ausgesprochen hässlich waren sie nicht, aber schon irgendwie unattraktiv. Ihre Gesichter wirkten ausdruckslos und unfeminin, typisch Weibliches war an ihren Figuren nicht zu erkennen. Die Kopftücher deuteten aber darauf hin, dass es sich um Frauen handeln musste.

Der Himmel riss auf und ließ das Licht von Saint Peter durch, voll und rund und auch Teile der Milchstraße waren erkennbar, Sterne an sich keine. Helena würde erst später aufgehen; wir waren quasi sternenlos auf diesem Planeten, abgesehen von ein paar wenigen Exemplaren und den Planeten, von denen mit bloßem Auge auch nur drei sichtbar waren und das so gut wie nie gleichzeitig.

Wir hatten natürlich Helena, der gleißend helle Stern, für den uns vielleicht unsere Ahnen, die Erdbewohner beneidet hätten, eine zweite kleinere Sonne, die um unsere Sonne kreiste. Paul hätte gesagt, die beiden Sonnen kreisen um ihren gemeinsamen Schwerpunkt, die sicherlich korrektere Ausdrucksweise. Helena, deren Glanz der der Venus um ein Vielfaches übertreffen musste, barg einen Planeten mit einem ungelösten Geheimnis. Möglicherweise lag das Schicksal unserer Welt, das von New Avignon, in der Hand der Intelligenz von Aurelia, wenn diese Intelligenz existierte und Hände hatte. Was hatte der Wahnsinn, den die damalige Expedition überkommen hatte, mit dem Wahnsinn zu tun, der von den Aborigines ausgelöst wurde und mir bevorstand? Wie passte die Avignonwespe ins Bild? War das System hier etwas, indem sich eine Evolution des Wahnsinns gebildet hatte? Vieles auf unserer Welt war noch unerforscht und konnte in dieses Puzzle hineinpassen. Was verbarg sich beispielsweise in diesem Meer? Ozeanografie wurde in New Avignon kaum betrieben, weil so ziemlich alles, was man aus diesem Ozean fischen konnte, ungenießbar für uns Menschen war. Helena, selbst, wenn sie denn am Nachthimmel in ihrer Pracht sichtbar war – bei Tageslicht war sie ja eher unscheinbar – erinnerte mich meist nicht an eine Welt von Geheimnissen, Wahnsinn und Halluzinationen, sondern an Paola. Mit Paola am Strand in der Nacht mit einem südlichen Nachthimmel, den zu der damaligen Jahreszeit kein Wölkchen trübte. St. Peter und St. Paul waren in unterschiedlichen Phasen blasse Zeugen unserer Liebe, aber über allem stand Helena, die den Meereswellen eine Liebesmelodie einzuflößen schien. Helena überwachte mein Glück in der Nacht. Unter ihrem Licht war das Blau der Augen von Paola, die ein sehr dunkelhäutiger Typ war, mehr als erahnbar. Ich hatte mir das komplette Arrangement einiges kosten lassen, sodass ich nicht mehr zwischen Märchen, das wie Wirklichkeit schien und Dienstleistung unterscheiden konnte. Helena unterstützte die Szenerie und war an sich gratis. Später hatte ich mir sagen lassen, dass eine Saison mit Helena am Nachthimmel teurer ist. Helena hatte ich noch häufiger gesehen, Paola natürlich nie mehr. Vielleicht hatte ich eine Chance, nach unserem Abstecher zum Aborigines-Land, nach unserem feuchtfröhlichem Wahn oder was auch immer auf uns zukommen sollte, eine kleine Chance, sie wieder zu treffen oder auf einen Klon von ihr, der von unseren Geheimnissen nichts wusste und der diese Geheimnisse erfahren konnte, eine weitere Vertraute, mit der ich Stunden von Wonne und Zärtlichkeit verbringen konnte. Ich wollte nicht wirklich für mich beantworten, wie viele Klone es von Paola gab. Wer war die Original-Paola, die vielleicht einen anderen Namen trug und womöglich inzwischen eine alte Frau war. „Die Gemütliche Ecke" hatte mich und auch Paul um einiges Geld gebracht, besser ausgedrückt unser Leichtsinn, der aufkam, als wir trotz Pillencocktail uns mit Alkohol zuschütteten. Die Frauen taten nichts umsonst. Der zweite Mond, St. Paul, wurde sichtbar und mit ihm erschien Paul an Deck, der mich grüßte. Mit einigem Geschick zündete er sich eine Zigarette an. „Geht's dir gut?", fragte er mich. „Ja, schon!" - „Du bist gerne nachts hier draußen" - „Ja, ja, meine Gedanken schweifen dann nach Südosten" - „Warum nicht nach Athens, nach Margarete? Oder Katharina?" Ich zögerte ein wenig mit meiner weiteren Antwort. „Das mit Paola war was völlig anderes. Das war Liebe." - „Aber du hast das doch auch bezahlt." Wir schwiegen eine Zeit lang. St. Peter und St.Paul schienen geduldig auf weitere Worte zu warten, jedenfalls verschwanden sie nicht hinter Wolken. „Ich erlebe hier manchmal großartige Momente, insbesondere auch in der Nacht. Dies ist meine erste Schiffsreise, aber das habe ich ja schon öfters gesagt. In diesen Momenten fühle ich mich der Schöpfung nah" - „Welcher Schöpfung? Ich verstehe nicht, wie du als Physiker, ohne dazu genötigt zu werden, so einen Unsinn erzählen kannst." - „Was verstehst du denn schon?" Die beginnende Diskussion erinnerte mich an Zeiten, wo wir gemeinsam gesoffen hatten. In solchen Situationen war Ähnliches gefallen. „Es passt alles zusammen und es ist großartig" - „Wenn man mal vom Gesellschaftssystem in New Avignon absieht, die Deinen Gott hochhält und hofiert. Er hat die Moral geprägt, dass sich Priester mit Messdienerinnen vergnügen, unsereins aber nur eine kriegen, die man bezahlen muss und das ist dann noch verboten. Wir leben in einem Gottesstaat mit einer göttlichen Ordnung, in der es völlig normal ist, dass Priester mehrere Frauen ehelichen können, ein normaler Bürger aber kaum eine Chance für eine Ehe hat. Dieser triste Umstand wird zudem mit Kameras rund um die Uhr überwacht. Das ist deine göttliche Ordnung." Ich war mir sicher, dass unser Gespräch hier an Deck nicht abgehört wurde. Vermutlich wurde hier an Bord gar nichts abgehört und nichts mit versteckten Kameras aufgezeichnet. „Das hat alles nichts mit meiner göttlichen Ordnung zu tun. Gott ist Liebe. Gott hat das Universum mit seinen Gesetzen eingerichtet. Gott hat Leben geschaffen, dass sich weiterentwickelt hat" - „Du glaubst, Gott hat sich seine eigenen Gläubigen geschaffen. Das ist doch völlig absurd" - „Ich kann die Welt ohne Gott nicht erklären" - „Aber Gott hilft dir gar nichts. Du kannst auch eine Welt mit Gott nicht erklären, weil du Gott nicht erklären kannst. Du musst für die Erklärung Gottes genau die gleichen strengen Maßstäbe annehmen wie für die Erklärung der Welt! Gott ist keine Erklärungshilfe, sondern ein zusätzliches Mysterium.

Bleib bei deiner Physik, wenn sie auch womöglich unvollständig ist." St. Peter und St. Paul wurden Zeugen einer weiteren Gesprächspause, womöglich bedauerten sie Paul, der einen weltanschaulichen Tiefschlag erhalten hatte, hier an Deck der St. Bonifazius, aber solche Schläge würden seinen Glauben nicht zerstören. Warum glaubt der Mensch, fragte ich mich.

Diese Diskussionen führten in der Regel zu nichts. Obgleich Paul vermutlich der intelligentere von uns beiden war, beispielsweise überstieg seine mathematische Begabung meine um ein Vielfaches, er war auch wesentlich praktischer als ich, mochte er meiner kleinen Logik nicht folgen. Existenzialistische Gründe, die Existenz Gottes infrage zu stellen, akzeptierte er überhaupt nicht. Ich hatte zu viel Bauchkrämpfe, Dünnschiss und Kotzerei in meinem Leben gehabt, um noch an den Sinn einer Schöpfung zu glauben, den mir aber ein verlogenes theokratisches System weißmachen wollte. Was sollte bei einer göttlichen Ordnung das Leid in der Welt? Solche Fragen wollte Paul nicht akzeptieren. Ich war mir bewusst, dass große Geister in der Geschichte der Menschheit, mit denen ich mich nicht messen wollte, an Gott geglaubt hatten. Newton und Leibnitz hatten an Gott geglaubt, der junge Einstein und Heisenberg, natürlich auch Robert Matthew. Große musikalische Genies wie Bach, deren Musik einer inneren Mathematik folgte, hatten an Gott geglaubt, vielleicht sogar geglaubt, dass ihr Talent gottgegeben war. Es gab natürlich in der Geschichte der Erde auch Geistesgrößen, die an Gott gezweifelt oder atheistisch waren. New Avignon kannte keine solchen Gelehrten. Die Existenz Gottes schien wie ein unumstößliches Naturgesetz, stärker noch wie ein Axiom, auf das alles beruhte und so unumstößlich, wie das eins und eins zwei sind. Die Existenz

Gottes schien in den Genen der Menschen zu liegen. Ich hatte einen Gendefekt. Zumindest schien mir die Erziehung und der kulturelle Einfluss nicht unbedeutend zu sein, die einzige Erklärung für mich, dass die Geistesgrößen von keinen vernünftigen Argumenten erreicht wurden. In New Havanna war das anders; die meisten schienen dort nicht an Gott zu glauben. Paola hatte mir das bestätigt und ich nahm nicht an, dass sie dies im Auftrag der Regierung getan hatte. Wenn jemand in New Havanna an Gott glaubte, hatte das meist politische Gründe; sie glaubten dann, weil sie mit unserem theokratischen System ein besseres Leben verbanden. Wenn man die Qualität der jeweiligen gesellschaftlichen Systeme als Maß für die Güte der jeweiligen Argumentation für oder gegen Gott annahm, befand sich die Diskussion auf einem bescheidenen Niveau. Ich war geneigt, ein bisschen an Gott zu glauben, wenn ich einer Messdienerin, die mir die Kommunion verabreichte, in ihren tiefen Ausschnitt sehen durfte. Diese Argumente hatten allerdings auch keinen sonderlichen Tiefgang. Vermutlich glaubte ich nicht an Gott, weil ich mich gesellschaftlich nicht anpassen konnte; meine ganze Argumentation war nur vorgeschoben. Der Stich lag noch nicht so lange zurück; ich hatte Gottes Fratze gesehen, sie und die Macht, die sie ausdrückte, als Trugbild entlarvt. Die Argumente in meiner letzten Diskussion waren nicht schlecht. Vielleicht war es dem Pillencocktail zu verdanken, dass Paul nicht mitkam, den Schritt über seine Barriere nicht schaffte. Mit Gott konnte man die Welt nicht erklären, im Duo, Gott und die Welt, war alles noch viel mysteriöser, mochte Gott auch scheinbar ein bisschen Ordnung in die Welt bringen. Die Welt durfte man hinterfragen, und wenn man nicht weiterkam, nahm man Gott; Gott durfte man nicht hinterfragen. Mir schien, dass die Geisteskrankheit und der Götterglaube eine gemeinsame Wurzel hatten. Geisteskrankheit schien es zu jeder Zeit in der menschlichen Gesellschaft gegeben zu haben. Wahn, Rausch und Götterglauben bildeten ein Trio, das aus der menschlichen Kultur nicht wegzudenken war. Was ist eine vom Teufel besessene anderes als eine Wahnsinnige?. Religion war die zivilisatorische Zähmung des Wahns. Ein bisschen Wahn! So waren wir an diesem Flecken des Universums an einer heißen Stelle. Unsere Expedition würde mich vermutlich Gott ein bisschen näher bringen. Eine theokratische Gesellschaft in diesem Sonnensystem war vielleicht kein Zufall. Das, was sich auf Helenas Planeten verbarg, lag alles im Reich der Spekulation, aber ich war mir sicher, dort wäre ich Gott ein Stück näher. Der Stich hatte mich nicht zu einem gläubigen Neokatholiken gemacht. Es war abzuwarten, was der Kontakt mit den Aborigines bringen würde. Die Wirkung der Aborigines sollte sich von der eines Wespenstichs unterscheiden. Nach Kontakt mit diesen Wesen blieb die Verwirrung, die Geisteskrankheit bestehen, es sollte aber keineswegs so langwierig sein. Wussten die Aborigines über ihre Wirkung auf uns? Was war das, was von ihnen ausging? Eine Art Waffe, ein Schutz oder war es nur ein dummer kosmischer Zufall, dass wir in ihrer Nähe keinen klaren Gedanken fassen konnten. Waren diese Wesen telepathisch begabt oder war es ein Stoff, dem sie absonderten, ein Aerosol oder eine für uns nicht wahrnehmbare akustische Schwingung, die für den Wahnsinn, der bei einem Kontakt drohte, verantwortlich war? Alles sprach für Telepathie; für Physiker wie Paul völlig unerklärlich. Ich machte mir darüber keinen größeren Kopf. Wenn es Telepathie war, mochte dahinter ein unbekanntes physikalisches Phänomen stecken. Das genau nahm Paul nicht an; er glaubte ja auch an eine unsterbliche Seele, etwas jenseits der Materie und ihren Gesetzen. Wenn Gott sprach, machte er es wohl wie die Aborigines. Obgleich die Theokratie und ihre wissenschaftlichen Lehrstühle Ähnliches annahmen, hatten sie sich ein wissenschaftliches Experiment ausgedacht, dass mit ein bisschen Materie, mit ein bisschen Chemie, - unser Drogencocktail -, den Seelenwahn verhindern sollte. „Genau das wird nicht funktionieren, sagte Paul in unseren Gesprächen immer wieder. „Aber vielleicht haben wir dabei weniger Angst", entgegnete ich ihm meist. Immerhin musste er sich darüber bewusst sein, dass der Cocktail, den wir einnahmen, persönlichkeitsverändernde Auswirkungen hatte. Ich wollte in den Diskussionen nicht soweit gehen, dass das Zeug unsere Seelen beeinflussen konnte. Die Bischöfe wollten Macht über unsere Seelen; sie wollten so sein wie die Aborigines, Telepathie begabt, um über ihre Schäfchen besser wachen zu können. Auf die Frage hin, warum er an Projekt Epsilon teilnehme, wenn er davon ausging, dass die Medikamentation nichts brächte, sagte er lakonisch: „Ich bin halt neugierig." Ich wusste, dass es ihn reizte, in fremde, ungewöhnliche Bewusstseinszustände zu gelangen, zu bereitwillig war er gewesen, an unseren im Verborgenen stattgefundenen Haschischnächten teilzunehmen; und er war gern besoffen. Ich wusste allerdings nicht, ob religiöse Menschen wie Paul Gott näher waren, wenn sie besoffen waren. Für mich war der Genuss alkoholischer Getränke im Übermaß eine recht weltliche Angelegenheit.

Wir waren nun schon sechs Tage unterwegs, bei heftigerem Seegang wurde mir schnell übel und ich hatte dieses Meer, das ich eigentlich so sehr liebte, öfters verflucht. Ich verspätete mich regelmäßig zur gemeinsamen Abendandacht, die von so einer Art Laienpriester abgehalten wurde, der gleichzeitig zum Team gehörte, das uns psychologisch betreute. Ich war offensichtlich nicht motiviert genug, da bei diesen Andachten keine Messdienerinnen partizipierten. Sollte ich einmal wiedergeboren werden, würde ich mir Mühe geben, Priester zu werden, um an diesem Quell von Freuden stärker teilhaben zu können. Chef an Bord war der Kapitän, der gewöhnlich die Routen zu den Küstenstädten von New Havanna fuhr. Ich wettete, dass er und seine kleine Besatzung ein paar Flaschen Schnaps mit hier an Bord hatten. Der Kapitän war schon älter, weit über fünfzig und an sich hätte ich gerne mit ihm über die Frauen New Havannas geredet. Es ergab sich dafür aber keine Gelegenheit. In seinem Leben war er irgendwann mit Aborigines in Berührung gekommen. Er hatte welche gesehen, mit dem Feldstecher, mehr als drei Kilometer von der Küste entfernt. Wie er sagte, musste es dabei sehr in seinem Hirn gespukt haben. Er und die damalige Besatzung waren dem Wahnsinn nahe, auf drei Kilometer Abstand konnte aber noch eine gewisse Kontrolle über sich und das Schiff gewahrt bleiben. Ein Abstand von mehr als sechs Kilometer galt als sicher, wobei es womöglich auch noch auf die Anzahl, die Konzentration der Aborigines, auf die man traf, ankam. Auf die Seelenkonzentration. Erstaunlicherweise wirkte der Wahn in der Vertikalen erheblich weiter als in der Horizontalen, sodass es praktisch unmöglich war, mit einem Flugzeug die Kontinente der Aborigines zu überfliegen. Wie hatten unsere Vorfahren die beiden Inseln gefunden? Die Psychologen und die Besatzung nahmen natürlich keinen Drogencocktail; die Küstenregion, die wir aufsuchen würden, war vergleichsweise dünn besiedelt, aber trotzdem würde die Sankt Bonifazius nicht näher als sieben Kilometer bis zur Küste fahren. Wir, die Versuchskaninchen hatten die Schlauchboote, mit denen wir jeweils zu viert oder zu dritt zur Küste fahren würden. Vorab hatten wir im Rahmen von Projekt Epsilon ein Kurztraining zum Führen von Schlauchbooten absolviert, dass mir durchaus Spaß gemacht hatte. Ich mochte Wasser, auch die Meere dieser Welt. Die der Erde kannte ich ja nur aus den alten Berichten, und die Übelkeit hier an Bord, die bei heftigem Seegang auftrat, mochte zu einem Teil mit dem Drogencocktail zusammenhängen, dessen Dosis täglich erhöht wurde. Die Sankt Bonifazius hatte einen speziellen Aussichtsturm für zwei Beobachtungsposten, die mit Fernrohren und Kameras ausgerüstet, uns bei unserer Kontaktaufnahme im Blick haben würden. Sie konnten natürlich nicht eingreifen, die Sankt Bonifazius war nicht bewaffnet. Wir hatten die Anweisung, uns in unmittelbarer Nähe der Schlauchboote aufzuhalten. Wir mussten darauf warten, dass die Aborigines uns fanden, nicht wir sie. Die Schlauchboote besaßen einen Empfänger mit einer Fernsteuerung. Wir würden über Funk in Kontakt mit der Sankt Bonifazius sein. Wenn die sehen würden, dass wir begännen, ein Veitstänzchen aufzuführen, würden sie uns wohl zurückpfeifen. Alles, was wir schaffen mussten, war in die Schlauchboote zu gelangen diese würden schon ferngesteuert zur Sankt Bonifazius gelangen. Wir konnten davon ausgehen, dass die kleinen pelzigen Aborigines uns nicht angriffen. Sie kannten vielleicht gar keine Waffen, aber womöglich würden sie nicht näher als zweihundert Meter kommen, wir dann vielleicht schon am Rande eines völligen Kontrollverlusts. Womöglich waren wir aber auch resistent und ich konnte als eine Art Anthropologe in die Geschichte dieses Planeten eingehen.

Ich hatte keine Angst. Angst schien ein Fremdwort in meinem Leben geworden zu sein, seitdem ich diese Pillen nahm. Wir steuerten die Schlauchboote selbst, hatten einen Tag vergehen lassen, bis die See ruhiger wurde. Es war ein optimaler Tag, es ging kaum Wind und der Himmel zeigte sich im makellosen Blau bei Temperaturen um achtzehn Grad Celsius. Wir befanden uns schon tief im Herbst, aber der Ozean hatte hier seine Sommerwärme noch gespeichert. Das Fleckchen Erde auf diesem für uns unbekannten Kontinent lag ungefähr auf der gleichen Breite wie Athens. Die Ostküste eines unbekannten Kontinents, der zwar in unseren Atlanten abgebildet war und von unseren Satelliten grob vermessen und fotografiert. Es hätte Amerika sein können, mit Wilden bevölkert, die man christianisieren konnte, aber dort hausten keine Menschenfresser, Krieger, die unsere Skalps wollten, sondern pelzige Wesen mit ihrer eigenen primitiven Zivilisation, die wir nicht ertragen konnten. Sie lebten wohl überall auf dieser Welt, nur nicht auf unseren Inseln. Es gab noch ein paar unbedeutende Flecken, kleine Inseln, zu denen sie nicht gestoßen waren. Es war ihre Welt, obgleich wir schon mehr als Tausend Jahre auf diesem Planeten lebten. Paul gab den Kurs unseres Schlauchboots vor, dass auf ein Stück grüne Küste zu fuhr, ungefähr auf dem 38. Breitengrad gelegen. Die Schlauchboote schafften 25 Stundenkilometer, sodass unsere Fahrt von der Sankt Bonifazius aus etwa eine viertel Stunde dauern würde. An dieser Stelle würde ich gerne erwähnen, dass die Rotation unseres Planeten knapp 26 Erdstunden dauert, unser Tag also 26 Erdstunden hat. Wir hatten aber die Erdenuhr übernommen, die den Tag in vierundzwanzig Stunden unterteilt, sodass unsere Stunde knapp zehn Prozent länger ist als eine Erdenstunde. Unser Jahr hat 299 Tage. Alle sieben Jahre ist ein Schaltjahr. An Bord hatte ich vermehrt über Gott und Religion nachgedacht. Es schien so, als ob die See meine atheistische Seele inspirierte, im Gegensatz zu Paul, der den Himmel über sich und die scheinbar grenzenlose See mit der Unendlichkeit Gottes verband. Meine Augen waren auf diese Küste gerichtet, die mich womöglich wieder zum Christen machen würde; nur der Wahnsinn hatte die Chance, mich zum Christen zu machen. Die kleinen pelzigen Wesen konnten den Bischöfen in die Hände arbeiten, ohne auch irgendetwas mit unserem Gott im Sinn zu haben. Sie hatten vielleicht ihre Götter, die auf Aurelia, dem Planeten von Helena existieren mochten. Götter lebten nicht, sie existierten. Ich konnte mir vorstellen, dass so eine Art Hinduismus von den Kleinen gepflegt wurde, aber möglicherweise hatten sie es nie geschafft, die Idee von Göttern und Gott zu entwickeln, womöglich sahen sie in uns Götter, die ihnen nie nah waren, die sie mieden, die immer vor ihnen flohen, ohne jemals die geweihten Opfergaben annehmen zu können. Würde ich, eine nicht unbedeutende Gottheit, es schaffen, eine Opfergabe anzunehmen? Ich wollte nichts verschmähen. Wir waren vier Männer auf dem Schlauchboot, die beiden Frauen und ein weiterer Mann waren auf dem zweiten Boot, das circa 300 Meter hinter uns zurücklag. Je näher wir zur Küste kamen, umso mehr horchte ich in mir herein, ob ich einen Tick verrückter oder religiöser wurde. Paul träumte insgeheim davon, diesen Kontinent zu besiedeln, diese Welt für die Menschheit zu erobern, und ich dankte einem imaginären Gott, das unsere Bischöfe und die sozialistische Einheitspartei – ein Widerspruch in sich, da es keine andere Partei gab - weiser waren. Für Paul war Projekt Epsilon ein Versuch, die Aborigines in den Griff zu kriegen, auch wenn er glaubte, dass die Medikamente nicht griffen. Für ihn war es ein Schritt in die richtige Richtung. Wann würde sich seine „intelligente" Naivität legen? Wir bewegten uns auf ein Stück Wald zu; die Chance unmittelbar auf Aborigines zu treffen, war gering. Konnten sie unsere Nähe spüren, uns telepathisch wittern, ihre Götter, um uns Opfergaben zu geben? Ich zweifelte, dass es Sinn machte, in einer Gegend mit Wald, womöglich Urwald, an Land zu gehen, aber wir hatten nun keine andere Wahl mehr. Der Wellengang war so gering, dass es für Paul kein Problem war, unser Boot sicher ans unbekannte Ufer zu bringen. Die Gezeiten auf unserer Welt waren etwas geringer als die auf der Erde. Nur in dem Fall, dass unsere Sonne und die beiden Monde Saint Paul und Saint Peter in einer Linie standen, war der Gezeiteneffekt annähernd so groß wie der normale auf der Erde. Es war kein Problem, Land zu betreten, das Boot zu sichern, sodass es auch in Gefahr, jederzeit einsatzbereit war. An geeigneter Stelle, nicht weit von den Booten, errichteten wir ein Lager, bauten Zelte auf, alles in dem Bewusstsein, dass wir diese Stätte fluchtartig verlassen mussten. Ein bisschen komisch war mir schon, vielleicht ein Zeichen, dass sie nicht weit waren. Verwirrend die Vegetation, die sich unseren Augen bot. Schwere Gerüche lagen in der Luft. Es war eine Art Nadelbaum, der hier dominierte. Er erinnerte etwas an eine Eibe, die ich von antikem Bildmaterial her kannte. Die Vegetation war hier so anders als in New Avignon, wo Erdenpflanzen die Flora beherrschten. Wir hatten unsere Pflanzen, Bäume, Nutzpflanzen, Blumen, Getreide mit von der Erde gebracht, alles gedieh hier prächtig. Einheimisches fiel nicht mehr auf, nur selten und nur in unberührten Bergregionen von New Avignon wuchs das, was diese Welt hervorgebracht hatte. Wie bizarr, wie fremd sah diese Pflanzenwelt aus, die das selbe Grün wählte wie unsere Erdpflanzen. Ihr Grün beinhaltete auch Chlorophyll, weil unsere Sonne so ähnlich wie die Sonne der Erde war. Die Pflanzen auf Helenas Planeten, in rotes Licht getaucht, mochten andere Farben haben, der klare Himmel hatte eine andere, ebenso die Meere, die es geben musste. Ein

180

putziges, flüchtiges Nagetier erschreckte mich nicht sonderlich und schien auch keine Art von Wahnsinn auszulösen. Paul schien völlig geistig abwesend. Mit glänzenden Augen saugte er diese fremde Welt auf, die seiner Ansicht nach, unsere sein musste. Wir alle hier wurden von diesem fremden Land in Bann gezogen, sodass womöglich der Wechsel zum Wahn gar nicht so auffiel.

Es herrschte eine ausgelassene, alberne Stimmung vor, die öfters durch den Funkkontakt mit der Sankt Bonifazius unterbrochen wurde. Ich versuchte die beiden Frauen dazu zu bewegen, ihre schwarzen Kopftücher abzulegen, vergebens. So bewahrten sie ihre Weiblichkeit, die ich vielleicht danach nicht mehr hätte entdecken können. „Keine Kameras weit und breit, die den Sündenfall aufdecken könnten", scherzte ich. Der Cocktail machte mich offensichtlich unvorsichtig. Ich hatte kein Problem damit, mich als Dissident in Glaubensfragen und Staatsräson zu outen. Das stand alles völlig widersprüchlich zu meiner Absicht, Projekt Epsilon als eine Chance für die Wiedereingliederung in die Gesellschaft zu nutzen. Ich wollte später sagen: „Ich habe mich für die Gesellschaft eingesetzt. Gebt mir wieder eine Chance!" Rehabilitierung und Paola waren die mir bewussten Gründe, an Projekt Epsilon teilzunehmen. Mochte vielleicht das Spiel mit dem Wahn eine weitere unbewusste Triebfeder sein, die mich hier hingeführt hatte. Wir machten ein größeres Lagerfeuer, damit die Kreaturen dieser Welt zu uns angelockt würden, Fluginsekten, Beuteltiere, schlangenähnliche Wesen oder vielleicht sogar Tiere der Erde, die irgendwie auf die Kontinente verschlagen worden waren und die den Einfluss der Aborigines nicht fürchten mussten. Na ja, ich neigte zum Übertreiben, es war um die Mittagszeit und die Signalwirkung des Feuers beschränkt. Vielleicht war es in der Nacht anders, wenn die Kreaturen der Nacht angelockt würden, auf elementare Weise durch die Flammen neugierig geworden. Nachts musste Wache gehalten werden; um nicht böse überrascht zu werden, umringt von eigentlich friedlichen Aborigines, die unserem Schlaf Träume aufdrücken würden, die uns in ein unverständliches Reich des Wahnsinns führen müssten, ohne eine Chance aufzuwachen. Paul und ich würden die erste Nachtwache übernehmen. Wir waren mit Lebensmittel versorgt, hatten unsere eigenen Wasservorräte, die für eine Woche Aufenthalt an dieser Küste reichten. Wir bauten Drei-Personen-Zelte auf. Ich hatte durchgesetzt, dass Paul und ich alleine unterkamen. Zeit für Diskussionen, Zeit für Erinnerungen und Spiele, die ich gegen Paul verlieren würde. Viertelstündlich kam ein Anruf von der Sankt Bonifazius, den wir mit „Alles Ok" bestätigten. Man hätte gleich unser Beieinandersein als Dauerradioprogramm ausstrahlen können, womöglich wäre ich mit meinen Ketzereien vorsichtiger gewesen. Wir machten Filmaufnahmen von der Umgebung, Fotografien, die auch einen gewissen Seltenheitswert hatten, denn es gab nicht viele von diesen Aufnahmen. Wir waren wie Entdecker, die sich nicht vom Fleck bewegen durften. Womöglich hätte es Sinn gemacht, mit den Booten einen Küstenabschnitt von vielleicht zehn Kilometern zu befahren, immer in Sichtweite zur Sankt Bonifazius, deren Beobachtungsteleskope unsere Unternehmung verfolgten und filmten. Man hatte allerdings nicht zu viel in die Optik investiert; es musste aber tagsüber reichen, mein Tun zu identifizieren. Insofern hatten unsere eigenen Aufnahmen einen gewissen Wert für die Erforschung der Welt, auf der wir leben. Einer von uns war ein gestrauchelter Biologe, der emsig Pflanzenproben sammelte und sich vom Lager am weitesten entfernte. Wir waren angehalten, unsere Eindrücke in einer Art Tagebuch festzuhalten – solange wir konnten. Das alles hätte man mit zwei oder drei Versuchskaninchen durchführen können, aber mit unserer größeren Zahl konnte man vielleicht eher individuelle Unterschiede aufdecken. Wie würden die Frauen reagieren? Eine besondere Gattung von Frauen fehlte hier, die der Messdienerinnen. Zu gerne hätte ich eine wahnsinnige Messdienerin beobachtet, eine, die sich bei Kontakt die Kleider vom Leibe riss und ein Tänzchen aufführte. Man entschuldige meine rüde, vielleicht primitiv wirkende Gesinnung. Ich wusste nicht, ob ich bei Kontakt noch tanzende Messdienerinnen im Sinn haben konnte. Vermutlich würden diese nur beginnen, ganz intensiv zu Gott zu beten. Diese Art von Gedanken schrieb ich nicht in mein Tagebuch. Ohne jemals die Gelegenheit gehabt zu haben, die menschlichen Qualitäten einer Gottesdienerin kennengelernt zu haben – es mochte ja sein, dass sie ja alle von einem dummen, arroganten und oberflächlichen Schlag waren – zehrte ich mich nach ihrer Nähe. Dieser schon tausendfach gedachte Gedanke schien mich zu bedrücken; nicht nur dass ich eine Art Druck und Umklammerung in meinem Kopf spürte - ich machte eine entsprechende Notiz mit Zeitangabe in mein Tagebuch ohne weitere Gedanken von mir zu erwähnen – und es wollten Tränen fließen, während Paul hysterisch auflachte. Ich konnte meine Tränen nicht unterdrücken, während Paul mich schamlos anlachte, vielleicht auslachte. Ich weinte bitterlich, während der Boden anscheinend zu schwanken schien. War ich ein so schlechter Mensch, der sich nichts sehnlicher wünschte, als gegen das sechste Verbot zu verstoßen. Mir war abgrundtief schlecht und ich hatte keinen festen Boden unter mir. „Sie sind hier. Sie sind hier", prustete Paul hervor, unentwegt lachend. Mir war das alles egal, ich war so traurig. Eine Frau schrie auf und stürzte sich gegen Boden. Die Welt begann sich um mich, der tief verzweifelt über seine Geilheit und Schlechtigkeit war, zu drehen. Mir wurde übel, ich musste mich übergeben, was zeitweilig den Tränenfluss zu stoppen brachte. „Alles Okay bei euch?", meldete sich unser Funkgerät. Völlig unnatürlich lachend bestätigte Paul mit dem Zusatz, dass sie da seien. Ich griff nach dem Gerät. „Alles Ok. Mir ist kotzübel. War eine Zeit traurig, weil …" - „Haltet durch. Wenn ihr nicht mehr könnt, zurück!" Ich verstand die Botschaft des Funkgeräts, das zu leuchten begann. Meine nassen Augen guckten gegen den lichten Wald, aus dem ein Bischof, dessen Mitra und Soutane in unnatürlichen Farben leuchteten, mit einem kleinen, pelzigen Wesen an der Hand raus traten. Sie gingen auf mich zu. Von unserer Seite Aufschreie. Das kleine Wesen hatte ganz dunkle Augen; das traurigste, das ich jemals gesehen hatte. Aber wie konnte ich diese Augen erkennen, waren der Bischof und das Wesen doch mehr als dreißig Meter entfernt und sie kamen scheinbar auch nicht näher? „Müssen wir weg?", fragte ich wie geistesabwesend, so als ob eine andere Instanz von mir dies gefragt hätte. „Haha, wir haben alles unter Kontrolle, haha." Ich versuchte die Visionen in meinem Tagebuch zu beschreiben, ohne mich ins schlechte Licht zu rücken, erwähnte aber, dass ich traurig war. Ich hatte zwar keine Angst, war aber traurig. Der „Seegang" des Bodens hatte sich etwas beruhigt; ich hielt in meinem Tagebuch fest, dass die Stimmung ausgelassen ist, nur ich sei unergründlich traurig. Ich könne mir nicht erklären, wie ein Bischof hier an diesem Ort sein könne. „Vielleicht ist es ein Trugbild", schloss ich. Es musste so sein, denn daraufhin sah ich meine Göttinnen in Weiß. Jedes Kleid tief ausgeschnitten hatten die Dienerinnen ebenfalls pelzige Wesen an der Hand. Wollten sie mir den Weg zum Paradies, den Weg zu Gott zeigen? Meine Trauer war völlig verschwunden, eine beglückende Wärme durchströmte meinen Körper, an bestimmten Körperstellen verdichteten sich Gefühle. „Mir geht es besser", schrieb ich – lakonisch - ins Tagebuch, ohne auf die Art der Gefühle einzugehen. Die Dienerinnen tanzten einen harmlosen Reigen, während der Bischof mich freundlich anlächelte. Hier konnte man es aushalten. „Ha, ha, alles unter Kontrolle!", kommentierte Paul, der sich anscheinend in einer wesentlich stabileren Gemütsverfassung befand. Irgendwo tief in mir hatte ich die Gewissheit, dass wir hier gar nichts unter Kontrolle hatten. War das Experiment nicht schon gescheitert, da Halluzinationen und krankhafte Gemütsstimmungen auftraten? Womöglich stellte sich nach einer gewissen Zeit eine Art Toleranz ein, die den Wahn und die Stimmungen dämpfte. Ich wollte auf eine der Dienerinnen zugehen, während der Boden wieder begann, bedrohlich zu schwanken. Der Druck auf meinen Schädel verstärkte sich wieder. Ich wollte in der Nähe meiner Liebsten sein. Sie würde mit mir gehen. Die Zeit schien sich zu dehnen und ich war in meiner Bewegung erstarrt. Bilder verschwanden und tauchten wieder auf. Die Wesen und die Dienerinnen waren Bilder. Ich sah Bäume, die sich zu brennenden Kreuzen verwandelten, an denen noch lebende, leidende Verurteilte hingen. Einer davon musste ich sein. „Es ist eine Welt voller Halluzinationen, die wir nicht kontrollieren können", schrieb ich ins Buch. Paul lachte mich immer noch aus.

Ich begann zu fragen, wer ich war und wo ich war, konnte aber nicht die passenden Antworten finden. Diese Fragen wurden mir von außen einsuggeriert. War es wirklich außen? Es war eine Stimme, die diese Frage stellte, deren Ursprung ich nicht lokalisieren konnte. „Wer bist du?", fragte die angenehme Stimme, von der ich auch nicht sagen konnte, ob sie männlich oder weiblich war oder die eines Kindes. „Bist du?", wurde ich gefragt. Ich bekam das Gefühl, das dieses irgendetwas möglicherweise an meiner Existenz zweifelte, aber diese Zweifel waren durchaus berechtigt, denn meine Persönlichkeit schien sich aufzulösen. „Oben oder unten?" Diese Frage der Wesen schien mir keinen Sinn zu machen. Ich machte einen entsprechenden Vermerk in meinem Tagebuch, wobei ich weiterhin offen lies, ob ich in einer Art telepathischen Kontakt stand oder dies krankhafte Fantasien meiner selbst waren, akustische Halluzinationen, ausgelöst durch einen Kontakt mit Aborigines, die ich nicht fassen konnte. Ich versank in meiner eigenen Welt, die anderen, deren Aufschreie ich am Rande mitbekam, spielten kaum noch eine Rolle. Das Tagebuch gab mir scheinbar Halt, war eine Brücke zur Realität, wer immer diese auch jemals definiert hatte. „Realität", echote es in meinem Kopf. „Wer bist du?" Ich nannte, beziehungsweise dachte meinen Namen, aber wohl vergebens. „Bist du?", erklang es wieder. Ich überlegte mir eine Antwort. Manchmal waren die Fragen recht verwirrend. „Bist du eine Zahl?", war eine von diesen. Vielleicht lag ein Übersetzungsfehler vor und gemeint war, ob ich eine Nummer sei, ein Rädchen im Getriebe unserer Gesellschaft. Auf die Frage, welche Zahl ich sei, konnte ich bei Gott und bestem Willen keine Antwort geben. „Wer bist du?", fragte ich zurück, aber ich bekam keine Antwort. Ich notierte in meinem Buch: „vergebliche Kommunikationsversuche" Das Funkgerät

186

riss mich eine Zeit lang aus meiner eigenen Welt raus. „Ist noch alles ok?" - „Ich stehe im telepathischen Kontakt mit den Aborigines" - „Und was sagen sie?" - „Sie haben Fragen" - „Kommt eine sinnvolle Kommunikation zustande" - „Ich glaube nicht wirklich" - „Könnte das alles ihre Einbildung sein?" - „Ja, das ist möglich, aber alles erscheint sehr real." - „Was machen die anderen?" - „Ich weiß nicht!" Der Druck um meinen Kopf nahm wieder enorm zu. Ich konnte das Funkgespräch nicht weiter fortführen, war aber in der Lage ein paar Zeilen in mein Buch zu schreiben. „Unser Lager scheint von Aborigines umringt zu sein", notierte ich in das kleine schwarze Buch. Mir fiel auf, dass Paul immer noch lachte. Worüber konnte er mir nie erzählen. Die Schreie in meiner Nähe störten mich nicht weiter, aber es fiel mir dann doch auf, dass die drei anderen Männer versuchten, die beiden Frauen zu vergewaltigen. Ungerührt schaute ich dem Spektakel zu. Die Echos in meinem Kopf versuchte ich nicht weiter zu beachten. Die Haare der beiden Frauen waren nicht sonderlich sehenswert. Die Frauen schienen sich zu wehren und ich bekam das erste Mal das Gefühl, dass hier etwas nicht in Ordnung war. Konnte es hier zur Blutorgie kommen? Ich versuchte meinen Nächsten anzustoßen, ohne Ahnung, worüber der so lachen konnte. „Paul hilf mir. Wir müssen eingreifen" Dieser reagierte nicht. „Paul, hilf mir!" Die Aborigines waren offensichtlich auch nicht gewillt, das Verbrechen zu verhindern. Obgleich die Zeit zäh wie Honig war, stürzte ich mich auf die Männer, um die Frauen zu befreien. Der Kräftigste von ihnen schlug mich nieder. „Wer bin ich?", fragte ich mich. Die Frauen schrien, die Männer grölten; ein weiterer Versuch scheiterte. Ich sah, wie Paul ein Schlauchboot löste. „Warte auf mich!", schrie ich ihm zu und versuchte mich durch den Leim der Zeit zu ihm zu bewegen, egal

187

wer ich war. Ich vergaß das kleine schwarze Buch nicht, ebenso wenig Funkgerät und Kamera. Lachend empfing mich Paul auf dem Boot, startete den Motor und drückte den Fernsteuerungsknopf, so wie er es in den Übungen gelernt hatte. „Haha, alles unter Kontrolle", wiederholte er notorisch. Das Funkgerät ging los. „Wie viele seit ihr?" - „Wir sind zu zweit" - „Und die anderen?" - „Die haben Sex" - „Wie bitte?" - „Da läuft eine Vergewaltigung" - „Bitte, was?" - „Eine Vergewaltigung!" - „Keine Angst, das Boot wird sie sicher zur Sankt Bonifazius bringen." Das Boot nahm Fahrt auf. Ich schaute zurück auf diese unheimliche Küste, schaute in diese traurigen Augen, ohne eine Antwort gegeben zu haben, wer ich war.

Mit dem Abstand, den wir von der Küste gewannen, schwand der Druck auf meinem Schädel. Paul wurde ruhiger und obgleich auf einem Schlauchboot schien die Welt an Stabilität zu gewinnen. Dunst lag auf dem Meer, sodass die Küste schnell nur noch schemenhaft zu erkennen war. Womöglich der Grund, dass die Beobachter der Sankt Bonifazius von den Vorfällen nichts mitgekriegt hatten. Man würde später versuchen, das Filmmaterial auszuwerten. Mein letzter Eintrag in mein Tagebuch war: „Das Experiment scheint gescheitert zu sein. Größere Angst habe ich nicht gehabt" Ein bisschen übervorsichtig war die Crew der Sankt Bonifazius, da sie sich nicht näher als die sechs Kilometer an die Küste herangewagt hatte. Die Stimmen in einem Kopf wurden leiser.
Was hatte ich wirklich erlebt? Ich konnte nicht sicher sein, dass irgendetwas, was ich erfahren hatte, real war. Hatte ich tatsächlich Aborigines gesehen? Während Paul darüber anfing zu lamentieren, dass er sich an nichts erin-

nern könne, schien bei mir das Gegenteil der Fall zu sein; ich hatte alle Details noch vor Augen. Bei den Dienerinnen und dem Bischof musste es sich um Halluzinationen gehandelt haben, etwas anderes anzunehmen wäre zu abwegig. Es gab Bilder von toten Aborigines, die wir ermordet hatten. Die, die ich nun gesehen hatte, sahen so aus wie auf den Bildern, aber hatte ich sie wirklich gesehen? Im Übrigen war das Bildmaterial dünn; es gelang nie, eine Leiche der Aborigines in die Hand zu bekommen. Womöglich hatte ich mir die Vergewaltigung auch nur eingebildet. Ich fragte Paul nach seinen Gründen, ein Schlauchboot zu lösen. Er konnte sich nicht erinnern, wie er sich nicht erinnern konnte, die ganze Zeit gelacht zu haben. Der Fluss der Zeit hatte sich wieder normalisiert. Die viertel Stunde zur Sankt Bonifazius kam mir schließlich vor wie eine gewöhnliche viertel Stunde, aber die kann auch ganz schön lang sein. Wir wurden vom Chefpsychologen, stellvertretender Leiter des Projekt Epsilon und dem Kapitän der Sankt Bonifazius begrüßt. Ersterem konnte man die Enttäuschung ansehen. Projekt Epsilon hatte ganze fünf Stunden gedauert, zumindest Pauls und mein Anteil am Projekt. Was mit den anderen war, blieb vorerst unklar. Ich hatte mir einiges an Geld und einen Kurzurlaub an einem der Ferienorte von New Havanna verdient. Ich würde noch einiges an Befragung über mich ergehen lassen, ebenso Paul, der es mit seiner Vergesslichkeit leichter hatte. Abgemacht war, dass Paul und ich den Urlaub gemeinsam antreten würden, obwohl mein Streben war, Paola wiederzufinden. Es begann zu dämmern, die Sicht war weiterhin schlecht. Es war beschlossene Sache auf Position zu bleiben, zu warten, bis die anderen sich meldeten oder mit dem Schlauchboot zur Sankt Bonifazius zurückkehrten oder zumindest solange bis der Sichtkontakt möglichst gut war. Für mich war ausgeschlossen, im Rahmen einer Rettungsaktion zur Küste zurückzukehren, unser Cocktail war so gut wie wirkungslos. Ich nahm nicht an, dass man dies von uns verlangte. Ich würde wieder ein normaler Mensch, der ohne irgendwelche Pharmaprodukte leben konnte. Nach einem üppigen Abendessen teilte ich Paul meine Absicht mit, mich zu besaufen, das Problem war nur, eine Quelle aufzutun. Ich nutzte eine kurze Gelegenheit, die ich mit dem Kapitän alleine verbrachte, mein Anliegen zu vermitteln. Er hatte vollstes Verständnis und kurze Zeit später waren wir Besitzer einer kleinen Flasche Wodka. Der halbe Liter sollte reichen. Ein Problem war natürlich, dass wir noch einige Zeit auf See sein durften. Wir hatten mit den Psychologen abgesprochen, dass unsere Medikamente sofort abgesetzt wurde. Man sah darin kein Problem. Ohne explizit nachzufragen, ging ich davon aus, dass das Alkoholverbot damit gefallen war. In der Kajüte nahmen wir uns Becher und gossen uns von der kostbaren Flüssigkeit ein, die etwas gewöhnungsbedürftig schmeckte. Ich stand nicht so sehr auf Spirituosen, aber nicht zuletzt war ich auch Wirkungstrinker. Wir begannen, über die nähere Zukunft zu sprechen. Inwieweit hatte sich mit der Teilnahme an Projekt Epsilon unsere Aussicht gebessert, ansprechende Jobs zu bekommen? Würde ich jemals die Gelegenheit bekommen, wieder über die Geschichte der Erde zu lehren? Ich, ein schlecht verkappter Oppositioneller! Die Aussichten von Paul waren irgendwie besser, zumal immer ein Bedarf nach Techniker bestand. Wir wollten New Havanna noch vor Ausbruch des Winters aufsuchen. Wir konnten noch mit warmem Wetter rechnen, die Tage wurden zwar merklich kürzer, aber viel Sonnenschein war garantiert. Ich schwärmte von den Frauen von New Havanna. „Die Frauen sind deutlich billiger als bei uns. Wenn du die Richtige gefunden hast, begleitet sie dich den ganzen Urlaub." Die letzten Tage in Athens hatten Paul und mich zusammengeschweißt. Ich hatte in meinen verschiedenen Lebensphasen nicht oft sagen können: „Ich habe einen wirklichen Freund" Paul war so ein Freund. Es störte ihn nicht, dass ich ein Ketzer war, ein Ungläubiger, der sein Denken infrage stellte. Wir hofften in Athens auf Katharina zu treffen, um gemeinsam mit ihr Abenteuer zu bestehen. Wir hatten beide das Gefühl, dass sie wieder auftauchen würde. Ich würde ihr von meinem kurzem Abenteuer mit den Aborigines erzählen, mehr von dem Stich und das alles in allem ihr Kraut dagegen recht harmlos sei, würde davon nehmen und vermutlich in die ewig gleiche Paranoia verfallen, die ich aber in Kauf nehmen wollte, wenn ich an ihren Brüsten lecken konnte. Meine begeisterte Schilderung, alle Frauen in New Havanna ohne Kopftuch betrachten zu können, nahm Paul mit gemischten Gefühlen auf. Es störte womöglich sein religiöses Grundgefühl. Ich hatte die für mich nicht so unwichtige Hoffnung, dass er mit jedem gemeinsamen Rausch, mit jeder Frau in seinem Empfinden weltlicher wurde. Wir würden noch viele gemeinsame Diskussionen führen. Hier und jetzt schilderte ich im Detail meine Visionen, ließ nichts aus und er konterte. „Und du glaubst nicht, dass es etwas Größeres gibt, das deinen normalen Sinnen verschlossen bleibt?" Ich lehnte diese Art von Argumentation ab. Unsere Diskussion führte zu nichts, wurde unterbrochen, da man uns die Nachricht brachte, dass das zweite Schlauchboot unterwegs sei. „Es sind nur die Männer" Diese berichteten dann, dass die Frauen tot seien. Sie wurden gefragt, wer sie umgebracht hätte. „Vermutlich die Aborigines", war ihre Antwort. „Mit Messern", sie könnten sich an kaum etwas erinnern. Als der Wahn aufgehört hätte, die Aborigines verschwunden waren, hätte man die toten Frauen entdeckt.

191

10

Eine weitere Hibernation liegt hinter ihnen. Unentwegt nimmt die Finder weiter Fahrt auf und befindet sich in Regionen, die erheblich sternenreicher sind, als die der Randwelt von der sie stammen. Mit jeder Sekunde, die verstreicht, wird das Universum um sie herum bizarrer. Die Sterne, die vor ihnen liegen, sind harte Röntgenquellen, deren Strahlung nach jedem Atemzug härter wird. Sie können den Raum mit seinen Objekten nur überwinden, indem sie diese Entfremdung zu ihrem Universum bewirken. Hier glaubt niemand mehr an Astrologie, ein Luxus, den man sich in verschlafenen Heimatwelten leisten kann, an Plätzen, an denen sich die Konstellationen für den Menschen nur langsam verändern. Die besonders nahen Röntgenstrahlen werden, schnell zurückgelassen, zu extrem langwelligen Radiosendern, deren Programm niemand versteht.

Unter diesen Randbedingungen beschäftigt sich Robert mit seiner Lieblingsbetätigung, dem Trinken. Anderes würde er vielleicht auch gerne tun, aber das bleibt ihm verwehrt. In seinem Denken ist das intime Verhältnis zu einem Menschen zu einer Sache beziehungsweise zu einem erregenden Zeitvertreib verkommen. Vanessa mag ihn, keine Frage. Sie sind befreundet und sie tickt ähnlich wie er, fühlt sich aber, was diesen Zeitvertreib betrifft, zum gleichen Geschlecht hingezogen. Das hat sie ihm irgendwann vor der letzten Hibernation gesagt, als seine Annäherungsversuche zu heftig wurden. Sie verschweigt ihm aber, ob sie hin und wieder ihre Neigung auslebt. Sie kamen sich näher in einer Phase vergeblicher Aufklärung.

Der Mord bleibt unaufgeklärt, seine Nachwirkungen an Bord sind verheerend. Es gibt kaum Vertrauen unter den Besatzungsmitgliedern. Starkes Vertrauen wurde nie an Bord gebraucht. Distanzierte Verhältnisse waren ausreichend, um ihre Mission in Gang zu halten. Anstelle von Vertrauen hat sich eine Atmosphäre diffuses Misstrauen entwickelt, die das Leben hier an Bord überschattet. Der, der hier keine Freunde hat, ist völlig verloren. Paul vertraut Robert und dieser Vanessa und Paul. Erleichterung würde eventuell die Gewissheit über das Motiv des Mordes geben, wenn man wüsste, dass zum Beispiel Eifersucht zum Mord führte, etwas, das sich nicht wiederholen würde, keine weitere Gefahr, aber sie wissen nichts. Es könnte jederzeit wieder passieren. Neben den unwägbaren Gefahren ihrer Reise scheint für den Einzelnen eine weit größere hinzugekommen zu sein. Robert findet, dass er sich an einem beschissenen Platz des Universums befindet. Die Untersuchungskommission ist aufgelöst, weil sie zu keinen Ergebnissen kommen konnte. Die Kameras und die Mikrofone sind geblieben und der Mörder ist offensichtlich vorsichtig. Die Frauen scheinen noch entfernter, da schon vier von den vierzehn wieder Kopftücher tragen. Es hat sich ein Bibelkreis gebildet, für Robert eine kaum vertrauensschaffende Maßnahme. Hin und wieder werden kleine Andachten organisiert, man erlernt Praktiken der Teufelsaustreibung, denn womöglich ist einer der Besatzung befallen. Robert hat wieder Zeit für sich, die er totschlagen kann. So oft wie er kann, greift er zum Alkohol, hört nicht auf die Ratschläge von Vanessa und die der Kollegen. Sie beteiligt sich zwar hin und wieder an den Exzessen, verbringt aber den überwiegenden Teil ihrer Stunden nüchtern. Immer wieder schwört sie, keinen Alkohol mehr anzupacken, wenn es sie mal wieder schwer erwischt hatte. Hugo Scheffener sieht dem Treiben distanziert zu. Er macht keine Anstalten, die religiösen Aktivitäten zu unterbinden, versteht Typen wie Robert und lässt – noch – seinen Exzess zu. Robert hat ein Konzept der Eventualitäten zu entwickeln, für den Kontakt. Er ist der Kulturhistoriker, der sich mit der Geschichte der Erde und der von New Avignon auskennt; er hatte Kontakt mit anderen Spezies gehabt, mit außergewöhnlichen Bewusstseinszuständen, geeignet um das Treffen mit den anderen Nachfahren der Menschheit zu organisieren. Robert hat in seinen nüchternen Stunden, die es natürlich auch gibt, mit der Arbeit begonnen; eine Gelegenheit, Hugo Scheffener näher kennenzulernen. Robert misstraut Scheffener, glaubt nicht, dass Scheffener das Überwachungsmaterial unberührt lässt. Offiziell zeichnen die Maschinen weiter auf, um bei einer weiteren Tat Dokumente in der Hand zu haben. Inzwischen ist die Abschreckung des Täters ein weiterer Grund der Überwachung. Der Mörder scheint sich auch wirklich nicht zu rühren. Kann aber Hugo Scheffener der Versuchung widerstehen, einen intimeren Überblick über seine Besatzung zu bekommen? Aber wie in einem physikalischen Experiment die Messapparatur das eigentliche Ereignis beeinflusst, hat Scheffener nur die Chance, Menschen zu beobachten, die sich überwacht wissen und dementsprechend verhalten. Wer glaubt Scheffener? Jeder von ihnen hat langjährige Erfahrungen mit einer Überwachungsgesellschaft, die aber nicht soweit ging, ihre Kameras in den Wohnungen ihrer Mitglieder zu installieren. In New Avignon hieß es, dass man die Bilder der Kameras auswerte, hier, dass im Falle eines weiteren Verbrechens darauf zurückgegriffen wird. Unzweifelhaft ist die Macht von Scheffener größer geworden und vielleicht hat sich der eine oder andere damit abgefunden, dass ihr Pate ihnen zuschauen und zuhören könnte. Robert tendiert zu solchen Einstellungen, wenn er etwas mehr getrunken hat.

Das mit Vanessa war eine herbe Enttäuschung für ihn. Sie hatte offen Sympathie für ihn gezeigt und ihn trotzdem abgewiesen, aus sogar nachvollziehbaren Gründen, denn er will sich nicht die Sexualmoral New Avignons zu eigen machen, nach der Vanessas Veranlagung gleichzeitig krank und verbrecherisch ist. Obwohl es möglicherweise masochistisch ist, versucht er sich öfters mit ihr zu treffen, manchmal in der Hoffnung, dass der Alkohol bei ihr eine Pforte öffnet, die Geschlechtsunterschiede verwaschend und den Weg zeigt, ihr Bedürfnis nach körperlicher Wärme, wenigstens das, zu stillen. Manchmal nimmt sie ihn in den Arm, er wartet dann auf Weiteres, das aber gewissen biologischen Gesetzen widerspricht. Sie scheint kein bisschen bisexuell zu sein; er im Übrigen auch nicht, da er auch im angetrunkenen Zustand keinerlei Drang hat, es mit Paul zu versuchen. Vor Paul ist er auch sicher. Dem ist zwar gelungen, sich hin und wieder mit Sandra, die seit den ersten Tagen nach dem Mord ein Kopftuch trägt, zu treffen und mit ihr sein Lieblingsspiel zu spielen, bei der sie auch mit vielen Vorgaben keine Chance hat, gegen ihn zu gewinnen. Offensichtlich mag sie auch das Spiel. Sie versucht ihn in die kleine Gemeinde zu locken, die fern ab jeder Kirche und jedes Bischofs entstanden ist, ein Bibelkreis, der an ihre Religion und ihre Traditionen anknüpfen will, der Gott aus seinen heimeligen Kirchen an diesen verfluchten Platz bringen will, in dieses verdammte Raumschiff, das sich gewisserweise vom gewöhnlichen Universum gelöst hat und einem unbekannten

Ziel entgegen rast, wo möglicherweise der Satan und seine Schergen ihr Regime führen. Hat die Erde schon ihren Jüngsten Tag erlebt, eine Frage, die sie öfters, neben ihren Gebeten, diskutieren. In der Bibel wird nicht von mehreren Welten gesprochen. Trat der Erlöser nur auf der Erde in Erscheinung? Der Kreis zweifelt nicht an, dass bewusstes Leben im Universum weit verbreitet ist. Wiederholt sich die Auferstehung vielfach? Dies sind Fragen, mit denen sie sich ernsthaft beschäftigen. Es ist ihr nicht gelungen, Paul, der eine mehr pantheistische Sicht der Dinge entwickelt hat, zu einem Besuch des Kreises zu überreden. Die beiden spielen hin und wieder mit Vanessa und Robert Karten, eine Gelegenheit, bei der sich Sandra und Robert regelmäßig in die Haare kriegen, ohne das Robert, bis auf ihre Augenbrauen, welche zu sehen, bekäme. Er lästert über ihr Tuch und ihre Bibelnaivität und sie über seinen Lebenswandel. Sie hat es im Grunde aber aufgegeben, Vanessa oder sogar Paul gegen ihn aufzuhetzen, sie von ihm zu trennen. Vanessa vertraute Robert an, dass Sandra nichts von ihren Vorlieben weiß. Zu früheren Zeiten hatte selbst Robert ein Interesse an Sandra. Ganz sicher würde er sie nicht von der Bettkante stoßen, aber er hat jeden Versuch aufgegeben, dort mit ihr hinzugelangen. Sie verweigert sich ja auch dem Alkohol, über den sie regelmäßig lästert, aber selbst Paul kann sie nicht beeinflussen. Paul versucht über den Umweg Robert Informationen über Sandra zu bekommen, aber Vanessa weiß nicht, was Sandra im Innersten antreibt, ist sich nicht sicher über ihre sexuelle Orientierung. Sie direkt danach zu fragen beinhaltet das Risiko, dass Sandra mit ihr bräche. Sie spricht nicht offen über Männer, möglicherweise aber indirekt oder verschlüsselt, so wie es fast alle Frauen von New Avignon tun. Kein Wunder, dass Vanessa alles drangesetzt hatte, New Avignon so, wie es war, zu verlassen, da sie auf der Finder ein Klientel erwartete, das auch Gründe haben musste, diesen Exodus anzutreten. Die zu Anfang liberaleren Verhältnisse hatten sich zumindest subjektiv in ihr Gegenteil verkehrt, obgleich Hugo Scheffener und die Elite des Raumschiffs keine weiteren Verhaltensvorschriften machten. Julia und Rita Zoller sind nun ganz offiziell ein Paar. Vanessa mochte ihre Nähe aufgesucht haben, traut sich aber letztendlich nicht eine mögliche Vorliebe für die eine oder andere zu zeigen. Es gibt natürlich ein Rumoren an Bord, dass die beiden in den Mord verwickelt waren, es zeigt sich ein Motiv, aber Hugo Scheffener hält dies für ausgeschlossen, da Scheffener Detailkenntnisse über die Zollers hatte. Ein Eifersuchtsdrama, aus dieser Richtung kommend, ist für ihn ausgeschlossen. Der Bibelkreis hat zurzeit neun Mitglieder, wovon vier unverheiratete Männer sind. Paul will nicht gegen seine Überzeugungen handeln, weiß aber, dass Sandra leicht ihr Herz bei einem Bibeltreuen verlieren kann, womöglich schwingt sich dort einer als Priester auf, mit einem von Gott gesegneten Anspruch auf eine Frau. Vanessa ist natürlich bibelresistent, aber Franziska hat Sandra an ihrer Seite, zudem sind die Frauen von Henry Newton, Dorothy und Penelope Mitglieder des Kreises. Diese Frauen tragen wieder das Tuch, keine von Hugo Scheffeners Frauen. Die Elite des Schiffes zeigt sich noch mehr oder weniger religionsresistent.

Wie soll man sich auf etwas vorbereiten, was man gar nicht kennt? 50000 Jahre Evolution sind eigentlich nicht viel, aber mit Gendesign und künstlicher Intelligenz kommt es zur Hyperevolution. Robert weiß, dass mit Aufkommen der industriellen Revolution die Evolution der

Biosphäre stark beeinflusst wurde, insofern, da jede Menge Arten ausstarben. Der Mensch beanspruchte den ganzen Planeten. Es gibt zwei radikale Vorstellungen in Roberts Hirn. Die eine ist die, dass Maschinen, womöglich bewusste Maschinen die Erde übernommen haben. Maschinen, die sich selbst reproduzieren und einer eigenen Evolution unterliegen. Sie brauchen keine Menschen und die Umweltbedingungen, die sie benötigen, sind völlig andere als die, die für eine Fauna wichtig wären. Dass er es für möglich hält, dass die Menschheit sich zu einer Gehirnmasse entwickelt hat, superbewusst, hat er in einigen feuchten Runden schon zum Besten gegeben. Vielleicht erwartet sie Fremderes als die Bewohner von Aurelia, die Welt, die um Helena kreist. Vielleicht sind die lebensfeindlichen Planeten mit intelligenten Maschinen bevölkert. Robert versteht nicht so viel von der Evolutionstheorie, um sagen zu können, ob Einheiten, die sich replizieren können, auch tatsächlich replizieren. Ist der Wille zur Replikation notwendige Voraussetzung für Ingangsetzung einer unabhängigen Maschinenevolution? Das unbewusste Leben braucht keinen Sinn um sich weiter zu entwickeln, bewusstes Leben möglicherweise schon. Er ist beides, ein bewusstes und unbewusstes Wesen; sein kleines Bewusstsein schwimmt in einem Meer des Unbewussten und bildet mit ihm, was er ist, einen Menschen. Die erste Frage für ihn ist: Wie wollte sich die Menschheit entwickeln? Eine weitere: Wohin konnte sich die Menschheit entwickeln? Womöglich gibt es keine intelligenten Maschinen und die Menschheit selbst ist ein kleiner Haufen von Steinzeitwilden, die noch Jahrtausende benötigen, um zu ein bisschen Kultur zu gelangen. Auf eine Endwelt mit wilden Zombies zu treffen ist möglich. Alles ist möglich! Er kann sich in Vorstellungen hinein steigern, dass er auf seine Eva trifft, da offensichtlich hier an Bord keine der

Frauen bereit ist, diese Rolle für ihn zu spielen. In seinem Kopf hat sich so etwas wie eine Wunscherde beziehungsweise Traummenschheit gebildet; eine Erde, die mit ausgesprochen schönen Menschen besiedelt ist, die zudem gebildet und nett sind. Diese Menschen sind reich, sie brauchen sich nicht direkt einem Überlebenskampf stellen, leben moralisch und liberal gleichermaßen und womöglich besitzen sie die ewige Jugend. Diese Vorstellung ist fürchterlich naiv. Darüber ist sich Robert bewusst, dennoch zieht diese Vorstellung an; mit den realen Menschen in all ihrer Unterschiedlichkeit, das Reichhaltige, was die Menschheit zu bieten hatte und hat, verstört ihn mehr. In dieser Vielfalt kann man Idealen nachgehen, die in ihrer Gesamtheit zum naiven Traum und Klischee verkommen. Robert übt sich mit diesen Gedanken in Weltfremdheit. Wirklich schön in einem überirdischen Maße, müssten die Frauen, die sich dort unten mit ihm einließen, nicht sein. Schönheit symbolisiert für ihn Unerreichbarkeit. Nun wird er aber bald dreißig Tausend Lichtjahre zurückgelegt haben und womöglich ist das Unerreichbare in unmittelbare Nähe gerückt. In der neuen Traumwelt kehrt sich alles um, alles, was er sich gewünscht hat, ist erreichbar, nur sie, die Raumfahrer bringen die alte Realität mit ins Paradies und das Hässliche ist nur noch im Spiegel zu erblicken. Er hat begonnen, die Dokumente zu studieren, die sich an Bord der Finder befinden. Filme über New Avignon, über ihren Planeten, ebenso Bücher mit einer Vielzahl von Abbildungen, Tondokumente, aber mit der musikalischen Kultur von New Avignon ist es nicht weit her. Nun die Kirchenorgeln klingen prächtig, vielleicht so ähnlich wie die zu Zeiten von Johann Sebastian Bach, aber es hat nie Nachbauten klassischer Streichinstrumente gegeben, nie hat der Klang einer Stradivari ein Kirchenschiff erfüllt, eine Art Klavier steht in den

Anfängen, aber man baut auf der Insel gut klingende akustische Gitarren, denen man Töne heraus locken kann, die sehr geeignet sind, um Gott zu preisen. Für ihre ganz besondere Show brauchen die Bischöfe den mächtigen Klang einer Kirchenorgel. Sie haben einen kompletten Film über eine zweistündige Messe dabei und womöglich die Chance Abweichungen in der Liturgie zu studieren, wenn es noch eine Art von Katholizismus auf der Erde gibt. Dass es irgendeine Art von Christenheit auf der Erde gibt, gilt allgemein unter der Besatzung als sehr unwahrscheinlich, selbst die Mitglieder des Bibelkreises haben da kaum Hoffnung. Die Finder hat allerdings auch eine Reihe von Dokumenten dabei, Kopien von Originalen, die von der Erde stammen müssen. Diese Originale waren für die Ewigkeit gemacht, Bücher aus besonders haltbarer Plastik, die Farbe der Bilder und Buchstaben geschützt durch einen transparenten Überzug, der chemisch kaum angreifbar ist, sodass sie mehr als Tausend Jahre überstanden. Alles andere hatte keinen Bestand gehabt. Man mochte elektronische Speichermedien mit kaum vorstellbaren Informationsmengen gehabt haben, alles war zerstört, zerfallen, funktionierte nicht mehr, nur ein Teil der Plastikbücher, die ihre Vorfahren in weiser Voraussicht hatten anfertigen lassen, vermutlich eine komplette Enzyklopädie der Menschheit, Wissenschaftliches und Literatur, unter anderem die Bibel. Ein Großteil dieser Originale musste verloren gegangen sein; es gab zum Beispiel keine Bauanleitung für eine Stradivari, auch kein Foto einer Geige. Bauanleitungen für den Watanabe-Antrieb, die Relativitätstheorie von Einstein in Grundzügen, aber so gut wie nichts über Quantenmechanik und Festkörperphysik. Die Begriffe existierten, waren aber nicht mit dem Wissen gefüllt, über das die frühere Menschheit verfügt haben musste. Neben Theologie war die Archäologie eine wichtige Wissenschaft von New Avignon, in der Hoffnung auf weitere Originale zu stoßen, die die geheimnisvolle Technologie ihrer Vorfahren offen legen würde.

Wenn sie ins Sonnensystem stoßen, werden sie Botschaften an die alte Menschheit aussenden, die dann nur wenige Stunden benötigen werden, um die Erde zu erreichen. Es werden Radiosendungen auf verschiedenen Frequenzen sein, darunter auch im UHF-Bereich, ausgestrahlte Bilder, die mit ziemlicher Sicherheit niemand sehen wird, da diese eine angepasste Technologie auf der Erde voraussetzt. Die primitiven Radiosendungen haben eine bessere Chance verstanden zu werden, obgleich anzunehmen ist, dass die alte Menschheit völlig andere Kommunikationstechniken benutzt, um interplanetare oder interstellare Entfernungen zu überbrücken. Möglicherweise haben sie ein Interesse, weniger entwickelte Zivilisationen in der Milchstraße zu entdecken, die mit rückständiger Radiotechnik auf sich aufmerksam machen wollen. Hat sich aber die Menschheit zu einem kollektiven Superbewusstsein, zur Hyperintelligenz entwickelt, könnte ein Interesse für primitivere Kreaturen fehlen. Die Radioteleskope auf New Avignon haben nie Radiowellen mit irgendeinem Code entdeckt, ein Indiz dafür, dass man gemeinhin andere Kommunikationstechniken ausübt. Aber was wäre, wenn das Sonnensystem und das ihre, das Doppelsystem mit ihrer Sonne und Helena die Einzigen sind, die intelligentes Leben bergen. Dies erinnert an die Frage, warum das Universum mit seinen Naturgesetzen und Konstanten so fein abgestimmt ist, dass es komplexere Strukturen wie organisches Leben hervorbringen kann. Für Paul ist dies ganz klar ein Argument für einen Design, für einen Weltgeist, für einen Gott, der dieses Universum geschaffen hat. Es wäre dann vielleicht auch kein Zufall, dass ihre Ahnen in ihr Doppelsystem geführt wurden. Über die theologische Bedeutung der Aborigines und der Superzivilisation auf Helena will sich Robert keine Gedanken machen, dies ist eine herausfordernde, prächtige Aufgabe für den Bibelkreis. Eine Zivilisation, die über die Technik der interstellaren Raumfahrt verfügt, muss sich dafür entscheiden, sie zu nutzen. Womöglich hat die alte Menschheit alle bewohnbaren Planeten im Umkreis von vielleicht zwanzigtausend Lichtjahren besiedelt. Vielleicht macht sich New Avignon auf, die Galaxis zu bekehren. Robert erscheint es weiser, sich mit seinem Ursprungsplaneten zu begnügen, weiser sich diesen mit den Millionen Arten, die sich auf ihm entwickeln können, zu teilen. Die Menschheit hatte sich damit schwer getan, vor allem weil sie einer unbewussten Evolutionsdynamik unterworfen war, die für die eigene Spezies immer mehr Lebensraum einforderte. Für sich und das Mastvieh, die pflanzlichen Monokulturen, die unabdingbar waren, die hinzukommenden Milliarden zu ernähren. Auf ihrer Welt hätte sich das Spiel wiederholt, wären nicht die Aborigines. Über all das konnte er sich mit Hugo Scheffener gut unterhalten. Der Mann hatte nicht nur Geld und Macht, sondern auch einen gut entwickelten Intellekt. Dennoch misstraut Robert ihm und manchmal in angeheiterten Begegnungen machte er sich über die Überwachungssituation lustig, sprach Scheffener direkt an, gab Provozierendes von sich, aber die möglichen Überwacher machten keinen Mucks, gaben sich nicht zu erkennen, nichts in den Unterhaltungen mit Scheffener verriet, dass dieser sein Privatleben abhörte. Vermutlich schmunzelt er über die Beleidigungen, die er gegen ihn ausstößt. Robert ist ein überzeugter Gegner der Vielweiberei, vermutlich deswegen, weil er das Privileg nicht ausleben kann. Er denkt da gewissermaßen kommunistisch. Robert zündet sich eine Zigarette an, betätigt das Bordtelefon, um mit Paul zu sprechen. Paul ist in seiner Kabine. Er lockt ihn mit ein paar Partien Go. In zehn Minuten werden sie sich in Aufenthaltsraum C treffen. Er greift einen abschließenden Gedanken auf. Muss eine Zivilisation, die keine interstellare Raumfahrt betreibt, Vorkehrungen gegen Eindringlinge von außen machen? Die Bewohner von Aurelia machen uns bloß wahnsinnig, denkt er sich. Wie gehen sie gegen Maschinen vor, die eindringen? Vielleicht siegt ja das Gute im Universum und hoch entwickelte Invasoren sind selten. Es besteht die Chance, dass sie im Sonnensystem einfach zerstört werden, abgeschossen gewissermaßen, aus rein pragmatischen Sicherheitsgründen. Oder man setzt sie in Quarantäne, irgendwo bei Pluto, chancenlos, jemals die Erde zu betreten. Vielleicht hängt einiges von ihrer Glaubwürdigkeit ab. Wenn man sie abschießen will, werden sie abgeschossen. Neben dem interstellaren Crash mit einem Partikel oder einem wahnsinnigen Serienmörder ein zusätzliches Risiko, vorzeitig das Zeitige zu segnen. Es wird noch gut ein Jahr dauern, wenn man die Hibernationen nicht berücksichtigt. Ein Jahr noch, um auf Antworten zu warten, die vermutlich keiner der Klerikalen von New Avignon jemals bekommen wird. Sie üben sich in neokatholischen Spekulationen. Geht man von ihnen aus, ist die Apokalypse über die Erde längst gekommen, mit all ihren Fabelwesen und Zerstörungen. Nach der offiziellen Theologie ist die Menschheit auf der Erde ausgestorben, die Menschen in New Avignon sind ein kleiner Kreis von Auserwählten, aber dennoch dem Paradies sehr fern. Mal hören, was Chef-Theologe Paul von sich gibt, denkt Robert. Aufenthaltsraum C ist nicht weit. Vorbei an Kameras und Brenda Scheffener – die Frau hat schönes Haar – trifft er in C auf Paul, der das kleine Spiel schon auf einem der Tische ausgepackt hat. Robert organisiert eine Flasche Wodka und zwei Gläser. „Was treibt dich jetzt zu dem Spiel?" - „Ich will deine göttliche Intuition bewundern" Gott, in Form seines Werkzeug Paul gibt Robert auf dem kleinen Brett drei Vorgaben, trotzdem gelingt es ihm Robert, der sich nicht so recht mit dem Teufel einlassen kann, öfters zu besiegen. Mit zwei Vorgaben hat Robert so gut wie keine Chance. Dieser Unterschied an Intelligenz macht sich im Alltagsleben mit seinen geringfügigen Problemen nicht bemerkbar. Paul glaubt an eine Gottesgabe, vergleicht das mit Musikalität, die ja auch nicht jeden trifft. Robert hat ihn schon öfters darauf aufmerksam gemacht, dass die Supercomputer der Erde schließlich die von Gott gesegneten besiegen konnten, sodass sich für ihn die Frage stelle, ob Computer besser spielen könnten als Gott. Paul lehnt die Fragestellung, da unsinnig, ab. Robert gibt sich wirklich Mühe beim ersten Spiel, raucht sogar eine weitere Zigarette, aber er schafft es nicht, geht mit Pauken und Trompeten, einem Orchester ähnlich dem von Jericho, unter. „Du solltest es mal mit Sandra versuchen, die hat eine ähnliche Spielstärke wie du!" - „Ich frage mich, warum diese Gottesanbeterin nicht diese göttliche Intuition besitzt, um dich vom Bett zu fegen. Womöglich verhindert das Kopftuch jeden weiteren Kontakt." - „Sie fragt immer wieder nach, ob ich in den Bibelkreis mitkomme" - „Du solltest mal ein Kopftuch anziehen und gegen mich spielen. Im Bibelkreis würde sich das auch gut machen, denn dort herrscht Männerüberschuss." Gott zürnt Robert, der im zweiten Spiel noch vernichtender geschlagen wird. Hier an Bord, ganz anders als in New Avignon, ist es viel einfacher, Gotteslästerer zu sein. Das liegt daran, dass sie sich in einem sehr schnellen Raumschiff befinden; nicht so ohne Weiteres erreichbar für Gott, denkt sich Robert. Es macht ihm gewissermaßen auch Spaß Hugo Scheffener – Lästerer zu sein, dessen Augen und Ohren alles mitkriegen können, zumal er ihm öfters persönlich gegenübertreten muss. Vermutlich versteht Scheffener ihn, versteht das Spiel. „Du könntest ja vielleicht mitkommen" - „In den Bibelkreis? Das würde lustig. Ich frag mich aber, ob Sandra dann nicht ausrastet. Andererseits könnten sie sich im Umgang mit Atheisten üben, sich im Missionieren üben." Es hat den Anschein, dass Gott ihn bei der dritten Partie gewinnen lässt, allerdings knapp. Paul scheint sich zu wundern, wie so etwas möglich ist. „Du als mein Freund machst dich doch unmöglich und damit wachsen die Chancen der anderen Typen Sandra zu besteigen" - „Ich könnte mich gegen meinen Freund stellen und damit jede Menge Sympathiepunkte einfahren" - „Die haben es nicht einfach in dieser atheistischen Umgebung. Sie sind wie eine Urkirche in einem heidnischen römischen Reich. Sie werden aber bestimmt gewinnen und dann geht's so ab wie in New Avignon." - „Ich bin davon überzeugt, dass Religion sich mit Gerechtigkeit und Freiheit verbinden lässt", kontert Paul.

Ein Jahr Zeit, die man irgendwie totschlagen muss, ist viel Zeit. Insbesondere wenn man sich in einer Art komfortablem Gefängnis befindet. Robert hat keine künstlerischen Ambitionen wie Malen oder das Schreiben eines Romans. Er hält sich auf diesen Gebieten für untalentiert. Ein Jahr Zeit ist soviel, dass er es sich durchaus erlauben kann, den Bibelkreis aufzusuchen. Die Motive von Paul sind ihm unklar, aber dieser hat ihn rum gekriegt. Der Besuch eines Bibelkreises bedarf aber einer gewissen Vorbereitung. Das Sammeln atheistischer, gesellschaftskritischer Argumente zum einem, zum anderen die Einnahme größerer Mengen geistiger Getränke, die unmittelbar vor dem Event zu kippen sind: an sich ist die Teilnahme an einem Bibelkreis Zeitverschwendung – Ausnahme ist die Beteiligung einer Vielzahl von Messdienerinnen in traditioneller Tracht, die offen sind für alles, auch für eine feindliche Übernahme. Diese Voraussetzungen sind nicht gegeben, aber hier an Bord kann man eigentlich keine Zeit verschwenden. Die Gesetze der Hibernation erlauben es nicht, länger als ein gutes Jahr in diesem künstlichen Winterschlaf zu verharren. Praktisch die ganze Reise in der Hibernation zu verbringen wäre für ihn durchaus eine Alternative, um dem Wahnsinn hier an Bord zu entkommen, aber Robert Unbewusstes lässt sich auch bei kühlen Temperaturen nicht zur Ruhe bringen, seine Seele ist gewissermaßen temperaturresistent und wird von Alpträumen während des Winterschlafes gepeinigt, sodass ihm das auch nicht schmecken würde. Geht ja sowieso nicht! Robert trifft die unmittelbaren Verbreitungen. Die halbe Flasche, die vom gestrigen Tag übrig geblieben ist, bildet eine solide Basis. Er unterlässt es, Paul in seine Vorbereitung einzubinden, raucht eine Zigarette und wägt das Risiko ab, das der Bibelkreis das Rauchen untersagt. Diesbezüglich hat er keine Informationen. Er malt sich Sandra, Franziska, Dorothy und Penelope mit ihren Kopftüchern aus, hat die Phantasie, ihnen die Kopftücher auszuziehen, ein naheliegender Gedanke und eine Standardphantasie in New Avignon. In manchen Phantasien soll sogar das Kopftuch als Letztes fallen, Spielereien mit dem Tuch, möglicherweise auch in der Dramaturgie von Hinterzimmeraufführungen verruchter Kneipen New Avignons enthalten, jedenfalls ein erotischer Gag für die Touristen New Havannas. Robert muss sich gleich mit bibelfesten Männern herumschlagen, die ihn vermutlich nach wenigen Minuten rausschmeißen werden. Robert gibt sich eine viertel Stunde, weil er die ersten fünf Minuten gar nichts sagen wird. Robert zieht sich gefährlich schnell den Wodka rein. Dies ist eine Vorbeugemaßnahme gegen die stupide Religiosität, der er entgegentreten muss. Zum Bibelkreis gehören in der Mehrzahl Underdogs, die herrschende Elite an Bord ist in der Mehrzahl atheistisch, genießt die Vielweiberei und überwacht das Raumschiff. Die Frauen im Bibelkreis sind attraktiv und jünger als er. Es gibt keine unattraktiven Frauen an Bord und das ist kein Zufall. Er hat noch zwanzig Minuten, bis er auf Paul trifft, um dann in den Kreis der Gläubigen zu treten, die eine Zelle gebildet haben, um das Universum zu bekehren, damit es auf jedem verdammten Planeten, der bewohnbar ist, Kneipen mit Hinterzimmer gibt, wo die Frauen als Letztes ihr Kopftuch ablegen, mit Kirchen mit ihren Hinterhofbordellen, an dem die Kopftücher aus den kleinen Fenstern hängen. Aber überall soll es auch Gläubige geben, die darauf stehen, dass das Tuch unberührt bleibt. Robert hatte gedacht, mit New Avignon solche Geschichten hinter sich gelassen zu haben. Die Bischöfe von New Avignon dachten nicht im entferntesten daran, die Galaxis zu bekehren. Sie waren weder in der Lage New Havanna einzunehmen, die Aborigines der Kontinente zu bekehren, schon gar nicht die Zivilisation bei Helena, die vielleicht den Katholizismus für einen großen Witz hielt. Die monotheistische Idee hatte an sich etwas Bestechendes, was der Katholizismus daraus machte, war eine Witznummer, die ihren Höhepunkt in der Liturgie ihrer Messen fand. Die Neokatholiken hatten Jesus Christus ein wenig menschlicher gemacht, waren gewissermaßen Arianer, ohne Näheres über das Konzil von Nicäa zu wissen, Pfingsten war ein theologisches Rätsel, denn im Grunde genommen hielten die Chefdenker nichts von der Dreifaltigkeit und waren somit gewissermaßen modern. Als kleiner Junge hatte Robert geglaubt, geglaubt, was die Älteren, die Eltern, die Lehrer, die Priester erzählten. Gewisse Zweifel bekam er in der Pubertät, zusammen mit einer unbekannten Lust in die Kirche zu gehen. Seine Phantasie zur Schlafensgehzeit, aber auch zu anderen Auszeiten, drehte sich nur noch um die Messe und ihrer Liturgie, die er natürlich abwandelte. Die Erstkommunion, die er mit vierzehn von einer natürlich älteren Messdienerin erhielt, war der Startpunkt schwülstiger Wiederholungen im Geiste, die ziemlich feucht endeten. Das System hatte Potenzial Phantasien freizusetzen, aber er erkannte letztendlich, dass dieses System ihn nur unterdrückte. Diesen Gedanken im Kopf, kippt er weiter Schnaps, der nicht schmeckt. Er wird das alles mal mit Vanessa erörtern, möchte ihre Geschichte hören. Stand sie auch auf Messdienerinnen? Wäre nicht schlecht, Vanessa zum Bibelkreis mitzunehmen, denkt er sich und zündet sich eine weitere Zigarette an; um irgendwie auf Vorrat zu rauchen. In den Kirchen von New Avignon war das Rauchen unausgesprochen verboten, obgleich Robert den Grund dafür nie verstanden hat, da ja ansonsten in öffentlichen Räumen, an den Arbeitsplätzen, in den Büros das Rauchen selbstverständlich gestattet war. Es bleiben noch wenige Minuten, um sich für das bevorstehende Ereignis vorzubereiten, er kippt also schneller seinen Schnaps. Hätte schon Vorteile, wenn Paul und Sandra zusammen kämen. Gut, er könnte nicht mehr so viel Zeit mit Paul abhängen, aber dafür hätte er mehr Zeit mit Vanessa und die Hoffnung, dass noch der Heilige Geist über sie kommt, hat er noch nicht ganz aufgegeben. Es klopft an seiner Kabine. Etwas unwillig geht er zur Tür und öffnet sie. Es ist natürlich Paul, mit einem schelmischen Lächeln im Gesicht. „Ganz kurz noch, Paul, ich muss mir noch einen genehmigen"

Der Bibelkreis trifft sich regelmäßig in Aufenthaltsraum B. Sie sind schon alle da, die vier Frauen und die fünf Männer und wie es sich gehört, wird in der Sitzordnung Geschlechtertrennung eingehalten. Paul und Robert setzen sich auf die Seite der Männer; das Erscheinen von Robert löst Erstaunen in den Gesichtern der Frauen aus. Nachdem die beiden sich gesetzt haben, spricht David, ein stämmiger und kräftiger Bursche mit Vollbart, einleitende Worte, die dann in ein fünfminütiges Gebet übergehen. Robert kennt die Verse, bleibt stumm, sieht hier keinerlei Veranlassung den Scheinheiligen zu spielen, während Paul sich am Gebet beteiligt. Das Gebet hat eine Dreiteilung; David, als Vorbeter, spricht eine Strophe, dann geht der Part an die Männer über, dann folgen die Frauen. Es ist eine übliche Gebetsform, die in den Kirchen von New Avignon seit Jahrhunderten praktiziert werden. Robert sucht vergeblich einen der Aschenbecher, die hier irgendwo in B stecken müssen, die aber in der Vorbereitung dieses Treffen sorgfältig außer Sicht gebracht wurden. Zweifel kommen bei ihm auf, ob seine Teilnahme eine gute Idee war. Möglicherweise gibt es keinerlei Freiraum seinen Frust und seine Ketzereien auszudrücken, hier folgt alles vielleicht einem festen Reglement. Er atmet auf, als die zwölf Strophen des langweiligen Gebets gesprochen sind. David begrüßt Paul und ihn namentlich, spricht die Hoffnung aus, in ihnen ständige Besucher des Kreises zu sehen. Das kann er nicht ernst meinen, denn man kennt Robert. David fordert Paul und Robert auf, ihre Beweggründe, an dieser heiligen Zusammenkunft teilzunehmen, mitzuteilen. Paul guckt Sandra kurz an und erzählt der Runde, dass er der Einladung Sandras gefolgt sei, um diese neue Form von Religiosität, die sich auf der Finder etabliert hat, kennenzulernen. „Ich bin ein religiöser Mensch, glaube an den einen unpersonalen Gott, der unser Universum geschaffen hat. Ich glaube an das Gute, dass sich in Gottes Wille ausdrückt. Der Glaube an den guten Weltgeist gibt mir die Kraft mein Leben zu gestalten, gibt mir ein Fundament für meine Moral, die ansonsten keine Grundlage hätte. Man kann keine Moral aus naturwissenschaftlichen Erkenntnissen entwickeln. Ich zweifele nicht die Gesetze der Evolution an, aus der sich aber keine Regeln für das menschliche Zusammenleben entwickeln lassen, glaube aber das das Gute sich gegenüber dem Bösen durchsetzen wird." Er sieht in wohlmeinende Gesichter in seiner Umgebung, die sich aber verfinstern, als er mit dem Satz schließt: „Allerdings, ich lehne die Kirche New Avignons, das theokratische Gesellschaftssystem mit seiner Unterdrückung ab." Bevor Robert zu Wort kommen kann, ergreift David wieder das Wort. Er verteidigt die Kirche New Avignons, da sie auf Jahrtausend alte Traditionen und Wahrheiten beruhen. Der Mensch darf sich nicht anmaßen mit seiner Ratio seine Religion und den religiösen Ritus zu gestalten. Die Unendlichkeit Gottes erschließt sich dem Menschen nicht. Er ist auf Gottes Botschaften und Gottes Wort angewiesen, die er befolgen muss, ohne sie zu hinterfragen. Nur den Heiligen war vergönnt, direkten Kontakt mit Gott zu haben, sie haben seine Botschaft tradiert, gelehrt, wie Gott zu preisen ist. Die Kirche als religiöses Kollektiv mit dem göttlichen Erbe der Bibel, Gottes Worte sind dennoch unfehlbar. Der Einzelne ist nur ein Schaf in einer großen Herde, der dem Hirten zu folgen hat." Ohne Robert zu Wort kommen zu lassen, stößt er ein Gebet an:

„Der Herr ist mein Hirte; nichts wird mir fehlen. Er lässt mich lagern auf grünen Auen und führt mich zum Ruheplatz am Wasser. Er stillt mein Verlangen; er leitet mich auf rechten Pfaden, treu seinem Namen. Muss ich auch wandern in finsterer Schlucht, ich fürchte kein Unheil; denn du bist bei mir, dein Stock und dein Stab geben mir Zuversicht. Du deckst mir den Tisch vor den Augen meiner Feinde; Du salbst mein Haupt mit Öl, du füllst mir reichlich den Becher. Lauter Güte und Huld werden mir folgen mein Leben lang, und im Haus des Herrn darf ich wohnen für lange Zeit."

Danach bittet er Franziska, ein Lied anzustimmen. Sie hat eine wunderbare Sopranstimme, begleitet ihren Gesang mit einer Gitarre, eines der an einer Hand abzählbaren Musikinstrumente, die irgendwie an Bord gefunden haben. Robert ist entzückt von der Darbietung, hat die kleidungstechnisch gesehen voll verschlossene Franziska im Auge, versucht ihren Busen zu erahnen, der beim Einatmen und Ausatmen sich heben und senken muss. Es ist eine Schande, dass er chancenlos diese Frau den Bibeltreuen überlassen muss. Paul hat gegen David keine Chance, so wie Sandra gepolt sein muss. Robert wünscht sich, Liebeslieder von Franziska zu hören. David fängt an, von ihrer Bestimmung zu reden. Er geht davon aus, dass die alte Erde von der Apokalypse heimgesucht worden ist. Er sieht aber die Chance für einen Neuanfang, sieht sich beauftragt, die Lehren Gottes zu verbreiten. Im Auftrage Gottes hat der Mensch die Aufgabe sich das Universum Untertan zu machen. Eine anspruchsvolle Aufgabe denkt sich Robert, wo doch die Klerikalen von New Avignon noch nicht mal ihr System unter Kontrolle kriegen. Paul, in jungen Jahren, dachte auch mal so, gewisse, durchaus spirituelle Erfahrungen haben ihn aber geläutert. „Wir müssen groß werden, stark werden und den Glauben verbreiten. „Bei dieser Frauenknappheit und ihrer Zurückhaltung dürfte dies schwierig werden", platzt Robert so einfach in die Runde rein. Er erntet kurze, strafende Blicke und wird ansonsten direkt übergangen, weil David ein neues Gebet beginnt, wieder eins in der klassischen Dreiteilung. Paul verhält sich anständig und betet mit, obgleich er den Worten, die er auswendig kann, keinen Sinn entnehmen kann. Er ist nicht in der Lage, die Traditionen zu verstehen, maßt sich an, über den Sinn der Worte nachzudenken. Die Zeit verstreicht schneller als erwartet. Robert ist stumm. Mit seiner Prognose, nach einer viertel Stunde die Runde verlassen zu müssen, liegt er nicht richtig. Nach dem Gebet ergreift Nikolas, zur Rechten von David sitzend, das Wort. Er ist hager und sein Vollbart ist vergleichsweise jung und spärlich. Ich habe unserer Gemeinde eine freudige Mitteilung zu machen. Unsere Gemeinde wächst." Paul kann nicht glauben, dass er und Robert gemeint sind. „Unser kleiner Kreis bekommt Nachwuchs. Sowohl Dorothy und Penelope bekommen ein Baby. Noch vor der nächsten Hibernation. Die Zelle einer neuen Urkirche." Dann schaut er zu Franziska und Sandra. „Auch ihr beide werdet bald einen Mann haben. Gott hat dies vorgesehen." Dann spricht er von der Sünde, von Julia und Rita Zoller, die sich in offensichtlicher Weise von Gott abgekehrt haben. Sie müssen wieder zu Gott finden, einen der Unseren zum Mann nehmen." Offensichtlich ist Nikolas der Hardliner der Truppe, die rechte Hand von David. Robert hält es nicht mehr für ausgeschlossen, dass der Mörder von Peter Zoller hier unter ihnen sitzt. Hugo Scheffener schwebt in Lebensgefahr, da die Urgemeinde Frauen braucht, um sich die Erde und den übrigen Kosmos Untertan zu machen. Robert sucht verzweifelt einen scheinheiligen Weg zu Gott. Findet er zu Gott dieser Radikalen, hat er vielleicht eine Chance an der Lotterie teilzunehmen. Mindestens zwei der vier Frauen Hugos gehen an David, der sich aber mit Sicherheit auch Sandra oder Franziska zusprechen wird. Sandra meldet sich zu Wort. Sie spricht von Vanessa, die ein schwieriger Fall sei, aber sie sei ihre Freundin. Vanessa sei klug und ein Gewinn für die Gemeinde. Dann bittet sie um Nachsicht für Paul, der ein guter Mensch sei und sich zu einem vollwertigen Mitglied des Bibelkreises werden konnte. „Na ja, vollwertig wird der wohl nie", denkt sich Robert. David richtet wieder das direkte Wort an Paul. „Paul, glaubst du an die Bibel, an die Worte Gottes, Wort für Wort?" Paul antwortet kurz und prägnant. „Nein!" - „Dann verlasse bitte unseren Kreis" Paul sieht Sandra kurz verzweifelt an. „Paul, sind wir mehr als Tausend Lichtjahre von New Avignon entfernt, um uns diesen gefährlichen Unsinn anzuhören? Diese Möchtegernpfaffen haben nur eins mit uns gemeinsam, ihre Geilheit, die sie allerdings zu Welteroberungsplänen drängt." In den Gesichtern der Gemeinde formt sich Ablehnung, in denen der Frauen zusätzlich Entsetzen. „Hier entsteht ein Sumpf, den man nur austrocknen kann, indem man ihm seine Basis nimmt und diese Basis sind Frauen." Es erfolgt der erwartete Rausschmiss, kommt zu kleinen Handgreiflichkeiten und zu ein bisschen Tumult. Robert behält ein blaues Auge, die bibeltreuen Männer sind in der Überzahl, Sandra weint hysterisch und zum ersten Mal hofft Robert, dass sich Hugo Scheffener dies alles angeschaut hat.

11

Die Sache mit den Aborigines lag nun ein paar Wochen
zurück, die neue Jahreszeit hatte endgültig ihr Regime
übernommen, Paul und ich befanden uns auf einem
Dampfer, die Sankt Konstantin, der uns zu unserem ver-
dienten Urlaubsziel bringen sollte. Im Vergleich zu unserer letzten Seereise war die Überfahrt Athens – Angelino
relativ kurz. Es waren circa 250 Kilometer, die die beiden
Hafenstädte voneinander trennten. Von dort aus würde
die Reise per Zug weitergehen, in den südlichen Teil New
Havannas, zu Küsten, an denen es immer warm war. Beide Inseln strecken sich von Norden nach Süden, wobei
die Ost-West-Ausdehnung selten zweihundert Kilometer
überschritt. Auch in New Avignon wird es aufgrund der
ozeanischen Lage, abgesehen von einigen Bergregionen
nie richtig kalt, Schnee ist an der Südküste selten, aber
der Winter ist nass, ungemütlich und stürmisch. Obgleich
die beiden Gesellschaften über die Technik verfügten,
einen Luftverkehr mit Flugzeugen zu etablieren, hatte
sich ein solcher nicht entwickelt. Auf den Inseln benutzte
man den Zug oder das Auto und die Handelsbeziehungen
und der Tourismus zwischen New Avignon und New Havanna war so spärlich entwickelt, dass sich der Bau von
größeren Flugzeugen nicht lohnte. Die beiden Gesellschaften schotteten sich gewissermaßen ab, einem gewöhnlichen Bürger New Havannas war es verboten, New
Avignon zu besuchen. In Diskussionen mit Paul, unter-
strich dieser immer wieder, dass es für die Menschheit
wichtig sei, die Gegensätze zu überwinden und sich zu
vereinen. Er hatte immer noch nicht die Vorstellung aufgegeben, dass die Menschen den ganzen Planeten besiedeln müssten, obgleich sie etwas friedlicher geworden
war, da er meinte, dass Menschen und Aborigines in

friedlicher Koexistenz miteinander leben sollten. Dazu musste ein Weg gefunden werden, die Nähe eines Aborigines zu ertragen. Ich fand das mit der friedlichen Koexistenz irgendwie unrealistisch, da vermutlich im Gegensatz zu den Aborigines die Menschen expansive Wesen sind, die sich wie die Karnickel vermehren, für sich, ihre Nutzpflanzen und Nutztieren immer mehr Raum beanspruchen, sodass letztendlich für die Aborigines, wenn überhaupt, kleine Reservate übrig blieben. Die Geschichte der Erde mit ihren schließlich zwölf Milliarden Menschen hatte das bewiesen. Eine Vereinigung unserer zwei Inselgesellschaften war meines Erachtens nur über zwei Wege möglich, den der feindlichen Übernahme oder den des Sieges der Freiheit über die Unterdrückung, die beiden Systemen gemeinsam war; dies hätte letztendlich Religionsfreiheit bedeutet. Ich für meinen Teil hatte kaum Lust mich in gesellschaftskritische Diskurse zu begeben; zum einen war es gefährlich und zum anderen genügte mir die Chance der zwischenmenschlichen Begegnung, da sich unserer Kasse dank der Teilnahme an einem wissenschaftlichen Experiment wieder aufgefüllt hatte. Ich verfügte nicht soviel wie damals, bei meinem ersten New Havanna Urlaub, da ich damals als Dozent einen guten Job hatte. Es war Geld genug, um fast einen ganzen Urlaub mit Paola zu verbringen. Diesmal würde es vermutlich für die eine oder andere Nacht reichen, Grund genug, um eine gewisse Vorfreude zu entwickeln. Ich kannte New Havanna, und ich wusste, dass über Paul eine Art Kulturschock kommen würde. Als Tourist verlor man schnell aus dem Auge, welche Unfreiheit in New Havanna herrschte, berauscht von den Möglichkeiten, die man mit seinem Geld hatte, berauscht davon, die schönsten Frauen in freizügigen, knappen Kleidern zu sehen, wobei das offene Haar als Erstes in die Augen stach. Wir würden das Strandleben genießen, immer diese Frauen im Auge, die für ihre Gesellschaft, für ihr Regime anschafften und auf die Gäste in jeder Liege, auf jedem Barhocker warteten. Tagsüber wären Sonne und Meer, Zigarren und Cocktails in Strandlokalen zu genießen, nachts würden wir durch die Bars streifen, mit oder ohne Gesellschaft. Ich versuchte, Paul auf die nächsten zwei Wochen vorzubereiten. Unser Ziel war Frisco, siebenhundert Kilometer südlich von Angelino. Frisco war der Ort, an dem ich Paolo kennengelernt hatte. In meinen Phantasien malte ich mir aus, wieder auf sie zu treffen, insbesondere nachts, wenn Helena das Meer in ein schaurig schönes Licht tauchte. Helena war auf unserer Seite. Sie würde spät nachts für uns scheinen, genauso wie damals, als ich mit Paola zusammen war. Ich hätte die Zeit mit ihr aber auch unter einem völlig sternenlosen Himmel, den diese Welt uns Menschen bietet, verbringen können. Helena hinter Wolken brachte ein gespenstisches Licht, die die Welt zu einer Schattenwelt machte. Wir konnten bestes Wetter erwarten, Sonnenschein bei Tag, die glänzende Helena bei Nacht und Temperaturen um die fünfundzwanzig Grad. Realistisch betrachtet war die Chance, auf Paola zu treffen, gering. Frisco war eine von mehreren Touristikorten, wo Frauen ihrer Art für den Erhalt der sozialistischen Gesellschaft arbeiteten. Die Überfahrt nach Angelino dauerte 36 Stunden. Das Schiff hatte abends in Athens abgelegt, sodass wie zwei Nächte an Bord verbringen würden. Paul und ich teilten uns eine Kabine der mittleren Klasse. Mit Drinks ausgerüstet, verbrachte ich den Anfang der Nacht auf Deck, um dann recht spät zu Bett zu gehen. Paul hatte Verständnis dafür, dass ich, umso später es wurde, kein sonderliches Interesse an seiner Gesellschaft hatte. Da das Schiff unter der Flagge von New Avignon fuhr, was ja schon an seinem Namen abzuleiten war, trugen die Frauen hier an Bord natürlich Kopftuch, aber an Alkohol, Gesang und Tanz war hier kein Mangel. Sozusagen als Kontrastprogramm gab es auch einen größeren Betraum, in dem mit traditioneller Liturgie und äußerst hübschen Messdienerinnen dreimal täglich Messen gehalten wurden, in denen auch die Kommunion verabreicht wurde. Paul und ich fehlten da natürlich nicht. So weit wie mir bekannt, war der Besatzung der Sankt Konstantin und somit die Messdienerinnen verboten, Angelino zu betreten, sodass die Dienerinnen die Chance verpassten, ihre anschaffenden „Kolleginnen" kennenzulernen, denn unter anderem war den beiden Frauengruppen gemeinsam, dass sie ihrer jeweiligen Gesellschaft dienten. Die Messen füllten sich meist mit etwa fünfzig überwiegend männlichen Passagieren, die scheinheilig oder nicht auf Gottes Botschaft hörten und die Augen auf Haare und die freizügig gestalteten Ausschnitte der Dienerinnen hefteten, in Vorfreude auf Dinge, die sie in New Havanna erleben würden. Bei den Exemplaren dieser Messe bestätigte sich wieder mein Verdacht, dass nur Mädchen mit sehr entwickelten Brüsten eine Chance bekamen, Messdienerin zu werden. Ich machte mir kaum Gedanken über theologische Konsequenzen. Brot und Wein standen für Leib und Blut Christi. Ich konnte den Zusammenhang zu groß entwickelten Milchdrüsen nicht finden, aber mir machte es den Eindruck, dass die Dienerinnen mit der Kommunion nicht nur Leib und Blut von Jesus verabreichten, sondern noch mehr im Angebot haben mussten. Es gab ganz wenige weibliche Gäste an Bord, denn für eine Frau unserer Gesellschaft war es äußerst anrüchig, den Boden von New Havanna zu betreten.

Wir erreichten Angelino am frühen Morgen. In der Nacht hatten sich bei mir heftige Zahnschmerzen entwickelt, die die Vorfreude auf die Insel etwas schmälerten, zudem schlief ich schlecht und beneidete Paul, der friedlich in unserer Kabine schnarchte. Ich hatte versucht den Schmerz mit Alkohol zu betäuben, was nur bedingt half. Geplant war ein eintägiger Aufenthalt in Angelino, einer überschaubaren Hafenstadt, über die praktisch der gesamte, bescheidene Handelsverkehr mit New Avignon abgewickelt wurde, wo die Touristen eintrafen, um mit Zügen in den sonnigen Süden gebracht zu werden. Einige Touristen fuhren auch nicht weiter, da die Stadt, ich will es mal so formulieren, ein ausreichendes Unterhaltungsangebot bot. Unser Hotel war von der Reiseagentur gebucht und war unweit vom Hafen. Paul schien große, weite Augen zu machen, denn in den quirligen Gassen wurden wir von schönen, jungen, stark gebräunten Frauen angelächelt, die ihr dunkles Haar offen trugen. Vermutlich war er wirklich geschockt. Neben den Frauen waren mir als Erstes die Palmen aufgefallen, ein Mitbringsel von der Erde, von denen nur ganz wenige, kleine in Athens wachsen. Hier in Angelino gediehen sie schon prächtig. Überall in den Straßen gab es Bars, in denen Touristen mit Frauen schäkerten. Mein früherer Eindruck bestätigte sich, dass hier noch weit mehr Überwachungskameras installiert waren als in den Städten New Avignons. Paul hatte da glaube ich keinen Blick für. Ich schätzte, dass die Dichte der Kameras etwa doppelt so hoch sein musste wie in Athens. Wir kamen an einer kleinen Kirche vorbei, die selbstverständlich nur für Touristen zugelassen war. Die Liturgie der Messen war den hiesigen Verhältnissen angepasst. Die Klerikalen New Avignons hatten auf diese Kirchen bestanden, wohl wissend, dass ihre Schäfchen in einem Land der Sünde weilten. Ich hatte die Doppelmoral der Bischöfe nie verstanden, meine eigene aufrecht zu halten war schon schwierig genug. Ein frommer Neokatholik machte niemals Urlaub in New Havanna. Der New Havanna Tourist war registriert und musste sich peinliche Fragen unterziehen, warum er dieses gottverlorene Land aufsuchen wollte. Ein registrierter Tourist war ein kleiner Dissident, der bei der Stange gehalten wurde, in dem er eine windige Hölle aufsuchen durfte, die mit paradiesischen Früchten lockte. Es war schon etwas unverständlich, dass eine quasi staatliche Stelle als Lohn für eine Arbeit eine organisierte Reise ins Reich des Bösen anbot. Die andere Seite brauchte Devisen, um dem wirtschaftlichen Kollaps zu entgehen. Die Bevölkerung New Havannas mochte den Eindruck bekommen, dass die Menschen von New Avignon wohlhabend waren, die staatliche Propaganda betonte allerdings, dass dies nur auf wenige Privilegierte der Nachbarinsel zutraf. Technologisch gesehen schienen diese Insulaner in einigen Gebieten fortgeschrittener zu sein, die Überwachungskameras waren auffällig kleiner. Auch im Bereich der Biomedizin hatten die Sozialisten die Nase vorn; die Prostituierten, die hier arbeiteten, waren teilweise geklont und die Lebenserwartung hier war erheblich höher als die unserer Gesellschaft, was aber nicht so ein Problem darstellen sollte, weil uns das ewige Leben nach dem Tod versprochen wurde. Neben dem Sextourismus hatte sich ein kleiner, erschwinglicher Medizintourismus entwickelt, bezahlbar für die Reichen unserer Gesellschaft. Es gab ausgesprochene Kurorte auf New Havanna, exklusiv für uns und warum sollte man das Gesunde nicht mit dem Angenehmen verbinden. Ich würde einen Zahnarzt für Touristen aufsuchen. Es herrschte eine Art von Apartheid hier in New Havanna. Der gewöhnlichen Bevölkerung war es verboten, Kontakt mit uns Touristen aufzunehmen. Es gab lizenzierte Geschäfte,

Bars, Spielhöllen, Bordelle und eben halt auch Arztpraxen, die mit einem T gekennzeichnet waren. Die Menschen, die wir ansprechen durften, hatten irgendwo an der Kleidung ein deutlich erkennbares T, die Strandschönheiten auf ihren Tangas, die Prostituierten zudem ein Tattoo auf einer Pobacke oder unterhalb des Bauchnabels. Es gab natürlich auch Prostituierte ohne ein T, die illegal anschafften. Sie waren billiger und gefährlich, denn ein Kontakt mit ihnen konnte Knast bedeuten und die Gefängnisse auf New Havanna waren berüchtigt, da die Foltermethoden moderner waren als die von New Avignon, die sich auf traditionelle, quasi mittelalterliche Methoden großen Teils beschränkte. Paola hatte dieses T an einer hübschen Stelle. Nachdem wir unser Gepäck im Hotel abgestellt hatten, erkundigte ich mich in Englisch nach einem Zahnarzt, der eine Lizenz für Touristen hatte. Zurück in die Gassen, zurück zu den Frauen, die wir aufmerksam musterten. Mir schien, ich konnte auf Paola treffen, mochte die Chance auch so klein sein und mit jedem Frauengesicht, dass ich zu erkennen versuchte, überzeugte mich bei manchen Exemplaren erst ein zweiter Blick, dass es sich nicht um Paola handelte. Die ärztliche Station, die wir erreichten, hatte getrennte Wartezimmer. Das für Touristen war leer. Ich war mir sicher, dass mein Geld ein gutes Argument war, mich bevorzugt zu behandeln. Wir warteten keine zehn Minuten in dem komfortablen Raum, der mit Strandbildern geschmückt war. Ich versuchte, Ts zu zählen. Eine junge Ärztin und eine Assistentin, beide mit dem Buchstaben, nahmen sich meiner an. Ich war fasziniert vom schwarzen Haar. Die junge Ärztin schien schnell eine Diagnose zu finden, die sie mir in gebrochenem Englisch erklärte. Sie setzte gezielt eine Spritze, die die Entzündung aufheben sollte und schon instantan den Schmerz nahm. Ärzte, die so perfekt Schmerzen bekämpfen konnten, waren in diesen Gefängnissen sehr gefragt, denn sie konnten auch gezielt Schmerzen provozieren, die ich mir nicht vorstellen wollte. Sie lächelte mich öfters an, ich konnte mir aber nicht vorstellen, dass sie an anderer Stelle noch ein T trug. Die Rechnung war erheblich. Ich schätzte, dass sie etwa so hoch war wie eine Nacht mit Begleitung. Paul blätterte in einer Zeitschrift, in der spärlich bekleidete Frauen abgebildet waren; es war ihm offensichtlich peinlich, als ich wieder ins Wartezimmer trat und seinen Zustand musterte. Hier gab es genügend Mittelchen um unsere Schüchternheit abzulegen. Trotz größerer finanzieller Verluste war ich gut gelaunt. Mir ging es blendend und ich war überhaupt nicht mehr müde. Was lag näher, sich ein schönes Plätzchen zu suchen und den Tag nach einem zweiten Frühstück mit ein paar starken Drinks stilgerecht beginnen zu lassen? Wenig später saßen wir in einer Straßenbar, tranken unsere Fruchtcocktails und ließen uns anlächeln. Touristen mit Mädchen im Schlepptau, ganz selten Frauen mit Kopftüchern, die sich so als Fremde outeten und von denen ich mir nicht genau vorstellen konnte, was sie hier machten und wollten. Auch ich war schüchtern und bedurfte einiges an Alkohol, um diese letztendlich abzulegen und die Schönheiten, die uns anlächelten, anzusprechen. Wir waren in der sozialistischen Hölle, die ein kleines Paradies für diejenigen von uns aufgebaut hatten, die spendabel genug waren, ein kleines Vermögen, jedenfalls für Normalverdiener, auszugeben. Manchmal rutschte mir das Herz in die Hose, wenn ich vermeinte, Paola zu erkennen. Ich will mich nicht über die Frauen von New Avignon auslassen. Sie wurden mit Sicherheit unterdrückt, aber außer der Priesterkaste und wenigen privilegierten Reichen waren die Männer ebenfalls Opfer einer Unterdrückung, natürlich auch in Bezug auf ihr Geschlechtsleben, sodass ich in New Avignon vergeblich auf eine große Liebe gewartet hatte und den Rausch, den diese Insel ihren Gästen anbot, ohne jegliche moralischen Bedenken annahm, obgleich es Sünde war. Soweit ich wusste, waren die Beichtstühle der kleinen Touristenkirchen mit Dienerinnen besetzt, die intime, detaillierte Fragen, den Sündenfall betreffend, stellten. Ich stellte mir vor, dass eine untersuchende Dienerinnenhand das ganze Ausmaß an moralischer Verkommenheit untersuchte und mir tadelnde Worte zusprach. Als Buße musste ich mit besonderen Gebeten um Erlösung bitten. Paul war ausgesprochen wortkarg und gaffte in eine Welt hinein, für die eine physikalische Erklärung nicht ausreichte. Für ihn war Sex grundsätzlich gottgewollt, sodass er mit diesem Urlaub grundsätzlich keine Probleme haben sollte. Die offizielle klerikale Ideologie war nicht die seine. Er verblüffte mich mit der Frage, ob Touristen hier legal Marihuana kaufen dürften. Ich gab eine ausweichende Antwort und fürchtete Verwicklungen.

Der Zug nach Frisco verließ pünktlich den Bahnhof von Angelino. Wir hatten einen der Wagen bestiegen, die für Touristen bestimmt waren. Die Abteile waren freundlich und komfortabel eingerichtet, vermutlich ganz im Gegensatz zu den Abteilen der Einheimischen, von denen ich mir vorstellte, dass sie irgendwie spartanisch sein mussten. Wie in unseren Hotelzimmer befand sich an einer bestimmten Stelle eine kleine schwarze Bibel, in der ich herumblätterte, um festzustellen, ob sie werkgetreu war. Vielleicht wollten sich die Sozialisten hier einen Scherz mit uns erlauben. Ich konnte nicht feststellen, wo diese

Bibeln gedruckt worden waren. Die Bibel hatte meines Erachtens ein paar interessante Stellen; die Offenbarung von St. John war bei Weitem die Interessanteste, die ich immer gerne las. Hatte die Erde ein solches Schicksal erfahren oder waren wir es, die dieses Buch wahr machten? Über unsere beiden Inseln konnte jederzeit der Wahn hereinbrechen, mit Visionen, die die Offenbarung bei Weitem übertrafen. Die Aborigines waren ganz nah und das gleißende Funkeln von Helena, wo nach meinem Verständnis die Herren dieses Sonnensystems saßen, erinnerte mich, aber auch jeden Bischof, wie nah die wahnhafte Apokalypse war. Hier auf New Havanna gab es nicht die Avignonwespe und Stiche insektenartiger Wesen waren vergleichsweise harmlos und konnten in Einzelfällen sogar euphorisierend sein. Unsere Vorfahren hatten, warum auch immer, tropische Stechmücken eingeschleppt, die eindeutig das Klima der südlicheren Insel bevorzugten. Womöglich hatten sie sich auf diesem Planeten in soweit angepasst, dass sie die Aborigines piesacken konnten, denn irgendein Lebenssaft musste in ihren Körpern auch fließen. Der Zug bewegte sich an der Ostküste von New Havanna. Irgendwann würden wir in eine Art Passatzone geraten, die den Osten üppiger machte als den Westen. Im Innern der Insel war es recht gebirgig. Das Gros der Bevölkerung lebte in der Nähe des Meeres, aber ohne die Möglichkeit, sich von ihm zu ernähren. Paul und ich hatten ein Abteil für uns. Wir waren nicht sonderlich gesprächig, jeder von uns hatte vermutlich die Geschichte des letzten Abends, den Rausch der letzten Nacht im Kopf. New Havanna kannte keine großen Metropolen; es schien so, dass eine Siedlung der anderen folgte, kurz unterbrochen durch fremdartige Vegetation, aber immer wieder auch Palmen, die ich mit einem sonnigen, unbeschwerten Süden verband. Seit der Geschichte mit Paola liebte ich

Palmen, die ein Mitbringsel von der Erde waren und sich an den Küsten New Havannas ausgebreitet hatten und von den Menschen hier kultiviert wurden. Die Zugfahrt sollte zehn Stunden dauern. Neben der schwarzen Bibel unbekannter Herkunft gab es in unserem Abteil eine Kamera, die mich hier verleitete, hin und wieder Faxen zu machen. Paul guckte dann besorgt, aber ich dachte mir, die Sozialisten müssten in mir einen potenziell Aufmüpfigen sehen, jemand, der prinzipiell eine Made im Fleisch der klerikalen Gesellschaft war. Aber vielleicht sah man das alles auch völlig anders und sah die größte Bedrohung im Antiautoritären. Ich war mir sicher, dass der Geheimdienst von New Havanna wusste, wer in diesem Abteil saß. Die Schaffnerinnen mit dem T auf der Uniform waren eine Wucht, sie trugen recht kurze Röcke, die das Knie freiließen, die Ausschnitte waren denen unserer Messdienerinnen nachempfunden und die Schuhe hatten eigenartig hohe Absätze, sodass von Schuh und Bein ein eigenartiger, stimulierender Reiz ausging. Diese Schuhe fand man öfters in den Touristenstädten New Havannas. Sie verwöhnten uns mit Drinks und Rauchwaren. „In bestimmter Hinsicht ist das Paradies irgendwie machbar, insbesondere, wenn man aus der Hölle kommt", meinte Paul, nachdem eine der Grazien das Abteil verlassen hatte. „Hier könnte die ganze Zeit eine bei uns sitzen. Und ich erwarte im Übrigen eine Ganzkörpermassage. Im Übrigen ist das Paradies der einen die Hölle der anderen", antwortete ich. Wir waren gestern in eine einladende Hölle abgetaucht, die für uns ihre paradiesischen Pforten geöffnet hatte. Die Bedeutung der Begriffe ist dehnbar. Was für den einen das Paradies ist, ist für den anderen die sinnliche Hölle. Wir mussten rechnen, haushalten, was nichts anderes bedeutete, dass wir uns einige Tage unseres Urlaubs mit der Schönheit des Meeres, der der Natur und mit dem Licht Helenas begnügen mussten. Wenn wir von den Kosten des gestrigen Tages ausgingen – ohne die zahnärztliche Versorgung – konnte nur jeder zweite Urlaubstag so werden wie der gestrige. Ein bisschen hatte ich allerdings die Hoffnung, dass so eine Art Mengenrabatt unseren Urlaub vollständig zur großen Sause machen würde. Sause war eigentlich ein Wort, das es in unseren zwei Gesellschaften nicht gab, es sei denn, in der Tourismusbranche von New Havanna wäre solch ein Wort wiederbelebt worden. Paul versuchte mich mit Go abzulenken, weil ich Pläne entwickelte, mit den Schaffnerinnen und Stewardessen anzubandeln. Ich wusste nicht, ob sie an bestimmten Stellen ein T tätowiert hatten, aber man hätte sie danach fragen können. Ich spielte ein paar Spiele, ohne dem Geheimnis auf die Spur zu kommen, rein numerisch war ich mit meinen Vorgaben im Vorteil, aber mit jedem Zug, den ich machte, verspielte ich meinen Vorteil, irgendwie klappte das bei mir mit dem Zählen nicht und irgendwann wurde ausgezählt und ich hatte verloren und Paul hatte gewonnen. Zum Glück war es nur Paul, gegen den ich verlor und nicht die Klerikalen oder Gott. Ein paar Spielchen machte ich, wurde quasi ausgezählt und ließ es dann irgendwann, starrte aus dem Fester auf die bezaubernde sozialistische Landschaft, wo letztendlich nur Armut und Unterdrückung herrschten. Die Menschen hatten hier vielleicht einen Traum, eine Vision, aber es war sicher nicht die Kirche von New Avignon. Wie Paola mir einmal gesagt hatte, musste der typische Bewohner von New Havanna sexuell glücklicher sein, weil einerseits diese Gesellschaft keine Tendenz zur Polygamie hatte und Sexualität nicht in der Form tabuisiert war, wie wir es von New Avignon kannten.

Spät abends trafen wir in Frisco ein. Die kleine Touristen-
stadt war in das Licht der aufgehenden Helena getaucht,
sodass die Straßenbeleuchtung aus war. Unser Hotel, das
Parador, lag direkt am Meer. Wir hatten besten Blick auf
Ozean und Strand, die im Licht von Helena unheimlich
oder romantisch wirkten, so, wie man es sehen wollte.
Unser Doppelzimmer hatte einen Balkon, eine gekühlte
Bar, selbstverständlich eine schwarze Bibel, die auf dem
einzigen Tisch des Zimmers platziert war. Eine Kamera
konnten wir nirgends entdecken, aber wir waren sicher,
dass irgendwo ein winziges Mikrofon stecken musste.
Hier würden wir nun gut zehn Tage verbringen. Vermutlich würde die Zeit reichen, um Paul und mich völlig un-
brauchbar für New Avignon zu machen. Einen ersten
Kontakt mit Frauen hatten wir in Angelino gemacht. Es
galt nun unsere beschränkten Ressourcen optimal einzusetzen, denn der verdiente Urlaub war nicht all-inklusive.
Über unsere spätere finanzielle Situation wollten wir uns
keine Gedanken machen. Zur Begrüßung hatten wir eine
Flasche Sekt und zwei kleine Zigarren bekommen, die
wir, auf dem Balkon sitzend, rauchten. Für Rauchwaren
und Alkoholika musste unser Geld auf jeden Fall reichen.
Der Strand war mit großen, gleich hohen Palmen ge-
säumt, der schwache Passat spielte mit ihren Blättern.
Auf der Strandpromenade sah man Touristen mit Frauen
ohne Kopftuch, auch Grüppchen von Frauen, die einen
ausgelassenen Eindruck machten. Als wir in Frisco einge-
troffen waren, erkannte ich die Stadt sofort wieder. Damals wohnte ich in einem anderen Hotel, dessen Name
mir entfallen war. Ich war damals noch jung und mein ge-
sellschaftlicher Aufstieg galt als sicher. Obgleich ich die
Begegnung mit Paola nie vergessen hatte, wurden die Erinnerungen nun dichter. Ich hatte Paul schon öfters von
Paola erzählt, die damals noch sehr jung war, achtzehn

vielleicht, jedenfalls hatte sie das gesagt und mochte jetzt Mitte zwanzig sein, jung genug, um ihren Beruf noch auszuüben zu können. Paul wusste, dass ich Paola geliebt hatte. Ich hatte keine Chance, ich musste sie lieben und sie hatte ihr Bestes gegeben, um bei mir den Eindruck zu hinterlassen, dass sie mich auch liebte. Neben dem Sex und den Zärtlichkeiten, mit denen sie mich verwöhnte, beteiligte sie mich an meinen Spinnereien, die sich darum drehten, wie wir ein gemeinsames Leben führen konnten. Vermutlich war sie die perfekte Schauspielerin, was ich damals weder glauben konnte noch wollte. Nachdem ich mich von Paola trennen musste, hatte ich begonnen, alles zu hassen: die sozialistische Sklavengesellschaft, die für mich ein kleines romantisches Märchen aufgeführt hatte und die Gesellschaft von New Avignon, die eine solche Liebe für mich nicht zuließ. Im Nachhinein war es um so bitterer, dass die gespielte Liebe einer Prostituierten die einzige Liebe war, die ich je kennengelernt hatte. Ich wollte sie wieder sehen, aber die Chancen dafür standen nicht gut. Und wenn, war sie vermutlich ausgebucht. Paul war es schon aufgefallen, wie neurotisch ich entfernte Frauen angeschaut hatte, weil ich an jeder Ecke Paola vermutete. Eine leichte Kurzsichtigkeit meinerseits erschwerte auf Distanz meinen Job, mit Sicherheit auszuschließen, dass es sich bei einer entfernten Person um Paola handelte. Paola hatte dunkles, langes Haar wie fast alle T-Trägerinnen auf dieser Insel, war etwas über einssiebzig groß, hatte natürlich die Figur, die bei diesem Job Voraussetzung war. Sie hatte Augen, von denen man annehmen musste, dass sie nicht lügen konnten, eine wache Intelligenz und einen warmherzigen Humor, der bei mir zu völligem Realitätsverlust geführt hatte. Paul machte den Einwand, dass dies vielleicht jede schaffen würde, wenn man sich mit einer mehr als eine Woche einließ.

Das war gut möglich, die Mädels sahen alle aus wie handverlesen und konnten alle treue - braune oder blaue - Augen machen. Dies konnte meine kleine Besessenheit auf Paola zu treffen nicht mindern. Selbstverständlich gab es hier auch Spaß ohne Paola, ich war sieben Jahre älter, hatte den geeigneten Panzer, um mit vergleichsweise geringfügigen Investitionen meines Gefühlsleben den Menschen zu begegnen. Ich suchte nur noch das oberflächliche Vergnügen, hatte einen emotional distanzierten Kontakt zu allem und jedem, insbesondere zu Gott, der sehr weit weg sein musste, wenn er überhaupt existierte. Es gab aber immer Momente, nüchtern oder nicht, in der ich eine gewisse Tiefe verspürte, die mich immer wieder verunsicherte. Ich war ein Mensch, der es gelernt hatte, mit den nötigen Kompromissen zu leben. Wir wollten uns hier vergnügen. Einen besseren Kompromiss hätte man nicht finden können. Paul drängte auf Aufbruch. Wir waren noch vergleichsweise nüchtern und eins war sicher, nüchtern wollten wir den Tag nicht beenden. Obgleich das Doppelbett für unsere Wünsche etwas zu klein geraten war, wollten wir unser Zimmer dann später zu viert betreten. Wir hatten gegenseitig jede Scham verloren, so wie das bei Freunden schnell geschehen konnte. Wir konnten uns eine Frau teilen, uns mit zwei Frauen gemeinsam vergnügen, obgleich ich es vorgezogen hätte, wenn jeder von uns seine passende Freundin fände, um mit ihnen gemeinsam den Urlaub zu verbringen. Die Temperatur war angenehm warm und einladend, um den Abend zu beginnen. An der Rezeption wollte ich wissen, ob es Vermittlungen gäbe, die Partnerschaften für einen ganzen Urlaub vermitteln würden. Die Frau an der Rezeption zeigte uns einen aktuellen Katalog mit jungen Damen, die alle zu haben waren. Paola war nicht darunter. Es wurde schnell klar, dass wir nicht das nötige Geld hatten, um uns eine zehntägige Partnerschaft – wenn man das so nennen durfte – leisten zu können. Es gab Angebote für fünf oder drei Tage, für die wir uns aber nicht direkt entscheiden wollten. Wir machten unseren ersten Spaziergang auf der Strandpromenade. Ich liebte das Meer und die Palmen und dieses unheimlich-romantische Licht von Helena. Ich konnte es nicht lassen, meine Hose hoch zu krempeln und mit meinen Schuhen in der Hand, durchs flache Wasser zu staksen, den Wellen ein wenig ausweichend. Paul unterhielt sich inzwischen mit einer jungen Frau, die ihm vermutlich irgendwelche Angebote machte. So weit ich sehen konnte, handelte es sich nicht um Paola. Er versuchte ihr offensichtlich klar zu machen, dass er ohne mich nichts entscheiden konnte und sie, nicht ganz geschäftsuntüchtig, winkte mich herbei. Sie stellte sich mir als Pamela vor, war recht vollbusig und von ihrem Aussehen natürlich eine Wucht und machte ein Angebot für eine Menage a Trois, das jedenfalls deutlich unter dem lag, was uns die Hotelvermittlung anbieten konnte. Ich für meinen Teil war noch nicht besoffen genug, um auf ihr Angebot einzugehen, tätschelte geil und untersuchend an ihr herum, bekam einen Kuss und machte dann ganz dringend den Vorschlag, in eine Bar zu gehen, um alles Weitere zu besprechen. Die nächste Terrassenbar, das Chica, fand sich schnell. Dort gab es schon eine angeschickerte Runde, die sich mit ihren Frauen amüsierten. Wir setzten uns an einen gesonderten Tisch, und Paul bestellte für uns drei starke Cocktails. Etwas nervös rauchte ich eine Zigarette. Für den ersten Cocktail ließ ich mir wenig Zeit, um möglichst schnell in die Verhandlung mit Pamela eintreten zu können, die uns hin und wieder süße Unverschämtheiten ins Ohr flüsterte und deren Hände erste Kontakte mit unseren Hosen machte. Ein Grund mehr, möglichst schnell weitere Cocktails zu trinken. Ich wollte mich noch nicht für den ganzen Urlaub festlegen, weil ich auch nicht genau wusste, inwieweit wir damit klarkamen, die ganze Zeit über eine Frau zu teilen. Pamela war eine angenehme Person. Paul und ich konnten nicht anders als die Verhältnisse von New Avignon zu schildern, angefangen damit, dass die Frauen dort ihr Haar nicht offen zeigen durften. Paul strich ihr öfters durchs Haar und zeigte schon erste Anzeichen eines Liebeskranken.

Es wurde zu einem der Abende, die ich nie vergessen würde. Pamela war die vierte Frau, die wir gemeinsam hatten, was für unsere Freundschaft eine größere Bedeutung hatte. Wir überstürzten an diesem Abend nichts. Ein Küsschen hier, ein Küsschen dort. Paul zeigte sich überhaupt nicht schüchtern, legte oft den Arm um das Mädchen, das vielleicht zwanzig Jahre alt sein mochte und im Dienste der Gesellschaft seit vier Jahren ihrer Profession nachging. Die meisten der Huren hatten es immer schon gewusst, welchen Beruf sie ausüben würden. Es waren ausgesucht schöne Frauen, die diese Aufgabe zugewiesen bekamen. Mit vierzehn oder fünfzehn war meist klar, welchen Lebensweg die junge Frau eingehen würde. Im Prinzip hatten viele hübsche Mädchen kaum eine andere Möglichkeit als Prostituierte zu werden, es sei denn, sie waren so begabt, dass sie für anderweitige Aufgaben in der Gesellschaft gebraucht wurden. Pamela hatte uns erzählt, dass sie eine zweijährige Ausbildung erhalten hatte, um den Beruf der Begleiterin auszuüben. Sie sprach ein tadelloses Englisch, das sie in Intensivschulungen erlernen musste. Jeder, der irgendwo sichtbar ein T auf der Kleidung trug, sprach Englisch, eine starke Erleichterung für Touristen und Handelsreisende, die sich nicht mit der grauenhaften Sprache, die sich auf New Havanna entwickelt hatte, ursprünglich eine Mixtur aus Englisch und Spanisch, herum schlagen mussten. Im Gegensatz zu New Avignon, wo man immer darauf geachtet hatte, die Sprache der Bibel, die in einer Fassung aus dem Jahr 1970 vorlag, beizubehalten. In New Havanna hatte sich im Grunde eine eigene Sprache entwickelt, die zwar jede Menge Anglizismen und Hispanismen kannte, aber von keinem der Englisch sprach oder das klassische Spanisch beherrschte, verstanden werden konnte. Selbstverständlich sprach praktisch niemand auf unserer Welt ein klassisches Spanisch. Die allerwenigsten wussten, dass diese Sprache existiert hatte. Pamela war neugierig über New Avignon zu erfahren und tat ein bisschen so, als wären wir die Ersten, die ihr Geschichten von der nördlichen Insel erzählten. Das gehörte zum Programm, eine Methode mit dem Gast ins Gespräch zu kommen, aber vermutlich waren die meisten Begleiterinnen zusätzlich Informantinnen des Geheimdienstes. Sie wollte von uns wissen, was wir in New Avignon machten und wir hatten keine Angst, irgendwelche Staatsgeheimnisse zu verraten. Als ich von meinem Beruf erzählte, Kenntnisse von der alten Erde verbreitete, für die sie eigentlich nur einen sehr mythologisch geprägten Begriff kannte, war sie erstaunt und hörte gebannt zu. Die Kultur von New Havanna pflegte kaum Geschichte, was mir diese Gesellschaft sehr suspekt machte. Irgendwie spielte hier die Vergangenheit keine Rolle, eine ominöse, für mich völlig unbestimmte Zukunft schon. Die Zukunft würde den Sieg New Havannas über New Avignon bringen, was das auch immer heißen mochte. Vielleicht würden Touristen aus New Havanna die Gesellschaft unserer Dienerinnen suchen und bezahlen. Meines Wissens gab es natürlich einige Historiker in New Havanna, aber niemand, der sich professionell mit der Geschichte der Erde auseinandersetzte und über diese dozierte. Pamela war erstaunt, als ich ihr von meinem Berufsverbot erzählte. Sie wollte Näheres wissen. Ich versuchte ihr klar zu machen, dass ich die genauen Hintergründe auch nicht kannte. Ich hatte eine unglaubliche Lust, dem Geheimdienst von New Havanna die Geschichte um Projekt Epsilon zu stecken. Paul schaute mich bei meinen offenen Ausbreitungen nervös an, hatte aber dann wohl ein Einsehen und beteiligte sich sogar daran, über unsere Abenteuer mit den Aborigines zu erzählen. Die dunkelhäutige Frau hörte sehr aufmerksam zu. Ich machte mir einen Spaß daraus, darüber zu schwadronieren, dass die Menschen nie eine Chance hätten, diesen Planeten zu beherrschen. Ich flüsterte ihr ins Ohr, dass mächtige Wesen bei Helena, ich zeigte auf den gleißenden Stern, mit den Aborigines in Verbindung ständen und Wahnsinn und Vernichtung über die Menschen bringen würden, würden diese es wagen zu versuchen sich diese Welt Untertan zu machen. Pamela war nicht bekannt, dass es vonseiten New Avignons eine Mission nach Aurelia, Helenas Planet, gegeben hatte. „Warst du dabei?", fragte sie mich. „Nein", gab ich zur Antwort. „Ich wäre aber gerne dabei gewesen" Das war nicht gelogen. Vermutlich konnte Pamela in ihrer Funktion als Geheimdienstmitarbeiterin sich keinen Reim auf meine Person machen. Die Biographie von Paul war klarer. War ich nun ein Dissident oder einer, dem man in New Avignon Geheimaufträge anvertraut hatte? Vielleicht machte ich mich durch meine offene Art verdächtig, selbst ein Agent New Avignons zu sein, der hier destabilisierenden Unsinn verbreitete. Vermutlich war ein Großteil der Touristen für den klerikalen Geheimdienst tätig. Spaßige Tätigkeit! Nachdem wir uns öfters geküsst hatten und sie uns Sachen ins Ohr geflüstert hatte, die für zehn Beichten reichten, sie saß immer zwischen Paul und mir, zogen wir uns ins Hotel zurück, insofern ei-

nig, dass wir mindestens diese Nacht gemeinsam miteinander verbringen würden. Pamela zeigte sich kompro-
missbereit und einverstanden. Immerhin waren wir sehr
interessante Gäste. Nie hatte es zwischen mir und Paul
eine Art Eifersucht gegeben, nie hatte der eine versucht,
den anderen auszustechen, um die Gunst der Begleiterin
für sich alleine zu gewinnen. Wir waren ein fast perfektes
Team, diese Frau gemeinsam zu nehmen. Fast perfekt, da
ich paradoxerweise in Gedanken bei Paola weilte. Teilweise stellte ich mir mit geschlossenen Augen vor, sie
wäre anstelle von Pamela bei uns. Während sie mich mit
ihrem Mund liebkoste, drang Paul von hinten in sie ein.
Diese Stellungsbilder wechselten. Es kamen bei uns kaum
Fragen auf, was sie empfinden mochte. Jedenfalls war
dies eine Art Vorspiel. Nach ein paar Drinks und zwei Zigarren, die wir auf dem Balkon rauchten, mischten wir
uns weiter ins Nachtleben. Pamela sollte uns die heißesten Pflaster von Frisco zeigen, das Licht von Helena über
diesem Sündenpfuhl. Konnten ihre Strahlen eine Art von
Wahnsinn bei uns auslösen?

Pamela führte uns in ein Etablissement, in dem Nackttän-
ze, besser gesagt Ausziehtänze aufgeführt wurden. Die
Bezeichnung, die es auf der Erde dafür gab, hatte ich vergessen. Der Eintritt kostete uns ein kleines Vermögen und
die Preise für die Getränke waren so hoch, dass wir nur
an ihnen nippten. Pamela bestellte sich schnell frech ein
zweites Getränk und versuchte uns zum Trinken zu ani-
mieren. Diese Tanzveranstaltungen gesehen zu haben,
war ein Muss für jeden New Havanna-Tourist. Wir verfolgten zwei Aufführungen, bei der die Tänzerinnen Frau-
en New Avignons darstellten. In der ersten Nummer

spielten die Kopftücher eine zentrale Rolle. Die zweite Szenerie spielte eine Liturgie nach, pure Gotteslästerung, in der sich zur rhythmischen Kirchenmusik Messdienerinnen entkleideten und aufreizend einen Priester umgarnten. Paul war offensichtlich geschockt, während für mich diese Aufführung das Zentrum meiner Phantasien widerspiegelte. Nach getaner Aufführung versuchten die Tänzerinnen, bei betuchten Gästen einiges Geld lockerzumachen. Nach gut einer Stunde verließen wir das Lokal, bewegten uns wieder auf der Strandpromenade, hin zu Zielen, wo das Trinken bezahlbar war. „Ich fand die Aufführungen im Prinzip sehr unmoralisch", meinte Paul. „Sie sind geeignet, den Rest religiöser Moralvorstellungen, die bei uns Touristen noch vorhanden sein müsste, zu verletzen." Paola sagte dazu nichts, während ich einwand, dass die Aufführungen sehr erregend gewesen seien. „Das hatte doch alles nichts mit wirklicher Religion zu tun", argumentierte ich scheinheilig. „Hier werden doch nur unsere gesellschaftlichen Bräuche pointiert und sehr reizvoll auf die Schippe genommen. Was hat ein Kopftuch mit Gott zu tun? Unsere Liturgie ist eine Erfindung von Menschen." Paul war nicht so weit, dies zu verstehen, obwohl wir beide ja übereinstimmten, dass die Sexualmoral von New Avignon unterdrückerisch war und keineswegs gottgewollt. Paul sah es nicht als Sünde an, sich mit Pamela einzulassen, obwohl es nach orthodoxem Standpunkt der Klerikalen eine war. Zurück in Athens hätten wir unsere Sünden zu beichten. „Das war eindeutig Gotteslästerung", verteidigte er sich. Selbstverständlich war es Gotteslästerung. Und die Verhöhnung der Sitten unserer Gesellschaft. Wie erregend das für mich war. Pamela gab zum Besten, dass es Aufführungen gäbe, in denen der Beischlaf vollzogen würde. Ein netter Job für mich dachte ich. Ich stellte mich als Akteur, als verkleideter Priester vor. Wir gerieten in eine Terrassenbar, die ein wenig an einen kleinen Park erinnerte, da eine Vielzahl von endemischen Pflanzen zu sehen war, was irgendwie exotisch oder auch befremdlich wirkte. Bei Tageslicht sah man, dass die Blattfarben der einheimischen Pflanzen mehr zu Türkis tendierten. Meist hatten diese Blätter lederartige Konsistenz und ein Großteil der Pflanzen war fleischfressend, was auch die lästigen Insekten fernhielt. Ich sah auf den nackten Rücken einer jungen Frau, der gut zu Paola hätte gehören können. Die Frau trug am Oberkörper nur ein spärliches Brustteil. Sie saß dort alleine, trank an einem Cocktail. Irgendwie angezogen von ihr, ging ich zu ihr rüber, um sie an unseren Tisch zu bitten. Dann gab es bei mir einen kurzen Moment des Wiedererkennens, verbunden mit einem überwältigenden Glücksgefühl. „Paola!" Die Frau guckte mich verständnislos an, aber durchaus freundlich und dann auch lächelnd. „Ich heiße Esmeralda" - „Nein, du bist Paola. Wir haben uns vor sieben Jahren in Frisco kennen gelernt. Du warst meine Begleiterin." Die Frau widersprach mir weiter, während ich mir immer sicherer war, meine alte Liebe vor mir sitzen zu haben. Verunsichert bat ich sie an unseren Tisch, stellte Paul und Pamela vor und erklärte der Runde, dass ich Paola gefunden hätte. Es schien so, dass Paul sofort begriff, dass von nun an unsere Urlaubsplanung komplett umgestoßen wurde. Pamela kannte Paola, begrüßte sie aber mit Esmeralda. Jedes Detail, das ich entdeckte und mit meiner Erinnerung übereinstimmte, sagte mir, dass dies Paola war, die womöglich aus irgendeinem Grund ihren Namen abgelegt hatte und nun Esmeralda genannt wurde. Die Wiedersehensfreude verdrängte die Verwunderung darüber, dass sie mich anscheinend nicht kannte. Des Weiteren musste schnell geklärt werden, ob sie für die nächsten Tage frei sei. Paul verstand, wie wichtig das für mich war. Sie war frei. Ich versuchte an die alten Zeiten anzuknüpfen, aber die junge Frau widersprach mir in allem, was Begleiterinnen selten tun. „Ich bin nicht Paola. Vor sieben Jahren war ich dreizehn. Da habe ich noch gar nicht als Begleiterin gearbeitet." Dieser Einwand machte mich sprachlos. „Wir sind vermutlich Klone!" Ich versuchte zu begreifen, und obwohl die Lösung des Rätsels einfach und offensichtlich war, hatte ich größere Schwierigkeiten, die Wahrheit zu begreifen. Pamela meldete sich zu Wort und berichtete, dass sie auch ein Klon sei. Sie hätte einige ihrer Schwestern, alle von unterschiedlichem Alter sogar getroffen, obgleich dies in New Havanna unerwünscht sei. „Die Schönsten und Begabtesten von uns werden geklont. Die Technik dafür existiert schon seit fast vierzig Jahren." Als Mitarbeiterin des hiesigen Geheimdienstes war sie mit diesen Auskünften ziemlich offen und freizügig. Irgendwann hatte ich begriffen, war aber die restliche Nacht emotional völlig verwirrt. Weit mehr als unter normalen Umständen suchte ich mein Heil im Alkohol, bestand lallend darauf, mit Paola mein Bett zu teilen. Ich wollte nichts anderes mehr als mit diesem Abbild von Paola zusammen zu sein. Esmeralda korrigierte mich nicht mehr, wenn ich sie mit Paola ansprach. Die Deals wurden gemacht. Paul rechnete uns aus, dass das Geld für drei Tage und für drei weitere Nächte reichen würde. Mit meinem betrunkenen Ego machte ich klar, dass ich Esmeralda für mich alleine wollte, Klon Pamela konnte sich um Paul kümmern und in den Liebeswahn entführen. Die Frauen gingen auf unser Angebot ein, unklar war, wo wir gemeinsam schlafen sollten. Mein besoffenes Ich versuchte, die Situation zu begreifen. Ich lallte von früher und erzeugte Heiterkeit mit Plänen, New Havanna, die komplette Zivilisation zu verlassen. Ich malte den Dreien in blumig alkoholisierter Sprache ein Leben unter den Aborigines aus. Wir wären ein bisschen verrückt, aber glücklich. An die Gegenwart der Aborigines könnte man sich mit Sicherheit gewöhnen. Ich hätte das bei meinem Kontakt gespürt. Man nahm mich natürlich nicht ernst, lachte und auch die Frauen waren schließlich recht angeschickert. Pamela bot an, Paul für einen kurzen Schlaf mit sich zu nehmen, es war schließlich noch eine Stunde vor Sonnenaufgang. Sie begleiteten mich und Esmeralda zu unserem Hotel. Wir verabredeten uns für die Mittagszeit hier im Hotel. Ich saß dann noch eine Weile mit Esmeralda, Arm in Arm auf dem Balkon, den Sonnenaufgang erwartend. Ein gnädiger Filmriss legte sich über mein Bewusstsein.

Ich schlief neben ihr und wurde erst durch Pauls Klopfen an der Hoteltür wach. Paola beziehungsweise Esmeralda befand sich schon auf dem Balkon und bekam noch etwas von den Sonnenstrahlen mit. Wie verabredet war es Mittag und Paul gab mir zu verstehen, dass er hungrig sei. Ich benötigte ein starkes, koffeinhaltiges Getränk, irgendeinen starken Tee, mit dessen Hilfe ich versuchen konnte, dem Tag zu begegnen. Ich konnte mich ab einer unbestimmten Zeit an nichts mehr erinnern, ich wusste zum Beispiel nicht, ob ich mit Esmeralda geschlafen hatte oder nicht, was in meiner Verfassung kaum möglich gewesen sein sollte. Wir begaben uns ins Restaurant des Hotels, welches in Buffetform Essen anbot. Sonderlich hungrig war ich nicht, bedurfte viel mehr irgendwelcher Wundermittel, um Schlaf beraubte, über Alkohol gestrauchelte wieder auf die Beine zu bringen, die die weit fortgeschrittene Pharmazie auf dieser Insel sicher hier zur Verfügung hatte. Dies musste es geben, irgendwelche Wachmacher, gleichsam Katerkiller, aber ich begnügte mich mit einem starken Tee, der bitter schmeckte, einer Spezialität, wie man mir augenzwinkernd mitteilte. Unsere Frauen unterhielten sich in dem Kauderwelsch der üblichen Landessprache, für die sich keiner in New Avignon genötigt sah, sie zu lernen. Womöglich wurde sie von einigen Mitgliedern des klerikalen Geheimdienstes gesprochen, für einen Touristen war es jedenfalls nicht nötig, dieses Derivat aus Englisch und Spanisch zu erlernen, da es einerseits verboten war, mit der gewöhnlichen Bevölkerung Kontakt aufzunehmen und andererseits alle, die irgendwo erkennbar ein T an ihrer Kleidung trugen, hinreichend gut Englisch sprachen. Der Tee vollbrachte ein kleines Wunder, und ich bekam sogar Hunger auf die pikant gewürzten Hühnchenschenkel. Großzügigerweise, dem Sozialismus sei Dank, verlangte man für die Speisen unserer Begleiterinnen keinen Aufpreis. Wir aßen alle reichlich und rauchten dann unsere Zigaretten. Pamela erzählte, dass die Medizin, ihre Medizin irgendetwas gegen Lungenkrebs gefunden hatte. Ich machte mir über so was keine Gedanken. Ich versuchte passende Ideen zu finden, wie der gemeinsame Urlaub gestaltet werden konnte. Paul hatte einen Anspruch auf unser Hotelzimmer. Er turtelte mit Pamela herum und ich fürchtete, dass er bald das Bedürfnis haben würde, ihr Go beizubringen. Sie wirkten wie ein Paar, dass sich schon eine Ewigkeit kannte, während die Liebe zwischen mir und Paola erst noch entwickelt werden musste. Ich hatte die ganze Zeit das Gefühl, sie müsse mich kennen, aber sie kannte mich nicht. Sie verhielt sich wie Paola, lachte wie sie und ich konnte mich nicht des Eindrucks entziehen, dass ihr Charakter, ihr Temperament, ihr Wissen so war wie bei Paola. Esmeralda hatte offensichtlich eine Idee davon, dass ich in diese Paola sehr verliebt gewesen war. Eine gute Begleiterin schaffte es fast immer, dass man sich, wenn auch vielleicht kurzfristig, in sie verliebte. Esmeralda ahnte, dass ihre Zwillingsschwester gute Arbeit geleistet hatte. Ich musste verstehen lernen, nicht die gleiche Person vor mir zu haben, für drei Tage. Das Zimmerproblem war damit nicht gelöst. Pamela machte klar, dass die Lösung der letzten Nacht einmalig war. Sie teilte ihr Quartier gewöhnlich mit anderen Prostituierten; nicht zahlungskräftige Touristen waren dort nicht gerne gesehen. Ich war ratlos und rauchte Zigaretten. „Vielleicht haben die im Hotel ja noch eine Liege, irgendein Zustellbett", meinte Paul und machte sich auf zur Rezeption, um danach zu fragen. Zufrieden kam er zurück. „Sie haben ein Zusatzbett für uns. Ist gar nicht mal so teuer. Sie stellen es in unserem Zimmer auf!" Dies war eine Notlösung für den Teil der Nacht, in der man nichts anderes mehr tat als schlafen. Es war schon seltsam, ich wollte keine Viereckbeziehung, obgleich es die passende Antwort auf die Verhältnisse in New Avignon gewesen wäre. Ich wollte mit diesem Abbild von Paola alleine sein und daher machte ich den fast merkwürdigen Vorschlag, dass ich zu ungeraden Uhrzeiten, Paul zu geraden Uhrzeiten das Zimmer als Rückzugsgelegenheit nutzen konnte. Ab einem Zeitpunkt tief in der Nacht sollte das Zimmer zum Schlafen dienen. Ich konnte mich nicht von der Vorstellung trennen, Arm in Arm mit diesem Abbild einzuschlafen. Es war offensichtlich klar, wer nicht auf dem Gästebett schlafen würde. Wir diskutierten das gar nicht. Ich für meinen Teil wollte für die nächsten drei Tage die komplette Illusion. Womöglich hatte ich es geschafft, dass Esmeralda eine Idee davon hatte, was ich wollte. Vermutlich hielt sie mich für geistesgestört, was ich nach halbwegs objektiven Kriterien betrachtet auch war. Wir verabredeten uns für zwanzig Uhr zum gemeinsamen Abendessen im Hotel. Jeder würde seine Wege gehen. Unklar war, ob wir den Abend dann gemeinsam verbringen würden. Ich selbst kannte nicht meinen Grad der Verrücktheit. Ab dreizehn Uhr – die antiquierte, traditionelle Weise den Tag in vierundzwanzig Stunden zu unterteilen hatte sowohl die Gesellschaft von New Avignon als die von New Havanna beibehalten – gehörte das Zimmer mir und Esmeralda, für eine knappe Stunde. In dieser Zeit gab sie sich jede Mühe, Paola wiederauferstehen zu lassen. Diese Frau war Paola. Sie führte mich in ein Paradies ein, von dem ich nicht glauben konnte, dass es äußerst flüchtig war. Ich wollte nicht wahrhaben, dass der Traum in drei Tagen vorbei sein sollte. Esmeralda führte mir vor, was irgendwie die Gesellschaft von New Avignon nicht imstande war, mir zu bieten. Tja, wäre ich ein fetter Priester geworden, hätten sich interessante Affären, womöglich eine interessante Ehe entwickeln können. In einer Stunde versuchte ich das auszuleben, was ich über Jahrzehnte in New Avignon verpasst hatte. Mein Karriereknick hatte mir den Rest gegeben. Die Frau, die sich auf mir bewegte, symbolisierte alles, was ich haben wollte. Sie musste empfinden, wie wichtig sie für mich war. Esmeralda hatte nichts dagegen, dass ich sie Paola nannte. „Paola, mach das, was ich mir so sehr wünsche" und ohne das ich ein Wort zu viel sagen musste, führte Esmeralda das aus, was Pamelas Spezialität gewesen war. Nach intensiven fünfzig Minuten gingen wir Eis essen und ich fragte sie, was sie für mich empfunden hatte. „Ich bin sehr verliebt in dich", sagte sie.

Das Zimmer jeweils nach einer Stunde abzugeben war eine Schnapsidee. Die erste knappe Stunde verging wie im Fluge, zudem musste man sich anziehen und frisch machen. Am ersten Nachmittag hatte ich selbstverständlich das Bedürfnis, die ganze Zeit mit Paola im Bett zu verbringen. Ich versuchte die Vergangenheit zu zelebrieren, erzählte ihr, was von den Gesprächen mit der echten Paola mir im Gedächtnis haften geblieben war. Sie spielte ihre Rolle als Paola gut, bat mich immer wieder von damals zu erzählen, was ich gerne tat. Ich wurde wieder Gegner unserer beider Gesellschaftssysteme und sie spielte die oppositionelle Hure, die mit mir verzweifelt nach Wegen suchte, ein gemeinsames Leben in Freiheit zu führen. Sie wurde zur perfekten Illusion wie Paola, und ich begann immer mehr, den Bezug zur Wirklichkeit zu verlieren. Obgleich es von ihr Berechnung war, hatte sie meines Erachtens keine Schuld, weil es ihr Job als Begleiterin war, mir Märchen ins Ohr zu flüstern. Ich bestand natürlich darauf, diesen Umstand mit ihr zu diskutieren, sie bestätigte mir auch, dass ich eigentlich die Sache kritisch und realitätsbezogen sehen müsste, aber mit ihr wäre es anders. Sie wolle den Fehler, den Paola gemacht hätte, nicht wiederholen. Wir wären Seelenverwandte, so wie sie Seelenverwandte von Paola wäre, was ich irgendwie auch naheliegend fand. Hinzu käme noch eine starke körperliche Affinität zu mir, was mit unseren Genen zu tun haben müsste. So wäre es nicht gelogen, dass sie sich in mich verliebt hätte. Diese Scheinheilige, all dies hatte ich schon mal gehört, in einer etwas einfacheren Variante. Ich war ja selbst der Scheinheilige – was für die Seelenverwandtschaft sprach – bat sie fast flehentlich, mich nicht zu belügen, aber sie wusste, was ich wirklich wollte. Sie begann über die Sinnhaftigkeit zu philosophieren, zwischen Paola und ihr, Esmeralda zu unterscheiden, sie wisse eh eins genau: Ihre Seelen wären eine, einfach nur zweimal auf dieser Welt körperlich manifestiert. Das leuchtete mir alles ein. Eine abwegige Phantasie von mir war, dass diese Frau wirklich Paola war und sie nur am Anfang vorgegeben hätte, Esmeralda zu sein, um die Komplikationen von damals zu vermeiden; ein natürlich zum Scheitern verurteilter Versuch, ein solches Spiel mir vorzuspielen und ich erwartete fast, dass sie mir als Seelenverwandte, diese Variante auftischte. Sie hatte wie Paola an der gleichen süßen Stelle unterhalb des Bauchnabels ihr T eintätowiert, kurz über dem Haaransatz ihrer Scham. Vermutlich traute sie sich noch nicht mit der Wahrheit rauszurücken, um nicht unglaubhaft zu wirken. Zum Zeitpunkt eines Höhepunkts von mir rief sie aus: „Ich bin Paola", um dann einen heftigen Orgasmus vorzutäuschen. Vermutlich war ich genetisch wirklich so disponiert. Es musste irgendetwas an ihr sein - vielleicht war es sogar ihr dezenter, angenehmer Körpergeruch - was mich alles glauben ließ, was sie von sich gab. Neben dem Liebesrausch mit ihr, der keine Zweifel zuließ, verfiel ich immer mehr in Zustände, die man nicht mehr als schizoid bezeichnen konnte, da ich immer mehr gewiss war, dass unsere Liebe wirklich war. Die schizoiden Zweifel, das sowohl als auch, indem ich gleichzeitig annahm, ich hätte eine clevere Betrügerin vor mir, - nicht unangenehm von ihr umgarnt zu werden – und eine wahrhaftige, fast verzweifelte Verliebte, die mit mir nach Wegen suchte, unseren Bund für die Ewigkeit zu erhalten, verschwanden. Als scheinheiliges, leicht paranoides Mitglied der Gesellschaft von New Avignon hatte ich es gelernt, verschiedene Bewusstseinszustände nebeneinander, fast gleichzeitig auszuprägen. Diese Adaption gehörte zu meinem Überlebenskampf in New Avignon. Um es einfach zu sagen: Ich hatte schon immer ein Problem mit der Wahrheit und wollte auch nicht ausschließen, dass in manchen Momenten, in denen mein Blick auf einen Messdienerinnenausschnitt haftete, ich wirklich an Gott glaubte. Als Schau-

spieler musste ich mich sehr mit meinen Rollen identifizieren. Gleiches galt natürlich für Esmeralda beziehungsweise Paola. Das Schizoide wich stabilen Zuständen, in
denen ich nur noch an unsere Liebe glaubte. Wir waren
darin in unserer ersten Begegnung ein perfektes Team gewesen. Ich hatte vor sieben Jahren wesentliche Vorarbeit
geleistet, die sich fast über zwei Wochen erstreckte. Esmeralda war natürlich geübter und vielleicht auch begabter als ich. Esmeralda bestand dann auch darauf, dass ich
sie Paola nannte, brauchte weit weniger als die drei Tage,
um sich in die Rolle perfekt einzufinden. Unsere Begegnung wurde zur emotionalen Achterbahn – solche zwei-
felhaften Vergnügungen existierten auf den Jahrmärkten
von New Avignon immer noch – da neben der Liebesek-
stase, allen romantischen Gefühlen, eingebettet in einer
idyllischen Landschaft am Meer im Liebeslicht von Helena eingetaucht, auch immer Verzweiflungsausbrüche un-
sererseits aufkamen. Es flossen dann beiderseits wirkliche
Tränen. Esmeralda weinte tatsächlich. Die junge Frau war
technisch gesehen, sehr begabt, sagte ich mir später. Es
schien sich wirklich alles wiederholen zu wollen, was ich
vor sieben Jahren hier in Frisco erlebt hatte. Auch damals
waren Tränen geflossen. Esmeralda führte mich an die
Plätze von damals, zeigte mir ihre Lieblingcafes und
Lieblingsboutiquen. Ein Unterschied zu damals war, dass
wir uns regelmäßig mit Paul und Pamela trafen und natürlich zum Schlaf das Zimmer teilten, zu einer Zeit, in der
ich mich praktisch nicht mehr auf den Beinen halten
konnte. Der Alkohol half natürlich, den Realitätsverlust
perfekt zu machen. Esmeralda hatte Verständnis dafür,
dass ich trank und vertrug auch einiges, beschränkte sich
tagsüber in den Cafés auf alkoholfreie Tees, während die
Realität von mir verlangte, sie auf eine sichere, alkoholi-
sierte Grundlage zu stellen. Bei den gemeinsamen

Abendessen schien Paul etwas besorgt zu sein. Nicht wegen des Alkohols, sondern wegen meiner allgemeinen Verfassung, da Esmeralda und ich offen davon redeten, für immer zusammen sein zu wollen: Auch in gemeinsamer Runde hatte sie keine Skrupel unsere Show weiterzuspielen. Pamela verstand sofort. Es schien mir aber so, als ob der Funke der Liebe auch das andere Pärchen ergriffen hatte. Vermutlich waren sie aber nicht ganz so weit von der Realität weg. Einen ganzen Abend verbrachten wir zusammen, bei denen ich Pläne zur Flucht ausbreitete. Paola mahnte mich später zur Vorsicht, weil man nicht sicher sein könnte, ob man Pamela trauen könnte. Auch Agentinnen der Staatssicherheit träumen von der Liebe, dachte oder sagte ich. Es gab soviel zu bereden. Manchmal hatte ich einen klaren Moment, in dem ich wusste, dass wir keine realistische Chance hatten.

Wir waren wieder allein, Paul und ich. Die Realität hatte sich mit harten Schnitten wieder in unser Leben gedrängt. Wir versuchten, ihre Unversöhnlichkeit mit Alkohol zu bekämpfen. Paul, selbst ziemlich fertig, hatte mich noch nie so jammern gesehen. Es kam, wie es kommen musste. Unsere Frauen hatten uns nach drei Tagen verlassen, nach herzzerreißenden Trennungsszenen. Für Paul war es ein orgiastischer Rausch gewesen, auch er hatte sich gewissermaßen verliebt und in den Tagen der Liebe die Realität verdrängt. Wir waren im Plan und nun planlos, mehr oder weniger mittellos. Es reichte noch für Alkohol und Tabak. Er wusste, wo die Unterkunft von Pamela war, hatte allerdings nicht im Sinn, sie dort aufzusuchen. Ich wusste nicht, wo Esmeralda schlief, wenn sie nicht bei einem Kunden war. Ihre neue Rolle würde mit Sicherheit leichter ausfallen, weniger dramatisch. Wir spekulierten darüber, ob der Geheimdienst die beiden Frauen vorübergehend an einem anderen Ort eingesetzt hatte, vielleicht in einem Nachbarstädtchen von Frisco. Offensichtlich nahmen wir uns zu wichtig. Neurotisch schaute ich in die Szenerie, um „Paola" zu entdecken, malte mir eine Art Wiedersehensfreude aus. Wir sahen die schönen Frauen, die irgendwo ihr T hatten, obgleich sie mich – im Gegensatz zu Paul – nicht mehr reizten, offenbar eine Art von Geisteskrankheit, die vorübergehen würde. Wir sahen die Touristen mit den Nutten turteln, was sowohl für Paul und mich frustrierend war, wir sahen diese malerischen Strände mit ihren kleinen Hotels, in denen man sich vergnügte. Wir waren nichts anderes mehr als frustrierte Beobachter einer käuflichen Idylle, in Katerstimmung, obwohl unser Urlaub noch längst nicht vorbei war. Diesen vorzeitig abzubrechen wurde von uns diskutiert, und wenn sich ein Quäntchen Realismus in meine Betrachtungsweise einschlich, tendierte ich zu so einer Lösung. Wir mussten zurück nach Athens, uns um lukrative Jobs kümmern, damit wir uns die bescheidenen Vergnügungen von Athens leisten konnten. Paul brachte Katharina und Margarete ins Spiel. Es würde alles werden wie vorher, wir würden abends in Kneipen lungern, unsere Spielchen spielen, von Frauen träumen, unser Glück im Rausch suchen und manchmal auf Frauen wie Katharina treffen, die uns mit ihren Kräutern in den Wahnsinn treiben würden. Wenig realistisch gestimmt, wollte ich hier noch alles wenden. Ich hatte die Fluchtpläne, die ich mit „Paola" geschmiedet hatte, noch im Kopf. „Alles Quatsch", meinte Paul, der sich allerdings auch nicht durchringen konnte, sofort abzureisen. Im Übrigen kriegte man nicht oft die Chance, einen Urlaub in New Havanna zu verbringen. Der Sturz in die Realität tat irgendwie weh. Nüchtern betrachtet hatte ich in diesem Urlaub alles erreicht, was ich erreichen konnte, das Remake eines Märchens vergessener Tage, das mein Denken nicht unwesentlich beeinflusst hatte. Natürlich würde ich wieder der Alte werden, realistisch und geil auf Messdienerinnen. „Umwerfend", bezeichnete Paul sein Erlebtes. Wir dachten dabei eigentlich an Selbstverständlichkeiten. Ausgelebte Sexualität und Verliebtheit sollten Selbstverständlichkeiten im Leben eines jeden sein. Wir waren wie Ausgehungerte, neigten zu übertriebenen Empfindungen. Wie war das Leben in einer Gesellschaft, in der jeder satt war? Unsere Pfaffen waren satt. Waren sie glücklich? Zu der Art Alltagsphilosophie war ich noch nicht bereit. Paul erzählte mir nie, wie sehr ich ihm auf die Nerven gefallen war. Vielleicht verstand er mich und war nur ein bisschen genervt. Er machte Witze. Wir müssten auf weitere Missionen, ja sogar an einer Helena-Mission teilnehmen, dem Wahnsinn ins Auge sehen, damit wir uns weitere Urlaube in New Havanna leisten konnten. Er stellte mir eine Trilogie in Aussicht, das Treffen auf einen dritten Klon, möglicherweise ein Happy End. Er malte mir aus, was passieren könnte, wenn New Avignon und New Havanna sich vereinigen würden, entwickelte eine blumige Phantasie, die mir sogar ein paar Lacher abringen konnten. Ich versuchte ihm klar zu machen, dass ich ein schlechter Umgang für ihn sei. Er müsse seine Laster einschränken, sich mehr in die klerikale Gesellschaft einfügen, opportunistisch sein und denunzieren, dann hätte er gute Chancen, heiraten zu können. Er sei noch jung und müsse bereit sein, die schmutzigen Spielchen mitzuspielen. Als Erstes müsse er mich in die Pfanne hauen. Nur durch Verrat käme man zum permanenten Fick. Meine Argumente waren nicht so leicht zu entkräften. Ich wusste, dass ich ihn mit solchen Provokationen nicht verletzte und im Übrigen war ich sicher, einen Oppositionellen vor mir zu haben. Ich wusste gar nicht, warum sich Paul mit dem Opportunismus so schwer tat, immerhin glaubte er an Gott. Gottesglauben kombiniert mit Verlogenheit und schon ging es dem Schwanz besser. Seine Entwürfe reichten nur, mir eine Trilogie auszumalen und schizophrene Abenteuer bei Helena. Helena hatte mich verlassen. In der Nacht an den Strandbars fiel ihr Licht mitleidslos auf uns, machte mich zeitweise wütend, und ich schaute in dieses Licht, machte es für alles und jenes verantwortlich, verdammte es mit heftigen Worten. „Was für den Einen Inspiration für religiösen Wahnsinn ist, ist für den anderen nur sein Pufflicht", lallte ich Paul an, der von der Weltrevolution, na ja besser gesagt von der Inselrevolution träumte und von ihr jede Menge Romanzen erwartete. Mir fiel zum ersten Mal auf, dass Paul ein unverbesserlicher Romantiker war. Somit passte er nicht ins gesellschaftliche System, in keins von beiden. Meer, Sand, Palmen, Häuser und Menschenpärchen eingetaucht in dezentem Pufflicht. Die ganze Küste New Havannas war ein Puff und ich sagte dies mit Bitterkeit, obgleich ich nie wirklich etwas gegen solche Einrichtungen, die in New Avignon eher ein theoretisches Konstrukt waren und im Geheimen existieren mochten, gehabt hatte. Saufend schauten wir dem öffentlichen Treiben der geilen Touristen zu, fanden uns in ihnen wieder, waren oft das Ziel irgendeiner Hübschen, die mit neuen Paradiesen, neuen Märchen lockten. Wir lehnten dankend ab, ohne die Gründe unserer Zurückhaltung zu nennen. Dies alles hier würde bald Teil unserer Vergangenheit werden, eine teilweise gemeinsame Erinnerung. Meine Einstellung zum Klonen hatte sich etwas verändert. Vorab hatte ich diese Technik verteufelt, wie jeder anständige Mensch in New Avignon dies tat, nun war ich äußerst verunsichert und eher diffuse mit Emotionen gekoppelte Teilansichten hatten den Platz der alten eingenommen. Wir machten die Nacht durch. Etwa zur Zeit des

Sonnenaufgangs, Helena funkelte hoch über dem Horizont, ansonsten der Himmel schon länger sternenlos, setzte sich das kollektive Bewusstsein durch, dass wir hier nichts mehr verloren hatten.

- 12 -

In den letzten Jahren hatte die Finder unentwegt abgebremst, würde nun zu den umgebenden Objekten mehr oder weniger in Ruhe kommen. Es war zu Fehlgeburten gekommen, die Besatzung hatte sich noch mehrfachen Hibernationen unterzogen, um nicht unnötig zu altern. Sie sind in der Milchstraße angekommen, müssen sich orientieren. Bis zum Zentrum der Milchstraße sind es immer noch dreißig Tausend Lichtjahre, die Strecke, die sie in dreißig Jahren zurückgelegt haben. Es gibt ein Panoramafenster in Richtung Zentrum, hier irgendwo ist die Sonne mit der Erde. Seit dem die Geschwindigkeiten des Raumschiffs nicht mehr relativistisch sind, suchen die Astronomen fieberhaft nach ihr. Um wie viel Lichtjahre hat man sie verfehlt? Man konnte auf Daten früherer Astronomen zurückgreifen, man kennt die Relativgeschwindigkeiten der Nachbarsterne zur Sonne. Die Sonne hat sich nach den über sechzig Tausend Jahren um gut 300 Lichtjahre von ihrer Ursprungsregion entfernt, so ihre Nachbarn. Dann kommen die Ergebnisse, Arkturus und Wega werden eindeutig identifiziert, dann findet sich Sirius und Rigil Kent. Mit den bekannten Relativgeschwindigkeiten von damals und den neuen Koordinaten ermittelt der Röhrencomputer die ungefähre Position der Sonne. Die Astronomen fokussieren die Region, bis man vergleichsweise sicher ist. Sie haben den Stern gefunden, der die Sonne sein muss. Die Spektraldaten stimmen mit dem Modell überein. Die Teleskope sind nicht empfindlich genug, um Jupiter auszumachen, nicht in dieser kurzen Zeit. An Bord herrscht vorübergehend Feierstimmung als die Finder Fahrt aufnimmt, Kurs Sonne, sechzig Lichtjahre vom Ziel entfernt. Es mag so erscheinen, dass diese 60 Lichtjahre gegenüber den dreißigtausend Lichtjahre die sie zurückgelegt haben, ein Katzensprung sind, aber dem ist nicht so. Sie werden für die Strecke circa sieben Jahre benötigen. Drei Jahre werden sie wieder Fahrt aufnehmen, mit konstanter Beschleunigung, um dann wieder abzubremsen. Das bedeutet mindestens sechs weitere Hibernationen. Man ist allgemein darüber erstaunt wie präzise ihr jetziger Nullpunkt, der Punkt mit null Geschwindigkeit nach 15000 Lichtjahren Beschleunigung und 15000 Lichtjahre abbremsen zur Sonne liegt. Es hätten auch ein – zweihundert Lichtjahre mehr sein können, verbunden mit einer viel geringeren Chance, die Erde zu finden. Sie haben vielleicht Glück gehabt. Die kleine Euphorie kann nicht darüber hinwegtäuschen, dass die Situation an Bord prekär ist seit x Hibernationen, seit dem Mord, seit den Überwachungskameras. Der Mörder, wenn es kein galaktischer Geist war, ist immer noch unter ihnen, die Bespitzelungsatmosphäre hält an, religiöse Tendenzen haben sich verfestigt, Gräben haben sich gebildet, alles scheint unüberwindbar. Die Jobs, die zu erledigen sind, werden aber gemacht. Robert hat Vorlesungen über die Geschichte der Erde abgehalten. Er hat verdeutlicht, wie lange es gedauert hatte, bis Warmblütler auf der Erde entstanden, wie lange, bis Affen den Planeten bewohnten. Er ging auf den Neandertaler ein, die Ägypter, China und die Römer, auf die Entwicklungen, die dazu geführt hatten, dass ihre Welt besiedelt wurde. Keiner seiner Zuhörer konnte ihm sagen, was sich in sechzig Tausend Jahren auf der Erde entwickelt hatte.

Fast dreißig Hibernationen liegen hinter ihnen. Robert hatte Kontakt mit Geistwesen, galaktischen Gespenstern, die drohten, ihm den Lebensstrang zu entziehen. Merkwürdige Diskussionen, Auseinandersetzungen fanden statt, ohne einen bleibenden Eindruck zu hinterlassen, ohne einen Gewinn. Scheinbare Endlosschleifen von Gedanken, von vorneherein widersprüchlich, oft an denselben unhaltbaren Punkten endet, keinen Ausweg zeigend, um immer wieder von vorne zu beginnen, peinigten ihn. Er weiß, dass da etwas war während dieser Hibernationen, aber nicht was. Wie dumpfe Alpträume, die auch im Schlaf das Fastbewusstsein überfallen, ein durchaus langwieriger Eindruck, der aber verglichen zeitlich nur ein kleiner Moment gegenüber dem ist, was sich da während einer Hibernation in sein Halbbewusstsein einschleicht. Robert hat keine Ahnung, wie alt er ist. Er wurde ungefähr vor dreißig Tausend Jahren in New Avignon geboren, wenn man die Zeit von New Avignon zugrunde legt. Die Uhren an Bord haben anders getickt. Nun laufen sie wieder synchron zu seiner Heimat. Man hat hier an Bord den Kalender fortgeführt. Danach hätte er heute Geburtstag und wäre danach 69 Jahre. Obgleich er nun gut dreißig Jahre auf dem Raumschiff ist, ist er vielleicht nur um vier oder fünf Jahre gealtert. Er sieht aus wie Anfang vierzig. Er wird versuchen, mit seinen Freunden ein bisschen zu feiern. Es steht noch ein lästiger Besuch bei Florence Scheffener, einer der Bordärzte an. Er zündet sich eine Zigarette an, um sich auf ihre Moralpredigt vorzubereiten. Sie sagt immer dasselbe. Er soll seinen Alkoholkonsum und den der Zigaretten reduzieren. Robert hält Florence zugute, dass sie kein Kopftuch trägt und diesen religiösen Firlefanz, der an Bord inzwischen weit verbreitet ist, nicht mitmacht. Sie ist einer der vier Frauen von Hugo Scheffener und hat offensichtlich kein Gespür dafür, dass diese Vielehe ungerecht ist. Die Visiten nach den Untersuchungen sind meistens kurz. Noch ein kräftiger Lungenzug, dann klopft er an die Tür der Arztkabine. „Hallo Robert", begrüßt ihn die hübsche Frau, die deutlich jünger ist als er. Vielleicht ist sie schon sechzig. „Hallo Florence, willst du mir wieder Moralpredigten halten?" - „Diesmal ist es Ernst, Robert!" Sie sehen sich in die Augen, ihm wird etwas mulmig. „Deine Fettleber hat sich entzündet. Der Zustand der Leber könnte noch reversibel sein, aber wenn du weiter so trinkst wie bisher, dürftest du die Erde nicht mehr erleben." - „Habe ich eine Leberzirrhose?" - „Nein, noch keine Zirrhose, aber vielleicht ist es nicht mehr weit dahin. Du hast eine Fettleber-Hepatitis. Das ist gefährlich genug." - „Das heißt?" - „Das heißt, ab sofort kein Alkohol mehr!" - „Das überlebe ich nicht!" „Alles andere überlebst du nicht" - „Aber ich bin doch noch jung" - „Du scheinst es mächtig übertrieben zu haben. Nicht nur auf diesem Raumschiff" - „Und die Lunge, droht da vielleicht noch ein kleines Karzinom?" - „Eins nach dem anderem, werde erstmal trocken, genieße den neuen Zustand, dann solltest du dich ums Rauchen kümmern" - „Ist das alles ein Witz?" - „Wenn du die Erde erleben willst, solltest du aufhören! Wenn du ehrlich zu dir selbst wärst, würdest du zugeben, dass du nicht in einer so guten körperlichen Verfassung bist. Geht es dir gut, Robert?" - „Ich achte nicht so sehr drauf. Ich habe genug mit meinen psychischen Problemen zu tun" - "Das verkompliziert ja noch die Situation. Psychische Probleme und körperliche Probleme überlagern sich. Erschöpfungszustände können eine Folge einer Depression, eines Hang-Over oder auch meinetwegen einer Leberentzündung sein." - „Ich habe verstanden. Kann ich jetzt gehen?" - „Wenn du bei deinem Entzug ärztliche Unterstützung brauchst, können wir dir ihn geben" - „Danke!" Robert schließt die Tür hinter sich, zündet eine weitere Zigarette an, flüchtet sich in seine Kabine, schmeißt sich aufs Bett und starrt ausdruckslos an die Decke, bläst Rauchkringel. „Es ist das Privileg der Jugend, sich mit schädlichen Substanzen zu berauschen, obgleich man im Alter den Rausch sicher nötiger hätte", denkt er sich. „Alleine schon um die weniger werdende Sexualität zu kompensieren, um vor dem kommenden Tod zu trösten, um ein mehr an Schmerzen zu nehmen." Robert kann sich die Konsequenzen einer Abstinenz nicht vorstellen, obgleich es Phasen in seinem erwachsenem Leben gab, in denen er abstinent war, in denen er abstinent sein musste. Es waren nur wenige Monate. Nun ist er für den Rest seines Lebens zur Alkohollosigkeit verurteilt, denn er will die Erde erleben, und wenn diese sich in all ihrer Sinnlosigkeit darbieten wird, hat er die Möglichkeit, mit dem Trinken wieder zu beginnen. Können sechzig Tausend Jahre mehr an Evolution die Sinnlosigkeit vergrößern?. Robert ist nicht abgeneigt, dies zu glauben. Heute wird nochmal alles anders sein. Er wird seinen Geburtstag und die Nachricht des Tages gebührend feiern, in kleinem Freundeskreis. Möglicherweise ist der Tod so etwas wie eine unendliche Hibernation. Das sollte man möglichst weit aufschieben. Unangenehmer Gedanke! Die Karten sind verteilt. Alle Karten kann er nicht einsehen, aber er geht alles in allem davon aus, dass es schlecht für ihn aussieht. Möglicherweise bedeutet eine der versteckten Karten die Hölle, die ewige Verdammnis, die christliche Foltereinrichtung, die jeden erwartet, der nicht nach neokatholischen Maßstäben gelebt hat. Es ist verfehlt zu hoffen, dass man in der Hölle auf all die trifft, die ein verfehltes Leben geführt haben, denn in der Hölle ist man allein. Es gibt keine Chance sich gegen die Folter zu solidarisieren. Man ist allein, es sei denn, man erträgt andere nicht. Robert erinnert sich an die Kindergeschichten von der Hölle, an die Erwachsenenversionen, die er sich von der Kanzel anhören musste. Am heutigen Tag wird definitiv die Hölle eingeleitet. Einen Vorgeschmack davon hat er kennengelernt, meist aber in einer Art Fegefeuer gelebt, in dem die Flammen immer wieder von Bier oder Wein gelöscht wurden. Er kann sich keiner Heilslehre anschließen. Auf der Erde wird nicht das Paradies warten, die ewige Euphorie, das unzerstörbare Glück. Sechzig Tausend Jahre Evolution werden sich einen Dreck um Robert kümmern. Er ist völlig unbedeutend, ein Nichts, dennoch gibt es die passende Hölle für ihn, so als ob sie für ihn konzipiert wäre. Priester und Bischöfe mit nackten Frauen im Arm grinsen ihn an. Sie haben es ihm immer gesagt. Sie haben es ihm immer zeigen wollen. Er ist auf der Straße der Verdammnis und keine der Huren New Havannas begleitet ihn. Sie geben ihm kindische Sakramente, von denen er nicht weiß, ob sie ihm helfen sollen oder ihn verfluchen, lassen ihn allein und zeigen sich mit ihren Gespielinnen. Der Traum verirrt sich dann in Tiefschlafregionen.

„Ein letztes Mal meine Freunde!", toastet Robert Vanessa und Paul zu. Andere Alkoholiker haben sich in Aufenthaltsraum C nicht eingefunden. Theo trinkt nicht mit, aus Prinzip. Robert hat den beiden seine miserable Lage geschildert. Sie haben sich besorgt gezeigt und Vanessa sagt, dass es ohne Alkohol geht. Meint sie es ehrlich? Robert hat versucht, die besten Spirituosen an Bord zu organisieren, mit Verweis darauf, dass er Geburtstag habe und ein letztes Mal trinke. Das glaubt er selbst nicht. Die Leber wird sich vielleicht erholen, regenerieren, die Fettleber sich zurückbilden und dann kann er sich vielleicht der Nüchternheit entziehen. „Ich habe immer gerne mit euch getrunken, insbesondere mit dir Paul. Wir haben hektoliterweise Bier und Wein getrunken und hier an Bord jede Menge Schnapsfusel. Und mit dir Vanessa habe ich auch besonders gerne getrunken. Du bist eine Frau mit Geist, eine beherzte Frau. Du weißt, warum ich gerne mit dir getrunken habe!" Vanessa lacht. „Ja, ich weiß, warum du gerne mit mir getrunken hast." Robert ist offensichtlich schon stark angetrunken. „Ich muss Hugo Scheffener fragen, ob er Hasch an Bord hat. Hat er bestimmt. Dann kann er mir welches davon abgeben. Dann bilden wir einen Raucherklub. Er verteilt an seine beiden Freunde Zigaretten, gibt ihnen Feuer. Theo guckt neidisch zu. Er bewundert die Menschen mit ihren Möglichkeiten. Ein paar Dinge hat er schon ausprobiert. Er hört deutlich die Worte der Menschen, versteht aber nicht ihren Sinn. „Das dient zur Verständigung", ist die Idee, die er hat, die er aber nicht in Worte fassen kann. „Du kriegst doch von Hasch Paranoia, Robert", entgegnet Paul, der gerne in seinem Leben an dem einem oder anderen Joint gezogen hat. „Paranoia ist die richtige Antwort auf paranoide Verhältnisse", kontert Robert. „Würde mir Spaß machen, einen Kifferkreis zu bilden. Das Zeug beflügelt mich beim Go." Vanessa zeigt sich interessiert an Hasch, gibt aber zu, nie welches geraucht zu haben. Robert erzählt von Katharina, der Dealerin. Allgemein kann man sich vorstellen, dass die Privilegierten hier an Bord hin und wieder rauchen. „Paul, ich habe immer gesoffen, damit du im Go eine Chance gegen mich hattest." Auf diesen dummen Witz geht Paul nicht weiter ein. „Wenn ich morgen aufwache, erwache ich in der Hölle. Ich werde es zuerst nicht bemerken, aber irgendwann in den nächsten Stunden werde ich Lust haben auf Schnaps, während meine Umwelt immer unerträglicher wird. Möglicherweise finde ich irgendwann Schlaf. Es wird ein besonderes Aufwachen werden!" - „Du übertreibst wundervoll. Kann ich dich irgendwie trösten?" Vanessa nimmt einen Schluck Schnaps. Ihre Angebote werden womöglich falsch verstanden. „Paul, sie fragt mich, ob sie mich trösten kann! Vanessa, du kannst mich möglicherweise trösten. Ich bin nicht ganz sicher, aber vielleicht kannst du mich trösten. Ich versuche, es mir vorzustellen. Hmm, es könnte vielleicht gehen. Es ist nicht so einfach vorstellbar." Vanessa hört aufmerksam zu, bemerkt Fallstricke, in denen sie sich verstricken könnten, sagt aber nichts weiter, trinkt heftig mit und zündet sich eine weitere Zigarette an. Paul mahnt trotz Geburtstag und Leberschaden Roberts Selbstmitleidgetue an. „Wer tröstet uns, Robert?" - „Du kannst doch saufen!" - „Du meinst, das genügt mir?" - „Und wer tröstet Vanessa?" - „Die kann auch saufen oder sich mit Frauen oder meinetwegen mit Männern trösten." Vanessa schmunzelt und macht den Eindruck, dass sie in einer Verfassung ist, die keineswegs Trost bedarf. Robert fürchtet sich vor der Kälte der Nüchternheit. Wieso hat keiner Angst davor? Wieso nicht? Könnte der körperliche Einsatz von einer Frau, Vanessa vielleicht, ihn vor der Kälte schützen? Er bezweifelt es eigentlich. „Nun, wenn ich in New Avignon in dieser Situation wäre, würde ich vielleicht weiter trinken. Ich weiß es nicht. Vielleicht würde ich Schluss machen. Aber trotz aller Leere um mich, trotz aller Sinnlosigkeit jetzt und möglicherweise bald auf der Erde, möchte ich die Erde kennenlernen. Ich bin fast sicher! Es ist sehr sinnlos auf dieser Erde und wir werden eh nichts verstehen, wenn wir etwas vorfinden werden, dass irgendwie etwas mit Menschsein zu tun hat. Wir werden sie nicht verstehen, Vanessa, aber ich will dahin. Die Geschichte der Erde war meine Berufung, neben meinem religiösen Interesse für Messdienerinnen und weiblichen Brüsten. Robert erzählt wieder über ihr erstes Treffen mit Katharina, wie sie unerwarteterweise ihre Brust entblößte. "Und du willst nun, dass ich meine Brust entblöße, so wie damals Katharina. Gab es danach Sex zwischen euch?" - „Nein, sie saß nur da mit ihren nackten Brüsten. Wir haben nur gekifft. Ich fand es fantastisch. Eine Nacht, die ich nicht so leicht vergessen werde." Paul nimmt nach seinen Worten einen kräftigen Schluck Schnaps. „Es war bizarr, mysteriös, sehr, sehr unheimlich. Ich vertrage das Zeug nicht. Sie war Teufelin, Denunziantin, Göttin und einfach nur die junge Dealerin zugleich." „Wir haben keinen Stoff, Paul" - „Ich bin sicher, Robert reicht auch der Alkohol" - „Unter Alkohol neige ich nicht so sehr in Frauen Denunziantinnen, Hexen und Gespielinnen von Bischöfen zu sehen. Göttinnen bleiben allerdings Göttinnen." - „Ihr wisst ja, ich mag Frauen. Ich weiß, das ist bitter für euch Jungs. Wir müssten schon in die Kabine von Robert oder in eine andere gehen und ich könnte Katharina für euch sein." Paul und Robert gucken sich einen Moment lang an. „Wir haben kein Hasch!", sagt der eine und der andere, Robert: „In jeder Kabine steckt eine Kamera und wie um Himmelswillen willst du eine Teufelin sein, die für die Bischöfe arbeitet und gekommen ist, um uns zu zerstören." - „Ich dachte, du mochtest Katharina", sagt sie und ist vermutlich betrunken genug, um nicht mehr die Konsequenzen ihres Tuns zu begreifen. „Du willst uns also die Katharina machen?", fragt Robert. „Nun ja, ich will es mal versuchen." Mit Schnapsflaschen in der Hand brechen sie auf und gehen zu Roberts Kabine.

Der Affe versucht sich anzuschließen. Offenbar sagt ihm sein Instinkt, dass er etwas Sensationelles zu sehen bekommt. Er möchte mit von der Partie sein, aber die beiden anderen Männchen verhindern dies, frustrieren seine äffische Neugierde. Das Tier kann manchmal lästig sein. Roberts Kabine macht einen aufgeräumten Eindruck, nicht gerade typisch für Roberts Kabine. Ein kleiner Tisch mit drei typischen Sitzmöbeln bietet Platz für drei. Man stellt die Flaschen auf den Tisch, greift zu den Gläsern und Rauchwaren, genehmigt sich weitere Schnäpse, ist ein bisschen verlegen und lacht und möglicherweise weiß keiner mehr so genau, warum man nun in dieser Kabine sitzt. „Auf die Zukunft", toastet Vanessa den Männern zu. „Wessen Zukunft?", fragt Robert. „Irgendeine!" Das Zeugs, das sie trinken, ist dafür geeignet, die Zukunft oder irgendeine Zukunft auszublenden. Einerseits könnte Robert auf irgendeine Zukunft verzichten und in einer versoffenen Gegenwart kleben bleiben, andererseits gibt es dies unerklärliche Interesse das Objekt seiner Studien kennenzulernen. Dann denkt er wieder an Näherliegendes. „Vanessa, du wolltest mir doch die Paola machen, lallt er in die Runde. „Wer ist Paola?", fragt die Linguistin. „Paola ist die große Liebe von Robert. Da auf dem Bild, das ist sie oder ein Klon. Ich habe einen Klon von ihr kennen gelernt. Paola ist beziehungsweise war, denn höchstwahrscheinlich ist sie tot, eine begabte Hure New Havannas, eine perfekte Illusionistin" - „Ich glaube, diese Rolle würde mich stark überfordern. Außerdem sehe ich gar nicht so aus wie sie. Ich dachte, ich spiele Katharina. Das ist, glaube ich viel einfacher." - „Wie besoffen bist du eigentlich, Vanessa?" - Du, ich glaube sehr!" - „Du siehst aber auch nicht aus wie Katharina, wenn ich mich richtig erinnere." - „Stimmt, sie sieht gar nicht aus wie Katharina", pflichtet Paul bei. „Ich wollte ja nur eine Rolle spielen, Katharinas Rolle." - „Und Paolas Rolle ist dir zu schwierig?" - „Auf jeden Fall, Robert" -"Es ist eine wirklich schwierige Rolle", pflichtet Robert bei. „Wie wär's mit Margarethe, das ist einfacher" - „Wer ist das denn?" - „Margarethe war eine Kellnerin in Athens, die sich prostituierte. Sie war zu teuer für uns", erklärt Paul. „Ja, sie war viel zu teuer", lallt Robert, der dann einen weiteren Vorschlag für die Runde macht. „Du kannst die Messdienerin machen." - „Welche Messdienerin?" - „Irgendeine!" - „Und du machst mir dann den Bischof" - „O ja!" - „Wie ging das denn mit der Katharina", fragt sie lachend. „Dafür brauchen wir Hasch!" In Robert bildet sich der Gedanke, dass Hugo Scheffener, der ganz sicher ihr Gespräch abhören wird, weil es ja ganz sicher das interessante Gespräch an Bord ist, ein Einsehen hat und Hasch vorbeibringen lässt, sozusagen als Geburtstagsgeschenk. „Wir müssen mit dieser Ersatzdroge auskommen", ruft Vanessa mehr als angeheitert aus und schüttet eine Art Whisky in sich hinein, das edelste Zeug, das hier an Bord zu haben ist. „Wie ging das nun?" - „Du musst deine Brust freimachen", erklärt Paul für Robert, der in diesem konkretem Fall zu schüchtern ist. „Das ist alles?" - „Ja, alles andere spielt sich in unserem Köpfen ab. Aber du willst es doch nicht wirklich tun?" - „Warum nicht. Es ist recht einfach!" Robert hat verständnislos zugehört und ist erstaunt, als Vanessa schnell ihr Shirt auszieht. „So in etwa?", fragt sie kess in die kleine Runde. So als ob ein unbekannter Regisseur die Sitzpositionen angeordnet hat, sitzt sie in Richtung der Überwachungskamera! Paul und Robert sind verblüfft, glauben vielleicht an irgendeine Halluzination. „Es ist gar nicht kalt und mir war eh zu warm." An Bord sind die Temperaturen immer gleich, sodass ihre Empfindung sich als subjektiv erweist. „Und wie geht die Geschichte jetzt weiter" - „Wir haben weiter Hasch geraucht und hatten wohl alle einen Steifen in der Hose, zumal sie ja auch kein Kopftuch trug. Ich war sicher, dass sie mich zerstören wollte." - „Ach Quatsch, es war erregend, und ich wollte mit ihr Go spielen." - „Du willst immer mit jemandem Go spielen" - „Sie hatte kein sexuelles Interesse an euch?" - „Ich glaube zuerst nicht, aber vielleicht hat sie es einfach nicht gesagt. Sie wirkte aber nicht schüchtern, vielleicht war ihr einfach zu heiß" - „Sie wollte uns zerstören" - „Vergewaltigt habt ihr sie nicht?" - „Natürlich nicht", sagen beide Männer gleichzeitig. „Du hast sehr schöne Brüste, Vanessa. Deine sind etwas größer als die von Katharina" - „Ja, sie sind mir lästig. Sie sind vollkommen unnütz. Sandra hängt ja lieber an so einem Schwanz vom Bibelkreis." - „Ja, das ist bitter", bestätigt Paul. „Ihr beide wart immer Konkurrenten und jetzt bumst sie mit einem vom Bibelkreis, aber so ist halt der Lauf der Geschichte." - „Ich hatte nie eine Chance. Sie kann sich Sex mit einer Frau überhaupt nicht vorstellen" - „Wir auch nicht mehr", ätzt Robert. „Und bei euch hat sich nun so eine komische körperliche Reaktion eingestellt?" - „Ja, irgendein Mechanismus hat bei uns jetzt das Blut umgelenkt und deswegen gehe ich jetzt besser." Paul steht auf, stürzt aus der Kabine und das Spiel scheint beendet zu sein. „Ich bin keine gute Katharina. Das hat er doch damals auch nicht gemacht. Robert, was soll ich tun?" Der schweigt und starrt auf ihre Brüste. „Darf ich mir mal anschauen, wohin das Blut geflossen ist? Sie steht auf, begibt sich zu Robert, kniet sich hin, tastet an seiner Hose. „Ist da das Blut?" - "Ich glaube, es wäre nett, wenn du mal nachsehen würdest" Sie öffnet seine Hose, findet seinen Penis. „Wie groß und fest der ist", sagt sie, umschließt das Organ mit ihrer Hand, bewegt sie langsam. „Jetzt wird er ja noch größer!" Sie steht dann auf und führt Robert zu seinem Bett, zieht ihre Bordhose aus, ihre Unterhose und weiß dann auch nicht so recht weiter. Robert streichelt sie und es gibt keine

Stelle, die sie nicht zulässt, berührt zu werden. Sie küssen sich. Immer wieder umfasst sie zärtlich seinen Schwanz. „Ich will es noch einmal probieren, nur noch einmal, Robert" Robert liegt auf seinem Bett, gut im Blick für die Kamera und sie steigt auf ihn, um ihren eigenen Rhythmus zu finden, um mit ihm zu ficken. „Ich hab dich gern, Robert" Sie bewegt sich langsam, um ihn sanft zu stimulieren, um sich an das ungewohnte Gefühl zu gewöhnen. Mit jedem Auf und Ab wird sie aber trauriger, bis ihr Tränen kommen. „Was ist?" - „Ich finde es einfach widerlich", sagt sie, als ob sie nüchtern sei. Sie hat sich von ihm getrennt. Robert schaut ausdruckslos an die Decke. Ohne das sie sich ekelt, bringt sie ihn mit ihrer Hand zum Kommen. „Heute lass ich dich nicht allein, Robert"

Sie blieb bis zum anderen Morgen bei ihm. Dies ist eigentlich eine nicht adäquate Ausdrucksweise, weil es auf diesem Raumschiff keinen Morgen gibt. Es gibt aber genügend Uhren an Bord, die Allen Orientierungshilfe für einen regelmäßigen Schlafrhythmus geben. Viel geredet hatten sie nicht mehr miteinander, noch ein paar Zärtlichkeiten ausgetauscht, durchaus in dem Bewusstsein, dass dies zugleich das erste und letzte Mal war. Dies gelang halbwegs, obwohl sie beide stark angetrunken waren. Es kam nie zur Sprache, was sie eigentlich dabei empfand. Schließlich war man nebeneinander eingeschlafen. Als sie gegangen war, blieb er eine Weile im Bett liegen, auf die Decke starrend. Der Restalkohol wirkte insofern gnädig, da er noch kein weiteres Verlangen nach neuen Drinks hatte. Es würde für eine nicht absehbare Zeit keine weiteren Drinks geben. „Sie hat es versucht und ist gescheitert", denkt er. Sie wird keine Kompromisse machen, keine halben Sachen. Warum nicht? Vermutlich empfindet sie wenig, wenn er sie berührt. Er wird diese halbe Sachen nicht ansprechen, nicht einfordern, obgleich für ihn wäre sie eine unglaubliche Bereicherung, weil er sich nach ihren Küssen und Berührungen sehnt, sehnen wird. Sein jetziger Zustand erlaubt es, die Sache distanzierter zu sehen. Heute liegen keine weiteren Verpflichtungen an. Wenn der Entzug beginnt, wird er sich zum Panoramafenster des Raumschiffs begeben, die Sternenfülle dieses Teils der Galaxis bewundern, in die Richtung starren, wo man Sonne und Erde vermutet, die er erleben will. Womöglich wird er Florence um ein Schlafmittel bitten, weil er sich nicht vorstellen kann, bei dieser unerträglichen Nüchternheit einschlafen zu können. Es kann sich nicht vorstellen, dass er in der kommenden Verfassung seine Freunde sehen will. Im Grunde genommen ist er krankgeschrieben und kann sich die Zeit vertreiben, Löcher in die Wand starren oder die Sterne zählen, die man vom Panoramafenster mit bloßem Auge erkennen kann. Die Sonne mit ihrer Erde ist nicht dabei. Wird er sich an die Nüchternheit gewöhnen können? Es liegt Jahre zurück. Da hatte er dies auf sich genommen, um bei einer Expedition dabei sein zu können. Es war eine Nüchternheit auf Zeit, nicht länger als ein viertel Jahr. Paul hatte ihn begleitet und malte sich aus, wie es sei, wenn man wieder trinken könnte. Seine Leber wird vielleicht Jahre brauchen, um sich von ihrem Schaden zu erholen. Robert ist etwas gruselig zumute. Wie werden die nächsten Tage sein? Schweißausbrüche werden kommen, womöglich fällt er in ein Delirium. Niemand wird ihm Händchen halten, wenn es ihm so richtig dreckig geht. Und nach allem wird die Sinnkrise kommen, die von der Nüchternheit impliziert ist. Zuerst wird es ihm so dreckig gehen, dass Fragen nach Sinn und Sinnlosigkeit irrelevant sind. Aber nach Schweiß und Zittern wird die Leere kommen, die unzensierte Sicht auf ein unerträgliches Leben.

Warum ist sein Leben unerträglich? Weil jemand wie Vanessa dort keinen Platz hat? Die Alkoholikerseele hat sich über die Jahre soweit gehend entfaltet, dass womöglich auch ein Leben mit Vanessa, aber ohne Alkohol sinnentleert erscheint. Das Leben unter Alkohol ist insofern nicht sinnentleert, da unter dem Einfluss von Alkohol viel weniger ein Bedürfnis nach Sinn besteht. Nüchternheit wird zur Sinnleere, so wie der leere Raum alleine sinnlos ist. Die erhöhte Sensibilität der Nüchternheit ist gnadenlos, da sie zuerst nichts anderes wahrnimmt als sinnbefreite Leere. Die Objekte im Raum zeigen ihren sinnlosen Charakter. Dies sind denn alles schon Gedanken von Robert, die ein nie Alkohol abhängiger in der Regel nicht nachvollziehen könnte. Er erinnert sich an den letzten Tag, an die kleine Chance, die sich auftat. Vanessa ist großartig. Robert greift zu einer Zigarette, die ihn mit ihrem Feuer, ihren Rauchkringel, mit dem in die Lunge eingezogenen Rauch, dessen Wirkstoff schnell ins Blut übergehen, ablenkt. Er bläst Rauchkringel und denkt über die Vergänglichkeit der Welt nach. Er wird keine Erlösung finden. Die Kirche hat ihm nie versprochen, dass er in ein Paradies kommt, indem er ohne Ende saufen kann. Womöglich wird im Paradies gevögelt – Jungfrauen wurden versprochen – aber das im Paradies gesoffen wird, hat Robert noch nicht gehört. Wie soll man sich das Paradies vorstellen, wenn man sich in einer Art Hölle befindet? Folter, Hunger, Schmerzen und Krankheiten sind das Sinnbild der gewöhnlichen Hölle. Robert hungert nicht, ist schmerzfrei, wird nicht gefoltert, nicht gedemütigt, zumindest nicht direkt, ist allerdings leberkrank, was seine allgemeine Befindlichkeit verschlechtert, befindet sich aber, wenn man ihm glaubt, in einer Art Hölle, zumindest Vorhölle, deren Präsenz er nun mit Alkohol nicht verdrängen kann. Eine weitere Zigarette ist nötig. Er wird wohl in der nächsten Zeit sehr viel rauchen. Unter Einfluss von Alkohol hat er allerdings auch zu viel geraucht. Robert vertreibt sich mit der Art Gedanken die Zeit. Er möchte nicht an Vanessa denken, sich nicht ihren Körper vorstellen. Es nähert sich die Uhrzeit, zu der er gewöhnlich den ersten Drink zu sich nehmen würde. Vielleicht muss er sich irgendwie ablenken, aber er hat im Grunde zu nichts Lust. Die Arbeit, die er an Bord hat, kann ihn nicht ausfüllen. Zigaretten können nicht hinreichend genug ablenken. Trotzdem muss eine weitere her. Wie wird die Freundschaft zu Paul, der weitertrinken darf? Wird er ihn angetrunken neben sich ertragen? Die sinnlose Zeit wird es zeigen. Robert versteht langsam, dass sich seine Gedanken im Kreise drehen. Vielleicht sollte er sich zum Panoramafenster begeben. Möglicherweise bekommen seine Gedanken dann eine philosophische Note; rauchen kann er da ohne Ende. Er nimmt einen starken Tee, isst ein wenig, greift sich Wasser zum Trinken, seine Zigaretten und will seine Kabine verlassen, aber erblickt rechtzeitig den kreischenden Affen mit dem Messer, kriegt noch rechtzeitig die Tür zu, ist geschockt.

Der Affe war es. Theo, der Affe ist der Mörder, und der Affe hat es auf ihn abgesehen. Der Affe trommelt an der Tür, will in seine Kabine, will ihn erledigen. Die Absurdität des Tatbestands schleicht sich nur langsam in Roberts Bewusstsein. Robert zittert ein wenig, geht zu seinem Kommunikationsgerät, wählt die Nummer von Hugo Scheffener. „Hallo Robert, was kann ich für dich tun?", meldet sich Scheffener. „Der Affe ist der Mörder" - „Was?" - „Es war Theo. Er wollte mich gerade mit einem großen Küchenmesser massakrieren. Er ist noch draußen vor meiner Kabine" - „Okay, rühr dich nicht. Wir holen dich da raus." Die Alarmanlage des Raumschiffs tönt. Hugo Scheffener macht eine Durchsage. Man soll die Räume, in denen man sich befindet, verschließen und nicht verlassen. Ein Trupp bewaffneter Benutzungsmitglieder wird organisiert, um Theo auszuschalten. Der wird nervös, ahnt, dass er mit seiner Mordlust zu weit gegangen ist. Seine Eifersucht auf Robert ist stärker als seine Furcht. Mit all seiner Kraft will er in Roberts Kabine, um den Nebenbuhler zu töten. Scheffener beobachtet sein Treiben auf einem Monitor, dirigiert den Sicherungstrupp in den Abschnitt des Raumschiffs, wo sich Roberts Kabine befindet, gibt die Anweisung, wenn möglich, das Tier nicht zu töten. Dessen animalische Wut reicht nicht, die Tür zu überwinden. Wie konnte er die ganze Zeit seine Eifersucht verbergen? Die ersten des Trupps erblicken Theo, legen an. Das Tier wendet sich seinen Angreifern zu. Betäubendes fliegt ihm entgegen, viel zu schnell, um von den Affenaugen gesehen zu werden und dem Kommendem auszuweichen. Etwas trifft ihn, erwischt ihn beim Lauf auf die Männer. Lähmendes bringt ihn zu Fall, Schwärze will sein Bewusstsein bezwingen. Ein letzter Gedanke gilt Vanessa. Hugo Scheffener ordnet für den Affen eine Zwangshibernation an. Lebend ist die Bestie wertvoller als tot. Robert, geschockt, öffnet die Kabinentür und sieht noch, wie man den bewusstlosen Theo abtransportiert. Offensichtlich hatte die Untersuchungskommission, der er angehörte, einen Fehler gemacht. Hugo Scheffener lädt zu einer Vollversammlung ein, in der er über das Vorgefallene berichtet, Konsequenzen werden angekündigt. Vanessa und Paul zeigen sich erleichtert, dass der Anschlag des Affen missglückt ist. Allgemein ist man fassungslos, dass ein Tier sie genarrt hat. Aber ist der Schaden, den das Misstrauen angerichtet hat, reparabel? Wie weit weg stand die Finder von einer Meuterei?

Es zieht sich ein Graben durch die Besatzung. Die Bibel-treuen bilden eine fundamentale Opposition. Scheffener verspricht die Kameras in den Privatkabinen abmontieren zu lassen, spricht von der Sinnhaftigkeit, in den Gängen und Gemeinschaftsräumen die Überwachung bestehen zu lassen. Bei bestimmten Besatzungsmitgliedern regt sich der Unmut. Robert ist das völlig egal. Er bedauert ohne-hin den potenziellen Spanner, der womöglich gestern ihn und Vanessa beobachtet hat, der die Gelegenheit hatte, Vanessas wunderbaren Körper in Aktion zu erleben. Wer interessiert sich schon für ihn? Der Spanner hatte über Jahre Gelegenheiten, das Intimleben der schönen Bord-frauen kennenzulernen. Der Spanner hatte sich nie ge-zeigt, wollte offensichtlich mit seinem Detailwissen über die anderen keine Macht ausüben. Womöglich hatte er aber bestimmte Frauen erpresst. Hatte sich der Spanner je für ihn interessiert? Was hatte Scheffener gesehen?Inter-essieren ihn diese Fragen wirklich? Er könnte Hugo Scheffener fragen, ob er die Aufzeichnung des letzten Abends haben könnte, die Aufzeichnung von seiner Kabi-ne, und wenn der sich korrekt verhielte, müsste er dies verweigern. Sofort nach dem offiziellen Ende der Ver-sammlung will sich Robert zurückziehen, zuerst in seine Kabine und dann für eine Zeit zum Panoramafenster. „Sieht man sich heute noch?", fragt Paul. „Ich weiß nicht. Bist wohl neugierig." - „Überhaupt nicht!" - „Mal sehen." Als Erstes zündet sich Robert in seiner Kabine eine Ziga-rette an. Der Schrecken hat sich gelegt, aber ihm wird langsam ungemütlich. Der Affe hätte ihn erledigen sollen. Ab heute beginnt für ihn ein neues, anderes Leben, ein noch sinnloseres Leben. Womöglich regeneriert sich die Leber nicht mehr, verschlechtert ihren Zustand. Wie krank ist er? Es wird ein vergleichsweise harter Entzug folgen. Und dann? Ihm scheint, dass es nicht natürlich ist, dass die menschliche Existenz sinnentleert ist. Philosophen vergangener Äonen haben sich darüber Gedanken gemacht. Führten die pessimistischen unter ihnen ein frustriertes Leben? Es muss an den Umständen seines Lebens liegen. Die unglaubwürdige Pfaffengesellschaft hat aus ihm das gemacht, was er darstellt. Ein bisschen hatte er Pech. Es ist keine objektive Philosophie der Sinnlosigkeit, die ihn umtreibt, sondern seine eigene subjektive Suppe, die er auslöffeln muss. Ein zweiter Versuch, zum Panoramafenster zu kommen. Diesmal stehen ihm keine Affen in der Quere. Er muss gut dreißig Meter zur Spitze des Raumschiffs zurücklegen, gegen die Schwerkraft, da das Raumschiff wieder Richtung Sonne beschleunigt. Es ist eine anstrengende Kletterpartie. Niemand begegnet ihm auf dem Weg zur Spitze. Er findet Aufenthaltsraum E alleine vor. „Gut so", denkt er sich. Die Erde befindet sich genau über der Mitte des Raumes. Hier stehen neben den üblichen Accessoires, die einen Aufenthaltsraum ausmachen, ein paar Liegen, die den Blick in die Flugrichtung gestatten, ohne dass man sich den Hals verrenken muss. Auf dem Rücken liegend lässt er sich von dem vor ihm liegenden Kosmos überwältigen. Die Stelle, wo die Sonne sich befinden muss, braucht nicht markiert werden. Man kann die Sonne, 60 Lichtjahre entfernt, mit dem bloßen Auge nicht erkennen. Es wurde ein kleines Spiegelteleskop aufgebaut, indem man die gekennzeichnete Sonne betrachten kann. Sie sieht nicht weiter auffällig aus. Selbstverständlich ist die Erde nicht sichtbar, auch Jupiter nicht. Der hellste Stern im Blickfeld ist Arkturus, den sie hinter sich lassen werden. Das Raumschiff hat seit einigen Tagen wieder Fahrt aufgenommen, ist vergleichsweise langsam. Noch eine längere Zeit wird das Licht der Sterne im optischen Bereich bleiben, bis es im wesentlichen ultraviolett wird. Dann sieht man hier nichts mehr.

266

Es wird noch Jahre dauern, bis sie die Sonne erreichen. Nach errechneten dreißig Lichtjahren werden sie wieder abbremsen müssen. Es macht zeitlich kaum einen Unterschied, ob man dreißigtausend Lichtjahre oder sechzig Lichtjahre mit dem Watanabe-Antrieb zurücklegt. Der wichtigste Unterschied ist, dass die kleine Strecke viel sicherer ist. Sternenlos war man gemeinhin auf ihrer Welt, wenn man von den paar Planeten, den beiden Monden und der Attraktion Helena absah. Hier müssen mehrere Tausend Sterne für sein Auge sichtbar sein. Es gilt als sicher, das sie die Strecke zum Sonnensystem schaffen werden. Die Strecke hinter ihnen barg das Risiko, von wechselwirkender interstellarer Materie zerstört zu werden. Nun ist das Risiko mehr als tausendfach geringer. Schöne Aussichten! Die Verhältnisse an Bord könnten sich normalisieren. Er hat und hatte die Gelegenheit, Dinge zu sehen, die nie zuvor Menschen gesehen hatten. Er brauchte nie zu hungern, war bisher nie ernsthaft krank. Wer ist er, dass er seinem Leben den Sinn abstreitet? Er hat die Existenz Gottes bestritten. Scheinbar braucht er diesen Sinnspender, aber dies würde er verneinen. Ein Gott nach der Maßgabe der Theologie New Avignons würde das Leben noch viel sinnloser machen, da ist er sich sicher. Spürbar sinnloser! Er bläst Rauchkringel gegen den Sternenhimmel, denkt an die unzähligen Welten, auf denen sich Kreaturen befinden müssen, die wie er saufen wollen, um der Kälte zu entgehen. Vielleicht haben sie es besser. Er ist sich sicher, dass der aufgeklärte, unterdrückte Mensch dieses Elixier braucht, um der permanenten Hoffnungslosigkeit zu entgehen. Die überwältigende Aussicht über ihm ist also ein sinnloses Konstrukt. Er muss weiter Kringel gegen den Himmel blasen. Das Bild über ihm hat etwas Beruhigendes, aber innerlich ist er schon recht unruhig. Er nimmt etwas von seinem Wasser. Eine weitere

Person, Henry Newton betritt den Raum E, legt sich neben ihm, spricht ihn an, ohne ihn zu grüßen, faselt etwas
von der Großartigkeit der Schöpfung Gottes.

- 13 -

Einige Monate waren vergangen, es war Frühling. Wir
schlugen uns so durch. Ich hatte mich eine Zeit lang im
Hafen als Arbeiter verdungen. Die Gegenwart des Meeres
erinnerte mich oft an New Havanna. Irgendwann platzte
Paul abends in der Kneipe mit einer sensationellen Neuig-
keit herein."Sie wollen uns!", rief er aus. „Wer will uns?
Bestell dir erst einmal ein Bier und setz dich." Ich nahm
selbst einen guten Schluck und zündete mir eine Zigarette
an. Er setzte sich auf den freien Platz an meinem Tisch.
Dies war alles schon ein paar Monate her. „Die Raumfahrtbehörde will uns. Sie wollen uns für eine Expedition
nach Aurelia." Ich verstand sofort. „Sie suchen irgendwelche Deppen für ein Himmelfahrtskommando. Freiwillige, die hier nichts mehr zu verlieren haben" Das war die
eine Seite der Medaille. Schon immer war Helena mit seinem Planeten Aurelia Ziel meiner Phantasien, wenn diese
sich nicht mit Frauen beschäftigte. Ich hatte ein Faible für
Mysterien. Paul meinte es offensichtlich ernst. Die klerikale Raumfahrtbehörde wollte uns. Offensichtlich hatte es
gefallen, wie wir den Aborigines begegnet waren. Dabei
konnte ich von mir nicht behaupten, dass ich mich besonders wahnresistent gezeigt hatte. Paul hatte eine merkwürdige Figur abgegeben. Er war ein begabter Physiker, für
den es sicher Verwendungszweck auf einem Raumschiff
gab. Ich aber? Ich war Experte für die Geschichte der
Menschheit, wobei mein Schwerpunkt die Geschichte der

Erde war. Wollte man ernsthaft einen Kontakt mit der vermuteten Zivilisation auf Aurelia. Ich sollte der Botschafter der Kirche New Avignons sein, ich ein Paria, ein Säufer und Atheist? Ist aber ein Himmelfahrtskommando, dachte ich mir. Das Ganze übte einen unglaublichen Reiz auf uns aus. Paul rückte ein paar Details raus. „Die Hinreise dauert ca. 25 Tage, ein Raumschiff mit Watanabe-Antrieb. Der versprochene Lohn ist nicht schlecht. Es gibt zwar keinen New Havanna-Urlaub gratis, aber mit dem Geld, was wir verdienen, können wir uns locker einen leisten. Drei Monate bezahltes Training hier in Athens. Ich glaube Gott meint es gut mit uns" - „Warum wir, Paul?" - „Man braucht wohl jemanden wie dich! Ich hingegen bin austauschbar" - „Du glaubst doch nicht im Ernst, dass ich im Namen der Gesellschaft und der Kirche zu Außerirdischen reden darf" - „Du bist dabei", sagte er. Es war ganz gewiss, der Kontakt würde, wenn es denn einen geben würde, von einem Priester gemacht. Priester würden mit den Außerirdischen reden. Womöglich sollte ich eine beratende Funktion für einen Priester haben. „Unser Aborigines-Abenteuer muss sich rum gesprochen haben" - „Vermutlich", meinte Paul. „es ist der einzige Grund, warum sie uns in Betracht ziehen. Und es ist ein Kommando mit völlig ungewissem Ausgang. Wenn wir dann zurückkehren, sind wir für den Rest unseres Lebens wahnsinnig:" Paul wusste, dass ich nicht Nein sagen konnte. „Wie viele Expeditionen hat es schon gegeben? Mir ist nur von einer bekannt und die liegt schon Jahre zurück." - „Schon möglich, dass Informationen über weitere Missionen nicht an die Öffentlichkeit weitergegeben wurden. Womöglich gab es mehrere und sie sind alle gescheitert. Andererseits besteht auch die Möglichkeit, dass seit geraumer Zeit Kontakt mit den Menschen auf Aurelia besteht. Und wir sind nur ein weiteres Team." - „Paul, auf

Aurelia gibt es keine Menschen, bestenfalls Aborigines. Glaubst du wirklich, das ist alles so geheim, dass die Bevölkerung von früheren gescheiterten Missionen nichts weiß. Ist das überhaupt möglich?" Ich wusste halbwegs, warum ich dabei sein wollte. Pauls Motive lagen für mich im Dunkeln, womöglich empfand er einfach nur ähnlich wie ich. Mich faszinierten Helena und ihr Planet schon seit meiner Kindheit. Womöglich hatte mich eine Wespe gestochen, deren Wahnsinn stiftendes Gift mich nach Aurelia entführt hatte. Ich konnte mich nicht erinnern. Als Kind schon hatte ich die Geschichte um die erste gescheiterte Mission verfolgt. Es war schon seltsam, dass sobald keine weitere folgte. Wie teuer war so ein Raumflug? Ich hatte keinerlei Vorstellung davon. An diesem Abend floss noch jede Menge Bier für uns. Wir verfolgten das Programm der Kneipe. Keine Frau traute sich ohne Kopftuch aufzutreten; wie anachronistisch das war. Mit New Havanna – Erinnerungen in den Köpfen und jedem Bier und jeder Zigarette wurde unser Entschluss unumstößlicher, dass wir dabei sein wollten, Aurelia einen Besuch abzustatten. Ich erinnerte mich gut an diesen Abend. Er bewirkte, dass ich mich auf einem Raumschiff befand, das gegen Helena beschleunigte. Seit einem Tag befand ich mich im Weltraum, war Teil einer kleinen Besatzung mit einer klerikalen Mission.

Die Besatzung bestand aus neun Menschen, wovon fünf die Priesterweihe empfangen hatten. Sie hatten allerdings alle auch eine technische oder naturwissenschaftliche Ausbildung. Wir waren acht Männer und eine Frau. Nun ja, sie war fast noch ein Mädchen, eine Dienerin mit ausgeprägtem Ausschnitt und hübschen blondem Haar, und ich fragte mich in Gottes Namen, was sie hier an Bord zu suchen hatte. Wollte man der Spezies auf Aurelia ein weibliches Exemplar unserer Gattung vorstellen? Die Antwort war viel einfacher. An Bord wurden kleine Messen gehalten. Die Liturgie schien die Anwesenheit einer Dienerin zu verlangen. Das wertete die Veranstaltung auch für mich ungemein auf. Es gab vier Schlafkabinen. Wir drei Weltlichen, Paul, Stefan, ein Elektroniker und ich teilten uns eine. Es war schon während des Trainings klar geworden, dass wir in der Hierarchie ganz unten standen. Die Dienerin schlief alleine in ihrer kleinen Kabine, obgleich ich dies bezweifelte. Sie hieß Ramona, sie hatte blondes Haar, was auch in New Avignon eine Seltenheit ist und eine ausgesprochen helle Haut. Neben ihrer Funktion als Dienerin war sie noch Mädchen für alles, was sich eigentlich mit dem Dienerinnenkodex widersprach, aber die Klerikalen waren in Ausnahmesituationen durchaus in der Lage praktisch zu operieren. Wessen Gespielin sie war, war nicht so ohne Weiteres herauszufinden, da die Messen von unterschiedlichen Besatzungsmitgliedern gehalten wurden, nicht nur vom Kommandanten der St. John. Mir war auch nicht klar, ob es sich bei den Priestern um hundertfünfzigprozentige handelte, die der großen Sache, der neokatholischen Kirche dienen wollten, oder einfach nur um Freiwillige, die sich wie Paul und ich brennend für Aurelia interessierten oder einfach Abkommandierte, die sich irgendwie unbeliebt gemacht hatten oder sich, wie ich, irgendwelche Verfehlungen geleistet hatten. Die Fünf taten alles, um den Eindruck zu hinterlassen, dass sie hundertfünfzigprozentige waren. Dies war für mich durchaus anstrengend. Auch eine Spur Fatalismus hatte mich an Bord der St. John gebracht, die womöglich sich aufgemacht hatte, die Pforten der Hölle aufzusuchen. Ein starker Glaube gab die Gewissheit, dass die Hölle einem nichts anhaben konnte. Der Flug zur Hölle war gleichsam ein Ticket fürs Paradies. Nicht für mich, denn entweder gab es kein Paradies oder, wenn ich darin irrte, standen mir die Türen des Paradieses nicht offen, weil ich mein ganzes Leben diesen Gott abgelehnt hatte. Ich glaubte nicht, dass er mir verzeihen würde. So oder so, der Himmel war für mich verschlossen. Relativ sicher war ich, dass die St. John ihrer Offenbarung entgegen raste. Es würde vermutlich zu einer Apokalypse kommen, die in unseren Köpfen stattfinden würde. Wie weit wir davon betroffen wären, konnte ich nicht sagen. Vielleicht würden wir nur distanzierte Beobachter eines inneren Spektakels sein. Unsere Theologie hielt sich mit Deutungen des Phänomens Aurelia zurück, hin und wieder hörte man Deutungen, dass dort das Böse lauerte, aber in der Regel wurde die Existenz Aurelias verdrängt. Im Ganzen konnte man nicht so leicht eine Verbindungslinie zwischen New Havanna, wo definitiv das Böse herrschte und Aurelia ziehen. In New Havanna saß das gottlose Böse, während auf Aurelia möglicherweise die gefallenen Engel hausten, satanische Engel, die sich durchaus der Allmacht Gottes bewusst waren und sich hüten würden, eine klerikale Expedition ernsthaft zu gefährden. Ich war gewissermaßen sogar leichtgläubig, denn in meinem Denken war Aurelia meist der Sitz einer überlegenen Macht, die mich keinesfalls töten würde. Sie würden meine Rückkehr nicht gefährden. Möglicherweise würde ich vorübergehend verrückt sein, um daraus meine Erkenntnisse zu ziehen. Diese Art von Optimismus, eigentlich ganz untypisch für mich, war naiv, und wohl mit Grund dafür, dass ich mich so ohne Weiteres entschlossen hatte, an dieser an sich historischen Expedition teilzunehmen. Möglicherweise würde sie aber nie in die Geschichtsbücher von New Avignon aufgenommen, insbesondere dann, wenn sie erfolglos war, insofern war sie dann alles andere als historisch. Paul umtrieb eine Art

Idealismus. Noch vor Kurzem suchte er nach Wegen für die Menschheit, den ganzen Planeten zu besiedeln. Die Aborigines zählten nichts. Offensichtlich war für ihn die Menschheit die Krone der Schöpfung. Ich hatte aber in den letzten Monaten bemerkt, dass er sich immer mehr von seinen früheren Positionen, die die Eroberung Aurelias beinhaltete, löste. Er sprach immer mehr von Koexistenz. Paul wurde offenbar erwachsen. Trotz dieser Wendung war er an Aurelia sehr interessiert. Stellte er sich einen dauerhaften Kontakt zwischen Aurelia und New Avignon vor? So lang New Avignon ein Hort der Scheinheiligkeit, der Unvernunft und des Aberglaubens war, war dies lächerlich. Vermutlich wollte er die Möglichkeit ausloten. Was würde sich ändern, wenn ein Zeitalter der Vernunft und Aufklärung in New Avignon herrschen würde? Groteskerweise sah er keinen Widerspruch zwischen seinem Gottesglauben und so einem Zeitalter. Die zwei Messen, ihre Liturgie und ihre Rhetorik belehrten mich darüber, in welchem Zeitalter wir lebten. Paul war da irgendwie nicht sensibel und machte keinen Hehl daraus, dass er diese Gottesdienste mochte, während ich nur die Chance hatte, meinen Blick auf den fülligen, weißen Busen zu heften. Ich suchte die Kommunion, um ihr nahe zu sein, während die St. John mit konstanter Beschleunigung Helena entgegen raste. Inzwischen arbeitete der Watanabe-Antrieb, der eine gewisse Mindestgeschwindigkeit im Quantenäther voraussetzte, um quasi aus dem Nichts Energie zu gewinnen. Paul hätte das Geheimnis um Quantenfluktuation, Quantenäther und allgemeiner Relativitätstheorie besser erklären können. Unsere Vorfahren waren mithilfe des Watanabe-Antriebes zu unserer Welt gekommen. Mit Nutzung des Watanabe-Antriebs konnte man, wenn man wollte, die ganze Milchstraße besiedeln. Wir verfügten über die Technologie noch nicht so lange, aber wo waren die anderen, die außerirdischen Raumfahrer, die es mit Sicherheit doch geben musste? Die Galaxis bestand schon seit Milliarden von Jahren, Zeit genug, jeden ihrer bewohnbaren Planeten aufzusuchen. Ich konnte mir darauf keinen Reim machen. Paul hätte vielleicht das Rätsel mit der gottgewollten Sonderstellung des Menschen im Universum erklärt, und die hatte noch nicht die Zeit gehabt, die ganze Milchstraße zu besiedeln. Vielleicht lag es an der Randlage unseres Sonnensystems, eine der letzten Sterne der Milchstraße, ohne weitere Sterne in bestimmten Richtungen. Aber vielleicht war es ganz anders und der Kontakt spielte sich über Aurelia ab, weil wir zu primitiv waren.

Die Tage an Bord wollten zuerst nicht vergehen, die Zeit war gewissermaßen unangenehm, weil uns der Alkohol verboten war. Immerhin durften wir rauchen und irgendwelche Tees trinken, die anregend oder beruhigend waren. Stärker waren die Psychopharmaka, die wir schluckten. Es handelte sich um einen ähnlichen Cocktail, wie wir ihn während unseres Abenteuer mit den Aborigines bekommen hatten. Er würde nichts nützen, wenn die Spezies, die auf uns wartete, uns nicht verschonen wollte. Ich war mir gewiss, dass sie uns schon bemerkt hatten, obgleich wir noch Millionen Kilometer von ihrer phantastischen Heimat entfernt waren. Vielleicht würde man uns zur gegebenen Zeit abschießen. Mussten sie nicht befürchten, dass ein besatzungsloses Raumschiff mit Nuklearsprengsätzen und erheblicher Geschwindigkeit ihren Planeten zerstören könnte? Sie hatten wohl schon bemerkt, dass wir abgebremst hatten. Möglicherweise hörten sie den Funkverkehr ab, der zwischen Athens und der St. John stattfand. Inzwischen waren die Antworten um

Stunden verzögert. Ein Raumschiff, auch dass einer technologisch weniger entwickelten Spezies, war gefährlich.
Galt eine Art Abschreckung? Waren Vergeltungsmaßnah-
men möglich? Fragen, die sich ein potenzieller Angreifer
stellen musste. Während den Physiker und Techniker von
New Avignon nicht gelungen war, irgendeine Art von Ra-
dioverkehr oder Fernsehprogramm mitzuschreiben, waren
unsere Ätherwellen ein offenes Buch, vorausgesetzt sie
hatten hochempfindliche Antennen, um uns zu empfangen. Sie mussten wissen, dass wir Irre waren. Nie war ein
Raumschiff von ihnen gesichtet worden, was ich mir
nicht richtig erklären konnte. Auf der Erde hatte es das
Phänomen der UFOs gegeben, vermeintliche Sichtungen
von außerirdischen Flugkörpern; es gab aber keine Außerirdische. Hier gab es sozusagen in planetarer Nachbarschaft welche, aber kein UFO-Phänomen. Vermutlich hatte unsere Bevölkerung eine geringere Fantasie, die gebeu-
telt genug war, wenn man die Worte der Pfaffen wörtlich
nehmen wollte. Die St. John war auf dem Weg zu ihrer
Offenbarung. Womöglich waren es nur noch stärker psi-
begabte Aborigines, die uns erwarteten. Sie würden unsere geheimsten Gedanken und Fantasien lesen und uns
Traumbilder zusenden, die auf unserem Unbewussten basierten, wie Aborigines das eben machten. Ich würde vermutlich Bischöfe mit nackten Messdienerinnen sehen,
eine wenig phantasievolle Vorstellung, die mir nicht unangenehm war. Ich hoffte natürlich auf etwas Größeres,
etwas was jenseits dem Vermögen von Aborigines war.
Weise, atheistische Philosophen, die sich über uns lustig
machten und mir mit ihrer Gedankenkraft die Freude
machten, ein paar plastische Visionen zu bekommen, die
ich mit meiner spärlichen Fantasie nicht erschaffen konnte. Müßige Spekulationen, mit denen man die Zeit totschlagen konnte, wenn sie kroch. Sie verging dann tat-

sächlich schneller, und das lag nicht an Relativität oder so was – dafür waren wir viel zu langsam – sondern an unserem subjektiven Empfinden. Mit der Gewohnheit beschleunigte sich die Zeit. Wie würde die erste Kontaktaufnahme aussehen, wenn wir vollkommen andere Technologien benutzten? Wie nah würden sie uns an sich herankommen lassen? Wann würden bei uns die Ausfälle auftreten? Wann würden wir wahnsinnig?

Die St. John hatte eine Elektronik, die uns zu unserem Planeten zurückführen würde, vorausgesetzt man würde den roten Knopf drücken. Genau genommen gab es von diesen roten Knöpfen mehrere; es gab auch einen grünen, der die Richtung des Raumschiffs auf halber Strecke änderte. Man musste nur, trotz allem Wahnsinn, einen der Knöpfe drücken. Jeder von uns war dazu berechtigt. Die St. John konnte selbst nicht auf einem Planeten landen, da sie nicht mehr die Möglichkeit hatte zu starten. Würde man oder eine hinreichende geistige Gesundheit uns dies gestatten, würden wir zur Landung eine Fähre benutzen, die Platz für fünf Mann bot. Die Raumschiffteleskope boten inzwischen ein besseres Bild von Aurelia. Dieser Planet ist in seiner Umdrehung um sich selbst an seine Bahnbewegung um Helena gebunden, mit anderen Worten, die sonnenbeschienene Seite änderte sich nie. Die andere Seite war immer dunkel, sehr, sehr kalt und ungemütlich. Ist man an irgendeinem Ort der beschienenen Seite steht die Sonne Helena immer an derselben Stelle am Himmel, wenn man von den „jahreszeitlichen" Schwankungen absieht. Es konnte kaum Wetteränderungen geben. In irgendeiner alkoholisierten Stunde in einer von Athens Kneipen, hatte Paul mir dies erklärt. Es war erstaunlich viel haften geblieben. Für mich war, obwohl ungläubig, der Name des Raumschiffs Programm. Wir würden in etwas hinein gezogen, dass ebenso phantastisch war wie die

Apokalypse, die Offenbarung von St. John. Vielleicht würde ich meine persönliche Hölle vorfinden. Ich vermochte mir nicht ganz auszumalen, wie diese aussah. Jeder hatte seine persönliche Hölle und neben Schmerz, Depression und Demütigung gab es Vorstufen der Qual. Unerfüllte Sehnsucht wäre ein Spielmittel, um den Reigen der Hölle zu beginnen. Es würden Frauen auftreten, die mich necken würden, die aber unerreichbar blieben. Paola würde einen Tanz machen, aber mich schließlich beleidigen, demütigen und quälen. Dies wäre die Ouvertüre meiner Hölle, deren Fortführung vorzustellen ich mich nicht wagte. Schließlich würde ich vielleicht vor Gott stehen, klein und zitternd und er würde mich auslachen und mich mit einer kleinen Fingerbewegung ins All schicken, ich um meine Achse rotierend, um Luft ringend, bis ich keine mehr bekam und erstickt war, aber das konnte nicht sein, weil die Qualen und die Niedergeschlagenheit ewiglich dauern würden. Allgemein wurde die Situation an Bord angespannter, man betete häufiger, die Pfaffen an Bord versuchten mehrfach unsere Mission zu segnen und ich hatte öfters Gelegenheit Ramona bei ihrer Arbeit zu sehen und einmal hatte ich den Eindruck, dass sie mir zuzwinkerte. Was wurde in ihrer Kabine getrieben? Ohne schon unter dem Einfluss der Bewohner von Aurelia zu stehen, hatte ich den Eindruck, schon vorher wahnsinnig zu werden. Die Phantasien nahmen zu und ich konnte mir vorstellen, das das bei meinen Besatzungskollegen, auch wenn sie sehr gläubig sein mochten, nicht viel anders war. Wir flogen unserer persönlichen Offenbarung entgegen. Der Kontakt würde mir zeigen, wie sinnlos das Universum war.

Die St. John bremste unentwegt; es waren vielleicht noch fünfzig Millionen Kilometer durch den leeren Raum zurückzulegen. Nach Absolvierung der Hälfte der Strecke, als die St. John die größte Geschwindigkeit mit 1000 Kilometer pro Sekunde erreicht hatte, hatte sie sich behutsam um hundertachtzig Grad gedreht, sodass die folgende Abbremsung wieder die erwünschte Schwerewirkung in der St. John brachte. Die Rotation, mit kleinen Steuerdüsen, hatte eine knappe Stunde gedauert, die wir angeschnallt verbrachten, da in dieser Zeit auf der St. John Schwerelosigkeit herrschte. Schließlich hatten wir wieder festen Boden unter den Füßen, durchweg eine Illusion, wenn man bedachte, was für ein fragiles Objekt durchs All schoss. Danach bremste die St. John unentwegt, um mit kleiner Geschwindigkeit in die Nähe von Aurelia zu gelangen. Paul und ich machten Witze darüber, ab welchem Abstand, ausgedrückt in Millionen Kilometer, der Wahnsinn über uns kommen würde. So weit uns bekannt war, hatten die übrigen Besatzungsmitglieder nie Kontakt mit den Aborigines gehabt. Vielleicht war der eine oder andere in seinem Leben von einer Avignonwespe gestochen worden. In unserer Vorbereitungszeit, die mir immer noch erstaunlich kurz vorkam, waren weder Paul noch ich Psychose-erzeugende Substanzen ausgesetzt worden. Das Training der Stammbesatzung war länger ausgefallen, ich war ja nur ein Versuchskaninchen, eine Testperson, die ein nicht unerhebliches Wissen über die Geschichte der Menschheit besaß. Mir war trotzdem nicht klar, was man sich von meinem Einsatz versprach, trotz vielfacher Erklärungen während der Trainingszeit. Die Teleskope lieferten inzwischen bessere Bilder von Aurelia, im Frequenzbereich von Radiostrahlung wurde offenbar nur natürliche Strahlung aufgenommen. Hatten die Aurelianer – ich wusste keinen besseren Namen – keine Angst vor der

St. John? Trotz der angstlösenden Medikamente, die wir seit Wochen nahmen, wurde die Anspannung an Bord immer größer. Kein Mensch wusste was mit uns geschehen würde. Vielleicht würden wir einfach im Weltall verpuffen. Der Führung wäre eine Art Begrüßungskomitee recht gewesen, ein kleines Schiff, dass uns entgegen käme, aber womöglich besaß das Völkchen in Flugrichtung keine Raumfahrttechnologie. Die Gedanken drehten sich im Kreise, da wir uns immer wieder mögliche oder denkbare Varianten der Kontaktaufnahme vorstellten. Würde ein irgendwie gearteter telepathischer Kontakt mein materialistisches Weltbild weiter erschüttern? Ich bezweifelte, dass wir in die Fähre einsteigen, nach einem kleinen Flug mit ihr landen und einen Landausflug machen würden, die St. John im Orbit von Aurelia. Helena hatte sich inzwischen in ein gleißendes Objekt gewandelt. Womöglich ging von ihr eine mysteriöse Strahlung aus, die uns Menschen verrückt machte und es gab gar keine Aurelianer. Ich war es leid, immer wieder zu spekulieren. Wenn kein Kontakt vorher aufkam, würden wir in den Orbit von Aurelia eintreten, die Fähre besetzten und ein ausgewähltes Ziel anfliegen. Es war beschlossene Sache, dass Paul und ich mit von der Partie sein würden. Die Messungen an Bord bestätigten die Modelle, die man sich in New Avignon von Aurelia gemacht hatte. Aurelia hatte eine ähnliche Atmosphäre wie die von New Earth, mit Stickstoff und Sauerstoff, der Kohlendioxidgehalt war etwas geringer. Die Masse des Planeten hatten wir sehr genau vorhergesagt, seinen Durchmesser mussten wir nach oben korrigieren, sodass er den von New Earth um zweitausend Kilometer übertraf. Es war evident, das dieser Planet Leben auf Kohlenstoffbasis barg. Es musste auf der Tagesseite größere Ozeane geben, die Rückseite lag im ewigen Eis. Wir hatten nur noch 24- 26 Stunden bis zu einem möglichen

Orbit: Es mochten die letzten Stunden in meinem Leben sein, Zeit für einen letzten Schlaf, aber unter diesen Bedingungen war es wohl schwierig einzuschlafen. Die Mittel, die wir einnahmen, waren allerdings Schlaf fördernd. Die Piloten der St. John hatten eh Schichtdienst. Trotz aller Neugier, ich könnte irgendetwas verpassen, legte ich mich in unserer Gemeinschaftskabine aufs Ohr, ließ meine Gedanken wandern, sie besuchten Frauen, Katharina, Paola beziehungsweise ihre Doppelgängerin, kümmerten sich um Ramona, als sie wahnsinnig wurde.

Ich musste dann wohl eingeschlafen sein, was im Weltall nicht so einfach ist, da die Metallhülle in der man sich befindet, kaum Geborgenheit gibt. Irgendwann kamen die Träume, lebhafter als gewöhnlich. Ich stand auf den grünen Hügeln von New Avignon, unter mir lag eine kleinere Bischofsstadt. An meiner Hand hatte ich eine Prinzessin, die mir sehr vertraut vorkam und kein Kopftuch trug. Sie fragte, ob die Stadt unter uns mir gehöre. Ich verneinte und erklärte ihr, dass wir auf der Flucht seien. „Vor wem flüchtest du?", fragte sie zurück, unschuldig. „Vor Gott und seinen Schergen" - „Aber wieso flüchtest du vor meinem Vater?" Da sah ich, dass sie einen großen Busen hatte. Der freizügige Ausschnitt des Kleides zeigte viel von seiner Fülle. Ich fragte sie nach ihrem Namen, aber sie wiederholte nur, dass sie Gottes Tochter sei, hier hin gekommen, um sich der Erde hinzugeben. Ich verstand die Bedeutung nicht, war erregt und fragte sie, ob ich sie küssen dürfte. Sie antwortete nicht und ich drückte ihr einen Kuss auf den Mund, den sie mehr oder weniger regungslos über sich ergehen ließ. Ich dachte über den Frevel nach, Gottes Tochter zu vergewaltigen. Die ewige Verdammnis wäre mir sicher. Vermutlich war dieses Geschöpf auf die Erde gekommen, um die Menschheit zu erlösen. Und wie machte sie dies? Sie ließ sich tausendfach vergewaltigen – eine andere Methode als sich kreuzigen zu lassen. Ich sagte ihr, dass ich ihren Vater hasste und sie antwortete mir mit Zärtlichkeiten. „Er wird uns zwar verfolgen, aber eigentlich existiert er gar nicht. Seine Schergen sind aber real." Sie hörte mir ungläubig zu. „Er existiert nicht und hat nie existiert." Statt über ihren Vater zu diskutieren, zog sie ihr Kleid aus, entblößte ihre Brust. Der Rest wurde noch durch göttliche Unterwäsche verhüllt. „Dein Vater wird dies nicht mögen." Ich bekam eine unbändige Lust mit ihr ein Kind zu zeugen. Ich wäre dann immerhin mit Gott verwandt. Neben solchen profanen Gedanken hatte ich große Sehnsucht mit ihr zu verschmelzen. Ihre grünen Augen sagten mir, dass sie wusste, was ich wünschte. Sie entkleidete mich und tat mit mir das, was sonst Gott nur mit ihr tat. Während Wellen der Hitze und Erregung aus der Beckengegend kommend durch meinen ganzen Körper fuhren, schrie ich immer: „Er existiert nicht; er existiert nicht", aber sie lächelte nur und mir blieb nichts anderes übrig, in ihren göttlichen Augen zu ertrinken, oder in einen anderen Traum zu tauchen...

Sie blieb an meiner Seite. Nach dem Liebesakt zogen wir Hand in Hand in Richtung Tal. Die Stadt hatte eine hübsche Kathedrale, die von hier oben gut erkennbar war. Ich wurde mir darüber klar, dass ich teilweise mein Gedächtnis verloren hatte. Geschichte, meine Geschichte drang in mein Bewusstsein. Es formte sich eine Chronologie, die in einem Raumschiff endete. Wo war die St. John? Ich schaute gegen den Himmel, der mir zunehmend grüner erschien. Die Sonne blähte sich auf. Aus ihr schienen geflügelte Drachenwesen zu kommen, die aber offensichtlich keine Notiz von uns nahmen, flogen über der Stadt, hin zu einem unbekannten Ziel. Stand ich unter dem Schutz der Namenlosen – Gottes Tochter -, die mich nicht nur körperlich beglückt hatte, sondern womöglich auch die Kräfte des Bösen von mir fernhielt. Von da an nannte ich sie Gloria. Ich fragte sie, ob sie wüsste, wo wir wären. „Nicht auf der Erde", sagte sie. Welche Erde meinte sie?. Neuerde mit seinen Inseln New Avignon und New Havanna? „Dies ist das Reich des Bösen. Ich bin gekommen, es zu vernichten. Im Namen meines Vaters" - „Aber dort unten ist eine Kirche, eine Kathedrale, in der man deinen Vater preist." Fast automatisch wollte ich hinzufügen. „Und seinen Sohn auch!", unterdrückte diese Bemerkung, weil ich sie nicht erzürnen wollte. Ihr Bruder blieb besser unerwähnt. „Sind wir nicht in New Avignon?" - „Hier ist das, was nicht meines Vaters ist. Ich werde es vernichten." Und in ihrer Hand war ein Schwert mit einer Feuerklinge. Diese Vision verschwand allerdings sehr schnell wieder. „New Avignon ist sehr weit weg, sehr weit weg", sagte sie. „Und das da unten?" - „Ist eine Chimäre, ein Schlangennest. Dort vegetiert die Brut des Bösen." Sie fing an zu weinen und ich bekam den Eindruck, ein kleines Mädchen vor mir zu haben. Vermutlich war Gloria unheilbar krank. Aber was war ich? Ich hatte keine plausible Erklärung für mein Hiersein, ebenso wenig für ihrs. Ich konnte mich nicht erinnern, wann ich sie getroffen hatte. Gottes Tochter kauerte im Gras, heulte und Tränen flossen, kein Wunder, dass die Landschaft um uns herum so grün war. Die Sonne vergrößerte sich zunehmend. Wie eine Orange stand sie im Himmel, und wenn man in sie hineinschaute, verhieß dies nichts Gutes. „Ich bin gekommen, mich der Erde hinzugeben!" Konnte es sein, das wir beide schizophren waren und in den Hügeln von New Avignon herumirrten. Aber waren die Drachen eine Halluzination, dann konnte sie auch eine Halluzination sein. Möglicherweise war ich eine Halluzination, die einer Fliege auf der Erde, die sich auf eine vergammelte halluzinogene Pflanze gesetzt hatte und eingeschlafen war. Gemeinhin nahm man in so einer Situation an, dass man träumte, aber irgendetwas sagte mir, dass etwas anderes im Gange war. Womöglich war ich in der Hand von Außerirdischen. Ich versuchte am Himmel die St. John zu entdecken, aber sie war nirgends zu sehen. Wo waren Paul und die anderen? Mir fiel auf, dass Gloria Ramona ähnelte, ich sprach sie aber nicht darauf an. „Wir müssen in diese Stadt, Gloria." Sie wich nicht von meiner Seite. Der Abstieg war nicht schwierig, allerdings veränderte sich die Umgebung. Ich hatte nicht mehr das Gefühl, festen Boden unter den Füßen zu haben. Gottes Tochter neben mir warf neue theologische Fragen auf. War nun in Zukunft von der Vierfaltigkeit die Rede? War das mit dem angeblichen Sohn ein Irrtum gewesen? Ich hatte die Absicht in der Stadt ein Zimmer zu nehmen, mit ihr zusammen, erinnerte mich aber daran, dass dies in New Avignon gar nicht möglich war. Zudem musste Gottes Tochter ein Kopftuch tragen. Obwohl ich nicht wollte, dass sie ihr Haar verbarg, fragte ich nach ihrem. Sie lachte und sagte, Gottes Tochter brauche kein Kopftuch tragen. Die Sonne wuchs weiterhin. Immer mehr Kreaturen entstiegen ihr. Temperatur und Luft waren angenehm. Die Stadt sollte ein Trugbild sein, hatte sie gesagt. Im Anfang war es mir so erschienen, dass es sich um eine alte Stadt handelte. New Avignon hatte wenig Kriege erlebt, sodass in vielen kleineren Städten in der Provinz die Bausubstanz mehrere Hundert Jahre alt war. Meine Augen schienen aber getäuscht zu werden. Die Kathedrale war ein postmodernes Konstrukt aus Stahl und Plastik und mochte ein Raumschiff sein. In dieser Stadt bestand nichts aus Stein. Die Sonne über mir wuchs weiter. Trotzdem einige Zeit seit der Liebe mit Gloria vergangen sein musste, stand sie, nur viel größer, immer noch an der gleichen Stelle. Dies war nicht die Sonne, dies war Helena.

Wenn dies über mir Helena war, so waren wir auf Aurelia, in der Hand der Aurelianer oder was auch immer sich auf diesem Planeten verbergen sollte. Dass dies ein gewöhnlicher, lebhafter Traum war, schien mir immer unwahrscheinlicher. Ich erinnerte mich aber daran, dass ich mich einen Tag vor dem Encounter ein letztes Mal in meiner Kabine zum Schlafen zurückgezogen hatte. Alles mochte mit meinen Träumen begonnen haben, aber dann hatten sie uns übernommen. Es war nicht weiter verblüffend, dass ich meine Bordkleidung trug, genauso wenig, dass ich mich an mein ganzes verpfuschtes Leben erinnern konnte. Sich des Träumens bewusst zu sein, ist schon vergleichsweise selten. Sich an die jüngere Vergangenheit und auch ans ganze Leben erinnern zu können, hatte ich in einem Traum noch nicht erlebt. Ich wusste, dass die Aurelianer Macht auf unsere Psyche ausüben konnten; eine frühere Besatzung war praktisch wahnsinnig aus diesem System zurückgekehrt. Wie sie das geschafft hatten, wusste ich nicht. Vielleicht hatten die Raumfahrer etwas gesehen, was die Psyche nicht aushalten konnte, vielleicht waren sie mit Stoffen in Berührung gekommen, die wahnsinnig machten. Ich stellte es mir vor, dass es so ähnlich war wie mit den Aborigines. Dort hatte ich Dinge gesehen, die nicht real waren, allerdings hatte ich das Land der Aborigines betreten. Es mochte etwas Traumähnliches sein, dass mich in seinen Bann zog. Die Umgebung mochte völlig virtuell sein, in dem Sinne, dass ich mich immer noch auf der St. John befand, die nun womöglich kontrolliert von den Aurelianern, in einem Orbit um Aurelia kreiste. Die Sonne hatte nun eine bedrohliche Größe angenommen, die, die man von Helena an der Oberfläche von Aurelia erwarten konnte. Wenn ich mich auf der St. John befand, sah ich dann trotzdem Reales oder waren es Bilder, die der Phantasie eines Aurelianer entstammten oder sogar meiner eigenen durchgeknallten Fantasie. Ich hätte die Problematik gerne mit Paul diskutiert, der mit seiner speziellen Logik an das Problem herangegangen wäre. Gottes Tochter schien kein Interesse an diesen Fragen zu haben, womöglich war sie geistig zurückgeblieben; zumindest war sie recht einsilbig. Ich musste mir eingestehen, dass ich keine Chance hatte, zu entscheiden was real und was virtuell war. Ich wusste, dass die frühere Menschheit mit virtuellen Realitäten experimentiert hatte, aber ich konnte mir darunter nichts vorstellen. Es mussten errechnete Welten sein, erzeugt durch eine Computertechnologie, die unvorstellbar weit der unseren überlegen war. Was es auch immer gewesen war, eine konkrete Vorstellung hatte ich nicht. Meine Umgebung war äußerst befremdlich geworden, die Gräsern ähnlichen Pflanzen um uns herum hatten eine orange Farbe, der Himmel war mehr grün als blau und der große Sonnendurchmesser ließ zu, in das Antlitz von Helena zu schauen, wenigstens eine kurze Zeit. Die ersten Gebäude der Stadt waren nur noch circa 500 Meter entfernt. Ich hatte mich mit ihr wieder ins orange Gras gesetzt; sie wollte mit ihrer göttlichen Bestimmung fortsetzen und obwohl ich schon wieder Lust verspürte sie zu lieben und in sie einzudringen, ihren nackten, schönen Busen zu betrachten und zu betasten, um schließlich .... nun ja, ich erklärte ihr, dass ich ein philosophisches Problem hätte. „Du glaubst nicht an meinen Vater. Du glaubst nicht, dass ich Gottes Tochter bin. Ich werde dir dies lehren." Paul

hätte gesagt, ich wäre ganz der Alte, als ich ihr antwortete, dass ich mir durchaus ihrer himmlischen Qualitäten
bewusst sei. Es würde sich vermutlich nie in meinem
Denken ändern: Mein Paradies war die Befriedigung und
Erfüllung meines Sexualtriebs. Insofern war es konsequent: Sie war Gottes Tochter und vermutlich das unre-
alste Objekt weit und breit. Irgendetwas wollte mir die
Chance geben, das Versäumte in meinem Leben mit ihr
nachzuholen. Aber wie viel Zeit blieb uns noch? Im Übrigen war sie ja auch gekommen, das Böse in uns und um
uns herum zu vernichten. Ich konnte den Unsinn allerdings nicht glauben. „Du bist nicht Gottes Tochter. Du
bist ein Traum. Aber ich weiß nicht, wessen Traum. Sie
sah mich mit ihren unergründlich grünen Augen an und
sie sagten mir vielleicht, dass ich sehr, sehr dumm sein
müsse. So hielten wir im Grunde genommen das Gleiche
voneinander. Ich hatte ihre Person auf einen Objektstatus
reduziert, da sie nur ein Traum war, ein zum Bild, zum
Körper gewordener Gedanke, mit dem man tun und lassen
konnte, was man wollte. Ich hatte durchaus noch vor,
mich mit diesem Gedanken zu vergnügen, Wollust zu ver-
spüren, auch wenn ich einem Gedanken nicht die Möglichkeit eines Menschen einräumen wollte, mir Glück zu
verschaffen. Ich hatte mich schon – mit einer sehr aufregenden Fälschung von Paola vergnügen müssen; ich trieb
es nur noch mit Bildern. Womöglich störte mich aber nur
die törichte Rolle, die Gloria spielte. Meine Gedanken
drehten sich wieder um die Prinzessin, um das Weib,
nicht um mein philosophisches Problem. Ich hielt ihre
Hand, was mich zudem ablenkte. Ich versuchte, dem Problem semantisch beziehungsweise ontologisch auf die
Spur zu kommen. Es gab die Realität und den Traum.
Das, was ich über die Realität dachte, wie ich sie empfand und wahrnahm, waren einerseits auch Gedanken und

vermutlich ziemlich weit von der Realität entfernt. Es gab nur die Realität und nichts neben ihr. Die Gedanken waren Teil der Realität. Es gab die Täuschung: eine fehlerhafte Sinneswahrnehmung, ein Denkfehler. Der Traum war eine Täuschung. Die Unterscheidung wirklich und unwirklich basierten wiederum auf womöglich fehlgeleiteten Gedanken, die einen Realitätsbezug herstellen wollten. Etwas war wirklich, wenn ich mir sicher war, der Realität recht nahe zu sein, was immer das auch heißen mochte. „Verstehst du was ich meine?", fragte ich sie. Als Antwort knabberte sie mir ans Ohr, eine durchaus beeinträchtigende Störung meines philosophischen Gedankenstroms. Dass sie an meinem Ohr knabberte, war wirklich, keine Frage. In New Avignon hatte sich der Begriff der virtuellen Welt im Prinzip nicht geprägt; er existierte als ein Relikt einer fernen Vergangenheit. „Virtuell bedeutet soviel wie scheinbar", sagte ich ihr und bewegte mein Ohr in Sicherheit. Wenn man träumte, tauchte man in so etwas wie eine scheinbare Welt. Drogen oder der Stich der Avignonwespe schufen virtuelle Objekte in die reale Welt, es konnten so viele Objekte sein, dass man die reale Welt praktisch nicht mehr erkannte. Die Aborigines schafften es, dass wir wirklich und unwirklich nicht unterscheiden könnten; Voraussctzung dafür ist ein gesunder Geist. Ursache und Wirkung, Kontinuität sind Anzeichen für Wirkliches. Da sich das Aussehen der Stadt ohne erkennbaren Grund verändert hatte, war dies, wie die Veränderung der Landschaft und der Sonne unwirklich. „Haben wir wirklich miteinander geschlafen, mein Schatz?" - „Aber ja doch mein Prinz!" - „Mir scheint, dass es eine Transformation gegeben hat, vom Unwirklichen zu Wirklichem. Die Drachen, die Helena entsteigen sind in Wirklichkeit Protuberanzen. Alles bleibt stabiler, und obgleich die Umgebung viel fremdartiger erscheint als zu Anfang, ist sie doch wirklicher. Wir befinden uns in einem Zwischenreich." Sie bestand darauf, dass wir im Reich des Bösen waren. Meine Überlegungen brachten mir allerdings keine Antwort auf die Frage, ob ich mich noch auf der St. John befand oder auf der Oberfläche dieses faszinierenden Planeten. Ich mochte mich noch nicht zu dem Schluss durchringen, dass dies völlig egal war. Vielleicht weilte mein Geist auf Aurelia, vielleicht war aber alles eine für mich erfundene und inszenierte Show, die sich in meinem Kopf abspielte, wo sonst. Solange ich nicht den Eindruck hatte, verwirrt zu sein, permanent Täuschungen ausgeliefert zu sein, solange der Eindruck von Ursache und Wirkung, von Kontinuität stimmig war, konnte mir das alles völlig egal sein. Was mit mir geschehen war, war für mich unerklärlich, aber Unerklärliches kam in der Wirklichkeit durchaus vor. Dass die Außerirdischen aber die völlige Kontrolle über mich und vermutlich auch über die übrigen der Besatzung hatten, machte die Geschichte allerdings unwirklicher. Sie waren für mich gottgleich. Ich entschied mich dafür, dass man den Begriff der Realität oder Wirklichkeit aufbohren, erweitern musste. Ich befand mich in einem Zwischenreich. Die Übergänge von und zu meiner vertrauten Realität, die in diesem Fall die St. John war, waren unwirklich, aber nur für mich, für einen Aurelianer waren sie vermutlich sehr wirklich, wenn er in diesem polarisierenden Begriff dachte. Ich suchte im orangefarbenen Gras nach Tieren und ich fand auch welche, die an Käfer und Raupen erinnerten. Bei genauem Hinsehen konnte man neben dem Kurzgras noch andere Pflanzenformen entdecken. Ich blieb eine Weile neben ihr ruhig sitzen, verspürte nur den ständigen konstanten Wind. Gloria versuchte mir von Gottes Reich zu erzählen, aber ich hörte ihr nur verständnislos zu. Ich war mir sicher, dass sie ein unwirkliches Geschenk für mich war. Mit ein bisschen Mühe hätte man auch eine weitere Paola für mich schaffen können. Ihr Gottestick sollte wohl ein Witz sein. „Gloria, Prinzessin, zeig mir nochmals deine Brüste!" Sie streifte ihr Prinzessinnengewand ab und ich sah mehr als die vollen Brüste. Ein wohliges, forderndes Gefühl umgab meine Hodengegend. Sie gab wirklich ein makelloses Bild ab. Sie ähnelte nur entfernt Ramona, die ich bisher nur verhüllt gesehen hatte. Gottes Tochter war zu meinem Objekt verkommen, zum Objekt meiner Lust. Ich musste mich daran erinnern, dass sie ein Subjekt war, wenn auch ein sehr unwirkliches. Ihre Aufgabe war, sich hinzugeben, und als meine Gefühle soweit waren, dies bei ihr einzufordern, sah ich die Delegation. Vier Gestalte kamen von dem Komplex, der eine Stadt sein mochte, auf uns zu. Ich hatte keine Angst, machte mir keine Gedanken zur Verteidigung und sie hatte offensichtlich auch keine Angst, sondern schaute die Gestalten nur ausdruckslos an. Wenig später war es erkennbar, dass es sich nicht um Menschen handelte. Die Gestalten waren viel kleiner und sahen so aus wie pelzige Aborigines. Gloria sah keine Veranlassung, ihr Prinzessinnenkleid überzuziehen, so wenig wie ich eine sah, sie dazu aufzufordern. Ihre göttliche Scham steckte in einem göttlichen Höschen, das sichtbar aus feinem, glänzenden Material war, mit unaufdringlichen kunstvollen Mustern und dezenten erotischen Farben. Ich dachte, dass sie nicht gekommen war, sich den Aborigines hinzugeben. Konnte sie noch immer ihr Feuerschwert materialisieren lassen und es gegen die Aborigines führen. Meine Erektion hatte sich verflüchtigt. Gewissermaßen sind flüchtige Dinge auch unwirklich. Für den, der mich kannte, scheint es unglaubhaft: Die Delegation war mir wichtiger als der Reiz der Prinzessin neben mir. Ich begrüßte die Ankommenden in der Sprache von New Avignon, in Englisch. Die Wesen hatten lilafarbene Augen, aus denen ich gar nichts lesen konnte. Waren es gütige oder freundliche Augen? Sie waren so groß wie Menschenaugen, wirkten in den kleinen Pelzköpfen aber ungleich größer. Sie grüßten mich und Gloria und luden uns ein, ihnen zu folgen; dabei waren ihre Stimmen direkt in meinem Kopf. Ob Gloria sie auch hörte? „Seit ihr die Herren von Aurelia? Wie bin ich hierher gekommen? Wie wirklich ist dieses Zwischenreich?" Sie antworteten, dass ich Gelegenheit bekäme zu verstehen. Gloria blieb friedlich, ließ ihr Kleid zurück und begleitete uns. Es war ein wirklich schönes Prinzessinnenkleid.

Wir begleiteten die vier Wesen in ihre Stadt. Ich machte mir bewusst, dass wir die Außerirdischen waren, zumindest aus ihrer Perspektive musste diese Welt für sie irdisch sein. Ich war stumm, gebannt von dem, was mich erwarten würde, und die Gottestochter war ebenso still. Im Moment der Gefahr würde ich sie bitten, mir mit ihrer Wunderkraft aus der Patsche zu helfen. Die künstliche Umgebung war sehr befremdlich. Es mochte sich um Gebäude handeln, errichtet aus einem mir unbekannten Material. Sie hatten eine Art Fenster, waren in den verschiedensten Farben und einige von ihnen waren recht groß. Vereinzelt sah man Pelzwesen auf den Wegen, die von uns keine Notiz nahmen. Die Ränder der Wege waren teilweise mit fremdartigen Bäumen bepflanzt. Man schien hier eine Art Vorliebe für Gartenarchitektur zu haben, denn die Objekte, die Gebäude in den verschiedensten geometrischen Formen waren von Pflanzenzeugs umgeben, sehr aufgeräumt, sehr gepflegt, sehr exotische Pflanzen für mich und alles in allem hatte ich den Eindruck, dass die Pelzwesen einen ausgeprägten Sinn für Ästhetik hatten. Irgendwelche Fahrzeuge konnte ich nirgends entdecken. Wir gingen, nicht all zu schnell, auf ein größeres Ellipsoid zu, dass ebenso gut ein Raumschiff hätte sein können. Die Farbe der Außenhülle war gelbgrün. Wie von Geisterhand öffnete sich eine Tür und wir traten in eine kleinere Halle. Gott sei Dank war die Deckenhöhe kein Problem, sie betrug gut vier Meter, sehr hoch für die kleinen Wesen. Da waren sie alle, die Besatzung von der St. John, die an einem niedrigen Tisch saßen und offensichtlich mit den Aurelianern diskutierten. Nur Paul saß abseits, an etwas, was sich bei näherem Betrachten als Gotisch erwies. Er spielte tatsächlich mit einem Aurelianer eine Partie Go, führte die schwarzen Steine, was bedeuten musste, dass er als der schwächere Spieler galt. Bevor wir uns an den großen Tisch begaben, zeigte mir einer der Vier mein Quartier, das ich offensichtlich und unausgesprochen mit Gloria teilen sollte. Die beiden Betten waren für mich etwas kurz geraten. Das Mobiliar schien aus seltsamer Plastik zu sein. Wieder fiel mir auf, dass der Gestalter dieses Raums eine Freude für Farben haben musste. Zum ersten Mal, seit dem ich mir dieser neuen Welt bewusst war, rauchte ich eine Zigarette, die den Eindruck verstärkte, dass dies alles durchaus wirklich war. Ich bot ihr auch eine an, aber sie lehnte ab. Offenbar kannte sie gar keine Zigaretten. Ich sagte dem Aurelianer, dass mir der Sinn nach einem alkoholischen Getränk stände. Offensichtlich verstand er mich, denn er holte aus einem Kühlschrank, der sich in einer Wand befand, eine Flasche mit orangefarbener Flüssigkeit, irgendwoher drei Gläser und goss uns ein. „Prost", tönte es in meinem Kopf, „Prost" wiederholte ich und stieß mit den beiden an. Gottes Tochter machte einen verdutzten Gesichtsausdruck, als sie den ersten Schluck genommen hatte. Vielleicht kannte sie keinen Alkohol. Das Getränk schmeckte angenehm süß, nach irgendwelchen Früchten und ich schätzte seinen Alkoholgehalt auf etwa zwanzig Prozent. Nachdem wir unsere Gläser geleert hatten, forderte uns der Aurelianer auf, mit an den großen Tisch zu kommen. Ich hatte Bedenken, wegen Glorias Nacktheit, aber sie bestand darauf, mitzukommen. Ich sah mir ihre schweren Brüste an, die Inkarnation meiner schwülstigen Messdienerinnenträume, widersprach ihr nicht. Als wir und der Aurelianer uns an den großen Tisch setzten, der irgendein regelmäßiges N-eck darstellte, ging das Gezeter der Priester los. „Was macht diese Hure an diesem Tisch. Wer ist diese Person?" Es war der Captain, der diese Frage stellte. Ich antwortete frech: „Das ist Gottes Tochter" Eine Art Gelächter erklang in meinem Hirn und einige Aurelianer machten tatsächlich Anstalten, als ob sie lachten. Es war ja schon eine Art Frevel, dass Gloria kein Kopftuch trug, sie aber war bis auf ihre Unterhose nackt. Sie wiederholte, dass sie Gottes Tochter sei, gekommen, um die Menschen zu erlösen. Für unsere priesterliche Crew war klar, dass sie eine Ausgeburt des Bösen war, geschaffen von den Aurelianer , um die Menschen zu narren und zu demütigen. Womöglich war sie auch ein verrückt gewordener New Havanna-Klon. Ich fand übrigens nun, dass ihre Ähnlichkeit zu Ramona, die ihr Haar außerhalb der Messen unter ihrem Kopftuch verbarg, aber ansonsten die für New Avignon Verhältnisse freizügige Messdienerinnentracht trug, nur entfernt war. Offensichtlich bildete sich unter den Klerikalen die Einsicht, dass es, wenn man schon von Teufeln umgeben war, ihr Anblick gewisse Vorzüge hatte. Sie palaverten darüber, dass sie die Vertreter Gottes seien und immer wenn sie seinen Namen in den Mund nahmen, löste dies ein durchaus nicht unfreundliches Gelächter in meinem Hirn aus, so als ob die

Aurelianer bei der Erwähnung Gottes zwanghaft lachen mussten. Sie waren gekommen, um eine Botschaft von New Avignon zu überbringen. New Avignon sei an einem friedlichen Kontakt mit den Aurelianern interessiert. Sie wären Menschen, Gottes Kinder – was wieder eine Lachsalve auslöste – die mit anderen Geschöpfen Gottes, so drückten sie sich aus, friedlich zusammenleben wollten, um Gott zu preisen. Bei diesem Satz wurde viel gelacht und die Klerikalen zuckten immer irgendwie zusammen, wenn das Gelächter in ihrem Gehirn anschwoll. Ich nahm an, dass sie ebenso wie ich mit den Aurelianer in telepathischen Kontakt standen. Gloria stand auf, ihre mächtige Brust hob und senkte sich und sagte: „Ihr seid alles Heuchler, die dies im Namen meines Vaters tun und versuchen, sich hinter seiner Allmacht zu verstecken. Ich bin gekommen, euch zu richten und zu erlösen." Während diese kleine Rede weitere Heiterkeit bei den Aurelianern streute, versucht ich Gloria zu beruhigen und bat sie, sich wieder zu setzen. Paul und der Aurelianer, mit dem er gespielt hatte, kamen an den Tisch, Paul völlig entgeistert. „Ich habe die Partie, trotz neun Vorgaben mit 31 Punkten verloren", rief er mir zu. Ich musste zugeben: Auch ich konnte mir das nicht vorstellen, denn Paul hatte den ersten Dan. Unsere Delegation bestand darauf zu erfahren, wie sie hier hingekommen wären, und bekam zur Antwort, dass sie das nicht verstehen könnten. Man wollte wissen, was mit der St. John wäre und ein Aurelianer wiederholte zum x.ten-Mal, dass die St. John sich in einem sicheren Orbit um Aurelia befände. Man projizierte Bilder der St. John an die Wand, wie sie über einem fremden Planeten kreiste, der Aurelia sein musste.

Ich brachte zu Bedenken, dass alles um uns herum eine Illusion sein könnte, dass wir, unsere Körper sich noch auf der St. John befinden könnten. „Es ist vielleicht eine Art gesteuerter Traum, den wir gemeinsam träumen. Es wird sich herausstellen, ob wir gemeinsam geträumt haben oder unsere Träume nichts miteinander zu tun hatten. Wenn wird denn aufwachen." Die Aurelianer kommentierten meine Ausführung nicht, während sich bei unserer Crew Widerspruch gegen solche Ansichten bildete. Ich bat unsere Gastgeber um ein weiteres orangenes Getränk, dessen Namen ich nicht kannte. Als Kommentar zu meinem Gedanken ertönte in meinem Inneren ein Name, der aber aus mindestens fünf Silben bestand und den ich mir nicht merken konnte. Paul meldete auch sein Interesse an und der Captain hatte keine Bedenken. Ich warf Paul eine Zigarette rüber und zündete mir selbst eine an. Der Captain bestand darauf, sich in Gottes Realität zu befinden, auch wenn er zugab, dass er nicht wusste, was geschehen war. „Vermutlich haben sie uns betäubt, unser Schiff gekapert und hierhin entführt, irgendwo vor Aurelia", meinte er. Er gehörte noch zu den wenigen, die die St.John noch bewusst als ihre Umwelt erlebt hatten, als die St. John nur noch 16 Stunden von Aurelia entfernt war, wohingegen der größte Teil der Crew sich im Schlaf befunden haben musste. Er protestierte nochmals gegen die Entführung. „Was hätten sie an unserer Stelle gemacht?", fragte ein Aurelianer. Ich hatte immer noch nicht herausgefunden, wer was sagte, da mit den Ohren nichts wahrnehmbar war, auch waren keine Mundbewegungen erkennbar und unseres telepathisches Hören war offensichtlich nicht räumlich. „Wir müssen Vorkehrungen treffen, - es folgte eine Art höfliches Gelächter -, dass wir nicht angegriffen werden. Wir kommen in friedlicher Absicht", wiederholte der Captain. „Wir, die Vertreter der Menschheit und auch die Vertreter Gottes lieben den Frieden." Er beschwerte sich dann über das Gelächter. „Wenn sie beim

Namen Gottes lachen, ist dies Gotteslästerung, die unter anderer Rechtssprechung harte Strafen nach sich ziehen würde." Einer der Aurelianer entschuldigte sich, konnte aber offensichtlich seine Heiterkeit nicht verbergen. Der Captain sprach die äußerliche Ähnlichkeit der Aurelianer mit den Aborigines an. „Wir sind mit ihnen verwandt", war die knappe Antwort. Uns wurde ein merkwürdiges Essen aufgetischt, dass unsere Crew mit einiger Skepsis begegnete, es duftete gut und man probierte vorsichtig. Mir schmeckte es vorzüglich und ich verlangte mehr von dem orangefarbenen Getränk. Nach dem Essen, das der Captain mit einem Gebet begonnen hatte und vielleicht schon von einem unterdrückten, aber doch noch deutlich vernehmbaren Gelächter begleitet wurde, welches den Captain vor Zorn rot anlaufen ließ, versuchte der Captain wieder eine Art Verhandlung zustande zu bringen." Aurelia gehört den Aurelianern und New Earth", wollte er beginnen, aber er wurde unterbrochen. „Der Planet, den ihr New Earth nennt, wird von denen bewohnt, die ihr als Aborigines bezeichnet. Es ist ihre Heimat. Ihr dürft und könnt euch nur als die Herren von New Avignon bezeichnen." Ich gab zu bedenken, dass im Zeichen eines technischen Fortschritts, einer fortschreitenden Automatisierung es vielleicht möglich wäre, die Aborigines auszurotten oder zumindest auf kleine Areale zurückzudrängen. „Die Aborigines werden sich zu wehren wissen. Außerdem stehen sie unter unserem Schutz." Da war es raus. Wenn die Spitze der Klerikalen jemals geplant hatten, die Kontinente zu besetzen, war dies wohl das definitive Aus für ein solches Ansinnen. Ich guckte Paul an. Dann war auch klar, dass die Aurelianer sich vor uns nicht fürchten mussten. Stand New Avignon unter der Beobachtung von Aurelia? Wir wussten, dass Raumschiffe von New Havanna gegen Helena geflogen waren und auch zurückgekehrt waren. Der Captain fragte nach diesen Missionen. „Wir hatten etwas weniger zu lachen. Der Zwist mit euren Artgenossen ist ein gutes Zeugnis für euren evolutionären Stand." Der Captain forderte mich auf, darauf etwas zu entgegnen. „Wir Menschen stammen von der Erde, einem Planeten mehr als dreißig Tausend Lichtjahre entfernt. Wir haben vor mehr als 30000 Jahren die Erde verlassen, weil unsere Ahnen gewisse Entwicklungen missfallen haben." Ich erwähnte die Eingriffe ins eigene Erbgut. „Die Menschheit der Erde war uns technologisch überlegen. Wohin mag sie sich in den 30000 Jahren entwickelt haben? Es gibt seit mehr als einer Million Jahre Menschen auf der Erde. Diese kannten kaum die einfachsten Techniken und lebten in kleinen Gruppen, die voneinander getrennt waren. Jede Gruppe hatte ihre eigenen Rituale und kannte später ihre eigenen Götter." Der Captain schaute mich argwöhnisch an. „Es gab sogar welche, die behaupteten, die Welt sei ein Traum." Ich war mir nicht sicher, ob ich die Weltanschauung der australischen Aborigines, von denen ich in meinem Studium nur flüchtig gelesen hatte, richtig wiedergegeben hatte. „So kam es, dass die unterschiedlichsten Gruppen um Nahrung und Lebensraum konkurrierten, denn die Erde war kein Schlaraffenland." Man bat mich um die Erklärung des Begriffes Schlaraffenland. Ich erwähnte das Paradies und das nach christlichem Glauben die ersten Menschen von Gott verstoßen wurden. Als Kommentar bekam ich ein ungläubiges Lachen. „Aus den Gruppen bildeten sich größere Horden, Reiche und dann Staaten, die immer noch miteinander konkurrierten. Dies ist ein menschliches Prinzip, das, wenn es ausgesetzt ist, bedeutet, dass aus dem Menschen ein anderes Wesen entstanden ist. Keiner weiß, was nach 30000 Jahren aus der Menschheit geworden ist." - „Wenn die guten Kräfte gewonnen haben, wird ein fast allmächtiger Gottesstaat entstanden sein, der in seiner Pracht nur noch vom allmächtigen Gott übertroffen wird. Aber womöglich, ich würde sagen wahrscheinlich kam die Apokalypse über die Erde, die in den Büchern von St. John beschrieben wird. Niemand kann sich gegen den Herrn wenden." Bei dieser Ausführung des Captains übten sich die Aurelianer in diplomatischer Zurückhaltung. Vermutlich hatten sie so eine Art Mitleid mit dem Schicksal unserer Spezies. Paul wollte wissen, wie diese Telepathie, die die Aborigines und die Aurelianer benutzen, möglich sei. „Sie widerspricht unserer Physik. Gewöhnliche Materie kennt nur eine Wechselwirkung mit elektromagnetischer Strahlung. Es sind aber keine geheimnisvolle Radiowellen, die diese Kommunikation zustande bringen, Experimente mit faradayscher Abschirmung beweisen das." Paul setzte offenbar mit seiner Frage voraus, dass unsere Gastgeber über eine Physik verfügten, die ihre eigene Kommunikation erklären konnten. Die Aurelianer gaben ihm keine Antwort, boten ihm aber an, ihm weitere Lektionen in Go zu geben. Er habe das Talent drei Steine besser zu spielen. Paul nahm das Angebot sofort an. Was hatte Paul mit seiner Frage nach der Physik erwartet? Dass man ihm alle Geheimnisse präsentieren würde? Die Menschheit hatte, wenn sie denn in unserem System überlebte, einen langen Weg vor sich.Sie musste sich die Geheimnisse des Universums selbst erarbeiten. Gloria war die ganze Zeit ruhig geblieben und fand offensichtlich auch Gefallen an dem orangefarbenen Getränk, dessen Namen ich mir nicht merken konnte. Manchmal kicherte sie, vielleicht eine Reaktion auf das Gelächter unserer Gastgeber, wenn Gott in unseren Gesprächen erwähnt wurde. Irgendwann brachte es der Captain auf den Punkt, als er die Aurelianer fragte, ob sie an ein höheres Wesen glauben würden, an einen Gott, der die Welt erschaffen hatte. Das darauf erschallende Gelächter wollte nicht abklingen. Als etwas Ruhe eingekehrt war, erweiterte ich die Frage, ob sie vielleicht an viele Götter glaubten, wie dies auch auf der Erde vorgekommen war. Ihre Antwort fiel etwas dezenter aus. Es war nur ein kurzes hi hi hi. Dieses Völkchen schien aus komischen Atheisten zu bestehen, was mir ja grundsätzlich nicht unsympathisch war. Der Captain bat um eine Räumlichkeit, um eine Messe abhalten zu können. So eine Veranstaltung interessierte mich weniger. Nichts gegen Ramona, aber ich hatte meine eigene Messdienerin, mit sehr göttlichen Attributen ausgestattet, wie es einer Tochter Gottes geziemte. Ich wollte nicht ausschließen, dass es davon mehrere gab. Ich bat eine Pause machen zu dürfen, um etwas frische Luft zu schnappen. Der Captain schien nichts dagegen zu haben. Ohne die Hilfe eines Aurelianers nahm ich den Weg nach draußen und zündete mir als Erstes eine Zigarette an. Die mächtige Helena stand immer an gleichen Platz, verteilte ihr warmes Licht auf diese Seite des Planeten, während die Rückseite im ewigen Eis schlummern mochte. Die Temperaturen hier draußen waren immer gleich und angenehm. Ich wunderte mich darüber, warum die Aurelianer pelzige Wesen waren, aber wie gesagt gab es ungemütlichere Ecken auf diesem Planeten. An jedem Ort dieses Planeten war das Wetter immer dasselbe, das Wetter kannte keine zeitliche, sondern nur räumliche Veränderung. An diesem Ort, mit Temperaturen um die fünfundzwanzig Grad wehte der mäßige Wind immer aus der gleichen Richtung, es schien keine Zeit zu vergehen, weil sich die riesige Helena nicht bewegte. Wenn sich die Temperaturen zwischen den „extremen Jahreszeiten" um fünf Grad unterscheiden mochten, änderte sich die Temperatur von Tag zu Tag – ein übernommener Begriff, den hier gab es keinen – um weniger als ein zehntel Grad. Irgendwann würde es vielleicht hier regnen und kühler sein. Ich begann, mir ein erstes Mal Gedanken über meine Zukunft zu machen. Konnte ich mir vorstellen, für immer hier zu bleiben? Vielleicht hatte ich die Wahl. An Seite der verrückten Gloria, die nur eine Ausgeburt meiner Fantasie sein mochte, war das eigentlich keine Frage. Vermutlich wäre es so eine Art Schlaraffenland, ich hatte die Bedeutung des Begriffes erklärt. Ich würde stattdessen religiösen Wahn, unfreiwilliges Zölibat, Paranoia und Verfolgung aufgeben. Es wäre schön, Paul zum Bleiben zu bewegen, aber vermutlich hatten wir keine Wahl, mussten zurück nach New Avignon mit seinen theokratischen Strukturen und modernen Überwachungstechniken, mit einem weiteren Schaden für immer. Ich ging zurück in die Konferenzhalle. Die Versammlung wollte sich auflösen, einige von uns meldeten Müdigkeit an. Gloria saß isoliert am Tisch und mochte über Pläne sinnieren, die Welt zu erlösen. Ich ging zu Paul, forderte ihn auf, die Lektionen zu beenden, um sich stattdessen gemeinsam mit mir mit Gottes Tochter zu vergnügen und erlösen zu lassen.

Ich suchte in Aurelia immer wieder Zeiten für mich, Freiräume, die mir auch Gelegenheit geben sollten, mir über meine weitere Zukunft Gedanken zu machen, insofern aber gedankenlos, da ich mit meinen Aktionen und Auftritten meine Zukunft verbaute. Ich klammerte mich ernsthaft an die Vorstellung, ich könnte mit Gloria und Paul auf Aurelia bleiben. Es machte mir nichts aus, das Bett mit Gloria und Paul zu teilen, im Gegenteil, ich genoss es. Das blieb gegenüber der Crew nicht unbemerkt. Paul befand sich auch in seinem speziellen Himmel, nicht nur die himmlische Tochter, sondern auch sein Golehrer sorgten dafür, dass er nicht wirklich von Aurelia weg wollte, wenn er auch manchmal im Konflikt mit seiner Religion stand, die, wie sich mir zeigte, eine sehr „ethnische" Religion war. Gott, Christus und der Heilige Geist waren der eine Gott der Menschen, so wie früher Gott der Gott der Juden war, der diese gegen andere Völker und deren Götter beschützte. Dass dieser nicht immer geholfen hatte, zeigte die Geschichte. Offensichtlich galt die Idee eines Gottes bei den Aurelianern als solch eine absurde Idee, dass selbst ich nicht mit ihnen darüber diskutieren konnte. Ich versuchte ihnen klar zu machen, dass es gegen die Prinzipien der Gastfreundschaft verstoßen würde, wenn sie in Erwähnung seines Namens in Gelächter ausbrechen würde, hatte aber insgeheim eine klammheimliche Freude daran. Ich glaube, sie wussten das. In gemeinsamer Runde musste ich manchmal stark an mich halten, mit verkrampften Gesichtsmuskeln und halb gequälten Gesichtsausdruck, um nicht loszuprusten und mitzulachen. Hier fehlte es mir an nichts, stellte ich fest, nachdem ich ihre Zigaretten geraucht hatte, die sie vermutlich extra für mich hergestellt hatten. Wie war mir ein Rätsel und sie zeigten sich bezüglich ihrer Geheimnisse nicht besonders gesprächig. Das größte Mysterium war natürlich Gloria, die bei den Zusammenkünften immer wieder mit ihrem Unsinn störte, eine Ausgeburt unserer oder meiner Fantasie, vielleicht ein Geschenk der Aurelianer an mich und Paul oder aber eine Verrückte einer früheren Expedition New Havannas, deren lasterhaftes Gerede und ihre Nacktheit für Unmut bei den Klerikalen sorgte, deren Scheinheiligkeit und Geilheit aber groß genug waren, um ihre Anwesenheit in unseren Gesprächsrunden zu dulden. Es war nicht ganz auszuschließen, dass sie schon mit ihr geschlafen hatten. Wenn nicht, war da noch Ramona. Ich war davon fest überzeugt, dass sie es mit jedem von ihnen trieb und die Klerikalen bei Laune hielt. Ich versuchte in Gloria eine Person zu sehen, keine Fantasie. Manchmal tendierte ich dazu, ihr zu glauben. Es wäre ein merkwürdiger Versuch eines sinnenfreudigen Gottes gewesen, beim Treffen der Zivilisationen mitzumischen. Gott hätte dann auf meiner Seite gestanden und ein lustvolles Wunder vollbracht: seine Inkarnation ein prachtvolles Weib, um mir den Weg zum Glauben zu öffnen. Ich fragte mich nicht ernsthaft, ob ich sie als gleichwertiges Wesen betrachtete; sie stand Paul und mir zur Verfügung und erlöste uns und war im Grunde genommen die Hure Gottes, die in seinem Auftrag arbeitete. Ich war weit entfernt in Gloria verliebt zu sein; sie konnte ja auch ein Ding sein, eine sprechende Puppe, sehr pneumatisch und als Objekt äußerst attraktiv. Die sexuelle Unterdrückung in New Avignon, die auch eine Unterdrückung der Entfaltung von Liebe ist, hatte mich zu jemandem geformt, der das Objekthafte in der Begegnung mit einer Frau suchte. Richtig bewusst darüber war ich nur manchmal. Ich konnte nicht ausschließen, dass das in früheren Gesellschaften ähnlich gewesen war. Der intelligente Kick einer Person ging von Gloria nicht aus. Sie machte alles in allem einen dummen Eindruck, aber wenn sie mich ritt und mir von Gottes kommendem Reich erzählte, war ich hin und weg; das hatte schon was. Ich war profan genug, diese Alternative dem trostlosen Leben in New Avignon vorzuziehen und war ohne jede Vorstellung, dass dies mich jemals langweilen könnte. Während meiner Spaziergänge im Komplex kreisten meine Gedanken immer mehr darum, die Aurelianer zu überreden, mich hier zu lassen, als sinnenfroher Botschafter der Menschheit mit göttlicher Assistenz. Vermutlich war ich den Aurelianern langweilig, wenn sie denn viel intelligenter waren als die Menschen, aber das war schwierig zu sagen, denn die Fähigkeit, besser Go zu spielen als Paul war nicht Beweis genug. Ich hatte Vorschläge, hier zu bleiben, bisher weder den Aurelianern noch unserer Crew mitgeteilt. Ich, als Experte für Geschichte und Kultur der Menschheit wäre geeignet gewesen, von hier aus im ständigen Funkkontakt mit der Menschheit zu stehen, eine wirkliche diplomatische Vertretung mit all ihren Privilegien und Gottes Tochter an meiner Seite. Warum sollte man im Schlaraffenland nicht ein bisschen arbeiten? Die diplomatische Vertretung hätte mit der Zeit ausgebaut werden können. Ich legte mir Argumente zu Recht, um dem Captain meine Wünsche schmackhaft zu machen. Ich erkundigte die Umgebung, entfernte mich aber nie zu weit vom Komplex. Manchmal begleitete mich auch Gloria. Die Umgebung gefiel mir in all ihrer Fremdheit und Exotik. Ich hoffte, dass Helena, die sich hier in so völlig anderer Weise als in den Nächten New Avignons und New Havannas darstellte, auf meiner Seite war. Wie konnte dieser orange-rote Riesenball über mir zu dem gleißenden Punkt werden? Ein gleißendes Symbol meiner Liebe zu Paola in den warmen Nächten am Meer. Womöglich konnte ich hier einen Planeten entdecken, eine völlig andere Kultur und der Menschheit darüber berichten. Hin und wieder machte ich auch kurze Spaziergänge mit einem Aurelian, erzählte über die Menschheit, versuchte mit ihm zu philosophieren, was sowohl oft bei mir als auch bei meinem Partner Verständnislosigkeit hervorrief. Bei einer solchen Gelegenheit machte ich einen Vorstoß. Die Antwort war enttäuschend, aber nicht überraschend. Sie waren an einer menschlichen Botschaft auf Aurelia nicht interessiert. Meine Vermutung, es könnten schon andere Menschen auf Aurelia leben, ignorierte er. Er nannte keine Begründung, warum sie nicht an einem festen Kontakt mit der Menschheit interessiert waren. Vermutlich wurden sie schon mit Propagandasendungen von New Earth bombardiert, ich fragte nicht danach. Er wusste mit Sicherheit, dass ich gar nicht im Auftrag der Crew sprach. Da rang ich mich zu einer anderen Vorgehensweise durch. Ich wollte politisches Asyl, beschrieb die Unterdrückung, die von den zwei menschlichen Gesellschaften ausging. Ich sprach auch im Namen von Paul und Gloria. Der Aurelianer mit einem unaussprechlichen Namen blieb mir eine Antwort schuldig; sie würden darüber beraten, sagte er mir und ich begann, mir Hoffnungen zu machen. Die gemeinsamen Zusammenkünften mit den Aurelianern waren wenig ergiebig. Hin und wieder machte ich Ausführungen zur menschlichen Kultur, die aufgrund meiner kirchenfernen Sicht nicht immer auf Zustimmung in unserer Crew stieß. Obgleich ich mir schon eine scheinheilige Note bei meinen Ausführungen gestattete, Schleimereien zu Ehren der Kirche New Avignons, die sicherlich von den Aurelianern durchschaut wurden, wurde ich oft von Verantwortlichen der Crew verbessert.

Wir hatten vier Schlafzyklen und vier Gottesdienste hinter uns, bei denen die Anwesenheit Glorias unerwünscht war und Ramona ihre Auftritte hatte, als ein Riss die Realität teilte. Ich erlangte Bewusstsein in der Raumschiffkabine, ziemlich gleichzeitig mit Paul und unserem Kabinengenossen. Die Kabinentür war offen; wir hörten Schreie. Ich hatte Stimmen im Kopf, die ich niemandem zuordnen konnte und dann viel mir die Fremdartigkeit meiner Umgebung auf. Das Raumschiff präsentierte sich in einer Ansicht von jemandem, der von einer Avignonwespe gestochen war. Ich hatte nicht das Gefühl, festen Boden unter den Füßen zu haben, die Wände schwitzten Tränen unterschiedlichster Farbe. Meine Zunge war schwer und metallen, aber ich versuchte, dennoch zu sprechen. Die Stimme, die erklang, war tief und verhallt. „Paul, was ist los?" Er versuchte zu antworten. Später erzählte er mir, dass er unter ähnlichen Symptomen wie ich litt. Ein bisschen sah er aus wie ein Monster, mit Augen, die mir drohten mich zu verschlingen. „Wir müssen in die Kommandozentrale!" Zentrale echote mehrfach in meinem Hirn. Obgleich ich den Eindruck hatte, nicht wirklich gehen zu können und Paul erging es wohl ähnlich, bewegten wir uns, eingebettet in einer mysteriösen Zeit. Mit Mühen erkannte ich die Crew wieder. Sirenengesang wollte mich zum Umkehren bewegen, jemand riss Ramona die Kleidung runter. Der Captain rief: „Nehmt ihn fest!", aber ich glaubte kaum, dass die Echos die Nachhaltigkeit seines Befehls unterstrichen. Paul warf einen Blick auf die psychedelische Kontrollkonsole. „Wir sind fünf Milliarden Kilometer von New Earth weg, weg, weg, weg…" Wir waren also in der Mitte zwischen Helena und unserer Sonne. Wir haben Höchstgeschwindigkeit. Der Captain bewegte sich mühsam zu der Konsole, da der Boden für ihn, wie für jeden, wellenartige Bewegungen machte. Er schaute auf die zerfließende Konsole mit den schwer erkennbaren Zahlen. „Paul hat recht!" Er versuchte den grünen Knopf zu finden, den Knopf für die automatische Kehrtwende und Abbremsung. Auf Farben konnte man sich nicht mehr verlassen. Es gab drei Knöpfe dieser Art, die automatische Funktionen einleiteten; eine sehr ausgeklügelte Elektronik, die dennoch nur auf Röhrentechnologie basierte. Würde der grüne Knopf nicht funktionieren, wären wir verloren, zumindest solange wir uns in diesem Zustand befänden. Der Captain drückte den linken Knopf, da er wusste, dass der grüne Knopf der linke war. Wir hatten jetzt zehn Minuten Zeit, uns anzuschnallen, sonst würden wir haltlos der Schwerelosigkeit ausgesetzt, was in unserem Zustand ein weiterer Horror gewesen wäre. Hin und wieder blickte ich auf die nackten Brüste Ramonas, die doch recht unheimlich wirkten. Ich konnte mich nicht daran erfreuen, vermutlich weinten sie auch. „Verhaltet euch so, als ob ihr von einer Wespe gestochen seid", rief der Captain in die Runde. Er versuchte noch einen automatisierten Notruf abzusetzen, der, dass das Raumschiff auf der Rückkehr sei und dass die komplette Besatzung verrückt sei oder unter Drogen stände. Es gab wohl Vorbereitungen für diese Art von Vorfällen. Jeder versuchte, sich irgendwie anzuschnallen. Ich blieb in der Nähe von Paul, der aber beunruhigenderweise unmotiviert zu lachen begann. Wie wahnsinnig würden wir werden, wenn dies nur der Anfang wäre? Wir flogen von der Ursache unseres Zustands weg, aber das hatte nichts zu bedeuten, da die Krankheit in uns eine Inkubationszeit haben mochte. Sie war jetzt ausgebrochen und entwickelte sich hin zu ihrem Höhepunkt und möglicherweise war sie unheilbar und würde mich für immer in dieser deformierten Welt belassen. Das klare Denken war auch gefährdet, denn niemand hätte sonst Dienerinnenbluse und BH von Ramona weggerissen. Schreie und Lachen deuteten darauf hin, dass wir ein Haufen von Irren waren, deren einzige Chance war, nicht völlig verrückt zu werden. Ich hatte Angst, mich anzuschnallen, da ich mich so der Besatzung ausgeliefert sah. Die Gesichter, die ich erkennen konnte, versprachen nichts Gutes. Alle wussten, dass ich ein Verräter war. War Paul auf meiner Seite? Es war schon eine Kunst, sich in diesem Zustand koordiniert zu bewegen. Zumindest schien es so. „Paul, kannst du dich an Aurelia erinnern, erinnern, erinnern ….." - „Ja, ja ,ja …..", echote es. „An Gloria, Gloria, Gloria….?" - „Wir haben sie gemeinsam geliebt." Da wusste ich, dass wir zumindest einen gemeinsamen Traum gehabt hatten. „Es war geil, geil, geil …", sagte er noch und lachte wieder wie blöde. Sie würden mich festsetzen, foltern und in ein Straflager schicken. Vielleicht wollten sie auch meinen

Tod. Die Aurelianer hatten mein Asylgesuch abgelehnt, ohne Begründung, wie mir schien. Nun war ich wieder in den Fängen meiner eigenen Kultur. Ich begann, mit vielen Echos,   hysterisch   zu   lachen.

- 14 -

Sie haben es geschafft; die Finder ist im Sonnensystem. Die Indizien, dass dieses System die Wiege der Menschheit ist, sind eindeutig. Vier Planeten, vornweg Jupiter und Saturn, wurden identifiziert, einer davon, ca. 2 Milliarden Kilometer entfernt, muss die Erde sein. Seit einigen Wochen ist die Aufregung groß. Robert hat auch die ersten Bilder von der Erde gesehen, aber auf diese Distanz geben die Teleskope ein winziges Scheibchen wieder. Er hat sich an das komische Gefühl der Trockenheit gewöhnt. Er raucht vielmehr als früher, und wenn man jemandem husten hört, weiß man, dass er in der Nähe ist. Ansonsten lebt er gesund, achtet auf eine Diät, die die Leber schont. Eine Weile war er bettlägerig gewesen, man fürchtete schon, dass er es nicht schaffen würde. Es waren Tage voller Übelkeit, voller Schwäche, aber seine fette Leber hielt durch. Er ist in die Sitzungen, die einen Kontakt vorbereiten, integriert. Vanessa und Paul sind seine Freunde und ein bisschen versteht er sich auch mit Hugo Scheffener, der ihn und Paul hin und wieder zu sich einlädt. Die Empfänger, auf die Erde ausgerichtet, scannen den Äther nach elektromagnetischen Wellen ab, Radiowellen, Fernsehwellen, um irgendwelche Zeichen von der Erde aufzuschnappen, aber in dieser Hinsicht ist die Erde tot. Die Crew weiß, dass dies nicht viel zu sagen hat. Es gilt als bewiesen, dass Aurelia intelligentes, hochentwickeltes Leben birgt, nie aber wurde von den Radioteleskopen New Avignons irgendeine Botschaft, ein Zeichen von der Existenz der Aurelianer empfangen. Hugo Scheffener und Robert haben sich häufiger über Aurelia unterhalten. Man hofft gemeinhin, dass nichts Ähnliches wie auf Aurelia sie erwartet, es wäre eine Katastrophe. Niemand will den Verstand verlieren. Ob Raumschiffe in diesem Sonnensystem fliegen, können sie nicht feststellen, aber vielleicht hat man sie schon mit weit überlegener Technik entdeckt. Möglicherweise sind Maßnahmen getroffen worden, den Eindringling zu vernichten. Sie versenden unentwegt Nachrichten, auf allen möglichen Frequenzbändern, die darüber Auskunft geben, wer sich auf der Finder befindet, in welcher Absicht man die Erde aufsucht. Fast alles wird in Englisch gesendet. Robert vertritt die Hypothese, dass sie auf der Erde keine Menschen antreffen werden, aber alle hoffen dies. Sie wünschen sich, auf eine technologisch überlegene, philosophisch aufgeklärte Menschengesellschaft zu stoßen. Manch einer von ihnen hofft auf ein Reich der Seligen, gottesfürchtig und dem Paradies nah. Der religiöse Fundamentalismus an Bord hat sich abgeschwächt, es gibt aber durchaus die Bibeltreuen, die sich regelmäßig treffen, aber keine Chance haben, die Macht an Bord zu übernehmen. Ein wenig umtreibt sie die Furcht, sie könnten auf eine Welt des Teufels geraten, in ein Land, in der die Apokalypse regiert. Auch Robert wünscht sich eine Erde mit Menschen, wünscht sich auf eine schöne Eva zu treffen, die sich für ihn interessiert. Er ist weit rumgekommen. Die Finder bremst kontinuierlich, es sind nur noch wenige Tage bis zur Erde. Wenige Tage nach so vielen Jahren, wenn auch das meiste im Kälteschlaf verbracht wurde. Eine Rückkehr nach New Avignon ist nicht geplant. Man hat Eventualitäten diskutiert. Was machen sie, wenn sie auf der

Erde nicht leben können? Die Mehrheit von ihnen kann sich nicht vorstellen, dass ihnen ein Leben auf der Erde verwehrt ist. Eine Rückkehr nach New Avignon erscheint sinnlos, denn was dort einen erwartet, ist genauso ungewiss. Womöglich ist die Erde aber eine giftige, radioaktive Hölle, das Überbleibsel einer Menschheit, die sich selbst vernichtet hat. Es gibt nur wenige neugierige Pessimisten an Bord. Wohl niemand mit solch einer eindeutigen Katastrophenvorstellung im Kopf hätte sich freiwillig an dieser Expedition beteiligt. Die Pessimisten unter ihnen können sich die Hölle vorstellen, räumen aber auch andere Möglichkeiten ein. Robert träumt von der kollektiven Superintelligenz , in diesem Traum gibt es allerdings auch noch Platz für schöne Frauen, die amüsiert die Ankunft ihrer Vorfahren feststellen. Macht Arterhaltung Sinn? Robert kann für sich die Frage nicht beantworten. Er weiß allerdings, dass im 21. Jahrhundert der Menschheit Artenerhaltung ein politisches Thema war. Wenn Artenerhaltung ein Prinzip hochentwickelter Zivilisationen ist, sollte es noch Menschen auf der Erde geben. Aber warum sollte dieses Prinzip angewandt werden? Es wird letztlich eine Überraschung auf sie zukommen, wenn es ihnen gestattet ist, die Erde aufzusuchen. Manchmal wünscht sich Robert, über eine Zeitmaschine zu verfügen. Er würde sich vielleicht mit ihr ins Ende des 20. Jahrhunderts versetzen, irgendwo nach Europa. Wer weiß, womöglich bietet man ihnen diesen Service an.

Robert trifft sich mit Paul und Vanessa in Aufenthaltsraum C. Er hat sich längst daran gewöhnt, dass Paul in seiner Gegenwart Alkohol trinkt.

„Eine Kunstleber steht ganz oben auf meiner Wunschliste. Unsere Vorfahren sollten doch Meister in der Organtransplantation sein" - „Ich wünsche mir einen Golehrer, der mich drei Steine weiter bringt. So wie auf Aurelia" - „Wenn du Aurelia ins Spiel bringst, sollten wir Gottes Tochter nicht vergessen" - „Wer war nochmal Gottes Tochter?", fragt Vanessa neugierig. „Na, ja so ne Art Erlöserin. Statt seines Sohns schickte Gott seine äußerst attraktive Tochter, um die Menschen zu erlösen. Sie befand sich allerdings auf Aurelia, wo kaum Menschen waren. Sie war attraktiv, meistens nackt, allerdings ein bisschen dümmlich." Vanessa schaut ungläubig drein, erinnert sich daran, dass sie betrunken diese Geschichte schon mal gehört hat. „Robert, das ist doch Seemannsgarn oder, wenn du so willst, Raumfahrergarn. Ihr wollt mich auf den Arm nehmen" - „Nein, nein, sie war irgendwie da", bestätigt Paul. „Und ihr hattet Sex mit ihr?" - „Ja, sogar gemeinsam, ich glaube Sex war ihre Erlösungsmethode. Nun ja, vielleicht wollte sie mit ihren Zelebrationen nur bedeuten, wie eine Erlösung nach dem Tod auszusehen hätte" - „Das ist ja noch schöner, eine Erlösung nur für Männer", kommentiert Vanessa. „Vermutlich hätte sie es auch mit Frauen getrieben. Uns hatte nur eine begleitet, eine dralle Messdienerin. Wie hieß sie noch Paul?" - „Habe ich vergessen" - „Gottes Tochter war bei den Pharisäern nicht sonderlich beliebt und für die Aurelianer war sie eine Witzfigur, wie Gott an sich auch" - „Sie kann die Frauen nicht erlösen, weil die meisten Frauen – leider – nicht auf Frauen stehen. Und im Übrigen bindet ihr mir wieder einen Bären auf." - „Nein, tun wir nicht", sagt Paul. „Was sie war, wissen wir nicht. Vermutlich eine Art kollektive Halluzination, in ihrer Art äußerst hartnäckig und sehr materiell oder eine Irre einer früheren Expedition" - „Ich wachte in einer Landschaft auf und da war sie neben mir, sah aus wie eine Prinzessin. Sie war aber Gottes Tochter, woran ich dann auch weniger Zweifel hatte, als sie ihr Kleid abgelegt hatte." - „Ihr macht mich ja ganz neidisch" - „Du hast doch Julia und Rita" - „Sie erlösen mich aber nicht, sind meist unter sich. Ich bin hin und wieder geduldete Gespielin, wenn ihnen zu zweit langweilig wird. Im Übrigen bin ich immer noch in Sandra verliebt." - „Dann nützt dir die Erlöserin auch nichts." Der Ton unter ihnen ist über die Jahre offener geworden. „Klingt ein bisschen verbittert, Vanessa" - „Da läuft für mich nichts ohne Alkohol. Aber wir wollten aber nun nicht wirklich über mein Sexualleben reden. Dazu bin ich definitiv nicht betrunken genug. Nur noch so viel Jungs, die weibliche Sexualität ist weitaus komplizierter als ihr euch das vorstellen könnt." - „Es gab nie Lesbenprostitution so, wie es Prostitution für homosexuelle Männer gab", sinniert Robert. „Vermutlich gab es Gönnerinnen, die Verhältnisse unterhielten oder Herrinnen, die Abhängigkeiten ausnutzten", setzt er fort. „Jedenfalls, Gottes Tochter wäre ein schönes Ankunftsgeschenk. Ein wiederhergestellter Garten Eden, mit nackten Bewohnern, die keine festen Partnerschaften kennen und es neugierig mit jedem treiben wollen, wäre auch nicht schlecht" - „Gehört das zu den Begegnungsszenarien, die Robert in den Sitzungen unterbreitet?", will Paul von Vanessa, die ebenfalls der Arbeitsgruppe angehört, wissen." - „Nein, da ist er ganz seriös. Nur hin und wieder macht er schlechte Witze." - „Unter Freunden kann man doch mal sagen, was man wirklich denkt" - „Vielleicht stellt sich raus, dass wir die Erde nie verlassen haben und all das, was wir bisher erlebt haben, nur virtuelle Realität war. In Wirklichkeit gibt es gar kein New Avignon." - „So besoffen bist du doch noch gar nicht, Paul" - „Du hast doch von den Experimenten auf der Erde vor sechzig Tausend Jahren erzählt,

310

wonach es künstliche Intelligenzen gab und mit virtuellen Realitäten experimentiert wurde. Von einer Physik, die auf der Informatik basierte. Von Computern, die millionenfach schneller waren als alles das, was wir an Röhrencomputer zur Verfügung hatten." - „Ja, das ist alles richtig, obgleich die Informatik der Physik nicht die einzige philosophische Ausrichtung der Physik war. Du meinst also wir sind so was wie intelligente Pfannkuchen, die von den Menschen abstammen und die sich für eine Simulationsmaschine eine Geschichte ausgedacht haben, um ein Abenteuer als Mensch zu erleben. Wir als Spezies der Pfannkuchen müssen allerdings sehr masochistisch sein, um in solchen Geschichten mitzuspielen. Bei der Geschichte habe ich definitiv eine Arschkarte gezogen." - „Du hältst es für möglich, dass die jetzigen Menschen intelligente Pfannkuchen sind?", fragt Vanessa. „Es sind keine Menschen, sondern Pfannkuchen" - „Vielleicht ist das ihre Art von Arterhaltung. Sie erhalten ihre Arten in detailgetreuen Simulationen!" Robert überlegt kurz, was er Paul antworten soll. „Sind wir jetzt Pfannkuchen oder Kunstwesen, die in einem Informatikapparat entstanden sind. Ich jedenfalls erinnere mich nicht an ein Leben als Pfannkuchen." - Sie haben dein Gedächtnis manipuliert, künstliche Inhalte erzeugt. Ich wäre jedenfalls lieber ein realer Pfannkuchen als ein rein immaterielles Etwas, dass von deinen sogenannten Informatikapparaten erzeugt wird", gibt Vanessa zum Besten. „Soweit ich die Informatik der Physik verstanden habe, ist das eh kein Unterschied" - „Aber du hast sie nicht verstanden, wie du schon oft erwähnt hast, Paul" - „Ja, die verfügbaren Quellen waren nicht vollständig und zugegeben nicht einfach." - „Diese Physik war vielleicht nur eine Mode des 21. Jahrhunderts: Wahrscheinlich ist jetzt Pfannkuchenphysik angesagt, eine vermutlich mehr topologisch orientierte

Physik." Sie rauchen nun alle drei gleichzeitig eine Zigarette. Paul versucht Rauchkringel zu blasen, kompliziertere Topologien schafft er nicht. Wir sind alle ein bisschen aus dem Häuschen, obwohl ich zugeben muss, dass meine Fantasien nicht so weitgehend sind wie die euren. Vermutlich liegt das an euren nicht unerheblichen Erfahrungen, die ihr gemacht habt." - „Du brauchst nur von einer Avignonwespe gestochen zu werden und schon gleich machst du nicht unerhebliche Erfahrungen und hast ein Gefühl dafür, was alles möglich sein kann. Atheisten können sich dann mit Gott unterhalten, Beleidigungen nicht ausgeschlossen." - „Ich wurde als Kind gestochen. Ich kann mich da nicht mehr dran erinnern. Selbst unsere religiösen Fundis sind aus dem Häuschen und uneins darüber, was sie hier erwartet. Manche glauben, uns erwartet eine furchtbare Hölle, mit allen erdenklichen Qualen, sie aber, die Bibeltreuen, bleiben verschont und werden in Gottes Paradies geleitet, wo immer das auch sein mag." Seit Sandra es mit einem Bibeltreuen treibt, ist ihr Atheismus verbitterter. „Wenn Gottes Tochter im Paradies dabei im Spiel ist, versuche ich mich da irgendwie einzuschleichen", formuliert Robert.

Sie haben geplant, einen Orbit um die Erde einzuschlagen und ein Teil der Crew wird mit einem der Beiboote, der Lander I versuchen, auf der Erde zu landen. Vorab, wenn sie die Zeit dazu haben und wenn man sie lässt, werden sie allerlei wissenschaftliche Untersuchungen machen, klimatologische und selbstverständlich die, die sich auf intelligentes Leben auf der Erde beziehen. Dies wird die Entscheidung beeinflussen, wo die Lander I versuchen wird zu landen. Stimmen blieben unerhört, die vorschlugen, in der Region des alten Roms oder gar Avignons zu landen. Die Funkkanäle sind weiterhin tot, man empfängt weder Bilder noch irgendwelche Radiosendungen, bekommt weiterhin keine Reaktion auf die unermüdlichen Versuche der Kontaktaufnahme. Sie kommen zum Schluss, dass entweder die Technologie der Menschennachkommen so weit fortgeschritten ist, dass ihre eigene Technik zu antiquiert ist, um in Museen ausgestellt zu werden oder es gibt keine technische Kultur mehr auf der Erde. Anzeichen einer lebhaften Raumfahrt in diesem Sternensystem gibt es nicht, aber sie sind einfach noch zu weit von ihrem Ziel entfernt, um dies endgültig beurteilen zu können. Nur eins ist schon sicher; auf dem dritten Planeten dieses Systems gibt es Wasser und Sauerstoff. Die Beiboote sind so ausgestattet, dass sie theoretisch eine Landung und einen Start, einen Rückflug in den Orbit schaffen, wobei man davon ausgeht, dass die Finder die Erde in maximal 500 Kilometer Höhe umkreist.. Die Finder hat die Kraft nach New Earth zurückzukehren, eine Option, die wenig Sinn macht, aber eine Möglichkeit darstellt, wenn sie auf der Erde unerwünscht sind. Sie können auch zu Weltraumvagabunden werden, die neue Welten entdecken wollen. Viele würden es nicht sein, dazu reicht ihre Lebensspanne nicht. Als Generationenschiff ist die Finder nicht ausgelegt, obgleich es die Möglichkeit gibt, dies zu schaffen. Robert sieht es nüchtern; auch ohne jede Spur von intelligentem Leben auf der Erde können sie eine kleine Kolonie auf der Erde gründen. Sie werden sich um Nachkommen kümmern müssen und vielleicht hat Vanessa ein Einsehen. Die Wahrscheinlichkeit, dass die Kolonie Bestand hat, ist äußerst gering. Sie haben viel weniger Möglichkeiten als ihre Vorfahren, die New Avignon besiedelten, denn diese waren einige Tausende und dennoch durchlebten ihre Nachfahren die Barbarei. Ihre Nachfahren haben keine Chance, die Standards ihrer Zivilisation zu behalten, wenn auch nicht unbedingt ein Rückfall auf Steinzeitniveau zu befürchten ist. Es gibt eine Bibliothek simpler Handwerkstechniken, die etwa auf dem Niveau der Hochkulturen 5000 Jahre vor Christus gehalten ist. Simpler Landbau und einfaches Handwerk sollten möglich sein. Wie viel Menschen bedarf es, eine Bronzekultur zu entwickeln? Das Wissen um die Mittel ist da, die Schwierigkeit besteht darin, es umzusetzen. Auf der Finder wären sie für ihr Lebensende versorgt, die Lebensversorgungssysteme sind halbautomatisch. Irgendwann würden die Zigaretten ausgehen. An Wasser und Lebensmittel besteht kein Mangel. Eine Erde ohne eine freundlich gesinnte Kultur würde sie zu Jägern und Sammlern machen, mit einer weit aus geringeren Lebenserwartung, als wenn sie auf der Finder blieben. Sie werden unbekannten Erregern ausgesetzt sein, gegen die sie keine Medikamente haben. Aber gibt es wirklich eine Wahl, wenn sie sich zwischen der Finder und der Erde entscheiden müssen? Ist die Erde unbewohnt, haben sie allerdings die Möglichkeit, sich die angenehmsten, viel versprechendsten Orte auf dieser Welt als Lebensraum auszusuchen, und die Chance, auf die Finder zurückzukehren, die sie vielleicht manchmal am Nachthimmel erkennen werden, bleibt. Die unbewohnte, aber bewohnbare Erde ist das einfachste Szenarium, irgendwie vorstellbar. Alles andere, was sie auf der Erde erwarten könnte, ist nicht vorstellbar. Werden die Christen unter ihnen eigene Wege gehen? Hat der Konsens, auf der Erde zu bleiben, Bestand? Eine Woche Geduld müssen sie noch zeigen, während das Raumschiff auf die Erde zurast, konstant bremsend, damit ihnen die Schwere vermittelt wird, die sie in etwa auf der Erde erwarten können. Täglich werden Konferenzen abgehalten, in denen sich die Enttäuschung breitmacht, dass sie nicht von der Erde begrüßt werden. Manche befürchten das Schlimmste. Hugo Scheffener versucht, der Besatzung Mut zu machen. Egal, welchen Ausgang die Geschichte nimmt, er hat seinen Lebenstraum wahr gemacht, für den er sein Leben als Milliardär in New Avignon getauscht hat. Waren es die dortigen Verhältnisse, die ihn hierhin geführt haben oder einfach nur Neugierde nach einem danach, um das Unvoraussagbare kennenzulernen? Ist es ein Prinzip Hoffnung, das ihn umtreibt, das er sich bestätigen will? Weitere Neugier könnte ihn zurücktreiben, nach New Avignon, um dort die zukünftigen Verhältnisse kennenzulernen. New Earth hat womöglich eine interessante Zukunft vor sich. Wie wird sich das Verhältnis zu den Aurelianern und den Aborigines entwickeln? Wird es zu einem unvermeidbaren Krieg um die Herrschaft im Doppelsystem kommen oder eine für immer fortwährende Koexistenz. Fragen danach sind jetzt eigentlich müßig, weil hier bald Antworten auf die Frage kommen, die sie auf dieses Raumschiff zusammengeführt hat. Robert hat die Chance, sein Wissen um die Geschichte der Menschheit um einige Jährchen aufzustocken oder einer sich zurückentwickelten Menschheit auf niedrigem Niveau einen nicht unbedeutenden Teil ihrer Geschichte zu vermitteln. Es wurde viel spekuliert auf diesem Raumschiff, aber nie soviel wie jetzt. Die Stimmen nehmen zu, die davon ausgehen, dass die Menschheit es nicht geschafft hat, dass sie sich selbst zum Verhängnis geworden ist. Es sind bisher keine Spuren von Zivilisation zu entdecken. Robert macht immer wieder darauf aufmerksam, dass dies bei seiner Reise nach Aurelia genau so gewesen sei, und empfängt dankbare Blicke von Hugo Scheffener, aber die Vorkommnisse auf Aurelia waren so real wie ein Drogenrausch. Paul und Robert können sich nicht ganz von der Vorstellung lösen, dass sich ihre Kontaktaufnahme in ähnlicher Weise wie damals wiederholen wird, womöglich eine gängige Art von Kontaktaufnahme zu überlegenen Wesen. Im Grunde wären aurelianische Verhältnisse Robert nicht unlieb, obgleich die Variante mit den schönen, aufgeklärten Menschen, die die Ressourcen in nachhaltiger Weise kontrollieren, ist ihm am liebsten. Paul übertreibt es in den letzten Tagen sehr mit dem Alkohol, während Robert weiterhin hart gegen sich ist. Erst nachdem sie eine Antwort haben, will er sich einen genehmigen. Wie es damit dann weitergeht, will er von der Art der Antwort abhängig machen. Vanessa und er befinden sich allein in C. „Vanessa, werden wir Kinder haben, wenn wir die einzigen Menschen auf der Erde sind?", fragt Robert sie. Vanessa ist nicht ganz nüchtern und kichert. „Ja, womöglich, aber ich werde darauf drängen, dass wir Mittel zur künstlichen Befruchtung mit runter nehmen" - „Und wenn nicht?" - „Du meinst, ob ich dir nochmals eine Gelegenheit geben würde?" - „Hmm, ja" - „Das würde ich mir sehr stark überlegen" - „Für den Fortbestand der Menschheit" - „Warum sollte es die Menschheit auf diesem Planeten nochmals versuchen, wenn sie dort eine Chance hatten und sie verspielte." Robert bleibt ihr eine Antwort schuldig. „Im Übrigen bist du so scheinheilig wie eh und je. Du willst es nur mit mir treiben." - „Ich mag dich Vanessa" - „Und ich mag dich auch, aber die Dinge sind halt so, wie sie sind. Aber es könnte sich ja andere Möglichkeiten auftun. Julia und Rita sind ja offensichtlich bisexuell. Vielleicht trennt sich ja Hugo von einer seiner Frauen" - „Vanessa, du machst mir Mut" - „Über die künstliche Befruchtung lässt sich ja reden." Sie kichert wieder. „Ich glaube, du gehst jetzt besser ins Bett und schläfst deinen kleinen Rausch aus." Tatsächlich macht sie nun Anstalten zu gehen und drückt ihm zum Abschied einen Kuss auf die Wange, und er unterdrückt es, ihr einen Klaps auf den Hintern zu geben. Er zündet sich eine Zigarette an, was ihn nicht wirklich befriedigt.

„Rita und Julia", denkt er sich, entschließt sich an die Spitze der Finder zu klettern, um sich das anzugucken, auf das das Raumschiff zurast.

Unsere Rückkehr war mysteriös, fast wie ein Wunder. Wir wurden von der neokatholischen Raumflotte geborgen, als sich die St. John mit vergleichsweise langsamer Geschwindigkeit in der Nähe von New Earth befand. Die näheren Umstände unserer Rettung waren mir unbekannt, weil ich mich zum Zeitpunkt des Andockens der Fähre in einem halluzinativen Wahn befunden haben musste. Vermutlich ging es der gesamten Besatzung nicht anders. Der Ausdruck Rettung war eh übertrieben, denn ich befand mich in einer psychiatrischen Anstalt Athens wieder, mit der Aussicht, dass mir nach meiner Entlassung und Heilung ein Prozess gemacht wurde. Ich wurde mit irgendwelchen Drogen behandelt, was nicht verhinderte, dass alles Gesagte, alles Akustische in meinem Hirn echohaft nachklang. Ich verbrachte die Nächte mit den anderen Irren in einem gemeinsamen Schlafsaal, von dem man sich noch nicht mal die Mühe gemacht hatte, ihn mit Kameras zu überwachen. Obgleich dort komische Geräusche, Schreie, irres Lachen gang und gäbe waren, fand ich dort Schlaf, dem Drogencocktail, den man in mich reinstopfte, sei Dank. Nichtsdestotrotz konnte diese Medikamentation nicht verhindern, dass mich im Schlaf wildeste Träume überfielen, die mich oft nach Aurelia zurückführten. Ich begann diese Nächte mit Furcht, um morgens mit dem Bewusstsein aufzuwachen, in der psychiatrischen Hölle von New Avignon zu sein. Die anderen Patienten ließen mich aber weitgehend in Ruhe, mich jedenfalls vergewaltigten sie nicht. Ich wurde intensiven Gesprächen mit meinen Ärzten ausgesetzt, die aber einem Verhör glichen. Ich konnte nicht ausschließen, dass ich unter einer Wahrheitsdroge stand, denn ich plapperte alles Mögliche, was später gegen mich verwandt würde. Offensichtlich wurde, dass ich ein Gegner des klerikalen Systems New Avignons war. Hier schon wurde die bevorstehende Anklage vorbereitet, die aus mehreren Punkten bestand. Mir wurde Gottesleugnung und Gotteslästerung, unzüchtiges Verhalten, versuchte Desertation, Meuterei und gesellschaftsfeindliche Gesinnung vorgeworfen und ich hatte nicht die geringste Chance dies abzustreiten. Meine Verteidigungsversuche waren kümmerlich. Später versuchte ich mich zu verteidigen, dass ich alles im Wahn gesagt hätte, dass die Vorkommnisse auf Aurelia meine Sinne vernebelt hätten, dass ich letztendlich unschuldig sei. In der geschlossenen Station, in der ich mich befand, war niemand sonst von der Besatzung der St. John. Wo mochte Paul stecken, dem es sicher ähnlich erging? Wenn er im eigentlichen Sinne auch kein Gotteslästerer war, stand er den gesellschaftlichen Verhältnissen doch recht negativ gegenüber. Auch ihm drohte ein Verfahren wegen kollektiver Unzucht. „Gottes Tochter war nur eine Figur eines erotischen Traums", verteidigte ich mich. Ich bekam sofort einen bestrafenden Stromschlag. „Die Gedanken sind frei", formulierte ich und wurde dafür bestraft. Angeblich diente das meiner Heilung. Ich könnte nicht an Gott glauben, denn dieser sei bestenfalls eine Witzfigur. So dächten die Aurelianer offensichtlich auch. Ich war nicht in der Lage, meine theologischen Überlegungen wie gewohnt rhetorisch geschickt darzulegen, dazu war mein Zustand zu desolat und die Drogen, die ich bekam, taten vermutlich ihr Übriges, dass ich nicht mit Intelligenz überzeugen konnte.

Intelligenz hätte mich schneller in den Knast gebracht. Es gab nur Gerüchte über die Gefängnisse von New Avignon, deren Verhältnisse vermutlich keinen Deut besser waren als die dieser Anstalt. „Warum glauben sie nicht an Gott?" Ich überlegte lange für eine Antwort, die dann aus meinem Innersten kam und ich unzensiert weiter gab. „Weil ich keine Frau habe, Gott hat mir keine Frau zur Seite gestellt." Die Aussage war natürlich an philosophischem Niveau nicht zu unterbieten. Meine atheistische Brillanz musste ich irgendwo auf Aurelia gelassen haben. „Gab es Momente, in denen sie an Gott geglaubt haben?" - „Manchmal, wenn ich die Hostie empfangen habe und einer Messdienerin in den Ausschnitt gucken konnte." Die Antwort stellte meine Verhörer offensichtlich zufrieden, da ich darauf hin keinen Schmerzen ausgesetzt wurde. „Ich bin immer sehr gerne in die Kirche gegangen." Sie ersparten sich zu fragen warum. Mir dämmerte es, dass die Ärzte, wenn sie welche waren, zum Geheimdienst gehörten. Ihre Aufgabe war es weniger mich zu zerbrechen, sondern ein Bild der kollektiven Realität unserer Besatzung zu bekommen. Sie mussten jede Aussage jedes Einzelnen miteinander vergleichen, um Informationen über die Aurelianer und, ja, über Gottes Tochter zu bekommen. Sie hatten ein ausgesprochen großes Interesse an diesem Traum, ich wurde allerdings heftig abgestraft, wenn ich den Ausdruck „Gottes Tochter" benutzte. Stattdessen sagte ich dann Gloria. Gloria hatte nicht nur in meiner Einbildung gewirkt, sondern war ein kollektives Phänomen. Ihre Existenz war so real wie die der Aurelianer selbst, so wirklich wie unser Aufenthalt auf Aurelia. Theologen mochten schon an der Hypothese feilen, Gloria sei nicht Gottes Tochter, sondern des Teufels Hure gewesen, eine Abgesandte der Verdammnis, die in die Welt gekommen war, um unsere christliche Mission zu stören.

Sie hatte mich als schwächstes, anfälligstes Mitglied der Crew mit ihren teuflischen Hurenreizen umgarnt, damit schließlich sogar der Wunsch bei mir auftrat, zu desertieren und auf Aurelia zu bleiben. Ich erwähnte, dass Gloria ziemlich dümmlich gewesen wäre, was ich mir für eine Gespielin des Teufels nicht vorstellen könnte. Für diese Aussage bekam ich einen heftigen, schmerzhaften Stromschlag. „Ich kann es nicht ausschließen, dass sie wirklich Gottes Tochter war." Die Aussage reichte vermutlich, um mich für Monate in den Knast zu bringen. Die Untersuchung hatte das Problem, den Wirklichkeitsgehalt unseres Abenteuers einzuordnen. War Gottes Tochter nicht real, waren es die Aurelianer vielleicht auch nicht und womöglich hatten wir den Boden Aurelias nie berührt. Der Geheimdienst war bemüht, seinen Gegner, der zehn Milliarden Kilometer von New Avignon in irgendeiner Form existieren musste, kennenzulernen. Ich bestätigte, dass ich während meines Aufenthalts auf Aurelia keinerlei psychische Störungen ausgesetzt gewesen wäre, zu meiner Ankunft vielleicht, als ich mich neben Gloria wiederfand und ich den Eindruck hatte, mich in einer Hügellandschaft New Avignons wiederzufinden. Niemand der anderen hatte ähnliche Probleme gehabt: Sie hatten sich alle sofort in der fremden Umgebung Aurelias wiedergefunden. Bei mir mochte der Teufel seine Hand im Spiel gehabt haben. So gut, wie ich konnte, sollte ich alles, was ich gesehen und erlebt hatte, beschreiben. Man stellte nach Art von Fahndungsbildern Bilder von den Aurelianer und Gloria an, Bilder des Komplexes, in dem wir uns befunden hatten, Bilder von der fremdhaften Vegetation Aurelias, glich die Aussagen und Beschreibungen von jedem von uns miteinander ab. Womöglich befanden sich alle andern auch irgendwo in einer psychiatrischen Einrichtung, vielleicht in unmittelbarer Nähe, nur dass den geistlichen Mitgliedern unserer Crew kein anschließender Prozess gemacht würde, weil sie sich vorbildlich verhalten hatten und man ihnen nichts vorwerfen konnte - warum sie uns nicht gemeinsam in einer Spezialeinrichtung untersuchten, habe ich nie verstanden. Paul saß vermutlich in der Tinte und ich hoffte, er würde sich etwas geschickter verteidigen als ich mich. Er hatte ähnliche Vergehen begangen und ich wusste nicht, was ein ärgeres Vergehen war: Nicht an Gott zu glauben oder ein Gottesbild zu haben, dass in vielen Punkten von dem der offiziellen Theologie New Avignons abwich. Wer von uns hatte die gefährlicheren Ansichten? Offensichtlich wurden durch die Verhörtechniken schnell klar, dass ich nicht einem irgendwie gearteten Untergrund angehörte. Man wollte immer wieder so einen Zusammenhang konstruieren, aber traute mir in meinem Zustand nicht zu, mich derart zu verstellen, um diesen hypothetischen Zusammenhang zu verschleiern. Es war offenbar, dass ich an sich harmlos war. Ich erzählte mehrfach meine Lebensgeschichte, über den Anfang meiner Karriere und wie bitter es für mich gewesen wäre, nicht mehr in meinem Beruf arbeiten zu können. Dass ich schon vorher so eine Art schwarzes Schaf gewesen war, wussten sie natürlich. Vermutlich wussten sie mehr über mich als ich selbst. Die Frage war, was sie mit mir anstellen würden. Sie wären in der Lage meine Aussagen zurechtzurücken, die Geschehnisse auf Aurelia einzuordnen. Welcher Schaden war größer? Mich gebrochen und mit Auflagen in Athens weiterleben oder mich verschwinden zu lassen? Trotz meiner offensichtlichen Harmlosigkeit verliefen die Verhöre weiterhin mit Härte, ihre scharfen Fragen hallten weiterhin in meinem Hirn nach. Gott echote in mir und es machte mir den Eindruck, dass er dadurch etwas realer wurde.

Die Tage vergingen, ich wiederholte meine Aussagen zu Aurelia, wurde vorsichtiger, vermied es Dinge zu plappern, die mir als Gotteslästerung ausgelegt werden konnte. Ich versuchte, jegliche Gottesleugnung zu vermeiden und stritt jegliche ab. Ich gab mir Mühe, die Verhältnisse auf Aurelia, so wie ich sie im Gedächtnis hatte, möglichst genau zu beschreiben. Dies tat ich sehr oft, ohne mich in Widersprüche zu verwickeln. Ich hatte Angst, Angst vor dem, was sie mit mir anstellen würden, Angst vor meiner speziellen Zukunft. Würden sie mich nach beendeten Verhören töten? Womöglich in einem dieser Keller, die sich unter der Station befinden musste. Während ich versuchte mit taktischem Geschick meine Verhöre oder meine Behandlung, wenn man so will, zu gestalten, zu beeinflussen, wuchs mein Argwohn, meine Paranoia gegen über allem. Ich war so weit, nichts und niemandem zu trauen. Die Irren im Schlafsaal standen vermutlich alle im Dienst des Geheimdienstes von New Avignon. Ich misstraute dem übel schmeckenden Essen, argwöhnte, es könnte vergiftet sein, obgleich ein bisschen Menschenverstand mir hätte sagen können, dass den Klerikalen jeder Weg offen stand, um mich verschwinden zu lassen. Ich vermutete, sie würden mich bewusst paranoid machen, damit sie mich zerbrechen konnten, damit ich später als Aussätziger der Gesellschaft vor allem und vor jedem Angst hätte, keinerlei Gefahr für die Hierarchie. Ich würde ein Wurm sein, der nur lebte, weil er zu feige war, sich das Leben zu nehmen. Wenn in diesen Tagen Paul mit mir zusammengelegt worden wäre, ich hätte ihm misstraut und in ihm einen Agenten des Staats gesehen. Sie fragten mich zu Paul und ich versuchte ihn als aufrichtigen jungen Mann darzustellen, jemand der sich für Gott und New Avignon begeistern konnte. Sie fragten mich danach, ob ich schlechter Einfluss auf Paul gehabt hätte und ich verteidigte mich, dass mir dies nie bewusst gewesen sei. Paul wäre ein junger Mann, dessen Intelligenz ich schätzen würde. Sie wollten jedes Detail wissen, auch über unseren gemeinsamen Urlaub in New Havanna. Während ich mir einerseits sicher war, dass Paul alles gestanden hatte, was er gestehen konnte, schon längst ein Agent der Klerikalen war, der womöglich mit ihnen gemeinsam meine Aussagen analysierte und auseinandernahm, versuchte ich ihn zu verteidigen, auch indem ich mich zusätzlich belastete. Gestanden hatte ich eh alles; ich versuchte, mit meiner Paranoia zu relativieren. Ich hatte in den ersten Verhörtagen Ungeheuerliches gesagt. Ich machte nun merkwürdige Versuche dies zurechtzurücken; manchmal hatte ich den Eindruck, dass sie sich darüber amüsierten. Eine Schwäche gestand ich ein: Frauen. Ich wäre verführbar und hätte meinen Freund Paul zu Dingen verleitet, die nicht gut für uns beide gewesen wären. Gloria wäre so ein Sündenfall gewesen, ich versuchte die Voraussetzungen zu schildern, beschrieb zum xten Male Gottes Tochter, ihre körperlichen Attribute, und ich konnte in ihren Augen erkennen, dass sie die Story ganz gerne hörten, vermutlich wollte etwas in ihnen Ähnliches erleben. Ich betonte immer wieder nach diesen pikanten Details, dass wir uns nicht bewusst gewesen wären, dass wir den Einflüssen Satans ausgesetzt waren. Mein Vergehen wäre, dass ich, verblendet, Paul mit Satans Hure zusammengeführt hätte. Solche Geständnisse schien man wohlwollend aufzunehmen. Ich war ein Opfer von Satans Agentin geworden, die unsere Mission sabotieren wollte. Während ich versuchte, diese Version der Geschichte zu meiner eigenen zu machen, wunderte ich mich indessen über die Dummheit von Satans Hure. Ich war teilweise wirklich davon überzeugt, dass sie sich inkarniert hatte, um mich zu vernichten. Ich versuchte klar zu stellen, dass ich in redlicher Absicht gehandelt hätte, als ich die Aurelianer gebeten hätte, bleiben zu dürfen. Ich wollte Botschafter der Menschheit sein; wer hätte es besser sein können? Ich gab zu, dass mich Aurelia in irgendeiner Weise verblendet hätte, wie sonst hätte ich zu solchen Ansichten kommen können? Meine Strategie war insofern erfolgreich, dass die Anzahl der schmerzhaften, elektrischen Schläge geringer wurde. Dennoch misstraute ich ihnen, unterstellte ihnen, dass sie über den geeigneten Zeitpunkt nachdachten, mich umzubringen. An sich würden das andere machen, die Psychiatrie war nur die Vorhölle, ein Vorgeschmack für das, was mich in einem Knast für Oppositionelle erwarten würde. Ich hatte das Problem, meinen Glauben an Gott zurechtzurücken, hatte ich doch Tage zuvor geäußert, Gott sei eine Witzfigur und dass er an sich gar nicht existieren würde. Die Untersuchenden hatten natürlich erstmal keine Ahnung, wie verrückt uns der Kontakt mit Aurelia gemacht hatte. Ich hoffte, dass es die Bibeltreuen auch richtig erwischt hatte. Verbreiteter Wahnsinn würde mich schützen. Vielleicht hatte der eine oder andere etwas mit Gloria gehabt. Der Trip nach Aurelia hätte meinen Gottesglauben gefährdet, die Hure hätte ihren ganzen Körper eingesetzt, um mich von Gottes Pfad und der Kirche Avignons wegzubringen. Zu gerne hätte ich geglaubt, dass sie Gottes Tochter sei, unbewusst hätte ich aber geahnt, dass sie die Hure des Teufels sei, aber ich hätte alle Warnzeichen übersehen, weil ich Lust erlebt hätte. Paul wäre im Übrigen ein Mitläufer, im gewissen Sinne völlig unschuldig, wenn man mir auch eine Schuld zusprechen könnte. Über uns wäre die absolute Verwirrung gekommen und nur so könne meine Aussage verstanden werden, dass ich nicht an Gott glaube, weil dieser mir keine Frau an die Seite gestellt habe. „Selbstverständlich glaube ich an Gott, an Gott Vater, Jesus Christus und den Heiligen Geist, Drei aber dennoch eins. Sie wussten, dass ich wieder in der Lage war, wieder zu lügen, aber sie ließen mich lügen. Niemand lügt so gut wie ein Paranoiker. Was würden sie mit mir machen? Manchmal beruhigte mich die Ansicht, dass sie ohne triftigen Grund einen Zeugen des Kontakts mit den Aurelianern nicht töten würden. Ich war auch in der Zukunft noch wertvoll. Die Echos in meinem Kopf klangen langsam ab, und das führte mich zurück zu einer Realität, wenn sie denn auch in der Psychiatrie begann. Ich fragte nach einem Einzelzimmer, aber diese gab es wohl nicht, sodass ich in der verhörfreien Zeit meine Zeit mitten im Chaos der geschundenen Seelen verbringen musste, die den Schlafsaal mit mir teilten.

Nach einigen Wochen wurde ich aus der Psychiatrie entlassen. Ich wurde nicht in einen Knast überführt, war gewissermaßen frei, so frei, wie man in New Avignon sein konnte. Dies konnte nur von vorübergehender Dauer sein. Ich wusste nicht, ob mir irgendwann noch ein öffentlicher oder geheimer Prozess gemacht wurde. Verschwinden lassen konnten sie mich auch ohne Prozess. Meine Wohnung fand ich vor, wie ich sie verlassen hatte. Es gab keine Anzeichen für eine Durchsuchung. Ich fand einen Brief von Paul vor, der schrieb, dass es ihm wieder gut ginge, dass er mich unbedingt treffen wollte und dass er abends in der „Gemütlichen Ecke" zu finden sei. Die Echos in meinem Hirn waren verschwunden und man hatte mir keine Auflagen gemacht, Psychopharmaka zu nehmen. Ich sollte mich regelmäßig bei einem bestimmten

Arzt melden, der mit Sicherheit auf der Gehaltsliste des Geheimdienstes stand. Es war Spätsommer in New Avignon und die Temperaturen in Athens angenehm warm. Das Erste, was ich in meiner Wohnung tat, war mir einen Drink zu genehmigen und eine Zigarette anzuzünden. Seit meiner Rettung aus der St. John hatte ich nicht mehr geraucht und der letzte Alkohol lag vor Beginn der Expedition, rechnet man die orangenfarbenen Getränke nicht mit, dessen Namen ich mir nie merken konnte. Wieso sollte man mich in ein Gefängnis stecken? New Avignon war ein Gefängnis. Ich zog wieder durch die Straßen von Athens, betrachtete jede Kamera mit Argwohn. Jede Bewegung würde aufgezeichnet und ich versuchte ein demütiges Gesicht zu machen, wenn ich aus nahem Abstand in die Kamera blickte. Meine erste Pflicht war es natürlich eine Messe aufzusuchen und ich wählte die Kathedrale von Athens. Während ich äußerlich die Rolle eines gebrochenen Mannes spielte, regte sich in meinem Innern ein Widerstand, der selbst mir fremd war. Gedanken spielten damit, eine Widerstandsbewegung zu gründen oder mich einer anzuschließen, wenn ich Spuren der Existenz einer solchen Bewegung gewahr würde. Meine Wut auf die Kirche und ihrer Gesellschaft war nie größer. Das Innere der Kathedrale überfiel mich mit ihrer Pracht und ihrem Glanz. Ich musterte die Heiligen und Engel an den Wänden, teilweise Skulpturen, teilweise Wandmalereien, war mir sicher, dass diese Wesen nichts von meinen Plänen ahnten, die Kathedrale in die Luft zu sprengen. Ein symbolträchtiger Anschlag, der zu einem Zeitpunkt ausgeführt werden musste, wenn niemand in Gottes Haus anwesend war als Gott selbst und seine Heiligen. Ein Anschlag durfte auf keinen Fall die Bürger treffen, da ich damit den Hass der gesamten Bevölkerung auf mich gezogen hätte. Die Messe war eine prächtige Theateraufführung, mit einem imposanten Hauptdarsteller, dem Bischof von Athens, ein Mann in farbigen Gewändern und von großer Statur und natürlich mit neun besonders schönen Schauspielerinnen, den Messdienerinnen. Auch ihr Anblick konnte mich nicht besänftigen. Die Messdienerinnen der Kathedrale waren die schönsten in ganz Athens. Was hatte der Schöpfer dieser Liturgie sich dabei gedacht, die jungen Frauen so freizügig zu kleiden? Auf den Straßen war es für die Frauen verboten, derartige Ausschnitte zu tragen. Die weißen Brüste sprangen mir immer ins Auge, und als ich an diesem Tag die Kommunion nahm, war ich in meinen Gedanken einen Augenblick friedlich. Diese Kathedrale sollte von der Macht New Avignons zeugen, aber ich war davon überzeugt, dass wir verglichen mit den Möglichkeiten der Aurelianer Winzlinge waren. Sie hatten gesagt, im Zweifel würden sie die Aborigines beschützen. Niemand hier konnte sich vorstellen, wie sie dies machen würden. Ich nahm ihnen übel, dass sie mir kein Asyl gewährt hatten. Das Leben auf Aurelia wäre ein seltsames gewesen, vielleicht auch ein langweiliges, aber mit Gloria und weiteren Inkarnationen von Aphrodite hätte ich es dort gut aushalten können. Diese Märchenwelt war für mich nicht bestimmt, sondern dieser totalitäre Kirchenstaat, der mich daran hinderte, mich mit meinem Leben in allen essentiellen Dingen selbst zu verwirklichen. Dabei gab es noch nicht mal ein geschriebenes Gesetz, das mir verbot, eine Frau meiner Vorstellung zu heiraten, es war eher ein ungeschriebenes, ökonomisches Gesetz. Diese Gesellschaft wurde von Männern beherrscht. Die Mächtigen und Reichen nahmen sich von allem, in Hülle und Fülle. Hinzu kam die restriktive Moral, die für alle Habenichtse galt. Ich träumte immer von diesen Busen, die ein wichtiges Fundament der Gesellschaft sein mussten, ihre Brüste nährten die Mächtigen mit allem Nötigen. Mein Hass auf das System war übermächtig, sodass ich drohte, den Bezug zum Machbaren zu verlieren. Im Prinzip war ich eine gebrochene geschundene Kreatur, die sich ein paar aufmüpfige Gedanken machte, weil sie bei aller Paranoia hoffte, dass ihre Gedanken noch nicht gelesen wurden. Das theokratische Regime brauchte seine Paranoiker, züchtete seine Paranoiker, die sich von allem und jedem verfolgt fühlten, mit der richtigen Mischung aus Angst und Achtung vor dem langen Arm der Kirche, sodass sie nie wagen würden, sich zu erheben. Vielleicht konnte man sie doch überrumpeln, überlisten, unentdeckt den Widerstand praktizieren. Jedenfalls hatte ich nicht vor, zum Märtyrer zu werden. Ich hatte die Auflage bekommen, über die Mission nach Aurelia zu schweigen. Sie war in keiner Zeitung, in keiner Radiosendung erwähnt worden. Ich hatte ein kleines Sümmchen bekommen, was ich konsequent in Alkohol umsetzen würde. Ich machte an diesem Tag noch einen Abstecher ans Meer, schaute hinüber in Richtung New Havanna, von dem ich keine Hilfe erwarten konnte, auch wenn ich mir schon so vorkam, wie ein ferngesteuerter Saboteur im Auftrage New Havannas zu denken, zu planen und zu handeln. Dort irgendwo lag diese zweite totalitäre Gesellschaft, die ich aber mehr mit Liebe und erfüllter Lust verband, reduzierte wie üblich und wie fast jeder in meinem Denken diese Welt auf zwei größeren Inseln, war mir aber manchmal darüber bewusst, dass diese Welt größer war, dass dies für Menschen eine sehr unheimliche Welt war, mit einem Meer, von dem man sich nicht ernähren konnte und einem Land, überwiegend mit Wesen bevölkert, die uns den Verstand rauben konnten. Wo bestand ihre Verbindung zu den Aurelianern? War es vielleicht möglich bei ihnen zu leben? Konnte es dort zu Inkarnationen wie Gottes Tochter kommen? Ich trank wie

üblich Wein, der in seiner Herstellung schon kräftig nach-
gezuckert werden musste, damit ein ansprechender Alkoholgehalt entstehen konnte. Es war noch hell, als ich die
Kneipe zu unserer üblichen Zeit betrat. Ich sah Paul, der
mit jemandem Go spielte, aber auch Katharina, die sich
an einem Tisch mit mehreren Männern und Frauen befand. Ich ging hinüber zu Paul, begrüßte Margarete, bestellte bei ihr Bier und ein Championschnitzel. Paul führte die weißen Steine, aber ich konnte nicht sagen, wie viele Vorgaben er seinem Gegner gegeben hatte. Da der Mit-
telstein fehlte, mochten es maximal acht Steine sein. Er
begrüßte mich enthusiastisch, blieb aber bei seinem Spiel
und ich beschäftigte mich vorerst mit Bier und meinem
Essen, was recht schnell kam. Ich kannte den zweiten
Spieler nicht. Vermutlich handelte es sich um einen
Agenten. So erklärte ich mir auch die Anwesenheit von
Katharina. Ich war mir sicher, dass sie sich im Laufe des
Abends an uns ranmachen würde. Ich war nicht abgeneigt, dieses Katz und Mausspiel mitzuspielen. Paul been-
dete das Go mit einem knappen Sieg. Es musste sich um
eine ernsthafte Partie gehandelt haben. Der zweite Spieler
bedankte sich, verabschiedete sich höflich und verschwand aus der Kneipe, ohne zu bezahlen, wie mir auffiel. Wir hatten uns soviel zu erzählen, was wir im Rahmen dieser Kneipe gar nicht konnten. Womöglich waren
unsere Wohnungen inzwischen verwanzt, sodass wir uns
nur an Plätzen völlig austauschen konnten, in denen keine
Mikrofone auf uns gerichtet wurden. „Und bist du nun
wirklich besser geworden?" - „Ja, ich spiele drei Steine
besser" - „Ich wusste, dass man im Traum lernen kann" -
„Das war kein Traum, aber wie geht es dir?" - „Sie haben
mich heute Morgen entlassen. Es war schlimm" - „Ja, es
war schlimm, aber jetzt beginnt eine neue Zeit" -
„Glaubst du, dass noch etwas folgt?" - „Ich denke, sie las-

sen uns in Ruhe. Aus irgendeinem Grund lassen sie uns in Ruhe." Wir tranken an unseren Bieren, rauchten und Paul guckte auffällig nach Katharina rüber. „Ich glaube, ich kann dir einen Job besorgen, im Hafen, die Firma gehört zur Scheffener-Gruppe." Ich hörte interessiert zu, während Katharina sich aus ihrer Runde löste und Anstalten machte, an unseren Tisch zu kommen. Ich war sicher, heute noch ihr offenes Haar zu sehen.

- 16 -

Mit einem komplizierten Manöver ist die Finder in die Umlaufbahn um die Erde gebracht worden. Ab dieser Zeit herrscht Schwerelosigkeit in ihr, ungewohnte und erschwerte Bedingungen für die Besatzung. Nahrungs- und Flüssigkeitsaufnahme sind nun eine andere. Die elliptische Bahn hat einen durchschnittlichen Abstand von 350 Kilometern zur Erdoberfläche. Es gibt keinen Kontakt. Die Finder umkreist die Erde in ungefähr anderthalb Stunden. Grundsätzlich ist es möglich sie in Eigenrotation zu versetzen, sodass an der Spitze des Raumschiffs halbwegs normale Gravitationsbedingungen herrschen. Hugo Scheffener hat dies aber bisher nicht vorgesehen. Kein Kontakt, die erste bittere Realität, mit der sie sich anfreunden müssen. Robert schaut gebannt die Bilder der Teleskope an, versucht die Küstenlinien zu erkennen, vergleicht sie mit dem Kartenmaterial, das ihnen zur Verfügung steht. Die Physiker stellen keine elektromagnetische Strahlung fest, die nicht natürlichen Ursprungs ist, die Infrarotdetektoren stellen keine künstlichen Hotspots fest. Die Bahn der Finder ist so gewählt, dass sie möglichst viele verschiedene Gegenden der Erde überstreicht. Es herrscht Frühling auf der Nordhalbkugel der Erde, der Frühlingspunkt muss vor ca. zwanzig Tagen passiert worden sein. Ihre Röhrencomputer arbeiten auf Hochtouren, Röhren müssen ausgetauscht werden, nie zuvor sind die Rechner, die größtenteils auf ihrer Reise abgeschaltet waren, so belastet worden. Die Rechner ermitteln den Breitengrad, den sie überfliegen, die Bestimmung der Längengrade ist noch unsicher, da die festen Referenzpunkte fehlen. Robert weiß, dass sie zur Zeit Nordamerika überfliegen. Der Anteil von Wüstenregionen ist erwartungsgemäß hoch, aber immer wieder sehen sie auch grün. Kein Anzeichen von zivilisiertem Leben dort unten, bis sie das überfliegen, was vermutlich einmal eine Großstadt war. Unentwegt machen die Kameras Fotos, die sie später, nach ihrer Entwicklung, auswerten werden können. „Das da unten war Chicago mit dem Michigan See", schreit Robert. Soweit die Zeit es zuließ es zu beurteilen; die Stadt mit ihren Gebäuden scheint erhalten. Das kleine Fotolabor arbeitet auf Hochtouren, um Bilder von Chicago zu entwickeln. Mit Chicago haben sie einen wichtigen Referenzpunkt, um den momentanen Längengrad zu bestimmen. Das Raumschiff überfliegt Teile des ehemaligen Kanadas, dass wie eine endlose grüne Landschaft erscheint, denn es ist wolkenlos in Quebec. Die Bilder von Chicago haben erste Priorität, obgleich sie vermutlich auch andere Siedlungen schon überflogen haben. „Wie kalt ist es in Chicago?" - „Vermutlich um die dreizehn Grad" - „Wie war die Ortszeit?" - „Etwa 11 Uhr morgens Ortszeit" Die Infrarotaufnahmen zeigen, dass von den Häusern keine erhöhte Infrarotstrahlung ausging. „Die Menschen müssen dort frieren in ihren Häusern" - „Es gibt wahrscheinlich dort keine Menschen" - „Die haben vielleicht die perfekte Wärmedämmung", sagt ein anderer. Dann kriegt Robert die ersten hoch aufgelösten Fotos von Chicago in die Hände. Häuser sind erkennbar, regelmäßige Straßenzüge, nicht unähnlich wie die Straßen von Athens, aber so etwas wie Autos, Fahrzeuge sind nicht erkennbar. Die Auflösung reicht nicht, um Menschen erkennen zu können. Können wir nicht näher ran?" - „Wir können nicht näher ran, ohne die Finder in Gefahr zu bringen, Robert" - „Keine Autos!" - „Robert, hast du im Ernst geglaubt, dass 60000 Jahre nach der Erfindung des Automobils noch Autos fahren?" - „Nein, nicht wirklich. Ich habe ein ungutes Gefühl, die Stadt sieht so aus, als sei sie 60000 Jahre alt. Gibt es Flugzeuge? Einen Flugplatz? Schiffe?" - „Keine Schiffe, keine Flugzeuge. Wir haben da einige Areale, die können so etwas wie Flugplätze gewesen sein." - „Gibt es freie Flächen in der Stadt?" - „Ja" - „Und sie sind nicht bewaldet?" - „Nein, dass hier scheint so eine Art Arena zu sein." - „Keine Bäume in der Arena, das kommt mir merkwürdig vor. Gibt es da unten Parklandschaft?" - „Ja!" - „Dann gibt es da unten irgendetwas!" Diese Erkenntnis überwältigt sie, während ihr Kurs sie über den Atlantik und Nordskandinavien führt. Die nächsten Kilometer sind uninteressant, sie werden Teile Sibiriens überfliegen, dann China und Japan. „Wir werden eine Stadt anfliegen, ich nehme an, Chicago wird nicht die einzige sein, die wir entdecken werden. Es spielt keine Rolle wo, aber die Temperaturen sollten erklecklich sein. „Welche Städte werden die nächsten sein?" - „Schwer zu sagen, vielleicht erwischen wir Peking oder Tokyo, möglicherweise Buenos Aires oder Montevideo" - „Wenn wir nur lange genug warten, kriegen wir jede Stadt. „Wie lange willst Du den in Schwerelosigkeit verbringen?" - „Ist doch ganz nett" Robert klärt die Runde auf, dass die Astronauten der Erde mehrere Monate in Schwerelosigkeit verbracht haben. - „Die haben das aber auch trainiert und hatten geeignete Vorrichtungen dafür" -

„Wie willst du das den trainieren?" Robert und Paul sind bei der ersten Mission dabei; die halbe Crew, acht Männer und sieben Frauen werden das Beiboot besteigen, möglichst energiesparend den gewünschten Ort anfliegen und die Lage sondieren. Sie haben mit dem Beiboot nicht die Möglichkeit die Erde zu erkunden, ihr Treibstoff reicht gerade mal zur Finder zurückzukehren. „Gibt es eigentlich Messungen von erhöhter Radioaktivität?" - „Es sind jedenfalls keine größeren Flächen verseucht, so genau ist unsere Analyse nicht." Hugo Scheffener wird die erste Expedition nicht begleiten. Eine Entscheidung, die ihm schwergefallen ist, aber nach irgendeinem gearteten Desaster will er entscheiden, wie der Rest der Besatzung sich verhalten soll. „Es spielt keine Rolle, wo wir landen. Nach 60000 Jahren sollten sich Sprachgrenzen verschoben haben. Entweder hat sich Englisch zur globalen Sprache entwickelt und man versteht uns oder es gibt kein Englisch, und wir brauchen Vanessa, um eine Brücke zu ihnen zu schlagen. Vanessa wird Teilnehmer der ersten Expedition sein, was Robert mit Befriedigung entgegengenommen hat. Sie werden also eine dieser komischen Großstädte anfliegen, wenn es neben Chicago noch andere gibt. „Paul, ich habe das Gefühl, wir werden so eine Art Museum betreten." - „Und in welches Museum willst du?" - „Rio de Janeiro wäre nicht schlecht. Oder auch Sydney. Ich würde jedenfalls eine Küstenstadt vorziehen. Mit Temperaturen wie in New Havanna. Vielleicht auch Havanna, aber das liegt auf einer Insel"

Lander I taucht in die Atmosphäre der Erde ein; sie verlassen sich auf ihre Technik, verlassen sich drauf, nicht zu verglühen. Chef der Mission ist Martin Townsend. Er wird von einer seiner Ehefrauen, Emma, begleitet. Die Bibeltreuen haben dafür gesorgt, dass Henry Newton mit

Ehefrau Penelope an Bord ist, zusätzlich Sandra, die Archäologin mit ihrem Mann David. Robert, Paul und Vanessa sind dabei. Der kleinere Bordcomputer der Lander I gleicht seine Positionsdaten mit denen der Elektronik der Finder ab. Sie haben weitere Städte entdeckt, Ziel der Lander I ist das alte Kapstadt. Die vier Mitglieder des Bibelkreises beten, als ob das helfen würde. Der Lander I wird von Martin Townsend, dem ersten Bordingenieur und Michael Moore, einem Techniker und Piloten gesteuert. Sie erreichen Kapstadt in den frühen Morgenstunden. Die Stadt existiert, ohne aber Spuren von intelligentem Leben vorzuweisen. Es ist eine alte Sportarena, in der sie landen werden. Lander I ist eine Art Senkrechtstarter, nicht gerade die treibstoffsparenste Methode, aber immerhin reicht der Sprit für einen Rückflug zur Finder, für eine Rückkehr in den Weltraum jenseits der Atmosphäre. Eine Rückkehr wird nicht ganz einfach werden, aber was sollen sie noch auf der Finder, wenn es sich im alten Kapstadt leben lässt. Vanessa ist die Erste, die die Erde betritt. Schwere und Atmosphäre kommt ihr vertraut vor; der Ausstieg der fünfzehn erfolgt schnell. Die Fläche der Sportarena ist verwildert mit jeder Menge Sträucher, hier wurde seit Jahren nicht mehr gespielt. Gedämpfte Euphorie macht sich breit. Man beschließt, hier die Zelte aufzubauen. Die Religiösen begrüßen die Erde mit weiteren Gebeten. Hugo Scheffener gratuliert ihnen zur Landung. Sie werden die Stadt untersuchen, nach menschlichem Leben fahnden, aber trotz aller Freude befällt sie ein Pessimismus, dass sie außer alten Gebäuden nichts finden werden. „Jetzt geht das Abenteuer los. Ich glaube aber nicht, dass wir in einer Art Schlaraffenland gelandet sind, ein möglicher Ausgang, den ich mir immer gewünscht habe", sagt Robert zu Vanessa. Die ersten Tiere wurden schon gesichtet, unbekannte Vögel, Paul sieht zwei Ka-

ninchen. „Sie sehen genauso aus wie die von New Avignon" - „Sie haben ja auch gemeinsame Vorfahren. 60000
Jahre sind für Kaninchen nicht so viel, die ändern sich
nicht so schnell.

Ein paar bleiben zurück im Lager, halten Kontakt zu den
drei Trupps, die ausstreuen, Kontakt zur Finder, wenn
diese sich nicht im Erdschatten befindet. Die Trupps sind
mit Handfeuerwaffen bewaffnet, um sich gegen Raubtiere
und Wilde zu verteidigen. Robert spielt mit seinem Re-
volver, hofft, dass er nie in die Verlegenheit kommt, ihn
gegen sich selbst zu wenden. Vanessa, Paul und er bilden
ein Team, bewegen sich zum Ausgang des Stadions, wo
sie sich von den anderen trennen. Sie betreten eine leblo-
se Stadt mit Straßen, auf denen sich niemand bewegt. Die
Architektur der Häuser ist der von Athens nicht unähnlich. Es gibt jede Menge größere Häuser mit einem hohen
Anteil von Glas. „Ihr wollt mir doch nicht erzählen, dass
so etwas 60000 Jahre Bestand hat", sagt Paul zu ihnen.
„Das wird ein nettes Rätsel für Sandra." Die ist mit zwei
weiteren Bibeltreuen unterwegs, auf der Suche nach einer
Kirche. „Sandra wird ihren Begriff von Archäologin etwas erweitern müssen. Das, was wir hier sehen sind, keine Ruinen" - „Also hat die Menschheit irgendetwas vor
wenigen Jahren erwischt. Aber das ist doch völlig unwahrscheinlich. Glaubst du, dass die Menschen nach
60000 Jahren noch in denselben Häusern leben wie damals?" Robert hat darauf gedrängt, Richtung Meer zu gehen, also irgendwie abwärts. Die Türen der Häuser sind
verschlossen. Sie entscheiden sich dafür, vorerst keine der
Türen aufzubrechen." - „Aber in den Häusern könnte
doch jemand sein, mit dem man reden könnte", wendet
Paul ein. Sie sehen eine hübsche kleinere Kirche mit einem Kreuz auf dem Turm. Die Türen sind ebenfalls verschlossen. „Aber das macht doch alles keinen Sinn. Das

widerspricht auch der Zyklustheorie", ruft Robert aus. „Die Zyklustheorie nimmt an, dass es immer wieder zu einem Zusammenbruch der Zivilisation kommt, die Menschheit auf vorgeschichtliches Niveau zurückfällt, aber in wenigen, vielleicht ein paar Tausend Jahren erneut hochtechnisiert ist und dann beginnt das Spiel von Neuem. Bei jedem Neuanfang wird es für die Menschheit schwieriger, weil zum Beispiel bestimmte Rohstoffe schon verbraucht sind." - „Ist die Theorie von dir? Jedenfalls weicht sie etwas von der Offenbarung des Johannes ab", wendet Paul ein. „Du glaubst doch nicht im Ernst, dass nach mehreren Zyklen immer noch Kirchen mit Kreuzen gebaut werden." - „Vielleicht ist an der Story ja etwas dran", entgegnet Vanessa. „Du meinst die Bibel?" - „Ja!" - „Na, ja, wir haben ja auch Kirchen mit Kreuzen gebaut:" Pauls Antwort kann Robert nicht befriedigen. „Vielleicht stimmt ja etwas nicht mit unserer physikalischen Theorie. Vielleicht sind gar keine 60000 Jahre vergangen." - „Die Theorie ist natürlich unvollständig, aber die Relativitätstheorie beschreibt diesen Aspekt sehr zuverlässig", verteidigt Paul seine Physik. „Können wir da denn sicher sein. Mir ist das alles suspekt." Noch wenige Meter und sie erhaschen den ersten Blick aufs Meer, ein überwältigender Anblick bei strahlendem Sonnenschein. Die Temperaturen werden langsam angenehmer, Mittag ist nicht mehr weit. Robert freut sich auf dieses Meer, hat sich für irgendwann vorgenommen, Fische zu fangen und zum ersten Mal in seinem Leben Fisch zu essen. Er zieht seine Schuhe aus und stapft mit nackten Füßen ins Wasser. Wie wunderschön diese tote Stadt ist. Der Berg dort hinten muss der Tafelberg sein. 60000 Jahre reichen bei Weitem nicht aus, um ihn durch Erosion abzutragen. Paul weiß um Roberts Liebe zum Meer, aber hier ist nirgends New Havanna mit einer Paola, die so tut, als ob sie ein

Leben lang auf einen gewartet hat. Hier lässt sich vielleicht leben. Sie müssen einen Weg finden, die Süßwasserserversorgung zu sichern, einen Weg sich zu ernähren, wenn dies auch vorerst auch Bordkonzentrate bedeuten mag. „Vielleicht war Kapstadt keine schlechte Wahl. Die Städte unterscheiden sich vermutlich nicht sonderlich, was ihre Leblosigkeit anbelangt. Ich hätte aber gerne mal einen buddhistischen Tempel gesehen" - „Dann muss du dich zu Fuß aufmachen, Dschungel, Wüsten und Gebirge überwinden. Hast ungefähr 15000 Kilometer bis Thailand. Wieso interessierst du dich für buddhistische Tempel, Paul?" - „Eine nicht unsympathische Religion!" - „Wie können wir rausfinden, was hier passiert ist. Wieso sind die Menschen oder ihre Nachfolger vom Erdboden verschwunden?", unterbricht Vanessa die Unterhaltung. „Vielleicht weil sie jetzt unterirdisch leben. Im Übrigen haben wir bisher nur einen winzigen Bruchteil der Erde gesehen. Wir haben gar keine Chance rauszufinden, was sich hier verbirgt, wenn sich hier etwas verbirgt." Paul kann da nur recht geben. Nur in der Finder hätte man die Chance menschliches Leben zu finden, wenn es nur noch an wenigen Plätzen existiert. „Wann gehen wir in ein Haus rein?" - „Vielleicht ist das gefährlich!" Sie setzen sich eine Weile in den Sand, essen und trinken ein wenig, Robert trauert dem Reich der schönen Amazonen nach, von denen er doch all zu gerne verwöhnt worden wäre. Was hier abgeht, weiß keiner. Vielleicht haben sie schon einen tödlichen Virus eingeatmet, der sie auch verschwinden lässt wie den Rest der Menschheit. Sie sind eine Weile schweigsam. Paul ist der Erste, der die vier Gestalten wahrnimmt, die vielleicht nur noch zweihundert Meter von ihnen entfernt sind und auf sie zu kommen. „Ich glaube es nicht, Aurelianer oder Aborigines", ruft er aus. Vanessa guckt die beiden Männer ratlos an. „Ich glaube, wir bekommen hier noch jede Menge Spaß", sagt Robert und versucht hysterisches Lachen zu unterdrücken. Paul gibt die sensationelle Entdeckung per Funk weiter. „Aurelia lässt grüßen, hier sind vermutlich Aurelianer." Vanessa kennt inzwischen die Abenteuer von Paul und Robert auf Aurelia, hat aber trotzdem Angst. „Du brauchst dich nicht fürchten, die machen dich bestenfalls ein bisschen verrückt", versucht Robert Vanessa zu foppen. „Und schicken uns nach Hause. Ich habe eher die Angst, die Sonne könnte sich auf einmal verwandeln und wir finden Helena vor. Ich habe das schon mal erlebt. Vielleicht befinden wir uns gar nicht auf der Erde, sondern auf Aurelia. Die ganze Zeit schon." - „Robert, findest du nicht, du übertreibst ein bisschen", versucht Paul Robert zurechtzurücken. „Wenn diese Gestalten auftauchen, stimmt etwas nicht mit der Wirklichkeit."

Die Aurelianer begrüßen die Menschen freundlich. Es sind friedliche, angenehme Stimmen, die sich in den Köpfen der drei Raumfahrer bilden, dennoch möchte Vanessa, die den Spuk nicht kennt, laut aufzuschreien. Ihre linguistischen Fähigkeiten sind hier scheinbar unnötig. Etwas verstört schaut sie in Roberts Augen. „Ist das nun der Beweis, dass es das Paranormale existiert?" - „So könnte man das sehen, jedenfalls hat Pauls Physik dafür noch keine Erklärung." - „Ja, es ist wirklich verblüffend. Und wir haben keine Erklärung. Der erste Kontakt mit Aurelia konnte ein kompletter Traum sein, vielleicht irgendwie drogeninduziert, obgleich man sich das eigentlich auch nicht wirklich vorstellen konnte." - „Wenn man das Paranormale akzeptiert, kann man doch gleich an Gott glauben", wirft Vanessa ein. In ihren Köpfen erklingt Gelächter. Die vier Aurelianer haben ansonsten die kurze Unterhaltung der Drei kommentarlos aufgenommen. „Was machen wir jetzt?", fragt Paul. „Wir schlagen ihnen vor, mit in unser Lager zu kommen." In den Dreien bilden sich natürlich auch Fragen: „Wo sind die Menschen? - Gibt es noch Menschen?" Dies ist nur ein kleiner Teil der Fragen, die sich bilden. Die Aurelianer zeigen sich nicht erstaunt, dass Paul und Robert auf Aurelia waren, schlagen ihrerseits vor, zu ihrem Stützpunkt zu gehen, der nicht weit von hier sei.

„Aurelianer sind typischerweise schweigsam. Wäre nett, wenn noch so eine Art Gloria auftauchen würde. Für jeden von uns eine Gloria. Sie haben auch sehr leckere Drinks." - „Robert, du bist alles andere als professionell. Wir müssen rausfinden, was hier los ist", stoppt Vanessa Roberts Gedankenfluss. Wir sind hier nicht für unser Privatvergnügen." - „Für was sonst sind wir hier" - „Das ist alles völlig abstrus und unlogisch", wirft Paul in die Runde. „Entweder wimmelt die ganze Erde nur so von Aurelianern oder die Gestalten hier sind gar nicht wirklich." - „Du meinst, wenn sie Stimmen in unseren Köpfen erzeugen können, dann können sie auch handfeste Halluzinationen erzeugen" - „Diese Interpretation liegt nicht so weit entfernt von meiner", antwortet Paul. „Warum sagen die nichts?" - „Sie sind halt schweigsam. Womöglich warten sie auch, bis sich unsere Gedanken gesammelt haben", antwortet Robert. Vanessa gibt einer Gestalt die Hand; das kleine Händchen fühlt sich warm an. „So begrüßen sich Menschen", sagt sie und alle hören wieder eine sanfte Stimme in ihrem Inneren, die die ersten Aurelianergrü8e wiederholt. „Wieso wimmelt es auf der Erde vor Aurelianer?", fragt Vanessa. „Wir sind erst wenige Stunden in Kapstadt. Sie hatten gar keine Zeit, so schnell hier hinzukommen", entgegnet Paul. „Sie können vielleicht teleportieren. Die kleine Hand hat sich sehr real angefühlt." - „Der Sex mit Gloria war auch sehr real, nicht

339

wahr Paul. Aber was solls, wir hätten gleich nach Aurelia fliegen können. Hätte nicht ganz so lange gedauert" - „Glaubt ihr, sie haben die Erde angegriffen, die Menschheit vernichtet?" - „So was tun die glaube ich nicht" Hugo Scheffener meldet sich. „Wir sondieren die Lage. Unsere kleinen Freunde sind recht wortkarg, so wie man sie halt kennt." Hugo Scheffener überlässt den Dreien freie Hand, was auch mit Martin Townsend abgesprochen ist. Vielleicht ist es auch keine so gute Idee, die Aurelianer ins Basislager zu führen. Die Finder hat bisher weder Spuren von Menschen oder Aurelianer entdeckt. Scheffener und seine Leute werden weiterhin im Orbit bleiben. „Es ist seltsam euch hier zu sehen", sagt Robert in Richtung der Vierergruppe. „Ja, es ist seltsam, antwortet eine Stimme in ihren Köpfen. „Vielleicht müssen sie mit ihren psychischen Energien haushalten und sind deshalb so schweigsam" - „Zumal sie ja die Echtprojektion noch irgendwie hinkriegen müssen und dabei auf Aurelia sitzen und Go spielen", versucht Paul zu witzeln. „Die Wirklichkeit scheint ein schwieriges Ding zu sein. Sie scheint tendenziell so gestrickt zu sein, dass sie einen zum Wahn verführt" - „Nicht alle Menschen sind wahnsinnig", entgegnet Vanessa die philosophischen Ausführungen von Robert." - „Weil sie sich keine Gedanken über die Wirklichkeit machen und die Schablonen akzeptieren, die man ihnen überstülpt. Wenn man den Neokatholizismus hinterfragt, erweist er sich als Wahn, im Grunde unbegreifbar, weil man seine Inhalte nur in sehr oberflächlicher Weise begreifen kann. Wie es so schön heißt: Das Wesen Gottes ist unergründlich." Heftiges Gelächter setzt ein, sodass Vanessa tatsächlich Angst bekommt, den Verstand zu verlieren. „Die originären religiösen Rituale basierten alle darauf, dass die Menschen sich in einen Zustand versetzten, der sie dem Wahn näher brachte. Ihre Schamanen gaben ihnen Substanzen, von denen sie hofften, dass deren Wirkung ein Tor für die von uns verborgene, allem zugrunde liegende Metawirklichkeit öffnet. Nur so konnte man den ganzen Quatsch, den sie, die religiösen Führer verzapften, glauben. Man könnte auch zynischer sein. Sie haben ihre Anvertrauten vergiftet, ihre Sinne benebelt, damit sie mit ihrem Quatsch weiterhin Macht über sie ausführen konnten." - „Da liegt schon irgendeine Dialektik drin. Es ist schon interessant, wie anfällig das menschliche Gehirn für Geisteskrankheiten ist. Mehrere Prozent einer Population ist ständig geisteskrank", kommentiert Vanessa. „Es gibt jedenfalls weniger gehbehinderte." - „Ich muss leider zugeben, dass wir kaum eine Chance haben, die Wirklichkeit näher zu verstehen. Da hilft weder die Relativitätstheorie, noch Darwins Theorie oder der Watanabe-Antrieb. Darum glaube ich ja auch an etwas wie Gott, gleichzeitig ein Prinzip der höchsten Unverständlichkeit, aber auch Sinnspender." Paul schaut irgendwie wütend drein, als das Gelächter wieder anhebt. „Aber dieser Hokuspokus hier, besagt doch, dass die Schamanen doch recht hatten." - „Ja und nein", sagt Robert. „Jeder Mensch kriegt fast instinktiv mit, dass er die Welt in der er lebt, nicht versteht. Es gibt keine Antworten auf die Warums? Sie mögen zwar lernen eins und eins zusammenzuzählen, das dient aber mehr der Beschreibung als der Erklärung. Paul kann sehr gut eins und eins zusammenzählen, deshalb spielt er auch so gut Go. Wir sind damit in der Lage, gewisse Vorhersagen zu machen, Metaphysisches erklären können wir damit nicht. Postulieren wir die Schwerkraft, können wir „erklären", warum die Erde um die Sonne kreist. Um eine Sache zu erklären, müssen wir ein weiteres Kaninchen aus dem Hut zaubern. Das letzte Erklärungsprinzip ist Gott, das haben die Menschen natürlich verstanden. Aber dieses Prinzip erklärt so wenig wie alles andere auch, schlimmer noch, mit ihm lassen sich keine Vorhersagen machen. Um in dieser wahnhaften Welt überleben zu können, müssen wir wenigstens eins und eins zusammenzählen können, beschreiben und nachbilden können, was wir erfahren, unsere Imagination entfalten, das hat aber extrem viel mit eins und eins zu tun."- „Robert, das ist doch absurd, dass wir uns hier, in dieser Situation in philosophische Diskussionen verstricken. Hier vor uns stehen vier Außerirdische", unterbricht Vanessa Roberts Redefluss. „Du tust so, als ob wir hier keine Zeit hätten, Vanessa, im Gegenteil, wir haben hier alle Zeit der Welt. Unser einziges wirkliches Problem wird es sein, unser Überleben zu sichern. Mit diesen Knaben hier wird uns das sicher leichter fallen. Wenn ich an ihre Möglichkeiten auf Aurelia denke. Jungs, ihr versteht doch unsere philosophische Diskussion?" - „Ja, wir haben euer Gespräch verstanden, wenn auch die Ansichten von Paul letztendlich ziemlich lachhaft sind." - „Ich wusste, dass sie uns verstehen", jubelt Robert. „Vanessa, die Antworten, die du suchst, werden vermutlich ziemlich kurz sein. Ich muss zugeben, die Möglichkeit, auf so eine Art Gloria zu treffen, finde ich fast noch attraktiver als die ursprünglichen Menschen zu finden." Vanessa schluckt, sagt aber nichts. Irgendetwas hat diesen Typen völlig fertiggemacht. Robert ist eine radikalere Manifestation ihrer selbst, die Folge religiöser und sexueller Unterdrückung eines Systems, das darauf fußt, dass seine Gegner mit dem Virus der Paranoia befallen sind, und womöglich zu abartigen, extremen und exzentrischen Meinungen tendieren. „Vanessa, die Aurelianer sind am Zug, und solange nichts passiert, können wir hier Picknick am Strand machen, ein paar Flaschen Wein wären nicht schlecht. Hier in der Gegend muss vor mehr als 60000 Jahren recht guter Wein angebaut worden sein." - „Du vergisst deine Leber" - „Vanessa, ich bin davon überzeugt, dass uns ein paar clevere Medizinmänner" - er zeigt auf die Aurelianer - „zur Seite stehen." Paul widerspricht. „Die sind technologisch vielleicht genauso hilflos wie wir" - „Wir müssen ein wenig Geduld zeigen, bis sie mit Antworten rausrücken, die euch so interessieren." - „Tue jetzt nicht so, als ob dich das alles nicht interessiert. Du wolltest doch immer wissen, was mit der Menschheit geworden ist." - „Vanessa, die Antwort haben wir doch schon längst. Menschen wie du und ich gibt es hier nicht mehr. Sonst wäre diese Stadt nicht leer. Dies ist eine tote Stadt, in der vermutlich seit 60000 Jahren niemand mehr gelebt hat. Irgendetwas begeht hier Denkmalpflege, sodass diese Stadt nicht verfallen ist. Du glaubst nicht, dass die Aurelianer die Menschheit ausgerottet hat, vielleicht aus Rache oder infolge eines Krieges, der nach unserer Abreise stattfand. „Dann würde sich Einstein im Grabe rumdrehen. Nach allen Gesetzen der Physik und der Logik können sie erst seit ca 1000 Jahren auf der Erde sein, nämlich wenn sie damals, als unsere Vorfahren New Earth besiedelten, los geflogen sind, aus ähnlichen Gründen wie wir. Dann wären sie frühestens vor tausend Jahren hier angekommen. Ich gehe aber jede Wette ein, dass diese Stadt viel älter ist." - „Ja, Paul, sie ist viel älter und schon viel länger tot und irgendetwas erhält sie." - „Aber das macht doch alles keinen Sinn" - „Soweit waren wir schon, Vanessa." Dann formuliert Robert eine Theorie. „Unter Berücksichtigung unserer Physik kommt es mir plausibel vor, als ob diese Aurelianer auch so eine Art Dissidenten sind, wie wir. Sie waren zumindest neugierig auf uns Menschen und wollten wissen, wie sie sich entwickeln werden. Sie haben vielleicht vermutet, dass wir ein Potenzial zur Entwicklung haben." - „Das ist doch nicht schlüssig, Robert, da hätten sie ja viel besser nach halber

Strecke umkehren müssen. Das hätte für sie die interessanteren Antworten gegeben."

„Schaut mal drüben!" Robert zeigt aufs Meer. In einigem Abstand vom Strand macht sich eine Schule Wale bemerkbar. Robert ist völlig fasziniert, aber auch die anderen lassen sich einen Moment von den Aurelianern ablenken und es erscheint ein wenig so, dass selbst diese von den Giganten des Meeres beeindruckt sind. „Ich weiß nicht mehr, wie diese Viecher heißen, jedenfalls sind es keine Fische." Weder Paul noch Vanessa wissen, was Fische sind. „Dies sind gute Wesen", sagt eine Aurelianerstimme in ihnen. „Wo sind die Menschen?", fragt Paul. „Es gibt nur noch ganz wenige Menschen" - „Wo können wir sie finden?" - „Sie leben in der australischen Wüste, Aborigines, wie ihr sie nanntet. Es sind nur wenige Tausende, ebenso gibt es ein paar Tausend Buschmänner nördlich von hier." Die Nachricht schockt. Vanessa nimmt Kontakt mit Martin Townsend auf, gibt die Informationen sofort weiter. „Wo befinden sich die Buschmänner?", fragt sie die Aurelianer. „Nördlich von hier, es sind etwa zweitausend Kilometer." - „Ich nehme an, diese Menschen leben auf Steinzeitniveau", sagt Robert. Die Aurelianer bestätigen dies. „Sie kennen keine Metallverarbeitung." - „Aber es gab auf der Erde Milliarden von Menschen. Die Stadt hier gibt Zeugnis davon. Wir sind ihre Nachfahren." Die Aurelianer scheinen nicht direkt antworten zu wollen. „Es gibt mächtige Wesen auf diesem Planeten, die von den Menschen abstammen. Es gibt künstliche Wesen, mit ungeheuren Möglichkeiten." - „Wo finden wir diese mächtigen Wesen?" - „Sie wollen mit Menschen nichts zu tun haben." Vanessa gibt die Neuigkeiten über Funk weiter. „Es gibt also biologische Nachfahren der Menschheit", fragt Paul. „Ja" - „Sehen sie so aus wie Menschen oder so ähnlich?" - „Nein, sie sehen völlig anders aus" - „Wie sehen sie aus?" - „Das dürfen wir nicht sagen!" - „Steht ihr in Kontakt mit ihnen?" - „Ja" - „Wieso dürfen wir nicht wissen, wie die Nachfolger der Menschheit aussehen? Die Aurelianer haben sich gänzlich den Walen zugewandt, sind schweigsam, aber womöglich unterhalten sie sich auch mit den Walen. „Das ist doch vollscheiße", bricht es aus Paul heraus. „Vermutlich ekeln sich unsere Nachfahren vor uns" - „Das könnte sein" - „Und wir sind ihnen zu primitiv" - „Ja, bestimmt", lautet die Antwort in ihnen. „Hmm, die Aurelianer sind aber nicht zu primitiv, um mit ihnen in Kontakt zu stehen. Die Menschheit scheint in alle Richtung entwicklungsfähig, hin zum Superwesen, dass für uns so unsichtbar ist wie Gott und zurück zu Steinzeitmenschen, die sich in die Wüste zurückgezogen haben, obwohl das Land drumherum viel fruchtbarer ist." - „Ja, Vanessa, das ist die Antwort, die wir schon immer gewusst haben. Leider haben wir keine Einladung, um auf Götter und Superwesen zu treffen. Es bleiben jede Menge Fragen offen. Was wird aus uns? Wollen wir Kapstadt besiedeln?" - „Jedenfalls hättest du die Möglichkeit auf Frauen zu treffen, Robert. Buschmännerfrauen. Mit unserer Wundertechnik könnten wir sie sicher beeindrucken, sodass eine Braut dir sicher nicht verwehrt wird" - „Vanessa, das Gleiche gilt doch für dich auch", entgegnet Robert. „Aber womöglich gefallen mir Buschmännerfrauen und Aboriginebräute nicht", sinniert er weiter. „Sie kennen mit Sicherheit überlegene Technik, wissen von den verlassenen Städten. Dies wird ihre Religion beeinflussen. Die Nachfahren der Menschen sind ihre Götter" - „Paul, womöglich sind es auch ihre Dämonen, vor denen sie sich schützen müssen, sprechen zu ihren ureigenen Göttern, die nichts mit dem zu tun haben, was die Nachfahren der Menschheit entwickelt haben, die nichts zu tun haben mit den Nachfahren der Menschheit" Ein wenig Gelächter ist in ihnen angeschwollen, die unweigerliche Konsequenz, wenn man in Gegenwart von Aurelianern religiöse Themen bespricht. „Robert, seit wann gehst du von wahren Göttern aus. Noch ein wenig konsequentes Nachdenken und du schaffst den Sprung zum Monotheismus." Darauf erschallt herzliches Gelächter und Paul schaut wütend drein. Die Wale sind inzwischen nicht mehr in Sichtweite, möglicherweise abgetaucht, um kilometerweit entfernt wieder aufzutauchen. Ein Aurelianer entschuldigt sich für das Gelächter. „Gibt es für uns eine Chance, die Nachfahren der Menschheit zu finden, zu treffen", fragt Paul. „Wir haben keine Einladung, Paul, keine Einladung. „Ihr habt so gut wie keine Chance, sie zu finden. Sie wollen keinen Kontakt mit Euch" - „Woher wisst ihr das?" - „Weil sie uns das sagen." - „Wollt ihr auf der Erde bleiben?", fragt Robert die vier putzigen Gesellen. „Wir könnten gemeinsam in unser System zurückkehren. Wir zurück nach New Earth, New Havanna und ihr zurück nach Aurelia. Vielleicht wäre ich sogar lieber auf Aurelia, vielleicht auch New Havanna nach einer Demokratisierung." - „Wir leben hier. Wir werden immer hier leben." - „Wir vermuten, dass unsere Nachfahren - wir sind jetzt dreißig - fast Steinzeitniveau haben werden, wenn sie überhaupt eine Chance zum Überleben haben. Wie sieht es mit euch aus?" Auf Roberts Frage gibt es zunächst keine Antwort. „Könnt ihr für uns sorgen?" - „Nein, das können wir nicht. Wir können uns aber unterstützen. „Die Götter dieser Erde lassen es also zu, dass die Aurelianer zu Steinzeitkreaturen werden:" - „Wir werden zu Aborigines" - „Aber ihr seid uns doch total überlegen" - „Nur in gewissen Massen" - „Ein Krieg zwischen Aurelia und New Avignon, wer würde den gewinnen?" - „Zur Zeit unseres Abflugs war die Antwort einfach, zu der jetzigen Zeit sollte die Frage keinen Sinn mehr haben." - „Wie lange seid ihr hier?" - „Ich kenne dich Robert, und ich kenne auch dich Paul. Wir haben uns auf Aurelia gesehen.". Diese Nachricht muss auf die Menschen ein wenig einwirken. „Dann seit ihr ja keine zwei Jahre hier" - „Ja, das ist richtig" - „Ist es nicht zufällig, dass wir uns in Kapstadt getroffen haben" - „Nein, das ist nicht zufällig, wir haben eure Gedanken gelesen." - „Und vermutlich eine Menge gelacht." - „Ja, mit Paul wird es noch sehr lustig werden. Er wird noch ein paar Tricks von uns lernen."

Vanessa hatte die Informationen, die die Aurelianer preisgegeben hatten per Funk weitergegeben. Dann kam die Order, zum Basislager zurückzukehren. Sie verabschiedeten sich von den Aurelianern. „Wie können wir euch finden, war eine Frage, die noch Paul stellte. „Wir finden euch", war die Antwort. Hugo Scheffener und der Rest der Crew machten Vorbereitungen, um ebenso in Kapstadt zu landen. Ein Tag in Kapstadt ist vergangen, die Besatzung der Finder befindet sich vollständig auf der Erde. Die Finder wird mindestens für Jahrzehnte um die Erde kreisen, bis sie irgendwann in der oberen Atmosphäre verglühen wird. „Was habt ihr mit dem perversen Affen gemacht" - „Wir haben Theo aus der Hibernation rausgenommen und an Bord der Finder gelassen. Er hat es nicht verdient, die Erde kennenzulernen. Ein Weilchen wird er alleine zurechtkommen", sagt Hugo Scheffener auf Roberts Frage. „Man hätte ihn töten sollen", sagt eine

Frau. „Er hat seine gerechte Strafe bekommen." - „Man bestraft keine Tiere" - „Jedenfalls hatte er es nicht verdient, in Zentralafrika ausgesetzt zu werden. Jetzt wird er erfahren, wie es ist, ohne uns zu leben." Für Hugo Scheffener ist damit die Diskussion über den Affen beendet. Die Finder wurde in Eigenrotation versetzt, sodass der Affe in bestimmten Bereichen des Raumschiffs eine normale Schwere vorfinden wird, ebenso mögliche Rückkehrer, für die das Leben auf der Erde nicht lebenswert erscheint. Hugo Scheffener steht in der Kritik, dass sie die Finder zu früh verlassen haben. Man hätte die gesamte Erde von der Finder vermessen lassen sollen, um eventuell doch zivilisierte Menschen zu finden. Nicht jeder will sich auf die Auskünfte der Aurelianer verlassen. Die Antworten der Aurelianer sind höchst enttäuschend, in jeder Hinsicht. Die Gläubigen unter ihnen kennen die Aurelianer nur von den wenigen Geschichten, die Paul und Robert auf der langen Reise erzählt haben. Es ist ihnen äußerst suspekt, dass diese Gott verlachen. Robert und Paul sind von der Wahrhaftigkeit der telepathischen Aussagen überzeugt und Scheffener verlässt sich auf die beiden. Trotz aller Enttäuschungen darüber, nicht auf eine zivilisierte Menschheit zu treffen, Enttäuschung über die Ignoranz gottähnlicher Wesen, die mit ihnen gemeinsame Vorfahren teilen und ihn, der diese Expedition organisiert hat, um das Schicksal der Menschheit zu erfahren, nicht treffen wollen. Andererseits empfindet er es als Glücksfall Aurelianer anzutreffen, vielleicht Gelegenheit mehr über ihr eigenes System zu erfahren. Robert ist vorab enttäuscht, dass hier niemand ist, weder die ominösen Nachfahren noch die Aurelianer, die ihm hier ein Paradies schaffen wollen. Gilt es lebenslänglich, dass die Herren dieser Welt für sie unsichtbar bleiben wollen? Wie hoch entwickelt ist die Technik der Aurelianer? Inwieweit können sie doch von dieser profitieren? Einige der Forschungstrupps sind in die Häuser eingedrungen und haben sie vollkommen leer vorgefunden; dennoch bieten sie eine Möglichkeit, in ihnen zu leben. Ihre Ärzte haben inzwischen jede Menge Blutproben genommen, Körperfunktionen vermessen. Es gibt danach keine Anzeichen, dass irgendeine tödliche Krankheit oder ein Gift sie dahinraffen könnte. Ausschließen können sie das aber nicht. Es gibt Stimmen, die dazu auffordern, die Meister dieser Welt, wenn es sie denn gibt, aufzufinden, die Bibeltreuen haben sich dazu durchgerungen, die Buschmänner aufzusuchen, womöglich um sie zu bekehren und mit ihnen gemeinsam eine neue Zivilisation zu gründen. Robert und Paul, Hugo Scheffener und sein Anhang wollen die Nähe der Aurelianer suchen, wenn diese das dann zulassen. Lander I und II sind geeignet, für ein paar weitere tausend Kilometer als Flugzeuge zu dienen. Damit nimmt man sich aber die Möglichkeit, auf die Finder zurückzukehren. Eine Unbekannte sind weiterhin die Aurelianer. Wie viele gibt es auf der Erde? Es wird erregt diskutiert. Die Bibeltreuen sehen keine Legitimation in Scheffeners Führungsanspruch. Im Grunde kann Robert ihnen da nur recht geben. Die Religiösen verlangen einen Lander, um in das Gebiet der Buschmänner gelangen zu können. Sandra foppt Robert: „Du könntest dort eine junge, hübsche Buschmännerfrau kennenlernen, die du heiraten könntest." Hat er schon gehört. „Ich will mir gar nicht vorstellen, was für einen Unsinn Buschmänner glauben. Wenn ich das richtig in Erinnerung habe, sind Buschmänner recht klein, ich glaube zu klein für mich." - „Sie werden bald an unseren Gott glauben. Wir werden eine neue Kirche gründen und von der Kalahari aus die ganze Erde besiedeln." Robert wendet sich angewidert ab. So sind sie halt, die Christen: Vermehrt euch und macht euch die Welt untertan. Vielleicht haben die Aurelianer Plätze vergessen zu erwähnen, wo noch Menschen leben könnten. Hoch im Norden vielleicht, in der Tundra oder in den Hochanden, nahe der alten Inkarelikten. Die Geschichte der Erde jagt durch seinen Kopf und das schon seit Wochen. Es gibt da auch die netten Geschichten. Robert denkt an die Geschichten von Polynesien, stellt sich dort eine nette weibliche Begrüßung vor, aber die Aurelianer haben mit Sicherheit nicht die möglichen Paradiese auf dieser Welt vergessen. Die traurige Wahrheit ist, dass zwei kleine Völker in der Wüste leben und irgendetwas – wenn vielleicht auch nur eine dumme Religion – ihnen nicht gestattet, die Bereiche der Wüste zu verlassen. Fast überall ist es angenehmer. Die Erde, wie es scheint, könnte so viele Menschen ernähren. Möglicherweise liegen die Bibeltreuen gar nicht so falsch und es ist richtig, sich den Buschmännern oder Aborigines anzuschließen. Vielleicht dulden die Herren dieser Welt nur wenige Menschen in den Wüsten. Vielleicht dulden sie aus bestimmten Gründen nur Buschmänner und Aborigines. Die Diskussionen nehmen an Heftigkeit zu, ein ausgesprochener Streit. Hugo Scheffener fürchtet aufkommende Anarchie, aber die Verneinung seines Anspruchs auf eine weitere Führung findet eine Mehrheit. Inwieweit ist er noch verantwortlich, dass sie hier auf diesem Planeten gemeinsam überleben? Im Grunde wäre er froh, wenn der Bibelkreis verschwinden würde, aber der Preis eines Landers ist hoch. Eine Sache, gewissermaßen von New Avignon geerbt, macht ihm auch zu schaffen. Die Polygamie. Er ist Profiteur der Vielweiberei, ist sich aber durchaus bewusst, dass diese hier auf der Erde ein viel stärkeres Problem darstellt als auf der Finder. Soll er einige seiner Frauen freigeben, damit sich diese mit anderen Männern einlassen? Dies ist absurd. Er liebt seine Frauen und seine Frauen lieben ihn. Die Situation ist alles andere als einfach. Er ist sich sicher: Es kann nur eine Zukunft mit den Aurelianern geben. Vielleicht gewähren die Herren dieser Welt dieser Kombination eine Zukunft.

Am Nachmittag stiehlt sich Robert aus dem Lager, verlässt das Stadium. Keiner kümmert sich drum, niemand folgt ihm. Er will nicht desertieren, aber er hat das dringende Bedürfnis der Diskussion auszuweichen. Er möchte an dieses Meer, möchte Ruhe, möchte Abstand gewinnen zu allem, obwohl er weiß, dass dies nicht wirklich möglich ist. Er wählt einen anderen Weg durch diese Geisterstadt, bestritt Straßen, deren Namen ihm nichts sagen, die aber zusätzlich davon zeugen, dass hier gelebt wurde. Dies scheint alles wie ein Traum zu sein, verführt zu dem Gedanken, er könne aufwachen. Vielleicht in einem Foltergefängnis von New Avignon. Er hatte Glück gehabt, dass es nicht soweit gekommen war. Vereinzelt sieht er Vögel, die von einem Dach zum anderen fliegen, Insekten, vor denen er nicht die Angst hat, sie könnten ihn mit einem Stich in eine andere Wirklichkeit katapultieren. Womöglich ist die Fliege dort ein kleiner Minispion, ein kleiner Roboter der Herren der Welt. Es ist müßig, sich über deren Natur Gedanken zu machen – im Scherz hat er dies oft genug getan – solange sie sich nicht offenbaren. Die Wetterverhältnisse sind gut, die Sonne scheint so wie in New Avignon. Er ist nicht in der Lage zu erkennen, dass es sich um eine andere Sonne handelt. Jedenfalls ist es nicht Helena. Er möchte einen Sonnenuntergang am Meer erleben, nachdem er die erste Nacht auf einem Planeten verbracht hat, in der man bei klarem Himmel ungezählt viele Sterne sehen kann. Die Geschichte dieser Stadt kennt er nur am Rande. Südafrika hatte etwas mit der Rassengeschichte der Erde zu tun. In New Havanna und New Avignon gibt es keine unterschiedlichen Rassen. Die

Haut der Südländer ist nur ein bisschen dunkler. In dieser Stadt müssen Hunderttausende von Menschen gelebt haben. Sie ist größer als jede Stadt von New Avignon. Er versucht die Architektur der Häuser in sich aufzunehmen; vielleicht hat hier ein quirliges, freies Leben stattgefunden, an dem er nicht mehr teilhaben kann. Eine Zeit lang ist er Zickzack gelaufen, ohne die Absicht möglichst schnell ans Meer zu gelangen. Im Grunde ist ihm egal, dass er Probleme haben wird, den Weg zurück zum Lager zu finden, insbesondere wenn es Nacht ist, denn in der Nacht ist die Stadt dunkel. Die Straßenlampen sind zwar präsent wie die Häuser, sie bleiben aber aus. Sie werden sich vielleicht langsam um ihn Sorgen machen, wenn er in der Nacht immer noch nicht im Lager ist. Ein Funkgerät hat er nicht mitgenommen, ihm war mehr nach Schnaps und Zigaretten. Irgendwann wählt er den direkten Weg zum Meer, gelangt an einen wunderbaren Strandabschnitt mit Blick auf den Tafelberg und eine Bucht. Ein paar Robben faulenzen am Strand. Er nimmt einen ersten Schluck Alkohol, nach Jahren sozusagen. Der Geschmack erweist sich als widerlich, muss mit dem einer Zigarette bekämpft werden. Es ist aber gar nicht so einfach, bei dem nur mäßigen Wind sich eine anzuzünden. Schließlich gewöhnt er sich an den Geschmack des Fusels, dessen Geist sich in seinem Hirn festsetzt. Dieses Meer ist wunderbar, zeigt sich jedenfalls heute von seiner friedlichen Seite. Er verspürt eine Lust zu schwimmen, aber das Wasser ist ihm dann doch zu kalt, zumal die Temperaturen die zwanzig Grad kaum überschreiten. Erinnerungen überkommen ihn, während er auf die Bucht starrt. Er wehrt sich nicht dagegen. Hier beginnt sein weiteres neues Leben. Er wird nicht in die Wüste gehen, hofft, dass Vanessa und Paul ebenso entscheiden. Er wird hier noch viele Sonnenuntergänge erleben, mit den anderen hier abends Fisch grillen. Die Sonne verabschiedet sich langsam von Kapstadt. Ein funkelnder Stern erscheint, der Abendstern. Ein bisschen Hoffnung spendend, obgleich Helena tausendfach heller geschienen hat.

- 17 -

New Avignon lag unter einer Schneedecke. Selbst hier in Athens lag etwas davon, was für diese Stadt mit ihrem milden Klima auch in kälteren Winter eher ungewöhnlich ist. Trotzdem begab ich mich hin und wieder ans Meer, das auch in seiner grauen Manifestation seinen Reiz für mich nicht verlor. Ich freute mich auf wärmere Frühjahrstage, wenn ich mich, gut ausgerüstet mit einer Flasche Wein, in den Dünen niederlassen könnte, um Gedanken nachzuhängen. Nach Sonnenuntergang begab ich mich dann in die Kneipen der Stadt. Dies alles war nicht verboten, was mich eigentlich wunderte. Am Strand waren vergleichsweise wenig Überwachungskameras montiert, was mir den Ort sympathischer machte, obgleich die Kameras gewissermaßen schon Sinn machten, nämlich unsittliches Verhalten und Unzucht zu verhindern. Keine Frau dieser Stadt wäre wohl auf diesen Gedanken gekommen, aber was wusste ich schon von Frauen. Ich war gerne auch bei diesen kälteren Temperaturen draußen. Der Schnee würde nicht lange liegen bleiben, dafür sorgte schon die ozeanische Lage. Die Fußgängerwege waren gestreut und die großen Straßen praktisch frei, kein Hindernis für die Automobile, nur die kleinen Gassen waren etwas matschig oder hatten noch eine geschlossene Schneedecke. Ich genoss den unbekannten, seltenen Anblick, die ungewohnte Atmosphäre, ohne aber die Kameras zu vergessen, die mich Schritt und Tritt begleiteten und vor denen ich mich am liebsten – bei jeder – scheinheilig verbeugt hätte. War ich ein Subjekt oder, wenn man so will, ein Objekt von Interesse? Es mussten irgendwo unzählige Filmrollen geben, auch jede Menge Material mit mir und ein ausgeklügeltes System wurde wohl eingesetzt, um die Rollen zu verwalten, zu archivieren oder zu sichten. Ich hatte ein großes Interesse für diese Perversion, es wäre der richtige Aushilfsjob für mich gewesen, im Zentrum der neokatholischen Überwachungsgesellschaft von New Avignon. Opportunistisch, wie ich war und in dieser Gesellschaft konnte man nur überleben, wenn man dies war, hätte ich fast jeden Job angenommen, wenn gleich bei aller Verlogenheit ich nie zu den Folterern gehören wollte, die es geben musste. Ich hatte vielleicht auch das Zeug zum Denunzianten, der amoralisches Verhalten oder solches das sich gegen die Kirche richtete, an klerikal-polizeiliche Überwachungsorgane weitergab, die das aufmüpfige, amoralische Klientel den Folterschergen überließ. Das System war mir verhasst, es hatte mich um meine Möglichkeiten beraubt. Ich war Experte für die Geschichte der Erde; nach meinem Berufsverbot war ich auch gleichsam chancenlos zu heiraten. Ich verabscheute dieses System mit seinem klerikalen Adel, verabscheute die klerikalen Bonzen, an deren Schwänzen mehrere Dienerinnen gleichzeitig saugen würden, wäre es möglich, die zudem mehrfach verheiratet, darüber wachten, dass auf der Insel Zucht und Ordnung herrschten. Keiner Frau wurde ein Haar gekrümmt, da diese, keusch, ihr Haar unter einem Kopftuch verbergen musste. Ich kannte es auch anders und sie wussten, dass ich wusste, dass andere Gesellschaftsformen möglich waren. Ich war Experte für mögliche Gesellschaftsformen, und ich hätte es gerne gewusst, wie es auf der Erde weiter gegangen war, aber seit dem

Abflug unserer Ahnen waren etwa 31000 Jahre vergangen, eine Zeitdauer, die die Entwicklung der Menschheit ins Unvorstellbare verrückte, da der exponentielle Virus sie erfasst hatte. In der mir bekannten Geschichte der Menschheit gab es nie eine gerechte Gesellschaft, zwar vergleichsweise freie Gesellschaften, aber ungerecht. Unsere Brüder und Schwester in New Havanna probten einen Sozialismus, der schon auf der Erde zum Misserfolg verdammt war. Möglicherweise ließ die menschliche Natur die freie, gerechte Gesellschaft nicht zu. Darüber hätte ich gern mehr gewusst. Ich wollte heute noch unserer Kathedrale einen Besuch abstatten. Sie könnte mir keine Antworten geben; ihre Pracht, ihr Glanz, ihr Personal würden mich beeindrucken, ablenken, eine Gelegenheit meine Scheinheiligkeit zu entfalten und meine Konformität zu zeigen, obgleich ich kein Wort glauben würde, dass über die Lippen der Pfaffen, Bischöfe, Prediger kommen würde, kein Wort von dem, was selbst über meine Lippen kam, war wahr. Die Inszenierung der Dienerinnen war wie eine Revue, - der Begriff hatte in unserer Gesellschaft keine dazugehörende Wirklichkeit, aber ich hatte eine Vorstellung davon, was er damals auf der Erde bedeutete – die die Fantasien der Zukurzgekommenen, vermutlich aber nicht nur bei diesen, bediente. Wenn ich auf meinem Weg durch die Stadt einer Frau begegnete, senkte sich ihr Blick, um dann möglichst schnell an mir vorbeizukommen. Es gab nur wenige Ausnahmen, die Kellnerinnen in manchen Kneipen waren häufig offener, ein Grund mehr sich zu diesen Orten zu begeben, die zwar geduldet wurden, aber mit Sicherheit unter besonderer Beobachtung standen. Sie waren auch Hort einer geheimen Prostitution, vor der ich mich hüten musste, denn ein Vergehen dieser Art hätte mit Sicherheit das endgültige Ende meiner Karriere bedeutet. Ich musste vorsichtig

sein, denn in alkoholisierter Stimmung war ich unbere-
chenbar und aus einer Laune heraus war es nicht ausgeschlossen, mich auf ein Abenteuer einzulassen. Zurzeit
hatte ich Gelegenheitsjobs als Hafenarbeiter, was meiner
Neigung entgegenkam, in der Nähe des Meeres zu sein.
Ich hatte nie herausgefunden, warum sie mich von meinem Lehrauftrag entbunden hatten. Vermutlich war ich irgendwo und irgendwann nicht vorsichtig genug gewesen,
womöglich lag es an den Inhalten meiner Vorlesungen.
Niemand hatte mich gewarnt. Beten half womöglich,
nicht dass ich Gnade in Gottes Ohr damit finden würde,
denn ich war mir sicher, dass weder das Ohr noch er existierte, aber die Kameras in den Kirchen und Kathedralen
zeichneten auf, dass ich betete, andächtig versunken im
Kontakt mit Gott. Ich schaute auf die Ausschnitte der
Dienerinnen und pries Gott, all dies wurde aufgezeichnet.
Man wusste genau, wie man mich zu einem harmlosen
Lämmchen dieser Gesellschaft machen konnte, aber sie
konnten sich erlauben, mich kaltzustellen. Sie hatten keinen Bedarf mehr für die Geschichte der Menschheit. Ich
war nun ein Niemand, aber warum sollte ich mich nicht in
dieser Situation mit den Huren dieser Stadt einlassen, um
mein schmales Salär mit ihnen zu teilen.

Der Glanz der Kirchen wird die Perversität derjenigen,
die diese Kirchen betrieben, überdauern. Sie werden
Zeugnis sein für eine fehlgeleitete Idee, die sich in ihrer
prachtvollen Manifestation verklären wollte. Ich hatte
nichts gegen Kirchen, merkwürdig genug, da das System
mich zwang, sie täglich aufzusuchen. Ihre Aufführungen
boten mir Stoff für im Grunde genommen unzählige Fantasien, die mich wie eine Ersatzdroge am Leben hielten,
wenn sie mich auch irgendwie krankmachten. Nachdem
ich die Abendmesse in Sankt Magdalena aufgesucht hatte,

meine neidischen, abhängigen Augen sich in die unnahbare Schönheit der Messdienerinnen vergraben hatten, nachdem ich die Formeln mitgebetet hatten, um mich als harmloses Schäfchen der Gemeinde zu präsentieren, um schließlich von einer Messdienerin mit ausdruckslosem Gesicht die Hostie in den Mund gelegt zu bekommen begab ich mich bei Dunkelheit in eine der Kneipen, die im Bahnhofsviertel lagen. Es war die „Gemütliche Ecke", die ich aufsuchte. Ich lebte seit einiger Zeit in Athens, kannte die Wege, die ich einschlagen musste. Die „Gemütliche Ecke" war trotz ihres Namens eine größere Kneipe, die ich nun ein zweites Mal aufsuchte, auf der Suche nach Rausch und Bekanntschaft. Der erste Eindruck war nicht schlecht, man kam dort gut ins Gespräch, das Unterhaltungsprogramm konnte sich sehen lassen genauso wie die weiblichen Bedienungen, und ich hatte in diesen Kneipen das Gefühl nicht allein zu sein, denn mir schien, dass hier alle eine Zuflucht vor dem suchten, was unsere Realität darstellte. Es war ein Fußweg von einer viertel Stunde. Ich benutzte die Nebenstraßen, sie waren die geeignete Atmosphäre, um meine Gedanken wandern zu lassen, auch war dort die Dichte der Kameras nicht so groß. Die Kneipe war groß und trotzdem verräuchert und es herrschte trotz der noch frühen Stunde eine ausgelassene Stimmung. Hier war natürlich auch Geheimpolizei präsent, in welchem Ausmaß konnte ich nur vermuten. Ich wunderte mich immer wieder darüber, wie es den berauschten Gästen gelang, ihre eigene, innere Zensur einzuschalten, war ich doch davon überzeugt, dass hier die meisten das System hassten, aber ich konnte dies auch und vermied auch im Vollrausch jede Äußerung, die man gegen mich auslegen konnte. Diese Kneipen wurden als Ventil geduldet und sie hatten sie unter Kontrolle, auch weil wir uns selbst kontrollierten. Ich bestellte ein Bier und wollte das panierte Schweineschnitzel probieren. Die Bedienung war eine hübsche junge Frau, die sich mit Margarete vorstellte. Man sah, dass sie ihre Kneipe im Griff hatte. Solche Frauen beschleunigten bei mir den Durst. Das Schnitzel war vorzüglich und ich sagte ihr, sie solle dem Koch ein Kompliment ausrichten. Die Biere häuften sich, und ich hatte mich an einen Tisch begeben, an dem zwei junge Männer Go spielten. Ich erkannte recht schnell, dass einer von ihnen richtig gut spielte. Ich hatte kaum Spielpraxis, hatte aber schon als Kind das Spiel kennengelernt. Es war eines der Spiele, die schon auf der Erde gespielt wurden, mit praktisch unveränderten Spielregeln. Ich würde viele Vorgaben brauchen, um ihn schlagen zu können. Im Gegensatz zu dem Lärm um uns herum war dies ein ruhiger Tisch. Ich war geduldeter Zuschauer, weil ich die Klappe hielt und keine überflüssigen Kommentare abgab. Eine Gesangsaufführung lenkte mich etwas von der Partie ab. Sein Gegner musste sich geschlagen geben, der Bessere gab noch ein paar Kommentare zum Spiel ab, begann dann aber ein Gespräch über Physik. Nun erst fragte ich, ob ich mich zu ihnen gesellen könne. Sie zeigten sich als recht trinkfreudig. Um in der Runde einen Einstand zu haben, gab ich einen aus. „Margarete, drei Bier bitte", rief ich in die Kneipe hinein. Ich gab zum Besten, dass ich Experte für die Geschichte der Erde sei, was sofort auf Interesse stieß. Die Wissenschaft damals auf der Erde war der unseren in vielen Dingen voraus gewesen, auch in der Physik. Die unsere basierte auf den unvollständigen Aufzeichnungen, die nach dem Jahrtausend übrig geblieben war. Mit der Physik der Erde könnte man den ganzen Planeten beherrschen und besiedeln, meinte der Gewinner der Partie. Ich zeigte mich da skeptisch, weil man zu wenig über die Aborigines wüsste. Irgendwann entschuldigte sich der Verlierer der Partie und ich war mit dem Gotalent allein. Ich spürte, dass die Chemie zwischen uns stimmte und schnell fanden wir neben der Physik ein weiteres Thema: Frauen. Es war offensichtlich, dass er sich für Margarete interessierte. „Ich denke, für Geld ist die zu haben", sagte er. „Das ist doch verboten!", sagte ich fast scheinheilig und wir lächelten uns an. Er hatte sein Studium vor Kurzem abgeschlossen, aber noch nicht die passende Stellung gefunden. Ich machte ihn darauf aufmerksam, dass Kneipen wie diese dafür ein ungeeigneter Ort seien. Ziemlich angetrunken verließen wir die Kneipe gemeinsam und es war klar, dass wir Freunde würden, obgleich wir noch nicht des Anderen Namen kannten.

andere Bücher von Heinz Andernach:

Die Verteidigung der Realität